U0563525

中国社会科学院
老年学者文库

红楼梦脂本研究

刘世德 著

社会科学文献出版社
SOCIAL SCIENCES ACADEMIC PRESS (CHINA)

目　　录
CONTENTS

前　言

"前言"共分四节：

一　"皕本"解

二　我对皕本的认识

三　两重性·活化石

四　我的浅见

第一节　"皕本"解

一见到本书封面，读者诸君不免会产生一连串疑问。

什么叫作"皕本"？

我所说的"皕本"，就是"皕庵旧藏本"的简称。

"皕庵旧藏本"又是哪一种《红楼梦》版本呢？

"皕庵旧藏本"其实就是有些学者所说的"郑藏本"或"郑本"。

为什么不像大家那样叫"郑藏本"或"郑本"，而偏偏要标新立异地叫"皕本"或"皕庵旧藏本"呢？

《红楼梦》存世的版本多矣。为它们取名尤应谨慎。

以前有人曾在文章中称某个《红楼梦》脂本为"京残本"。后人如果见了此名，应该会摸不着头脑：这指的是哪个本子呀？一个"京"字，指向有多种可能，北京？北京大学？北京图书馆（国家图书馆的旧称）？

北京或北京大学、国家图书馆收藏的《红楼梦》版本多如牛毛，你指的究竟是其中的哪一个？

我认为，为一个版本取一个简称之名，至少应该遵循两条原则：一是准确性，二是排他性。取名不能含混、笼统，不能让人有误以为是另一个版本的可能性，哪怕是极小的可能性。

不妨到国家图书馆去看一看郑振铎的藏书，他所收藏的《红楼梦》版本远不止一种。那些版本难道不也可以简称为"郑振铎藏本"、"郑藏本"或"郑本"吗？

在皙本首页①前两行的下端，钤有藏书印章三枚，自上至下依次是："北京图书馆藏"（阳文）、"长乐郑振铎西谛藏书"（阳文）、"皙庵"（阴文）。

这正好反映了皙本的三位藏主收藏此书的前后顺序：

皙庵——→郑振铎——→北京图书馆

"北京图书馆"即现今的国家图书馆的旧名。郑振铎 1958 年率团出访欧洲途中因飞机失事而遇难。他逝世后，藏书转归北京图书馆，此书即在其内。"皙庵"无疑就是郑振铎之前的另一位藏主。

我们目前还不知晓这位"皙庵"的姓氏，更不知晓他为何许人。

关于"皙本"（"郑本"）的简称，我姑且在这里举两件我亲身经历的事。

---

① 即第一叶的前半叶。我为什么要在线装书中使用"页"这个概念呢？原因是这样的，在线装书中，"叶"＝前半叶＋后半叶，计算字数未免繁复。有的学者又常用"a"代表"前半叶"，"b"代表"后半叶"，仍然不免繁复。所以，我就直接用"页"来代替，以求省事。

先说一个尴尬的事例。

有一位多年未见的在南京教外语的老友来京开会，我邀他至舍下小聚。席间聊起了彼此的近况。我告诉他，我正在撰写一本关于《红楼梦》皙本的专著。隔行如隔山，他对《红楼梦》的版本情况不太熟悉，因而问我，何谓"皙本"？我说，"皙本"也就是红学界一些学者所说的"郑本"。这位朋友听后，立刻告诉我说，他在南京时，获悉不久前南京大学出版社出版了《红楼梦》"郑本"的校注本，当地的电视台还曾做过专题报道和介绍。他问我看到过此书没有。我闻此言，不禁大吃一惊。我只好承认自己孤陋寡闻，对此毫无所知。朋友走后，我自思，既然市面上已有一本关于"郑本"的专著问世，它与拙著的内容、见解有何异同？"郑本"不过是残存的短短的两回，如何避免与他人已出版的研究专著重复，是个必须解决的问题。于是，我给一位在南京某大学教书，也研究《红楼梦》的朋友写信，托他代购此书，以做参考之用。谁知朋友却回信给我，说我存在误解。他们那里大肆宣传的"郑本"与我所说的"皙本"不是一回事，当时当地媒体上所谓的"郑本"其实是南京一位姓"郑"的教授对《红楼梦》全书所做的校注和评析。他说，他无法完成我托付给他的任务，因为由于媒体的误导，我误解了"郑本"二字的含义。他认为，此书对我的"皙本"研究并没有什么大的、直接的帮助，劝我打消这个购买的念头。我感谢他的提醒。这一来使我避免了发生这桩令人啼笑皆非的事情的尴尬，二来也使我更加坚信"皙本"或"皙庵旧藏本"这一名称的准确性和科学性。

当然，我对南京的那个所谓"郑本"并不了解，也不存任何芥蒂之见。我相信，它出于一位大学教授之手，肯定有它的高明之处，有它的学术价值。

因此，在这样的情况下，我建议，不妨把我的研究对象暂称为"皙庵旧藏本"或"皙庵藏本"，简称"皙本"，这样称呼比较省事，又可以区别于其他众多的和郑振铎有关的"郑藏本""郑本"以及与郑振铎毫无瓜葛的"郑本"。

我不是故意地标新立异,仅仅是在实事求是地力求给这个版本树立一个更准确、更科学、更容易与郑氏其他藏书(尤其是郑氏收藏的《红楼梦》其他版本)有所区分的、和某位"郑"姓人士校注的《红楼梦》有所区分的简称。

我做这样的解释,不知读者诸君意下如何?

第二节　我对暂本的认识

我对暂本的认识有个过程。

一开始,我并没有对它投入过多的关注。多年以前,曾经有一位学生问我,写一篇关于暂本的论文,该从何处着眼?那时我正对暂本是不是脂本的问题拿不准主意,于是我就建议他写一篇以"暂本是不是脂本"为题的论文。他问我,您认为暂本到底是不是脂本呢?我犹豫片刻,对他说,我对暂本没有进行过深入的研究,没有形成一个固定的看法;不过,我认为这是一个值得探讨的问题。他后来没有接受我的建议。他说,这个题目对他来说,有一定的难度,所以放弃了。

他所说的"有一定的难度",恰恰触动了我。

于是,我打开暂本,再度仔细地、反复地看了好几遍,并且拿着它和其他的脂本一字一句地对读,进行深入的思考,终于解开了几个疑团(举例来说:为什么出现了"贾义""袁氏""方春"等几个诡谲的与其他脂本不一致的人名[①]?"茗烟"和"焙茗"的两歧为什么恰恰始于暂本的第 24 回[②]?那两个丫环是叫"红檀""秋雯",还是叫"檀

---

① 参阅第二章"贾义·袁氏·方春——暂本独异人名考"。
② 参阅第六章、第七章"他叫茗烟,还是叫焙茗?"(上)、(下)。

云""秋纹"①?）这使我认识到三点：

第一，眘本的抄手（或其底本的抄手）犯有明显的错误。

第二，眘本确实是个脂本。

第三，对于研究《红楼梦》版本的嬗变，对于研究曹雪芹《红楼梦》的创作过程，具有不可漠视的重要作用。

接着，在撰写这部专著的过程中，我又揭开了另一个疑团：眘本第 23 回的回目是"西厢记妙词□□②语，牡丹亭艳曲警芳心"，但是，在正文中，为什么仅仅提到《西厢记》（"会真记"），反而根本没有提到《牡丹亭》③？经过思考之后，我得出了一个初步的结论：这里显露了曹雪芹初稿的文字痕迹。

于是我进一步认识到两点：

第一，眘本确实是个与众不同的脂本。

第二，难能可贵的是，眘本第 23 回保存着曹雪芹初稿的文字痕迹。

第三节　两重性·活化石

我手上有一册"《红楼梦》农工研究小组"2004 年影印的眘本④。该影印本附有"红楼梦农工研究小组"2004 年 4 月所写的"后记"。

"后记"中说：

---

① 参阅第三章"她叫红檀，还是叫檀云、香云？"和第四章"她叫秋雯，还是叫秋纹、秋文？"
② "□□"，据其他脂本，此二字当是"通戏"。
③ 参阅第十一章、第十二章"'黛玉听艳曲'：眘本保留着曹雪芹初稿文字痕迹"（上）、（下）。
④ 此影印本乃杜春耕兄所赠，在此向他表示感谢。

　　郑振铎先生原藏的石头记残抄本，虽然现存只有第二十三、二十四两回。但它和所有其它的本子均存在着不少文字上的差别，尤其把"贾蔷"写成"贾义"，把贾芹之母"周氏"作"袁氏"，这样的人物名字的差别很难用抄手抄错来解释。有不少学人认为郑本或许是源于比己卯、庚辰诸本还早一些的另一个本子。由于郑本的回数太少，故很难作出确切的有份量的考释，但它作为红楼梦成书史中的一块"活化石"，对开拓研究者的思路还是很有益处的。①

　　虽然我认为这篇"后记"所说的"把'贾蔷'写成'贾义'，把贾芹之母'周氏'作'袁氏'，这样的人物名字的差别很难用抄手抄错来解释"，还有商榷的余地②，但我十分赞成"活化石"之说。

　　朁本正是《红楼梦》版本演变史上珍贵的"活化石"！

　　在我看来，朁本有两重性。

　　一方面，朁本只是薄薄的一册两回残本。其他的七十八回业已佚失，佚失的原因不详。而且它虽然仅仅残存两回，却还存在多达八十例的文字讹误之处③，单是独异而讹误的人名，在一回之中就有三个之多。这是多高的比例！在众多脂本中，这是十分突出的，怪不得有人会给予"烂书"的恶评。

　　这自然是朁本的大缺点。

　　但另一方面，朁本的缺点再大，也掩盖不住它的光芒。

　　朁本所投射的光芒在哪里呢？

　　这表现为以下两点。

　　第一点，也是最重要的一点，朁本居然保存着曹雪芹在创作过程中的初稿的文字痕迹。这是我们在以前所没有想到的。

---

① "后记"原文系用繁体字印成。此处转引时，改用简体字；至于标点，则一仍其旧。
② 参阅本书第二章"贾义·袁氏·方春——朁本独异人名考"第一节"他为什么叫'贾义'？"第二节"'义'≠'又'"、第三节"'周氏'为何一变而为'袁氏'，再变而为'杨氏'？"第七节"他叫'方春'，还是叫'方椿'？"
③ 参阅本书第二十一章"朁本文字讹误举隅"。

关于这一点，我只是暂时在这本专著中，提出我的一些不成熟的意见①，诚恳地向同道、方家求教。

第二点，我已说过，"我十分赞成'活化石'之说"。

且让我随意举一个例子来做解释。

晳本第 23 回有宝玉作的《夏夜即事》诗，其中巧妙地镶嵌、隐藏着五个丫环的名字：

> 鹦鹉　麝月　檀云　琥珀　玻璃

其中，鹦鹉、琥珀、玻璃三人是贾母房中的丫环，麝月、檀云二人则是怡红院的丫环。

可是，在晳本的下一回（第 24 回）中，作者为了安排小红单独和宝玉相处，便交代出怡红院中几个丫环不在家的原因：

> 袭人因被薛宝钗烦了打结子，秋雯、碧痕两个去找水桶；红檀呢，又因他母亲的生日接了出去，麝月又现在家中养病。虽还有几个作粗活、听唤的丫头们。谅着叫不着他们，都去寻伙觅伴的顽去了。

请注意，上述引文中的人名"红檀"，有重要的异文。"红檀"之名并非仅见于晳本。在这一点上，彼本和晳本完全相同，其他的脂本（庚辰本、舒本、蒙本、戚本、梦本）作"檀云"②。

我认为，在曹雪芹的创作过程中，这个丫环的名字所经历的变化是：

---

① 关于现存脂本中保存着曹雪芹初稿的痕迹，我有两次发现。第一次发现是，我在舒本第 9 回的结尾发现了曹雪芹初稿文字的痕迹。参阅拙著《红楼梦版本探微》（华东师范大学出版社，2003）、《红楼梦舒本研究》（社会科学文献出版社，2018）。第二次发现则是此次，我在晳本第 23 回发现了曹雪芹初稿文字的痕迹。参阅拙文《"黛玉听艳曲"：〈红楼梦〉晳本保留曹雪芹初稿文字痕迹初探》，《曹雪芹研究》2017 年第 4 期。

② 杨本作"晴雯"。

红檀──→香云──→檀云

也就是说，单就"红檀"之名而论，暂本、彼本要早于其他脂本[1]。无怪乎有的学者要给暂本冠以"活化石"之称。

暂本对于研究曹雪芹创作《红楼梦》的过程，以及《红楼梦》脂本的演变、发展过程无疑有着重要的价值。

这也引发了我要把这薄薄的两回书写成一本专著的兴趣。

第四节　我的浅见

我认为，微观研究是宏观研究的基础；如果不把《红楼梦》各个脂本的情况摸透，焉敢谈论脂本支派的划分，以及各个脂本之间错综复杂的亲疏关系。

这是我研究《红楼梦》版本的出发点。

因此，对各个脂本以及程甲本、程乙本进行全面的、细致的、深入的观察、分析与研究，是十分必要的。

继"《红楼梦》眉本研究""《红楼梦》舒本研究"之后，我又把目光投向了"《红楼梦》暂本研究"。

此后，我还将继续展开对《红楼梦》其他脂本以及程甲本、程乙本的专题研究。

我的浅见，不敢自以为是，盼望能得到同道们的赐教。

---

[1]　参阅本书第三章"她叫红檀，还是叫檀云、香云？"

第一章　晳本概况

本章共分两节：

　　一　晳本的状态

　　二　晳本的分册

第一节　晳本的状态

晳本现存一册，有两回：第 23 回、第 24 回。其余章回已佚失。

第 23 回十二叶，第 24 回十九叶。

晳本每半叶八行，每行二十四字。

书名：每回回首题"石头记"；每叶版心上端题"红楼梦"。

第 23 回回目作：

　　西厢记妙词□□语

　　牡丹亭艳曲警芳心

"□□"二字空缺；此二字，彼本作"戏言[1]"，其他脂本作"戏语"。

"警"，戚本总目作"惊"。

第 24 回回目是：

> 醉金刚轻财尚义侠
> 痴女儿遗帕惹相思

"醉金刚"指的是贾芸的邻人倪二，"痴女儿"则指的是怡红院的丫环小红（红玉）。

"尚"，庚辰本总目作"向"。

"义侠"，舒本作"仗义"，其他脂本同于哲本。

"女儿"，舒本总目作"儿女"。

"帕"，蒙本误作"怕"。

"惹相思"三字，舒本、杨本作"染相思"，梦本作"惹想思[2]"，其他脂本同于哲本。

第二节　哲本的分册

哲本仅存第 23 回、第 24 回两回。

能不能从这一点出发，来判断它分册的情况呢？

显然是可以的。我认为，它的分册情况应是：每两回分为一册；现存的第 23 回、第 24 回为它的第 12 册。这可以解释为什么佚失的刚巧是它的前一回（第 22 回，即第 11 册的末回）及其前的诸回，和它的后一回（第 25 回，即第 13 册的首回）及其后的诸回。

---

① 此字，杨本原作"言"，添改"语"。
② 梦本总目作"惹相思"。

这样说，有两个旁证。

第一个旁证是彼本①。彼本是和n本关系最亲近的脂本之一②。

彼本正好佚失两回：第 5 回和第 6 回。这表明彼本的分册情况也是每两回一册。第 5 回和第 6 回正好是它的第三册。

第二个旁证，要先从它的前一回（第 22 回）结尾说起。

脂本第 22 回，回目是："听曲文宝玉悟禅机，制灯谜贾政悲谶语"。其结尾有以下两个特点。

（1）各脂本此回的结尾不尽一致，基本上可以分为甲、乙、丙三种类型。甲类型是庚辰本、彼本，乙类型是舒本、杨本、蒙本、戚本，丙类型则是梦本。

甲类型：

> 又看道是："前身色相总无成，不听菱歌听佛经。莫道此生沉黑海，性中自有大光明。"（庚辰本）

> 又往下看道是："前身色相总无成，不听菱歌听佛经。莫道此生沉黑海，性中自有大光明。"（彼本）

乙类型：

> 贾母又与李宫裁并众姐妹说笑了一会，也觉有些困倦起来，听了听，已是漏下四鼓，命将食物撤去，赏散与众人，随起身道："我们安歇罢，明日还是节下，该当早起。明日晚间再顽罢。"且听下回分解。（舒本）

> 贾母又和李宫裁并众姊妹等说笑了一会子，也觉有些困倦，听了听，已交四鼓了，因命将食物撤去，赏给众人，遂起身道：

---

① "彼本"是《红楼梦》俄罗斯圣彼得堡藏本的简称。也有学者称该本为"列藏本"（列宁格勒藏本）。

② "之一"是彼本，"之二"是杨本。参阅本书第十九章、第二十章"哪个脂本与n本关系最亲近？"（上）、（下）

"我们歇着罢,明日还是节呢,该当早些起来。明日晚上再顽罢。"于是众人方慢慢的散去,未知次日如何?且听下回分解。(杨本)

贾母又与李宫裁并众姐妹说笑了一会,也觉有些困倦起来,听了听,已是漏下四鼓,命将食物撤去,赏散与众人,随起身道:"我们安歇罢,明日还是节下,该当早起。明日晚间再顽罢。"且听下回分解。(蒙本、戚本)

丙类型:

贾政看到此谜,明知是竹夫人,今值元宵,语句不吉,便佯作不知,不往下看了。于是夜阑,杯盘狼藉,席散各寝。后事下回分解。(梦本)

(2)第 22 回结尾,各脂本不尽一致,原因何在?
庚辰本第 22 回回末有畸笏叟所写的批语,道出了其中的原因:

暂记宝钗制谜云:"朝罢谁携两袖烟,琴边衾里总无缘。晓筹不用人鸡报,五夜无烦侍女添。焦首朝朝还暮暮,煎心日日复年年。光阴荏苒须当惜,风雨阴晴任变迁。"此回未成,而芹逝矣,叹叹!丁亥夏,畸笏叟。

按,丁亥即乾隆三十二年(1767)。

原来,曹雪芹生前已没有时间再对第 22 回的结尾做最后一次修补了!

因此,研究暂本便又有了另外一种意义。

这一点可以作为研究暂本分册情况的一种参考。

如果把暂本定为,每两回为一册,而第 23 回、第 24 回为其中的"第 12 册",那么,第 22 回再加上第 21 回便是"第 11 册"了。

第二章　贾义·袁氏·方春

——皙本独异人名考

"贾义·袁氏·方春——皙本独异人名考"分为七节：

在皙本中，首先引起大家注意的便是"贾义""袁氏""方春"这三个奇异的人名，它们是与《红楼梦》其他脂本以及程甲本、程乙本不同而独树一帜的人名。

这三个独异的人名，依照它们在皙本中出现的先后顺序，是指：

贾义	十二女戏的管理者
袁氏	贾芹之母
方春	花儿匠

它们仅仅出现在皙本中，而不见于《红楼梦》现存的其他脂本。现依次对它们展开讨论。

第一节　他为什么叫"贾义"？

头一个进入读者眼帘的独异人名便是"贾义"。

我们的讨论，也就从这里开始。

我们知道，《红楼梦》的作者曹雪芹的上世几代人的取名都很讲究。以《辽东曹氏宗谱》为例，曹雪芹的祖父曹寅一辈，其名均以相同的"宝盖儿"偏旁排行，如曹寅、曹宣、曹宜等；曹雪芹的父亲一辈，其名亦均以相同的"页字旁"排行，如曹颙、曹𬤇、曹頫等，无一例外。

而在曹雪芹的笔下，《红楼梦》中贾府诸人，宝玉上一辈的，如贾政、贾赦、贾敬等，其名均以"反文旁"排行；凡与宝玉同辈的，其名均以"斜玉旁"排行，如贾珍、贾珠、贾琏等；属于宝玉下一辈的，其名则以"草字头"排行，如贾兰（蘭）、贾蓉、贾蔷等。他如贾府族人，亦莫不如此。

令人感到奇怪的是，《红楼梦》皙本第 23 回中突然冒出一个姓"贾"名"义"的人来。

请看皙本第 23 回是怎样叙述此人的：

> 贾珍率领贾蓉、贾萍等监工。因贾义 a① 管理着文官等十二个女戏，并行头等事，不大得便，因此贾义 b 又将贾菖、贾菱唤来监工。

---

① 此处前后出现两个"贾义"之名，现依次标注"a""b"，以示区别。

这里出现了八个人名：贾珍、贾蓉、贾萍、贾义（a、b）、文官、贾菖、贾菱。

其中，文官是"女戏"，不在我们讨论的范围之内，姑置不论。

贾蓉、贾萍、贾菖、贾菱四人是贾珍的子侄辈，他们的名字都是"草字头"排行。

贾菖的名字，曾在《红楼梦》第 13 回中和贾蔷、贾菱、贾萍一同出现①。但此名，在第 23 回此处，存在异文：

　　贾菖（暂本）

　　贾藟（舒本）

　　贾葛（蒙本）

不难看出，"藟"和"葛"实际上都是"菖"字的形讹。在曹雪芹笔下，此人应叫"贾菖"。

最成问题的是"贾义"一名。

第一，除暂本此回之外，此名在书中他处未见。

第二，此人若非贾府族人，则不应在这种场合出现。

第三，此人怎么可能"管理着文官等十二个女戏"，因为下文已说明这个职务是由贾蔷担任的。

第四，此人若是贾府族人，则此名又违反了贾府族人以"草字头"排行（如贾菱）或以"斜玉旁"排行（如贾珍）的规定，"义"（"義"）字的写法既非"草字头"，亦非"斜玉旁"。

因此，可以肯定地说，"贾义"之名有误。

其误或沿袭暂本底本之讹舛，或来自暂本抄手看朱成碧的错乱。

---

① 第 13 回参加秦可卿丧事活动的贾府族人中，草字头一辈有"贾蔷、贾菖、贾菱、贾芸、贾芹、贾蓁、贾萍、贾藻、贾蘅、贾芬、贾芳、贾兰、贾菌、贾芝"等。

第二节 "义" ≠ "又"

可否寻绎出造成"贾义 a""贾义 b"二名舛误的缘由？

不妨一试。

我认为，需从形讹的角度着眼。

先看"贾义 a"。

此名，其他脂本均作"贾蔷"。贾蔷和宁国府有着特殊的关系。在书中，有时读者会感觉，他仿佛即是宁国府中人。他和贾蓉经常结伙搭伴地一起出现。因此，贾珍把他放置在"管理""女戏"的岗位上是合情合理的，也是正确的。第 30 回"龄官画蔷痴及局外"和第 36 回"识分定情悟梨香院"，不仅直接展示了贾蔷和龄官（"女戏"之一）在感情上的联系，还间接地肯定了贾蔷"管理""女戏"的身份。如果"女戏"的"管理"者不是贾蔷，而是变成那个叫贾义的人，势必会切断贾蔷和龄官感情联系的线索。

但是，"蔷"与"义"（"義"）二字，无论在笔画上，还是在字形上，均相差甚远，它们怎么会搅混在一起呢？

不妨仔细看一下其他脂本的原文。"贾义 a"二字邻近的上下文是：

> 因贾蔷<u>又</u>管理着文官等十二个女戏并行头等事……（庚辰本、舒本、彼本、蒙本、戚本）
>
> 因贾蔷<u>又</u>管理着文官等十二个女戏子并行头等事……（梦本）
>
> 因贾蔷管理着文官等十二个女戏并行头等事……（杨本）

请注意以上庚辰本、舒本、彼本、蒙本、戚本、梦本等六本引文中紧挨着"蔷"字的那个"又"字。

此字，杨本无。

但此字却为我们提供了解开谜底的钥匙。

"蔷"与"义"二字的笔画、形状固然相去甚远，可是"蔷"字底下那个"又"字却与"义"（"義"的简体）字的笔画、形状极为相近。于是，一眼望去，若看漏了"蔷"字，继而又误认了"又"字，以致"贾蔷又"三个字就变成"贾义"两个字。这应当就是某个粗心的抄手在这个问题上致误的真正缘由。

再说"贾义 b"。

"贾义 b"，正是"贾义 a"的翻版。抄手（无论是晳本的抄手，还是晳本底本的抄手）在"贾义 a"身上所犯的错误和在"贾义 b"身上所犯的错误，完全是不约而同的。

试查其他脂本，看"贾义 b"是怎样的情况。

"贾义 b"，梦本无，其他脂本均作"贾珍"。

此人作"贾珍"，洵然是也。

贾珍有着"族长"①的地位，有着"将贾菖、贾菱唤来监工"的权力，而那个不知从何处突然冒出来的"贾义"，又有什么资格在贾府、大观园内发号施令呢？

请注意紧挨着"珍"字的，在其他脂本中，仍然是那个"又"字：

因此，贾珍又将贾菖、贾菱唤来监工。（庚辰本、杨本、戚本）
因此，贾珍又将贾菖、贾菱等唤来监工。（彼本）
因此，贾珍又将贾菖、贾菱唤来监工。（蒙本）
因此，贾珍又将贾菖、贾菱唤来监工。（舒本）
因此，又将贾菖、贾菱唤来监工。（梦本）

这就告诉我们，"贾义 a"与"贾义 b"如出一辙，抄手先后对"蔷""珍"二字视若无睹，继而连续将一个相同的"又"字当成了

① 《红楼梦》第4回说："现任族长乃是贾珍。"

"义"字，于是"贾义"得以再度现身于大观园。

犯了第一个错误之后，就有了连续犯第二个相同错误的可能。

"贾义"这个奇异的人名，完全是抄手制造出来的。

我做这样的解释，不知读者诸君以为然否？

分析完"贾义"问题，再接着谈与此类似的"袁氏"问题。

第三节 "周氏"为何一变而为"袁氏"，
再变而为"杨氏"？

谈完了晢本中第一个独异的人名，接下来再谈第二个独异的人名。

先对本节标题中的三个人名做个解释。"周氏"，贾芹的母亲，见于其他脂本以及程甲本；"袁氏"，还是贾芹的那位母亲，见于晢本；"杨氏"，仍是贾芹的那位母亲，仅见于程乙本。

晢本第二个独异的人名便是"袁氏"。

"袁氏"在其他脂本均作"周氏"。这个"周氏"有两起变化，一变而为"袁氏"，再变而为"杨氏"。

请看晢本第 23 回：

不想后街上住的贾芹之母袁氏 a 正盘算要到贾政这边谋一个大小事务与儿子管管，也好弄些银钱使用。……

贾琏回到房中，告诉凤姐。凤姐即令人告诉袁氏 b。

"袁氏 a"和"袁氏 b"，其他脂本以及程甲本作"周氏"，程乙本作"杨氏"

"到"，其他脂本均无。

"令人告诉"，其他脂本作"命人去告诉了"或"命人去告诉"。

贾芹之母在全书仅见于此回的两处。

　　晳本为什么不依照其他脂本作"周氏"，而别出心裁地改作"袁氏"？其原因是沿袭它的底本原貌，还是抄手在抄录过程中出现了舛误？

　　这两种原因都有可能。然而我认为，后者的概率更大。

　　仔细观察"周""袁"二字的形状可以发现，它们有一定的相似性。如果减去"周"字外围的那个"同字框儿"①，并在其下增加一个缺笔画的"氏"字，上下互相拼凑起来，不正好酷似"袁"字吗②？

　　这就启示我们，不知出于什么原因，晳本底本的抄手在抄录时竟把"周氏"二字错误地连写为一个"袁"字，于是贾芹的母亲因之改姓为"袁"了。

　　贾芹之母的姓氏是按照这样的顺序演变的：

　　　　周氏（其他脂本以及程甲本）——→袁氏（晳本）——→杨氏（程乙本）

　　由"周氏"变为"袁氏"，我在上文已经做了分析。

　　那么，程乙本为什么又要再一次改动，使"袁氏"变为"杨氏"呢？

　　做出变动，把"袁氏"改为"杨氏"，总不会是无缘无故的。

　　这个缘故何在呢？

　　百思不得其解。

　　我们知道，程乙本是在程甲本的基础上产生的。

　　由脂本（晳本之外的其他脂本）的"周氏"演变为晳本的"袁氏"，我在上文已经解释了其中的缘由。那么，程乙本为什么要易"袁"为"杨"呢？

　　难道是率意为之？

_____

　　① "周" – "冂" = "吉"。
　　② "吉" + "氏" = "袁"。

不过，这仅仅是一种可能性而已。

我不禁联想到三件事，两件事是关于曹雪芹和《红楼梦》的，另一件事是关于《水浒传》及其某个刊本的刊行者的。

第四节　附说一："马道婆"

先说我联想到的第一件事。

"马道婆"是《红楼梦》中的一个登场人物，见于第 25 回。

《红楼梦》作者曹雪芹的父亲是谁，在红学界有"曹颙说"与"曹頫说"之分。我持"曹颙说"。

依"曹颙说"，则曹雪芹当是曹颙的遗腹子。因为曹颙生前无子。

在曹颙死后，其弟曹頫在给康熙皇帝的奏折中说：

> 奴才之嫂马氏，因现怀妊孕，已及七月，恐长途劳顿，未得北上奔丧，将来倘幸而生男，则奴才之兄嗣有在矣。[①]

因此，有的红学家认为曹雪芹乃马氏之子，即曹颙之遗腹子。

但是，也有人反对此说。他们举出的一个证据，便是《红楼梦》第 25 回所写的那个马道婆。他们认为，如果曹雪芹确为马氏之子，那他断然不会让这个与赵姨娘狼狈为奸的道婆姓马，从而否定了遗腹子之说。

这个说法之对与不对，存在很大的争论，姑置而不论。

我举这个例子，仅仅意在说明作者（当然也包括出版者、编辑者、修改者等在内）有时也会斤斤于书中人物的姓氏。

---

① 曹頫康熙五十四年（1715）三月初七日奏折。

第五节 附说二："余孔目"

再说我联想到的第二件事。

《水浒传》第 39 回"施恩三入死囚牢，武松大闹飞云浦"中出现了一位"叶孔目①"。此人曾接受施恩的嘱托，出力为武松减轻罪名。书内"有诗为证"称赞此人：

> 西厅孔目心如水，海内清廉播德音！

《水浒传》有一个版本，我把它叫作"双峰堂刊本"，其书名或称《水浒志传评林》。这双峰堂刊本是明代万历年间在福建建阳刊印的。双峰堂书坊的主人姓余，名象斗。这位余象斗居然在双峰堂刊本中故意把《水浒传》通行本中的那个"叶孔目"更改为和他同姓的"余孔目"。他这样做，无疑是出于一种光宗耀祖的想法②，就自作聪明大胆地篡改了这位孔目的姓氏，让他也跟着自己姓"余"③。

余象斗还进一步在《水浒志传评林》的"评林"栏④中对这位被改姓"余"的孔目大唱赞歌：

> 孔目有怜武松之心，于知府处说明松屈之由。此段见一知府乃一黄堂正印，不若一孔目到有救人之心。如孔目者，罕矣。羞杀张都监、知府不知人之小人也。

---

① "孔目"是唐宋时期官府衙门中的高级吏员。《资治通鉴》"唐玄宗填报三载"胡三省注云："孔目官，衙前吏职也。唐世始有此名，言凡使司之事，一孔一目，皆须经由其手首也。"

② 这位孔目姓叶也好，姓余也好，只不过是小说家笔下一个虚构的人物，若说此人和福建建阳余象斗家族有血缘关系，那根本是八竿子都打不着的。

③ 参阅拙文《水浒传双峰堂刊本：叶孔目改姓与余呈复活》，载《水浒论集》，社会科学文献出版社，2014。

④ 在《水浒志传评林》的版面上，分为上下两栏，下栏是正文，上栏则是"评"。

醉翁之意不在酒。

这是一个绝妙的佳例。

第六节　附说三："付奶奶"

第二节、第三节所举的两个例子，一个见于《红楼梦》，一个见于另外一部著名的小说《水浒传》。

让我们把话题再拉回到《红楼梦》第 24 回。

《红楼梦》第 24 回还有一个类似而有趣的例子，它发生在暂本（以及其他脂本）与程乙本之间，即"王奶奶"与"付奶奶"的歧异。

故事发生在第 24 回。贾芸的舅舅叫卜世仁①，卜世仁家的对门住着一位年老的妇人。卜世仁现开着一家香料铺。贾芸来卜家要求赊购冰片和麝香各四两，准备作为送给凤姐的礼物。谁料遭到了他舅舅的婉言拒绝。请看书中的描写，引暂本于下：

> 贾芸听说劳刀的不堪，便起身告辞。
>
> 卜世仁道："怎么急的这样？吃了饭再去罢。"
>
> 一句话未说完，只见他娘子说道："你又胡涂了。说着没了米，这里买了半觔②面来下给你吃，这会子还装胖呢。留下外甥挨饿不成？"
>
> 卜世仁道："再买半觔来添上就是了。"
>
> 他娘子便叫女儿银姐儿："往对门王奶奶家，有钱借二三十个。你说，明儿就还。"

———————

① "卜世仁"，谐音"不是人"。

② "觔"即"斤"。

夫妻两个说话，那贾芸早说了几个"不用费事"，去的无影无踪了。

其中，那个对门的"王奶奶"，晢本和其他脂本，以及程甲本，均作如此称。唯有程乙本令人大感意外地改为"付奶奶"。

想不到在程乙本中，"付奶奶"竟变成了"杨氏"第二了。

为什么要把"王奶奶"改为"付奶奶"？

是"王奶奶"的这个"王"字触动了程伟元、高鹗之辈的哪根神经，还是个中另有奥妙？

这就使我萌发了一个不成熟的想法：莫非程乙本的出版者、编辑者、修改者（程伟元或高鹗）在"袁氏——杨氏""王奶奶——付奶奶"的过程中也隐藏着某种和余象斗相似或相反的动机？

看来，若要解释清楚程乙本改"王奶奶"为"付奶奶"、改"袁氏"为"杨氏"的真实原因，恕我碌碌无能，只有期待高明之士前来指教了。

第七节 他叫"方春"，还是叫"方椿"？

晢本独异的人名，最后一个便是方春。

他是一位花儿匠，出现于第 24 回。

贾芸花费了很大的力气，向凤姐进贡了冰片、麝香，终于谋得一个在大观园种植花木的差事，领到了二百两银子，还了醉金刚倪二的借款。于是：

> 这里贾芸又拿了五十两，出西门，找到花儿匠方春家去买树。

方春之名，全书仅在这里出现一次，却有着异文。

上述三句引文，彼本仅作"这里贾芸又去买树"一句，躲开了花儿匠"方春"之名。彼本与晢本关系比较亲近，不知它为何做这样的删节。如果不删节，不知此处是否也会出现此花儿匠之名。如果出现花儿匠之名，不知是否和晢本一样，也作"方春"。

在其他脂本（庚辰本、舒本、杨本、蒙本、戚本、梦本）中，"方春"均作"方椿"。

面临"春""椿"二字的歧异，我们该如何抉择与剖析？

我认为，此人之名应以"椿"为是，以"椿"为优。

"椿"即椿树，一种落叶乔木。古人传说大椿长寿。《庄子·逍遥游》云：

> 上古有大椿者，以八千岁为春，八千岁为秋。

后世因以"椿年""椿龄"为祝人长寿之词。

区区一个花儿匠，取名为"椿"，自然和他的营业有密切关系，可以寓意于他所出售的树种、花种的生长不衰，他所种植的花木均有和椿树一样的"长寿"的特质，能起一种广告的作用。

相反的，一个普通的花儿匠，曹雪芹却不可能让他以"春"为名。

这有三点可说。

第一，曹雪芹已在书中塑造了贾府四姐妹生动且令人难忘的形象，并精心地为她们起了富有深意的名字：元春、迎春、探春、惜春。四人都以"春"命名，其上一字"元""迎""探""惜"，谐音"原""应""叹""惜"。而那位花儿匠只不过是生活于贾府之外的草芥小民，他的名字在书中也仅仅一闪而过，并没有给读者留下深刻的印象。那为什么要让他的名字也镶嵌着"春"字呢？

第二，"椿"字也是曹雪芹相当熟悉的。《红楼梦》第30回的回目下联不就叫作"椿灵画蔷痴及局外"①吗？那个"椿灵"，以树指人，

---

① 参阅庚辰本、舒本、彼本、杨本、梦本。"椿灵"，蒙本、戚本作"龄官"，程甲本、程乙本作"椿龄"。

就是龄官的代称。

第三，在《红楼梦》第 5 回，一则曰"因此上，演出这怀金悼玉的红楼梦"，二则通过判词和"红楼梦曲"，曹雪芹对封建贵族大家庭的没落抒发了悲凉的叹惋之情。一些叹惋往往是通过那个"春"字来表达的。像"春梦随云散"①"勘破三春景不长"②"将那三春看破，桃红柳绿待如何"③"画梁春尽落香尘"④ 等，无不是"春景不长""春尽"的感伤之词。在这样的情况下，他怎么还会把"方"字和"春"字连在一起，给那位不知名的花儿匠起名呢？

因此，此花儿匠之名，应以"方椿"为胜，以其他脂本一致的"方椿"为是。

推测起来，晢本的抄手或许是一时偷懒，省掉了"椿"字的"木字旁"而已。

从本章的第一节到第七节，考述了晢本独异的三个人名（贾义、周氏、方春），它们之所以"异"，都与抄手的讹误有关。

在接下来的几章，还要考述另外几个有疑问的人名（红蕖、秋雯、焙茗、夏忠）。它们是不是也和抄手的讹误有关呢？

请接读便知。

---

① 警幻仙姑之歌。
② 惜春判词。
③ "红楼梦曲"第九支"虚花悟"。
④ "红楼梦曲"第十三支"好事终"。

第三章　她叫红檀，还是叫檀云、香云？

——一人三名考之一

"一人三名考"由三章组成：

一　她叫红檀，还是叫檀云、香云？

二　她叫秋雯，还是叫秋纹、秋文？

三　他叫夏忠，还是叫夏守忠、夏秉忠？

本章为"一人三名考"之一。

本章共分四节：

一　红檀初现

二　檀云·《夏夜即事》诗·《芙蓉女儿诔》

三　红檀·檀云·香云

四　结语

第一节　红檀初现

红檀是怡红院中的丫环。

从《红楼梦》全书来说，"红檀"这个名字，最早见于第 24 回。引晳本于下：

> 宝玉……这日晚上从北静王府中回来，见过贾母、王夫人等，回至园内，换了衣服，正要洗澡。袭人因被薛宝钗烦了打结子，秋雯、碧痕两个去找水桶，红檀呢，又因他母亲的生日接了出去，麝月又现在家中养病，虽还有几个作粗话①听唤的丫头们，谅着叫不着他们，都去寻伙觅伴的顽去了。

这段文字有以下四个特殊点。

第一，作者为了给小红安排单独在场的空间，给她与宝玉见面和接触的机会，特意补写了怡红院的几个丫环当时当地不在场的原因。他写到了袭人、秋雯②、碧痕、红檀、麝月五个人的去向。但是，读者读到这里的时候，不免会猜疑：在此前（第 24 回之前）已和读者见过面的晴雯（第 5 回）、绮霰（第 20 回）、四儿（第 21 回）等人和上述五人（袭人、秋雯、碧痕、红檀、麝月）一样，都是怡红院中的丫环，此时她们都到哪里去了呢？

这个漏笔有没有原因呢？若真有原因，也是值得我们去思索、深究的。

第二，晳本的"红檀"，在脂本中是个特例，只有彼本与之全同，杨本作"晴雯"，梦本误作"檀云"，其他脂本（庚辰本、舒本、蒙本、戚本）则作"檀云"③。

第三，关于红檀（檀云）不在场的原因，各本有不同的说法。大多数脂本④说是"他母亲的生日接了出去"，只有梦本说是"他母亲病了接了出去"。二者分明有着母亲过生日和母亲生病的两歧。

---

① "话"乃"活"字的形讹。
② 秋雯即秋纹，参阅第四章"她叫秋雯，还是叫秋纹、秋文？"
③ 关于"檀云"的问题，下文再谈。
④ 庚辰本、舒本、彼本、杨本、蒙本、戚本。

怎样看待这两种关于红檀回家的不同说法？

我认为，红檀母亲过生日的说法是曹氏原文，红檀母亲生病的说法则出于后人的修改。在拙文《读红偶说》①中有一篇《檀云回家》，曾对这个情节做过论述和分析，转引于下：

梦本为什么要把檀云母亲过生日改成檀云母亲病了呢？

我们分析，梦本的整理者可能是觉着母亲过生日构不成充足的、急迫的、非要檀云回去不可的理由，所以才把过生日改成了生病。

然而梦本的整理者显然没有体察到曹雪芹使用"过生日"一词的用心。

在《红楼梦》里，曹雪芹写了好多人过生日之事，上自贾母，下至丫环，林林总总，有的细写，有的只是一笔带过，不重复，不呆板，各臻其妙。

同时，曹雪芹还写了贾府好几个丫环回家的事。她们的回家有主动和被动的区分。前者如袭人（第19回），后者如麝月（第8回）、彩霞（第72回）。她们的回家有各种各样的原因和理由。

袭人母亲接袭人回家，原因是叫她回去"吃年茶"。而她的回家，也正是为了给下文宝玉去花家探视袭人以及下文"情切切良宵花解语"大段文字埋下伏笔。

麝月回家，是为了养病。

彩霞被打发回家，理由是她"多灾多病，回家等候嫁人"。这也给她和贾环的风月故事暂时打上了一个休止符。

檀云回家则是母亲过生日。

不同的人，不同的原因和理由，这可以看出曹雪芹用笔的变

① 此文系与夏薇合写，载于《红楼梦研究辑刊》第四辑（香港作家书局，2012）；又收于拙著《三国与红楼论集》（中国社会科学出版社，2013）。

化和生动。而原因和理由又各有其必要性。

而曹雪芹之所以安排檀云回家，则是为小红接近宝玉腾出机会，因此他要选择一个和别人不同的理由。相比较而言，檀云只是个小人物，在目前我们所看到的80回中，在她身上几乎没有发生什么能勾起我们回忆的故事。相反的，小红则是曹雪芹着力塑造的人物，不仅前80回中对她有大段精彩的描写，给读者留下了比较深刻的印象，而且根据批语，她在曹雪芹所构想的《红楼梦》未完成的部分中，还算是个重要的人物，"宝玉后有大得力处"[①]。

第四，对五个丫环不在场的交代，在语句的用字、语气的节奏上存在明显差异，请比较和回味下列句式：

> 袭人因被薛宝钗烦了打结子。
> 秋雯、碧痕两个去找水桶。
> 红檀呢，又因他母亲的生日接了出去。
> 麝月又现在家中养病。

尤其是写到红檀时的那个"呢"字，很惹眼，它把一句隔断成了两句。

为什么红檀在这里会受到特别的、与众不同的待遇呢？我怀疑，这里可能露出了作者后加的修改的痕迹。

红檀即檀云。

在脂本中，只有皙本和彼本在这里作"红檀"，不作"檀云"。

这证明了以下三点。

第一，皙本和彼本一样，属于脂本。

第二，在脂本中，皙本和彼本的关系比较亲近。

第三，"红檀"在皙本中出现，不是皙本抄手的误抄，而是自有它

---

① 《三国与红楼论集》，第408、409页。

的来源。在这一点上，或者是它影响了彼本，或者是彼本影响了它，再不然，它们或许有共同的来源。

第二节 檀云·《夏夜即事》诗·《芙蓉女儿诔》

红檀即檀云。

檀云和麝月正是我所说的那种"伴侣形象"。

我们不妨回忆一下第 23 回的《夏夜即事》诗和第 78 回《芙蓉女儿诔》。

从回数上看，二者相去甚远，间隔了五十五回之多。为什么要在这里把它们联系在一起来说呢？

因为这二者有一个共同点。

这个共同点就是："檀云"。

先说《夏夜即事》诗。

宝玉搬进大观园之后"十分快乐"，如暂本第 23 回所说：

> 且说宝玉自进园来，心满意足，再无别项可生贪求之心，每日自和姊妹、丫头们一处，或读书写字，或弹琴下棋，或画画吟诗，以至描鸾刺凤，斗草簪花，低吟悄唱，打①字猜枚，无所不为，倒也十分快乐。

正是这种愉快的心情，使宝玉写下了四时即事诗。"作的虽不算好，却倒是真情真景。"

这四首即事诗是《春夜即事》、《夏夜即事》、《秋夜即事》和《冬夜即事》，如下：

---

① "打"乃"拆"字的形讹。

露绡云幄任铺陈，隔岸鼍更听未真。

枕上轻寒窗外雨，眼前春色梦中人。

盈盈蜡泪因谁泣，默默花愁为我嗔。

自是小鬟娇懒惯，拥衾不耐笑声频。

倦绣佳人幽梦长，金笼鹦鹉唤茶汤。

窗明麝月开宫镜，室霭檀云品御香。

琥珀杯倾荷露滑，玻璃槛纳柳风凉①。

水亭处处齐纨动，帘卷朱楼罢晚妆。

绛芸轩②里绝喧哗，桂魄流光浸茜纱。

苔锁石纹容睡鹤，井飘桐露湿栖鸦。

抱琴③婢至舒金凤，倚槛人归落翠花。

静夜不眠因酒渴，沉烟重拨索烹茶。

梅魂竹梦已三更，锦罽鹴衾睡未成。

松影一庭惟见鹤，梨花满地不闻莺。

女儿翠袖诗怀冷，公子金貂酒力轻。

却喜侍儿知试茗，扫将新雪及时烹。

　　书中的即事诗虽然是分写四季之夜的四首，我们在这里却要特别注意其中的夏夜、秋夜两首。

　　注意点在什么地方呢？

　　原来曹雪芹在这夏夜、秋夜两首即事诗中巧妙地隐藏着六个丫环的名字。

---

① "凉"，晢本此字系旁改，原作"香"。其他脂本作"凉"。

② "绛芸轩"，彼本、杨本、梦本作"绛云轩"。

③ "抱琴"，此从晢本，其他脂本作"抱衾"。

这六个丫环就是："鹦鹉"、"麝月"、"檀云"、"琥珀"、"玻璃"和"抱琴"。

鹦鹉①、琥珀②、玻璃③是贾母房内的丫环。麝月④、檀云是怡红院的丫环。抱琴⑤则是元春身边的丫环。

在丫环群中，曹雪芹曾有"伴侣形象"的设计。所谓"伴侣形象"，或是两两相对，或是四人一组。例如，贾母房里的丫环，鹦鹉和鸳鸯⑥是一对儿，琥珀和珍珠⑦是另一对儿，玻璃和翡翠⑧又是一对儿；抱琴则和司棋⑨、侍书⑩、入画⑪合成一组，以对应她们的主人元春、迎春、探春、惜春四姐妹。

我们在这里要讨论的问题，正是《夏夜即事》诗和《秋夜即事》诗中点到的这六人中的一人：那个和麝月构成伴侣形象的檀云。

再说《芙蓉女儿诔》。

《芙蓉女儿诔》中也出现了"檀云"。

不过，这和《夏夜即事》诗不同。《夏夜即事》是间接地点到了檀云的名字，《芙蓉女儿诔》却是直接地提到了曾经发生在檀云身上的故事情节，尽管我们目前还不能完全揣知曹雪芹初稿或腹稿中这个故事情节的真相。

《芙蓉女儿诔》有这样两个对称的句子：

镜分离别，愁开麝月之奁；

---

① 鹦鹉，参阅第 29 回。
② 琥珀，参阅第 20 回。
③ 玻璃，参阅第 59 回。
④ 麝月，参阅第 5 回。
⑤ 抱琴，参阅第 17、18 回。
⑥ 鸳鸯，参阅第 20 回。
⑦ 珍珠，参阅第 29 回。
⑧ 翡翠，参阅第 59 回。
⑨ 司棋，参阅第 7 回。
⑩ 侍书，参阅第 7 回。
⑪ 入画，参阅第 7 回。

梳化龙飞，哀折檀云之齿。

上句的"镜分离别"是什么意思呢？

伪托东方朔的《神异经》说：

> 昔有夫妇将别，破镜，人执半以为信。[①]

后世又有徐德言与妻子乐昌公主"破镜重圆"的故事流传[②]。

也有人认为《芙蓉女儿诔》在这里引用了"鸾镜"的典故。

南朝宋范泰《鸾鸟诗》序云：

> 昔罽宾王结罝峻祁之山，获一鸾鸟，王甚爱之，欲其鸣而不致也。乃饰以金樊，飨以珍羞。对之逾戚，三年不鸣。夫人曰："闻鸟见其类而后鸣，何不县镜以映之？"王从言。鸾睹影感契，慨焉悲鸣，哀响中霄，一奋而绝。[③]

此典故又见于刘敬叔《异苑》卷三：

> 罽宾国王买得一鸾，欲其鸣，不可致，饰金繁，飨珍馐，对之愈戚，三年不鸣。夫人曰："尝闻鸾见类则鸣，何不悬镜照之？"王从其言，鸾睹影悲鸣，冲霄一奋而绝。

蔡义江分析诔文此句称"写麝月之离别"[④]，甚是。

下句的"梳化龙飞"又是什么意思？

这可能是化用晋代陶侃"梭化飞龙"的典故，其事亦见于刘敬叔《异苑》：

---

① 引自《太平御览》卷717。
② 例如孟棨《本事诗》的记载。
③ 引自《太平御览》卷916。
④ 蔡义江：《红楼梦诗词曲赋评注》，北京出版社，1979，第320页。

钓矶山者，陶侃尝钓于此山下，水中得织梭一枚，还挂壁上。后化成赤龙，从空而去。其山石上，犹有侃迹存焉。①

《芙蓉女儿诔》说的是"梳化龙飞"，而陶侃的故事却是说"梭化龙飞"，后世甚至称之为"龙梭"的典故，这正是一种"化用"或"借用"。

我十分赞同蔡义江的分析："这里可能是曹雪芹为切合晴雯、宝玉的情事而改梭为梳的"，"麝月檀云，一衾一梳，皆物是人非之意"。②

四句诔文中两句写麝月之离别，两句写檀云之折齿，这两个情节在今天保存下来的《红楼梦》书中均找不见踪影。

关于檀云折齿的详情如何，我不必在此徒费口舌，做过多的猜测。那样的任务还是留待高明的善于展开想象翅膀的探佚学专家们去解读吧。

第三节　红檀·檀云·香云

檀云在《红楼梦》中的首次出场，是在第 24 回。而瞥本残存的两回中，恰恰有第 24 回。

在瞥本第 24 回中，初次写到檀云时，她却不叫"檀云"，而是叫"红檀"。引文如下：

宝玉……这日晚上从北静王府中回来，见过贾母王夫人等，回至园内，换了衣服，正要洗澡。袭人因被薛宝钗烦了打结子，秋雯③、碧痕两个去找水桶，红檀呢，又因他母亲的生日接了出

---

① 引自《太平御览》卷四十八《地部十三》。
② 《红楼梦诗词曲赋评注》，第 320 页。
③ 关于"秋雯"的问题，参阅第四章的论述。

去。麝月又现在家中养病。虽还有几个作粗话听使唤的丫头们，谅着叫不着他们，都去寻伙觅伴的顽去了。

"红檀"，彼本同，杨本作"晴雯"，梦本误作"擅云"，其他脂本作"檀云"。

在这一回，她并没有出场，仅仅是作者提到了她的名字而已。

但是，留下了一个疑问：同样是在晳本中，第 23 回的四时即事诗里写的是"檀云"，而在第 24 回的正文里却说成"红檀"，岂非两歧？

我想，这可能是曹雪芹的初稿和改稿的差异。

那么，是"红檀"出于初稿，还是"檀云"出于初稿？

同时有两个脂本（彼本、晳本）在此处作"红檀"，这可以表明，这不可能是两个脂本的抄手的误抄。"檀云"之"檀"居于二字之上位，而"红檀"之"檀"居于二字之下位。这就大大地降低了误抄的概率。

我认为，出于初稿的是"红檀"，不是"檀云"。

做出这个判断的理由有以下四点。

一是多数脂本（庚辰本、蒙本、戚本、舒本、梦本）作"檀云"，只有晳、彼二本作"红檀"。

二是在书中的其他场合提到此人的名字时均作"檀云"，而非"红檀"。

三是《夏夜即事》诗和《芙蓉女儿诔》所提到的名字均作"檀云"，而不是"红檀"。这应出于曹雪芹的改稿或定稿。一般来说，诗词韵文中用字的选择有着多种限制，不像散文叙事的字词那么自由。因之，出现在《夏夜即事》诗和《芙蓉女儿诔》中的"檀云"，应出于曹氏的定稿。

四是在丫环群的"伴侣形象"中，"檀云"和"麝月"恰好是一对儿。在怡红院中，和"麝月"搭配成对的，"檀云"是最佳选择。

但是，"红檀"问题却透露了一则重要信息：在脂本中，彼本和晳本之间有着亲近的关系。

在第 24 回之后,第 34 回又提到了檀云的名字:

> 只见王夫人使个婆子来,口称:"太太叫一个跟二爷的人呢。"
> 袭人见说,想了一想,便回身悄悄告诉晴雯、麝月、<u>檀云</u>、秋纹
> 等说:"太太叫人,你们好生在房里,我去了就来。"

以上文字引自庚辰本。

"檀云",彼本、杨本作"香云";舒本无"麝月、檀云、秋纹";
程甲本、程乙本无"檀云"。其他脂本同于庚辰本。

彼、杨二本"香云"之名相同,又一次证明了它们的亲近性。而
且我更怀疑已佚失的暂本第 34 回中在此处出现的可能是"香云",而
非"檀云",亦非"红檀"。

檀云之名还继续在第 52 回出现。引庚辰本于下:

> 二人①才叫时,宝玉已醒了,忙起身披衣。麝月先叫进小丫头
> 子来收什妥当了,才命秋纹、<u>檀云</u>等进来,一同伏侍宝玉梳洗毕。

"檀云",程甲本、程乙本无,其他脂本均同于庚辰本。

可知此人之名,最后确实定为"檀云"。

我认为,在曹雪芹的创作过程中,这个丫环的名字所经历的变
化是:

$$红檀 \longrightarrow 香云 \longrightarrow 檀云$$

也就是说,单就"红檀"之名而论,暂本、彼本要早于其他脂本。
无怪乎有的学者要给暂本冠以"活化石"之称。

这里有两个问题:在写作和修改过程中,"香云"为什么居于"红

---

① "二人",指麝月、晴雯。

檀"之后？又为什么居于"檀云"之前？

我的推测和分析有两点。

第一，这和曹雪芹所设计的"伴侣形象"有关。"香云"之名能和"麝月"构成一对儿，"红檀"和"麝月"则不匹配。

第二，"香云"之名有瑕疵，它和作为书中主要人物之一的史湘云的名字，由于同音而起了冲突，因之必须更改。

第四节　结语

第一，在脂本中，檀云（红檀、香云）的名字先后出现于下列五回：

23 24 34 52 78

其中，第 23 回和第 78 回分别见于《夏夜即事》诗和《芙蓉女儿诔》。其余三回则分别见于正文的叙述。

第二，我们所讨论的这个丫环，在不同的脂本和不同的章回中，有三个不同的名字，兹分回列表于下①：

第 24 回

红檀	皙本　彼本				
檀云	庚辰本	舒本	蒙本	戚本	梦本
香云	（无）				

（杨本此名作"晴雯"）

---

① "四时即事诗"与《芙蓉女儿诔》除外。

第 34 回

红檀	无				
檀云	己卯本	庚辰本	蒙本	戚本	梦本
香云	彼本	杨本			

（舒本无此人）

第 52 回

红檀	无					
檀云	庚辰本	彼本	杨本	蒙本	戚本	梦本
香云	无					

第三，"红檀"出于曹雪芹的初稿，"香云"和"檀云"则出于曹雪芹的改稿，它们出现的顺序是：

红檀──→香云──→檀云

第四，"香云"之被放弃和更改，原因在于"香云"与"史湘云"之名近似，以免造成读者的误解。

第五，在正文的叙事中，从章回的顺序来说，起初是"红檀"（第 24 回），继而是"香云"（第 34 回），最后是"檀云"，并定格为"檀云"。

第四章　她叫秋雯，还是叫秋纹、秋文？

——一人三名考之二

本章分为七节：

第一节　八次，事非偶然

暂本第 24 回写道，小红遭到了怡红院另外两个提水的丫环的一场"恶气"①。

---

① 此二字引自舒本，梦本作"恶语"，其他脂本作"恶意"。

这两个提水的丫环是谁呢?

据晢本,一个是碧痕,另一个叫"秋雯"。

在晢本第 24 回,"秋雯"之名,先后共出现了八次,都在临近回末的地方,如下:

(1) 宝玉……这日晚上从北静王府中回来,见过贾母、王夫人等,回至园内,换了衣服,正要洗澡。袭人因被薛宝钗烦了打结子。秋雯、碧痕两个去找水桶。红檀呢,又因他母亲的生日接了出去。麝月又现在家中养病。虽还有几个作粗话①、听使唤的丫头们,谅着叫不着他们,都去寻伙觅伴的顽去了。

(2) 宝玉道:"你为什么不作眼面前的事?"丫头道:"这也难说,只是有一句话回二爷:昨儿有个什么芸儿来找二爷,我想二爷不得空儿,便叫焙茗回他,叫他今儿早起来。不想二爷又往北府去了。"刚说到这句话,只见秋雯、碧痕希希②哈哈的说笑着,进入院子来,两个人共提着一桶水,一手撩着衣裳,趔趔趄趄、泼泼撒撒的。那丫头便忙迎出去来接。

(3) 那秋雯、碧痕正对抱怨:"你湿了我的裙子。"那个又说:"踮了我的鞋。"忽见走出一个人来接水,二人看时,不是别人,原来是小红。二人便都岔意③,将水放下,忙进房来,东晴西房④,并没别个人,只有宝玉。二人便心中大不自在。

(4) 待宝玉脱了衣裳,二人便带上了门出来,走到那边房内,便找小红问他:"你方才在屋里说什么?"小红道:"我何曾在屋里。只因我的手帕子不见了,往后头找手帕去,不想二爷要茶,姐姐们一个没有,是我进去了,才倒了茶,姐姐们便来了。"秋雯听了,兜

---

① "话"乃"活"字的形讹。
② "希希"乃"嘻嘻"的音讹。
③ "岔意"即"诧异"。
④ "东晴西房"乃"东晴西望"之误。

脸便啐了一口，骂道："没脸面的下流东西，正经叫你提水，你不去，倒叫我们去，你等着作个巧宗儿，一里头就要你好了，虽①到我们倒跟不上你了。你也拿镜子照照，配递茶递水的不配？"

（5）碧痕说道："明儿我说给他们，要茶要水、递东递西的，咱们都到②动，只叫他便是了。"秋雯道："这么说，还不好③我们散了，单让他在这屋里呢。"

（6）只见有个老嬷嬷进来传凤姐的话说："明儿有人带匠人进来种树，叫你们严紧些，衣服裙子别混晒混晾的。那土山一溜都拦着帏幔呢，可别混跑。"秋雯便问："明儿不知是谁带进匠人来监工？"

（7）那婆子道："是什么后廊上的芸二爷。"秋雯、碧痕听了，那④不知道，只管混问别的话。那小红听见了，心内却明白，就知是昨儿那外书房见的那个人了。

（8）原来这小红方才被秋雯、碧痕两人说的羞羞惭惭，粉面通红，闷闷的去了。

这八处"秋雯"，在其他脂本（庚辰本、舒本、彼本、杨本、蒙本、戚本、梦本）以及程甲本、程乙本，均作"秋纹"。

暂本接连八次一无例外地提到"秋雯"之名，足见它固执地认定这个丫环名叫"秋雯"，而不叫"秋纹"，绝非偶然。

第二节　四名·十九回·四十六例

"四名"指的是"秋纹"、"秋雯"、"秋文"和"纹儿"这四个人

---

① "虽"（雖）乃"难"（難）字的形讹。
② "到"乃"别"字的形讹。
③ "好"乃"如"字的形讹。
④ "那"乃"都"字的形讹。

名，其实它们指的是同一个人；"十九回"，指的是以上这四个名字都出现在《红楼梦》前八十回的十九回之中；"四十二例"，指的是下文列举了四十二个例子①。

在《红楼梦》中，"秋纹"、"秋雯"、"秋文"和"纹儿"之名先后出现于下列十九回中②：

5	19	20	24	27	31	34	35	37	52
54	55	63	64	67	73	74	77	78	

这十九回共有四十六例，现依次列举于下。

例1，第5回，庚辰本：

> 于是众奶母伏侍宝玉卧好，款款散了，只留袭人、媚人、晴雯、麝月四个丫嬛为伴。

"媚人"，梦本作"秋纹"，眉本作"婿③人"，其他脂本（甲戌本、己卯本、舒本、杨本、蒙本、戚本、眉本、梦本）同于庚辰本。

例2，第19回，庚辰本：

> 少时，宝玉回来，命人去接袭人。只见晴雯淌④在床上不动，宝玉因问："敢是病了？再不然，输了？"秋纹道："他到是赢的。谁知李老太太来了，混输了，他气的睡去了。"
>
> 宝玉笑道："你别和他一般见识，由他去就是了。"

"秋纹"，舒本作"秋雯"，其他脂本（己卯本、舒本、彼本、杨本、蒙本、戚本、梦本）同于庚辰本。

---

① 一例之中，此人名的出现可能不止一次。
② 表中所列，仅包括前八十回。
③ 眉本"婿"乃"媚"字的形讹。
④ "淌"，即"躺"。

例 3，第 20 回，庚辰本：

宝玉听说，只得替他①去了簪环，看他倘②下，自往上房来同贾母吃毕饭。贾母犹欲同那几个老管家嬷嬷斗牌解闷，宝玉记③着袭人，便回至房中，见袭人朦朦睡去，自己要睡，天气尚早。彼时，晴雯、绮霰④、<u>秋纹</u>、碧痕都寻热闹找鸳鸯、琥珀等耍戏去了。

"秋纹"，蒙本作"秋雯"，其他脂本（己卯本、舒本、彼本、杨本、戚本、梦本）同于庚辰本。

例 4 至例 11，已列举于上一节⑤，此处从略。

例 12，第 27 回，庚辰本：

只见那边探春、宝钗在池边看鱼。红玉上来陪笑问道："姑娘们可知道二奶奶那去了？"探春道："往你大奶奶院里找去。"红玉听了，才往稻香村来，顶头只见晴雯、绮霰、碧痕、紫绡、麝月、侍书、入画、莺儿等一群人来了。

这里出现了一群丫环的名字，其中"绮霰""紫绡""侍书"等均有异文，因与我们此处讨论的问题无关，且不去说它。

需要指出的是，在"碧痕"之后、"麝月"之前，脂本作"紫绡"（甲戌本、庚辰本、舒本、戚本、梦本）或"紫绢"（蒙本）、"紫鹃"（彼本），而在"碧痕"之后、"麝月"之前，顶替"紫绡"的，在程甲本、程乙本中却是"秋纹"。

也就是说，只有程甲本、程乙本出现了"秋纹"的名字，而几个脂本都是既没有"秋纹"，也没有"秋雯"。

---

① "他"，指袭人。
② "倘"，即"躺"。
③ 庚辰本原作"记"，旁改"垫"。
④ "绮霰"，己卯本、舒本、蒙本同，其他脂本作"绮霞"。
⑤ 参阅本章第一节"八次，事非偶然"。

例13，第31回，庚辰本：

> 晴雯哭道："我多早晚闹着要去了？饶生了气，还拿话压派我。只管去回，我一头碰死了，也不出这门儿。"宝玉道："这也奇了，你又不去，你又闹些什么？我经不起这吵，不如去了倒干净。"说着，一定要去回。袭人见拦不住，只得跪下了。碧痕①、秋纹、麝月等众丫环见吵闹，都鸦雀无闻的在外头听消息，这会子听见袭人跪下央求，便一齐进来，都跪下了。

"秋纹"，舒本原作"秋波"，"波"旁改"纹"，其他脂本（彼本、杨本、蒙本、戚本、梦本）同于庚辰本。

例14，第34回，庚辰本：

> 只见王夫人使个婆子来，口称："太太叫一个跟二爷的人呢。"袭人见说，想了一想，便回身悄悄告诉晴雯、麝月、檀云、秋纹等说："太太叫人，你们好生在房里，我去了就来。"说毕，同那婆子一径出了园子，来至上房。

"麝月、檀云、秋纹"，舒本无；"檀云"，彼本、杨本作"香云"；其他脂本（己卯本、舒本、蒙本、戚本、梦本）同于庚辰本。

例15，第35回，庚辰本：

> 玉钏笑道："你放心，我自有道理。"说着，便令一个婆子来，将汤饭等物放在一个捧盒里，令他端了，跟着他，两个却空着手儿走，一直到了怡红院门内，玉钏儿方接了过来，同莺儿进入宝玉房中。袭人、麝月、秋纹三个人正和宝玉玩笑呢。

"秋纹"，其他脂本（己卯本、舒本、彼本、杨本、蒙本、戚本、

---

① 舒本"痕"系旁改，原作"眼"。

梦本）均同于庚辰本。

例16，第35回，庚辰本：

> 宝玉忙道："若走得了，必请太太的安去。疼的比先好些，请太太放心罢。"一面叫他两个坐下，一面又叫<u>秋纹</u>来："把才拿来的那果子，拿一盘送与林姑娘去。"<u>秋纹</u>答应了。

"秋纹"，其他脂本（己卯本、舒本、彼本、杨本、蒙本、戚本、梦本）均同于庚辰本。

例17，第37回，庚辰本：

> 袭人回至房中，拿碟子盛东西与史湘云送去，却见橱子上碟槽空着，因回头见晴雯、<u>秋纹</u>、麝月等都在一处做针黹。袭人问道："这一个缠丝白玛瑙碟子那去了？"众人见问，都你看我，我看你，都想不起来。

"秋纹"，其他脂本（己卯本、舒本、彼本、杨本、蒙本、戚本、梦本）均同于庚辰本。

例18，第37回，庚辰本：

> <u>秋纹</u>笑道："提起瓶来，我又想起笑话。我们宝二爷说声孝心一动，也孝敬到二十分。因那日见园子里花，折了两枝，原是自己要插瓶的，忽然想起来说，这是自己园里的才开的新鲜花，不敢自己先顽，巴巴的把那一对瓶拿下来，亲自灌水，插好了，叫个人拿着，亲自送一瓶进老太太，又进一瓶与太太。谁知他孝心一动，连跟的都得了福了。可巧那日是我拿去的，老太太见了这样，喜的无可无不可，见人就说：'到底是我的宝玉孝顺我，连一枝花儿也想的到。别人还只报①怨我疼

---

① "报"乃"抱"字的音讹。

他。'你们知道，老太太素日不大同我说话的，有些不入他老人家的眼的，那日竟叫人拿几百钱给我，说我可怜见的，生的单弱，这可是再想不到的福气。几百钱是小事，难得这个脸面。及至到了太太那里，太太正和二奶奶、赵姨奶奶、周姨奶奶好些人翻箱子找太太当日年轻穿的有颜色的衣裳，不知给那一个，一见了，连衣裳也不找了，且看花儿。又有二奶奶在旁边凑趣儿，夸宝玉又是怎么孝顺，又是怎样知好歹，有的没的说了两车话，当着众人，太太自为又增了光，堵了众人的嘴。太太越发喜欢了，现成的衣裳就赏了我两件。衣裳也是小事，年年横竖也得，却不像这个彩头。"

"秋纹"，彼本作"秋雯"，其他脂本（甲戌本、己卯本、庚辰本、舒本、彼本、杨本、蒙本、戚本、梦本）同于庚辰本。

例 19，第 37 回，庚辰本：

> 晴雯笑道："呸，没见识面①的小蹄子，那是把好的给了人，挑剩下的才给你，你还充有脸呢。"秋纹道："凭他给谁剩的，到底是太太的恩典。"

"秋纹"，其他脂本（己卯本、舒本、彼本、蒙本、戚本、梦本）均同于庚辰本。

杨本无此前后数句。

例 20，第 37 回，庚辰本：

> 晴雯道："要是我，我就不要。若是给别人剩下的给我也罢了。一样这屋里的人，难道谁又比谁高贵些，把好的给他，剩下的才给我，我宁可不要，冲撞了太太，我也不受这口软气。"秋纹

---

① "没见识面"，蒙本作"没见席面"，戚本作"没见世面"，梦本作"没见识"。

忙问："给这屋里谁的？我因为前儿病了几天家去了，不知是给谁的。好姐姐，你告诉我知道知道。"

"秋纹"，其他脂本（己卯本、舒本、彼本、杨本、蒙本、戚本、梦本）均同于庚辰本。

例21，第37回，庚辰本：

晴雯道："我告诉了你，难到①你这会子退还太太去不成。"秋纹笑道："胡说。我白听了喜欢喜欢。那怕给这屋里的狗剩下的，我只领太太的恩典，也不犯管别的事。"

"秋纹"，其他脂本（己卯本、舒本、彼本、杨本、蒙本、戚本、梦本）均同于庚辰本。

例22，第37回，庚辰本：

袭人笑道："你们这起烂了嘴的，得了空就拿我取笑打牙儿，一个个不知怎么死呢。"

秋纹笑道："原来姐姐得了，我实在不知道。我陪个不是罢。"

"秋纹"，其他脂本（己卯本、舒本、彼本、杨本、蒙本、戚本、梦本）均同于庚辰本。

例23，第37回，庚辰本：

晴雯听说，便掷下针黹道："这话倒是，等我取去。"秋纹道："还是我取去罢。你取你的碟子去。"

"秋纹"，舒本原作"秋雯"，"雯"旁改"纹"，其他脂本（己卯本、彼本、杨本、蒙本、戚本、梦本）同于庚辰本。

---

① "到"乃"道"字的音讹。

例24，第37回，庚辰本：

晴雯冷笑道："虽然碰不见找衣裳，或者太太看见我勤谨，一个月也把太太的公费里分出二两银子来给我，也定不得。"说着，又笑道："你们别和我装神弄鬼的，什么事儿我不知道。"一面说，一面往外跑了。<u>秋纹</u>也同他出来，自去探春那里取了碟子来。

"秋纹"，其他脂本（己卯本、舒本、彼本、杨本、蒙本、戚本、梦本）均同于庚辰本。

例25，第37回，庚辰本：

宋嬷嬷道："宝二爷不知还有什么说的？姑娘再问问去，回来又别说忘了。"袭人因问<u>秋纹</u>："方才可见在三姑娘那里？"<u>秋纹</u>道："他们都在那里商议起什么诗社呢，又都作诗，想来没话，你只去罢。"

"秋纹"，其他脂本（己卯本、舒本、彼本、杨本、蒙本、戚本、梦本）均同于庚辰本。

例26，第52回，庚辰本：

宝玉……只见晴雯独卧于炕上，脸面烧的飞红，又摸了一摸，只觉盠①手，忙又向炉上将手烘暖，伸进被去，摸了一摸，身上也是火烧，因说道："别人去了也罢。麝月、<u>秋纹</u>也这样无情，各自去了。"晴雯道："<u>秋纹</u>是我撵了他去吃饭的。麝月是方才平儿来找他出去了，两人鬼鬼祟祟的不知说什么，必是说我病了不出去。"

"秋纹"，其他脂本（己卯本、彼本、杨本、蒙本、戚本、梦本）

① "盠"，即"烫"。

均同于庚辰本。

例27，第52回，庚辰本：

> 二人才叫时，宝玉已醒了，忙起身披衣。麝月先叫进小丫头子来，收什①妥当了，才命<u>秋纹</u>、檀云等进来，一同伏侍宝玉梳洗毕，麝月道："天又阴阴的，只怕有雪，穿那一套毡子的罢。"

"秋纹"，其他脂本（己卯本、彼本、杨本、蒙本、戚本、梦本）均同于庚辰本。

例28，第52回，庚辰本：

> 坠儿听了，只得翻身进来，给他两个磕了两个头，又找<u>秋纹</u>等，他们也不採②他。

"秋纹"，其他脂本（己卯本、彼本、杨本、蒙本、戚本、梦本）均同于庚辰本。

例29，第54回，庚辰本：

> 宝玉回说："不往远去，只出去就来。"贾母命婆子们好生跟着。于是宝玉出来，只有麝月、<u>秋纹</u>并几个小丫头随着。

"秋纹"，其他脂本（彼本、杨本、蒙本、戚本、梦本）均同于庚辰本。

例30，第54回，庚辰本：

> 宝玉便走过山石之后去，站着撩衣。麝月、<u>秋纹</u>皆站住，背过脸去，口内笑说："蹲下再解小衣，仔细风吹了肚子。"

---

① "收什"，即"收拾"。
② "採"，即"睬"。

"秋纹"，其他脂本（彼本、杨本、蒙本、戚本、梦本）均同于庚辰本。

例31，第54回，庚辰本：

> 这里宝玉刚转过来，只见两个媳妇子走来，问是谁。秋纹道："宝玉在这里，你大呼小叫，仔细唬着罢。"

"秋纹"，其他脂本（彼本、杨本、蒙本、戚本、梦本）均同于庚辰本。

例32，第54回，庚辰本：

> 麝月等问："手里拿的是什么？"媳妇们道："是老太太赏金花二位姑娘吃的。"秋纹笑道："外头唱的是《八义》，没唱《混元盒》，那里又跑出金花娘娘来了？"宝玉笑命："揭起来我瞧瞧。"秋纹、麝月忙上去将两个盒子揭开，两个媳妇忙蹲下身子。

"秋纹"，其他脂本（彼本、杨本、蒙本、戚本、梦本）均同于庚辰本。

例33，第54回，庚辰本：

> 只见那两个小丫头，一个捧着小沐盆，一个搭着手巾，又拿着沤子壶在那里久等。秋纹先忙伸手向盆内试了一试，说道："你越大越粗心了，那里弄的这冷水？"

"秋纹"，其他脂本（彼本、杨本、蒙本、戚本、梦本）均同于庚辰本。

例34，第54回，庚辰本：

> 那婆子道："哥哥儿，这是太太泡茶的，劝你走了舀去罢，那里就走大了脚了。"秋纹道："凭你是谁的，你不给，我管把老太太茶盅子倒了洗手。"那婆子回头见是秋纹，忙提起壶来就倒。秋

纹道："够了。你这么大年纪，也没个见识，谁不知是老太太的水，要不着的人就敢要了？"

"秋纹"，其他脂本（彼本、杨本、蒙本、戚本、梦本）均同于庚辰本。

例35，第54回，庚辰本：

> 婆子笑道："我眼花了，没认出姑娘来。"宝玉洗了手，那小丫头子拿小壶倒了些沤子在他手内，宝玉沤了。秋纹、麝月也趁热水洗了一回，沤了，跟进宝玉来。

"秋纹"，其他脂本（彼本、杨本、蒙本、戚本、梦本）均同于庚辰本。

例36，第55回，庚辰本：

> 正说着，只见秋纹走来，众媳妇忙赶着问好，又说："姑娘也且歇一歇，里头摆饭呢。等撤下饭桌子再回话去。"秋纹笑道："我比不得你们，我那里等得？"说着，便直要上厅去，平儿忙叫："快回来。"秋纹回头，见了平儿，笑道："你又在这里充什么外围的防护？"一面回身便坐在平儿褥上。平儿悄问："回什么？"秋纹道："问一问宝玉的月银，我们的月钱，多早晚才领？"平儿道："这什么大事，你快回去，告诉袭人，说我的话，凭有什么事，今儿都别回。若回一件，管驳一件。回一百件，管驳一百件。"秋纹听了，忙问："这是为什么了？"平儿与众媳妇等忙告诉他原故。……秋纹听了，伸舌笑道："幸而平姐姐在这里，没的燥①一鼻子灰。我趁早知会他们去。"说着，便起身走了。

"秋纹"，其他脂本均同于庚辰本。

---

① "燥"乃"臊"字之误。

例37，第63回，庚辰本：

　　话说宝玉回至房中洗手，因与袭人商议："晚间吃酒，大家取乐，不可拘泥。如今吃什么好，早些说给他们备办去。"袭人笑道："你放心，我和晴雯、射①月、秋纹四个人，每人五钱银子，共是二两；芳官、碧痕、小燕、四儿四个人，每人三钱银子。他们有假②的不算，共是三两二钱银子，早已交给了柳嫂子，预备四十碟果子，我和平儿说了，已经抬了一坛好绍兴酒，藏在那边了。我们八个人单替你过生日。"

"秋纹"，蒙本作"秋文"，杨本作"纹儿"，彼本原作"秋雯"，"雯"旁改"纹"，己卯本、戚本、梦本同于庚辰本。

例38，第64回，己卯本③：

　　宝玉随④一手拉了晴雯，一手携了芳官，进入屋内看时，只见西边炕上麝月、秋纹、碧痕、春燕等正在那里抓子儿赢瓜子儿呢。

"秋纹"，蒙本作"秋文"，其他脂本（彼本、杨本、戚本、梦本）同于己卯本。

例39，第67回，己卯本：

　　且说宝玉送了黛玉回来，想着黛玉的孤苦，不免也替他伤感起来，因要将这话告诉袭人，进来时却只有麝月、秋纹在屋里，因问："你袭人姐姐那里去了？"

"秋纹"，其他脂本（彼本、杨本、蒙本、戚本）均同于己卯本。

---

① "射"乃"麝"字之误。
② "有假"，旁改"以下"。
③ 庚辰本缺第67回，故此处引文以己卯本代替之。下同。
④ "随"乃"遂"字的音讹。

例40，第67回，己卯本：

晴雯道："袭人姐姐才出去，听见他说，要到琏二奶奶那边去，保不住还到林姑娘那里去呢。"宝玉听了，便不言语。秋纹倒了茶来，宝玉漱了一口，递给小丫头子，心中着实不自在，就随便歪在床上。

"秋纹"，其他脂本（杨本、蒙本）同于己卯本。

例41，第73回，庚辰本：

麝月笑指着书道："你暂且把我们忘了罢，把心且略对着他写罢。"话犹未了，只听金星玻璃从后房门进来，口内喊说："不好了，一个人从墙上跳下来了。"

上述引文中并没有出现"秋纹"之名。

"金星玻璃"，其他脂本均同于庚辰本，程甲本、程乙本作"春燕、秋纹"。

惊慌失措的本是一人（金星玻璃，即芳官）。因程甲本已删弃上文芳官易名金星玻璃一段情节，故此处必须芟除此名。程甲本、程乙本乃是木活字排印本，因"金星玻璃"占四个字位，故必须填补两个人名，程甲本、程乙本遂选择了"春燕"和"秋纹"。这就是此处突然出现"秋纹"的原因。所以第74回遇到同样的情形，便以"芳官"替换"金星玻璃"。

例42，第74回，庚辰本：

至于宝玉饮食起坐，上一层有老奶奶、老妈妈们，下一层又有袭人、麝月、秋纹几个人。

"秋纹"，彼本原作"秋雯"，"雯"旁改"纹"，其他脂本（杨本、蒙本、戚本、梦本）同于庚辰本。

例 43，第 77 回，庚辰本：

宝玉道："怎么人人的不是太太都知道？单不挑出你①和麝月、秋纹来？"

"秋纹"，其他脂本（彼本、杨本、蒙本、戚本、梦本）均同于庚辰本。

例 44，第 78 回，庚辰本：

宝玉听了，便忙入园来。当下麝月、秋文已带了两个丫头等候，见宝玉辞了贾母出来，秋纹便将笔墨拿起来，一同随宝玉进园来。

"秋文"，其他脂本（彼本、杨本、蒙本、戚本、梦本）均作"秋纹"。

"秋纹"，其他脂本均同于庚辰本。

按：上述引文中的"秋文"和"秋纹"二名同时出现于邻近的两句文字之中，这恰可作为"秋文""秋纹"乃是同一人、"秋文"乃是"秋纹"之讹误的证据。

例 45，第 78 回，庚辰本：

宝玉满口里说："好熟②。"一壁便摘冠带，将外面的大衣服都脱下来，麝月拿着，只穿着一件松花绫子夹袄，袄内露出血点般大红裤子来，秋纹 a 见这条红裤是晴雯手内针线，因叹道："这条裤子已后收了罢。真是物在人亡了。"麝月忙也笑道："这是晴雯的针线。"也叹道："真真物在人亡了。"秋纹 b 将麝月拉了一把，笑道："这裤子配着松花色袄儿、石青靴子，越显出这靛青的头、

———————————

① "你"指袭人。
② "熟"乃"热"字的形讹。

雪白的脸来了。"

"秋纹 a"，其他脂本（彼本、杨本、蒙本、戚本、梦本）均同于庚辰本。

涉及"秋纹 b"的这段文字，各脂本分别是：

> 麝月忙也笑道："这是晴雯的针线。"有①叹道："真真物在人亡了。"秋纹 b 将麝月拉了一把，笑道："这裤子配着松花色袄儿、石青靴子，越显出这靛青的头、雪白的脸来了。"（庚辰本）
>
> 麝月忙笑道："这是晴雯的针线。"又叹道："真真的物在人亡了。"秋纹 b 将麝月扯了一把，忙笑道："这裤子配着松花色袄儿、石青鞋子，越发趁出靛青的头、雪白的脸来了。"（彼本）
>
> 麝月忙道："这是晴雯的针线。"亦叹道："真是物在人亡。"秋纹 b 将麝月拉了一把，笑道："这裤子配着松黄袄儿、石青靴子，越显出这靛青的头、雪白的脸来了。"（杨本）
>
> 麝月忙道："这是晴雯针线。"又叹道："真是物在人亡了。"秋纹 b 将麝月拉了一把，笑道："这裤子配着松花袄儿、石青靴子，越显出这靛青头皮、雪白的脸来了。"（蒙本）
>
> 麝月忙道："这是晴雯针线么？"又叹道："真是物在人亡了。"秋纹 b 将麝月拉了一把，笑道："这裤子配着松花袄儿、石青靴子，越显出这靛青头皮、雪白的脸来了。"（戚本）
>
> 麝月将秋纹 b 拉了一把，笑道："这裤子配着松花色袄儿、石青靴子，显出这靛青的头、雪白的脸来了。"（梦本）

例 46，第 78 回，庚辰本：

> 因又想："虽然临终未见，如今且去灵前一拜，也算尽五六年

---

① 庚辰本"有"旁改"也"。按：此"有"字乃"又"之误。

的情常①。"想毕，*忙至房中*，*又另穿带了*，只说去看黛玉，遂一人出园来，往前次之处来……

在"忙至房中"一句之后、"又另穿带了"一句之前，梦本作"来，正值麝月、秋纹找来，宝玉"，程甲本、程乙本作"正值麝月、秋纹找来，宝玉"，其他脂本（彼本、杨本、蒙本、戚本）同于庚辰本。

从这四十六例来看，这个丫环的名字在脂本中，有"秋纹"、"秋雯"、"秋文"和"纹儿"之分。其中，"秋纹"出现的次数最多，"纹儿"出现的次数最少（只有一次）。

第三节 "秋雯"：晢本之外

"秋雯"这个名字，在《红楼梦》脂本中出现的情况如下表所示：

脂本	回次			例数
蒙本	20			1
晢本	24			8
彼本	37	63	74	3
舒本	37			1

彼、舒、蒙三本的这五个例子不妨再引述于下。

---

① "情常"，彼本、蒙本同，杨本作"情"，戚本作"情肠"，梦本作"情意"。

例1^①，第 20 回，蒙本：

宝玉听说，只得替他^②去了簪环，看他淌^③下，自往上房来，同贾母吃饭毕。贾母犹欲同那几个老管家妈妈们斗牌解闷，宝玉记着袭人，便回至房中，见袭人朦朦睡去，自己要睡，天气尚早。彼时，晴雯、绮霰^④、<u>秋雯</u>、碧痕都寻热闹找鸳鸯、琥珀等耍戏去了。

"秋雯"，其他脂本均作"秋纹"。

例2^⑤，第 37 回，彼本：

<u>秋雯</u>笑道："提起这瓶来，我又想起笑话来了。我们宝二爷说声孝心一动，也孝敬到十二分。因那日见园里桂花开了，折了两枝，原是自己要插瓶的，忽然想起来说，这是自园子里的开的新鲜花儿，不敢自己先顽，巴巴的把那一对瓶拿下来，亲自灌水，插好了，叫个人拿着，亲身进一瓶与老太太，又进一瓶与太太。谁知他孝心一动，连跟的人都得了福。可巧那日是我拿去的，老太太见了这样，喜欢无可无不可，见人就说：'到底是的宝玉孝顺我，连一枝花儿也想的到。别人还只报怨我疼他。'你们知道，老太太素日不大同我说话的，有些不入他老人家的^⑥，那日竟叫人拿几百钱给我，说我可怜见的，生的单薄，这可是再想不到的福气。几百钱事小，难得这个脸儿。及至到了太太那里，太太正和二奶奶、赵姨娘、周姨娘好些人翻箱子，找太太当日年轻的^⑦颜色衣裳，不知要给那一个，见了，连衣裳也不找了，且看花儿。又有

---

① 即本章第二节的例 3。
② "他"，指袭人。
③ "淌"，即"躺"。
④ "绮霰"，舒本、庚辰本同，其他脂本作"绮霞"。
⑤ 即本章第二节的例 18。
⑥ 此下夺"眼的"二字。
⑦ "的"系"穿的有"三字的讹误。

二奶奶在旁边凑趣夸宝玉又是怎样孝敬，又是怎样知好歹，有的没的说了两车话，当着众人，太太自为又增了光，堵了众人的嘴。太太越发喜欢了，现成的衣裳就赏了我两件。衣裳也是小事，年年横竖也得，却不像这个彩头。"

"秋雯"，其他脂本均作"秋纹"。

例3①，第63回，彼本：

> 话说宝玉回至房中洗手，因与袭人商议："晚间吃酒，大家取乐，不可拘泥，如今吃什么好，早说给他们办去。"袭人笑道："你放心，我和晴雯、麝月、<u>秋雯</u>四个人，每人五钱银子，共是二两；芳官、碧痕、小燕、四儿四个人，每人三钱银子；共是三两二钱银子，早已交给刘嫂子②，预备四十碟果子。我和平儿说了，抬了一坛好绍兴酒，藏在那边了。我们八个人单替你过生日。"

"秋雯"，"雯"旁改"纹"，蒙本作"秋文"，杨本作"纹儿"，其他脂本作"秋纹"。

例4③，第74回，彼本：

> 至于宝玉饮食起坐，上一层有老奶奶、老妈妈们，下一层又有袭人、麝月、<u>秋纹</u>几个人。

"秋雯"，"雯"旁改"纹"，其他脂本均作"秋纹"。

例5④，第37回，舒本：

> 晴雯听说，便掷下针黹道："这话倒是，等我取去。"<u>秋雯</u>道：

---

① 即本章第二节的例37。
② "刘嫂子"乃"柳嫂子"之误。
③ 即本章第二节的例42。
④ 即本章第二节的例23。

"还是我取去罢。你取碟子去。"

"秋雯"，"雯"旁改"纹"，其他脂本均作"秋纹"。

从共同出现"秋雯"之名的角度看，彼本、舒本、蒙本和晢本这四个脂本之间无疑有着一定的亲近关系。

比较突出的有以下两点。

第一，彼本竟有三回（第 37 回、第 63 回和第 74 回）接连出现"秋雯"之名，表明它和晢本的亲近关系格外耀眼。

第二，彼本第 37 回出现"秋纹"或"秋雯"之名共有九例（例 17 至例 25)① 之多。见下列二表：

第 37 回"秋纹"

脂本		例次			
己卯本　庚辰本　舒本　彼本	1	15	17	18	19
杨本②蒙本　戚本　梦本		20	22	23	

第 37 回"秋雯"

脂本	例次
彼本	16
舒本	21

第三，以彼本为例，它在例 18 中为"秋雯"，而在其他八例（17、19、20、21、22、23、24、25）中却作"秋纹"。

这些为什么会出现在第 37 回？

这就不能不引起我们的思考。

---

① 参阅本章第二节。
② 杨本例 17 无此上下数句。

第四节 "纹儿"与"秋文"之异

在"秋纹""秋雯"之外，这个丫环还有另外两个名字①："秋文""纹儿"。

先说"纹儿"。

"纹儿"仅仅出现了一次。

纹儿	杨本	第 63 回

那是在杨本第 63 回的开端：

> 话说宝玉回至房中洗手，因与袭人商议："晚间吃酒，大家取乐，不可拘呢②，如今吃什么好，早说给他们备办去。"袭人笑道："你放心，我和晴雯、麝月、纹儿四个人，每人五钱银子，共是二两；芳官、碧痕、春燕、四儿四个人，每人三钱银子，共是三两二钱银子，早已交给了柳家嫂子，预备四十碟果子，我和平儿说了，已经抬了一坛好绍兴酒，藏在那边了。我们八个人单替你过生日。"

"纹儿"，彼本原作"秋雯"，"雯"旁改"纹"，其他脂本作"秋纹"。

此"纹儿"之名，出于袭人之口，不是作者的叙述语言，也不见于书内其他各处。我认为，这可能只是一种昵称，用以表示袭人和秋纹的亲密关系。

再说"秋文"。

---

① 实际上，"秋纹"还有另外一个名字："秋波"。这见于舒本第 31 回。舒本原作"秋波"，"波"字旁改"纹"。此系显误，与"秋雯"不同，不在我们的统计之内。

② "呢"系"泥"字的形讹。

"秋文"在书中出现了两次，分别见于第 64 回和第 78 回。

| 秋文 | 蒙本 | 第 64 回 |
| 秋文 | 庚辰本 | 第 78 回 |

蒙本第 64 回①：

　　宝玉遂一手拖了晴雯，一手携了芳官，进入屋内看时，只见两边床上麝月、秋文、碧痕、紫绡②等正在那里抓子儿赢瓜子儿呢。

"秋文"，其他脂本均作"秋纹"。
庚辰本第 78 回③：

　　宝玉听了，便忙入园来。当下麝月、秋文已带了两个丫头等候，见宝玉辞了贾母出来，秋纹便将笔墨拿起来，一同随宝玉进园来。

"秋文"，其他脂本均作"秋纹"。
此例很有意思。前后两句中，前句作"秋文"，后句作"秋纹"。再加上两点：第一，庚辰本此回曾四次出现该丫环之名，一作"秋文"，而三作"秋纹"；第二，庚辰本其他章回中，此名全作"秋纹"。这就说明，"秋文"不过是"秋纹"在抄手笔下的讹误而已。

　　以此例彼，可知蒙本第 64 回的"秋文"也属于这样的情形。

　　但是，这不足以说明此处"秋雯"的"雯"字也是"纹"字的讹误。

① 即本章第二节例 38。
② "紫绡"，戚本同，己卯本作"春燕"，彼本、杨本作"紫鹃"，梦本作"紫绢"。
③ 即本章第二节例 44。

第五节 丫环命名的规律

综合地看，根据《红楼梦》书中丫环的命名，可以总结出以下几条规律。

第一，丫环的名字，基本上都是主人家起的。例如，袭人就是宝玉给她起的。书中曾两次提到此事，一在第 3 回：

> 原来这袭人亦是贾母之婢，本名珍珠，贾母因溺爱宝玉，生恐宝玉之婢无竭力尽忠之人，素喜袭人心地纯良，克尽职任，遂与了宝玉。宝玉因知他本姓花，又曾见旧人诗句上有"花气袭人"之句，遂回明贾母，更名袭人。（庚辰本）

一在第 23 回：

> 王夫人摸挲着宝玉的脖项说道："前儿的丸药都吃完了？"宝玉答道："还有一丸。"王夫人道："明儿再取十丸来，天天临睡的时候，叫袭人伏侍你吃了再睡。"宝玉道："自从太太分咐了，袭人天天晚上想着打发我吃。"贾政问道："袭人是何人？"王夫人道："是个丫头。"贾政道："丫头不管叫什么名字罢了。是谁这样刁钻，起这样的名字？"王夫人见贾政不自在了，便替宝玉掩饰道："是老太太起的。"贾政道："老太太如何知道这样话，一定是宝玉。"宝玉见瞒不过，只得起身回道："因素日读诗，曾记得古人有一句诗云：'花气袭人知昼暖'。因见这个丫头姓花，便随口起了这丫头为名字。"（晳本）

第二，在丫环的命名上，曹雪芹有伴侣形象的设置。最为读者习知和称道的有抱琴（第 17/18 回）、司棋（第 7 回）、侍书（第 7 回）、入画（第 7 回）四人，以对应她们的主人元春、迎春、探春、惜春四姐妹。

伴侣形象最多的还是两两相对的对儿。

对儿的构成，有多种方式。以贾母的丫环为例，鸳鸯（第 20 回）和鹦鹉（第 29 回），琥珀（第 20 回）和珍珠（第 29 回），翡翠（第 59 回）和玻璃（第 59 回），都配双成对。我称之为"伴侣形象"。

在同一个房内，两个丫环不可能双名全同。例如，潇湘馆的丫环，有紫鹃（第 3 回）、雪雁（第 3 回）春纤（第 59 回）。她们互不同名。

第三，构成"伴侣形象"的对儿，可以重复双名中的一个字。例如，薛姨妈房内的丫环，有同喜、同贵（第 29 回），王夫人房内的丫环，有绣鸾（第 23 回）、绣凤（第 23 回）等。

第四，构成"伴侣形象"的对儿，有的是嫡亲姐妹，有的则彼此之间没有血亲关系。相反的两个例子都出现在王夫人房内，前者为金钏和玉钏，后者是彩云和彩霞。

根据以上这些规律可以推断某些脂本或程甲本、程乙本中名字错乱现象的原因。

暂本第 23 回出现了王夫人房内的丫环金钏、彩霞、绣鸾、绣凤四个名字。这四个名字的异文是：

金钏、彩霞、绣鸾、绣凤（暂本）

金钏儿、彩云、彩霞、绣鸾、绣凤（庚辰本、彼本、蒙本、戚本）

金钏儿、彩云、彩霞、绣①、绣凤（杨本）

金钏儿、彩云、彩凤、绣鸾、绣凤（梦本、程甲本、程乙本）

其中，梦本、程甲本、程乙本中的那个"彩凤"很突出。

---

① 杨本为"绣"字，后被圈去，疑原夺"鸾"字。

从伴侣形象看，金钏儿的伴侣是玉钏儿（她此回没有出场），彩云的伴侣是彩霞（晢本、杨本出现了她的名字），而诸本均有的绣鸾、绣凤又构成了一对儿伴侣，唯独彩凤形单影只。

细究之下，不难发现，她其实是顶替了彩霞。从伴侣形象的角度说，她的名字虽然又是"彩"，又是"凤"，但她终究不是"彩"字辈，显然挤不进彩云、彩霞当中去，一个"凤"字也拆不开彩鸾、彩凤的组合。

明乎此，让我们再回到秋雯、秋纹的问题上。

在怡红院内，有了"晴雯"，就不会再有"秋雯"，他们不是"雯"字辈的伴侣形象；有了"秋纹"，就不会再有"秋雯"或"秋文"，她们不是"秋"字辈①。"秋纹"和"秋雯"、"秋文"只是同一个人在不同版本中不同的名字而已。

第六节　小结

第一，"秋纹"应是这个丫环正确的名字。这也是作者曹雪芹从一开始就为她设定的名字。大多数脂本都证明了这一点。

第二，"秋雯"的出现，与作者曹雪芹无关。晴雯是曹雪芹在书中着力塑造的重要的人物形象。曹雪芹既然给予了她"晴雯"的名字，便不可能再把这个"雯"字安在怡红院中另外一个比较次要的丫环头上，何况她们并非以"雯"排名的伴侣形象。

第三，"秋雯"出自抄手的笔下。"雯"乃是"纹"字的音讹。它可能是因联想到"晴雯"而出现的。

第四，和晢本一样，彼本、杨本、蒙本都有误"秋纹"为"秋雯"

① 我认为，"秋纹"的伴侣形象不外乎是"碧痕"。

的记录，这一点证明了晳、彼、杨、蒙四本之间存在比较亲近的关系。

第五，"秋纹"或"秋雯"，有的版本有时候还写作"秋文"。也许是抄手偷懒，把比较复杂的"纹"字或"雯"字故意写成比较简单的"文"字；也许是他所依据的底本（传抄本）原就是"文"字。如果"秋文"是错讹的表现，那么，蒙本第 64 回和庚辰本第 78 回的同误（"秋文"）表明了它们同出一源的亲近关系。

第六，蒙本、舒本和晳本一样，也把"秋纹"写作"秋雯"。这样一来，写作"秋雯"的，除了晳本、彼本之外，又添了蒙本和舒本。其来有自，恐怕不是偶然的。在这一点上，这四个脂本（晳本、彼本、蒙本、舒本）之间也存在比较亲近的关系，便十分明显了。

第七节 第 37 回引起的思考

说起《红楼梦》第 37 回，引起人们注意的，除了"秋雯"之外，还有这样几点。

第一点，第 37 回起首文字的歧异。

第 37 回的开端有一定的特殊性。在各本中，第 37 回的开端有着较大的分歧。它可以分为甲、乙、丙、丁四种类型，列举于下。

甲种类型，以庚辰本为代表：

> 这年贾政又点了学差，择于八月二十日起身。是日，拜过宗祠及贾母起身诸事，宝玉诸子弟等送至洒泪亭。
>
> 却说贾政出门去后，外面诸事不能多记。
>
> 单表宝玉在园中……

己卯本、蒙本、戚本、梦本基本上同于庚辰本。

乙种类型以彼本为代表：

却说宝玉每日在园中……

杨本基本上同于彼本。

丙种类型以舒本为代表：

却说贾政出差去后，外边诸事不能多记。

单表宝玉每日在园中……

丁种类型以程甲本为代表：

话说史湘云回家后，宝玉等仍不过在园中嬉游吟咏不题。

且说贾政自元妃归省之后，居官更加勤谨，以期仰答皇恩。皇上见他人品端方，风声清肃，虽非科第出身，却是书香世代，因特将他点了学差，也无非是选真才之意。

这贾政只得奉了旨，择于八月二十日起身，是日拜别过宗祠及贾母起身而去。宝玉等如何送行，以及贾政出差，外面诸事不及细述。

单表宝玉自贾政起身之后，每日在园中……

程乙本同于程甲本。

这四种类型的歧异，比较与分析于下。

（1）在脂本中，以甲种类型（己卯本、庚辰本、蒙本、戚本、梦本）的叙事情节（奉旨出差，家人送行）最全最详细。

（2）乙种类型（彼本、杨本）删去奉旨出差、家人送行等事，直接从“却说宝玉”开始。

（3）丙种类型（舒本）与甲种类型一样，也是删去奉旨出差、家人送行等事，而从“却说贾政出差，外边诸事不能多记”两句开始。

（4）丁种类型（程甲本、程乙本）比甲种类型更全更详细。它补叙了“史湘云回家”一句，以表示与上回结尾的衔接和呼应，再补叙贾政居官勤谨、受到皇帝赏识、点派出差等事。

在这四种类型（甲、乙、丙、丁）中，以丁种类型（程甲本、程乙本）的叙事情节最全最详细。试把丁种类型拆分为以下八点：

A——史湘云回家。

B——贾政居官勤谨，获皇帝赏识。

C——贾政点了学差。

D——择于八月二十日起身。

E——拜过宗祠及贾母起身诸事。

F——宝玉诸子弟等送至洒泪亭。

G——贾政出门去后，外面诸事不能多记。

H——宝玉在园中……

关于四种类型（甲、乙、丙、丁）和八种叙事文字（A、B、C、D、E、F、G、H）的关系，列表于下：

甲	C D E F G H
乙	H
丙	G H
丁	A B C D E F G H

前三种类型（甲、乙、丙）出于脂本，是我们探讨的重点；后一种类型（丁）出于程本，可以略去不论。

简单说来，脂本之间最大的分歧在于：有没有写贾政出差一事。

而这件事关系重大。

贾政出差之事始于第 37 回，已见于上述引文。那么，它止于哪一回呢？

它止于第 70 回。第 70 回先是说贾政"六、七月回京"，后又说

"可巧近海一带海啸"，贾政"至冬底方回"。而到了第 71 回起首，又说：

> 话说贾政回京之后，诸事完毕，赐假一月，在家歇息。

由此可知，贾政在第 37 回出京，直到第 70 回、第 71 回方始返京。也就是说，从第 37 回到第 70 回，贾政一直不在京都，更不在贾府。

事情的蹊跷就发生在第 64 回，在贾敬的丧事活动中，贾府竟然出现了贾政的身影[①]！

恰恰第 64 回存在版本问题。有的版本无此回，有的版本有此回。在脂本中，无此回的是甲戌本、庚辰本、舒本三种；有此回的则是己卯本、彼本、杨本、蒙本、戚本、梦本等六种。我曾指出[②]：

> 看到了现存各脂本之间关于贾琏、贾政两个人名的歧异与纠缠，使我们明白，在这一回，己卯本压根儿没有让贾政露面；彼本、蒙本、杨本、梦本则在三处都安排了贾政出场；戚本只在一处保留了"贾政"之名，而在另外三处，或删去此名，或将此名分别改易为"贾瑞、贾珖""合（和）众人"。

第 64 回

有贾政	彼本、蒙本、杨本、梦本　戚本（一处）
无贾政	己卯本　戚本（三处）

在第 64 回，那时贾政还出差在外，并没有返京，他怎么会在贾府现身？这和第 37 回明显地发生了龃龉。

---

① 参阅拙文《移花接木：从柳湘莲上坟说起——〈红楼梦〉创作过程研究一例》第二节"贾政为什么会出现在第 64 回？"（《文学遗产》2014 年第 4 期）
② 《移花接木：从柳湘莲上坟说起——〈红楼梦创作过程研究一例〉》，《文学遗产》2014 年第 4 期，第 119 页。

第 37 回与第 64 回

矛盾	彼本、蒙本、杨本、梦本　戚本（一处）
不矛盾	己卯本　戚本（三处）

这个龃龉正反映了曹雪芹初稿和改稿的区别。也就是说，就第 64 回而论，有贾政在场的文字出于曹雪芹的初稿，删换贾政名字的文字则出于曹雪芹的改稿。换言之，就第 37 回而论，写到贾政出差离京的是初稿，没有交代贾政出差离京一事的则是改稿。做出这些删改的目的在于回避前后情节、文字的矛盾。

第 37 回

初稿	写贾政出差离京	彼本、蒙本、杨本、梦本、戚本
改稿	未写贾政出差离京	己卯本、戚本

从贾政出差与否的问题，来看"秋纹"与"秋雯"名字两歧的问题，它们恰恰同时出现在这一回：第 37 回。

这不由得使我们联想到第 37 回的"秋雯"问题。

贾政出差的问题证明了彼本、杨本、蒙本、梦本第 37 回的有关文字是初稿，而己卯本、戚本的有关文字则是改稿。

因此，我认为，第 37 回以及其他各回的"秋雯"出于曹雪芹的初稿，"秋纹"则出于曹雪芹的改稿；"秋纹"既然出于曹雪芹的定稿，那么，书中仍然留存的少量"秋雯"便是曹雪芹创作、修改《红楼梦》过程中的漏网之鱼了。

这就是我在前言中所赞同的"活化石"之说的一个很好的例证。

第五章 他叫夏忠，还是叫夏守忠、夏秉忠？

——一人三名考之三

本章分为三节：

第一节 人物谱和大辞典的缺陷

标题上所说的"人物谱"，指的是《红楼梦人物谱》[①]；"大辞典"，则是指《红楼梦大辞典》[②]。

在《红楼梦》的出场人物中，有着大大小小的太监。

他们大体上可以分为三类。第一类是无名无姓的，第二类是有名

---

① 朱一玄：《红楼梦人物谱》（修订本），百花文艺出版社，2006。
② 冯其庸、李希凡主编《红楼梦大辞典》（增订本），文化艺术出版社，2010。

有姓的，第三类是有姓无名的。

第一类太监，据《红楼梦人物谱》统计，有七种之分：巡察地方总理关防太监、红衣太监、随侍太监、执拂太监、侍座太监、礼仪太监和执事太监①。

第二类太监，有夏忠、夏秉忠、夏守忠、戴权。

第三类太监，则有夏太监、周太监。

《红楼梦大辞典》与《红楼梦人物谱》二书在人名的收录上略有区别。《红楼梦人物谱》收录了无名无姓的太监，而《红楼梦大辞典》则没有为那些无名无姓的太监设立条目。《红楼梦人物谱》在"人名索引"中列举了"夏守忠"、"夏忠"和"夏秉忠"三者；《红楼梦大辞典》则在它的条目中，列举了"夏守忠"和"夏秉忠"②，而无夏忠。

《红楼梦人物谱》和《红楼梦大辞典》二书存在共同的缺陷。仅从人名的收录上就可以看出，它们没有做到"一网打尽"。这个所谓"一网打尽"的最低要求就是包括《红楼梦》的脂本和程甲本、程乙本的全部人名。在程本中，不收程甲本的人名，而仅收程乙本的人名，就使人无从看出程甲本和程乙本的某些重要区别，以及从程甲本到程乙本演变的某些痕迹。更重要的是，各个不同的脂本在人名上的异文，能让我们窥见曹雪芹在创作过程中的某些艺术构思的变化和发展。

《红楼梦人物谱》的缺陷是先天性的，请看它卷首"说明"的第一条：

> 本人物谱分列两表：一是庚辰本的人物表，二是程乙本的人物表。庚辰本是曹雪芹生前最后的改订本，也是仅次于曹雪芹手稿的一个完整抄本。程乙本是程伟元、高鹗在他们续补的百二十回

---

① 《红楼梦人物谱》（修订本），第33页。
② 《红楼梦大辞典》（增订本），第317页。

本印行以后又加了一次改动的本子，也代表续补者的最后意见。①

因为《红楼梦人物谱》所收的人名仅以庚辰本和程乙本为限，这就影响了它的实用性。编著者的这些意见基本上没有错，但是它只提到了问题的一个方面。

作为工具书，它应当同时满足读者和研究者两个层次的不同需要。

但，不论是哪个层次或哪种需要，我认为，工具书都应该做到"一网打尽"的地步，如此才称得上是完美的。

以《红楼梦》的"人名"而论，怎么做到"一网打尽"呢？

在我看来，那就是：无论是在《红楼梦》的哪一个脂本中，还是在程甲本、程乙本中，出现的任何人名，都应该被收录在内。对使用"人物谱"或"大辞典"的读者、研究者来说，某个或某些人名，不管是熟悉的还是生僻的，都应该在该工具书中找得到。这也许能使读者和研究者得到一种"完美无缺""不虚此行"的满足感。

举一个简单的例子。

在程乙本第24回，贾芸到舅父卜世仁家中赊购冰片、麝香，被卜世仁无情拒绝后，起身告辞，这时书上有一段精彩的描写：

> 卜世仁道："怎么这么忙，你吃了饭去罢。"一句话尚未说完，只见他娘子说道："你又胡涂了。说着没有米，这里买了半斤面来下给你吃，这会子还装胖呢！留下外甥挨饿不成？"卜世仁道："再买半斤来添上就是了。"他娘子便叫女儿银姐往对门付奶奶家去问："有钱借几十个，明儿就送了来的。"夫妻两个说话，那贾芸早说了几个"不用费事"，去的无影无踪了。

"付奶奶"，在皙本、庚辰本、舒本、彼本、杨本、蒙本、戚本、梦本以及程甲本中均作"王奶奶"。

---

① 《红楼梦人物谱》（修订本），第1页。

　　我先检查《红楼梦人物谱》，发现"程乙本《红楼梦》其他与四大家族有关的人物表"和"红楼梦人物谱人名索引"只有"王奶奶"[①]，而遍寻"付奶奶"无着；再一检查《红楼梦大辞典》，同样只有"王奶奶"[②]，而"付奶奶"失踪。

　　《红楼梦人物谱》所收录人名既然是以庚辰本和程乙本为限，那么，它为什么不收录曾在程乙本第24回中出现的那个"付奶奶"呢？

　　另外，《红楼梦大辞典》中有"夏秉忠""夏守忠"，而无"夏忠"[③]，也是一件令人感到遗憾的事。

　　尽管如此，《红楼梦人物谱》和《红楼梦大辞典》也不失为两部好书。我提出的问题，对它们来说，仅仅是微疵而已。

第二节　夏忠·夏守忠·夏秉忠·夏太监

　　《红楼梦》中有一个太监，既叫夏忠，又叫夏秉忠、夏守忠。另外还有一个"夏太监"，也许仍旧是他。

　　他们是不是同一个人？

　　我们对有关文字进行观察就可以得到准确的答案了。

　　请先看晫本第23回：

　　　　如今且说贾元春因在宫中自编大观园题咏之后，思想那大观园中景致自己幸过，贾政必定敬谨封锁，不敢使人进去搔扰，不免寥落；况家中现有几个能诗会赋姊妹，何不命他们进去居住，也不使人[④]落魄，花柳无颜。却又想到，宝玉自姊妹们中[⑤]长大，

---

① 《红楼梦人物谱》（修订本），第132、163页。
② 《红楼梦大辞典》（增订本），第319页。
③ 参阅本章第二节"夏忠·夏守忠·夏秉忠·夏太监"。
④ "人"上夺一"佳"字。
⑤ "中"上夺一"丛"字。

不比别的兄弟们，若不命他进去，只怕他冷清了，一时不大畅快，未免贾母、王夫人愁虑，须得也命他进园中居住方妙。想毕，遂命太监夏忠a到荣国府来下一道谕，命宝钗等只管在园中居住，不可禁约封锢，命宝玉仍随进去读书。

　　贾政、王夫人接了这谕，待夏忠b去后，便来回明贾母，遣人进去各处收拾打扫，安设帘幔床帐。

"夏忠a"，彼本、杨本、蒙本作"夏守忠"，其他脂本（庚辰本、舒本、戚本、梦本）以及程甲本、程乙本同于晳本。

"夏忠b"，彼本、杨本、蒙本作"夏守忠"，舒本、戚本、梦本以及程甲本、程乙本同于晳本。

庚辰本无"夏忠b"上下文二十六字，不同于其他脂本。原因乃是此处属于"同词脱文"现象。脱文原因则是："进去"二字前后相同，造成了错误的连接。为了醒目，现排列各脂本有关文字于下：

　　命宝玉仍随进去读书。贾政、王夫人接了这谕，待夏忠b去后，便来回明贾母，遣人进去各处收拾打扫……（晳本、舒本、戚本、梦本）

　　命宝玉仍随进去读书。贾政、王夫人接了这谕，待夏守忠去后，便来回明贾母，遣人进去各处收拾打扫……（彼本、杨本、蒙本）

　　命宝玉仍随进去各处收拾打扫……（庚辰本）

以表格示之：

第 23 回

夏忠a	晳本	庚辰本	舒本	戚本	梦本	程甲本	程乙本
夏忠b	晳本	舒本	戚本	梦本	程甲本	程乙本（庚辰本无）	
夏守忠			彼本	杨本	蒙本		

其实，从全书来说，"夏忠"的登场并非始自第 23 回。早在第 16 回，他就和读者见面了。不过，那时他不叫"夏忠"，而是叫"夏守忠"或"夏秉忠"，并被尊称为"夏老爷"。引庚辰本于下：

> 一日，正是贾政的生辰，宁、荣二处人丁都齐集庆贺，闹热非常。忽有门吏忙忙进来，至席前报说："有六宫都太监夏老爷来降旨。"唬的贾政等一干人不知是何消息，急忙止了戏文，撤去酒席，摆了香案，启中门跪接。
>
> 早见六宫都太监夏守忠 a 乘马而至。前后左右又有须①多内监跟从。
>
> 那夏守忠 b 也并不曾负诏捧敕，至檐下马，满面笑容，走至听②上，南面而立，口内说："特旨立刻宣贾政入朝，在临敬殿陛见。"说毕，也不及吃茶，便乘马去了。

"夏老爷"，其他脂本（甲戌本、舒本、彼本、杨本、蒙本、戚本）以及程甲本、程乙本均同。

"夏守忠 a"，梦本以及程甲本、程乙本作"夏秉忠"，其他脂本同于庚辰本。

"夏守忠 b"，梦本以及程甲本、程乙本作"夏太监"。

改"夏守忠 a"为"夏秉忠"，是从梦本开始的。程甲本、程乙本沿袭了梦本的改动。

那么，为什么梦本不接着把"夏守忠"改为"夏秉忠"，反而隐没了此人的名字，笼统地称他为"夏太监"呢？我想，这可能反映了改动者的一种心虚胆怯而犹豫的心态。

第 16 回还提到一位姓夏的太监，仍引庚辰本于下：

---

① "须"乃"许"字的音讹。
② "听"乃"厅"字的音讹。

贾母便唤进赖大来细问端的。赖大禀道："小弟①们只在临敬门外伺候，里头的信息一概不能得知。后来还是<u>夏太监</u>出来道喜说，咱们家大小姐晋封为凤藻宫尚书，加封贤德妃。后来老爷出来，亦如此吩咐小的……"

"夏太监"，其他脂本以及程甲本、程乙本均同。
赖大所说的"夏太监"，想必仍然是那位夏守忠（或夏秉忠）。

第 16 回

夏老爷	甲戌本 己卯本 庚辰本 舒本 彼本 杨本 蒙本 戚本 梦本 程甲本 程乙本						
夏守忠 a	甲戌本 己卯本 庚辰本 舒本 彼本 杨本 蒙本 戚本						
夏秉忠	梦本 程甲本 程乙本						
夏太监	甲戌本 己卯本 庚辰本 舒本 彼本 杨本 蒙本 戚本 梦本 程甲本 程乙本						

上文提到的那位"夏太监"，又见于第 28 回和第 72 回。先引庚辰本第 28 回于下：

袭人又道："昨儿贵妃打发<u>夏太监</u>出来，送了一百二十两银子，叫在清虚观初一到初三打三天平安醮，唱戏献供，叫珍大爷领着众位爷们跪香拜佛呢……"

"夏太监"，其他脂本（甲戌本、舒本、彼本、杨本、蒙本、戚本、梦本）以及程甲本、程乙本均同于庚辰本。

同样是受元春的差遣，同样是姓夏，因此，这位"夏太监"和第 16 回、第 23 回提到的那位姓夏的太监应该是同一个人。

---

① "弟"乃"的"字的音讹。

再引庚辰本第72回有关"夏太监"向贾府索要钱财的文字于下：

一语未了，人回："夏太府①打发了一个小内家②来说话。"贾琏听了，忙皱眉道："又是什么话，一年他们也搬够了。"凤姐道："你藏起来，等我见他。若是小事罢了；若是大事，我自有话回他。"贾琏便躲入内套间去。

这里凤姐命人带进小太监来，让他椅子上坐，吃了茶，因问何事。那小太监便说："夏爷爷因今年儿偶见一所房子，如今竟短二百两银子，打发我来问舅奶奶家说：'有现成的银子暂借一二百，过一两日就送过来。'"

凤姐儿听了，笑道："什么是送过来，有的是银子，只管先兑了去，改日等我们短了再借去，也是一样。"小太监道："夏爷爷还说了，上回两还有一千二百两银子没送来，等今年年底下自然一齐都送过来。"

凤姐笑道："你夏爷爷好小气，这也值得提在心上。我说一句话，不怕他多心，若都这样记清了还我们，不知还了多少了。只怕没有，若有，只管拿去。"因叫旺儿媳妇来："出去不管那里，先支二百两银子来。"旺儿媳妇会意，因笑道："我才因别处支不动，才来和奶奶支的。"

凤姐道："你们只会里头来要钱，叫你们外头算去，就不能了。"说着，叫平儿③，果然拿了一个锦盒子来，里面两个锦袱包着，打开时，一个金累丝攒珠的项圈，那珠子都有莲子大小一个点翠嵌宝石的，两个都与宫中之物不离上下。一时拿去，果然拿了四百两银子来。

---

① "太府"，彼本、蒙本、梦本作"太监"。
② "内家"（庚辰本原作"家"，旁改"监"），蒙本作"内监"，戚本作"太监"。
③ "平儿"二字之下，与其他脂本比较，存在脱文。引彼本于下："把我那两个金项圈那出来，暂押四百两银子。平儿答应了去了，半日。"

　　凤姐命与小太监打叠起一半银子来,那一半命人与了旺儿媳妇,命他拿去办八月中秋节。那小太监便告辞。他拿着银子,送出大门去了。

　　这里贾琏出来,笑道:"这一起外祟何日是了?"凤姐笑道:"刚说着,就来了一股子。"贾琏道:"昨儿周太监来,张口一千两,我略慢了些,他就不自在起来。得罪人之处不少。这会子再发上个三、二百万的财就好了。"

上述引文中的"夏太府"或"夏太监",以及小太监嘴里的"夏爷爷",无疑就是瞀本第 23 回中的那位"夏忠"。除此之外,在《红楼梦》中,我们再也找不出另一位姓夏的太监了。

朱一玄的《红楼梦人物谱》注释说:

　　夏秉忠:庚辰本第 16 回写六宫都太监夏守忠到荣国府降旨,贾元春"晋封为凤藻宫尚书,加封贤德妃"。程乙本改"夏守忠"为"夏秉忠",实无必要。

按:改"夏忠"为"夏秉忠",始自梦本。程甲本、程乙本只不过是沿袭了梦本的改文。

寿芝的《红楼梦谱》① 于"来往太监"名单中仅列"夏秉忠"一名,并注释说:

　　人称"夏忠",六宫都太监。②

寿芝此语有误。"夏忠",在《红楼梦》书中,明明是当作正式的人名来写的,怎么变成了"人称"(即旁人称他为"夏忠")?至于为什么要省略一个"秉"字,出于何种考虑,寿芝未做任何解释。

---

① 寿芝:《红楼梦谱》,北京图书馆出版社,2002 年影印本。
② 《红楼梦谱》,第 36 叶。

"人称"一词，显系不根之谈。无论是在各脂本，还是在程甲本、程乙本，其文字都不能提供此说的证据。"人称"的"人"，可分为《红楼梦》作者、《红楼梦》书中的其他人两类。这两类"人"是怎样称呼这位"六宫都太监"的呢？

"六宫都太监"字样伴随着"夏守忠"或"夏秉忠"，仅出现于第16回。故以此回的文字为例，看看有没有"人称夏忠"的情况，如下：

（1）《红楼梦》作者在行文中的称呼：

> 六宫都监夏守忠（甲戌本、戚本）
>
> 六宫都太监夏守忠（己卯本、庚辰本、舒本、彼本、杨本、蒙本）
>
> 六宫都太监夏秉忠（梦本、程甲本、程乙本）
>
> 那夏守忠（甲戌本、己卯本、庚辰本、舒本、彼本、蒙本、戚本）①
>
> 那夏太监（梦本、程甲本、程乙本）

（2）《红楼梦》书中其他人的称呼：

> 贾府门吏："六宫都太监夏老爷"（甲戌本、庚辰本、舒本、彼本、杨本、蒙本、戚本、梦本、程甲本、程乙本）
>
> 赖大："夏太监"（甲戌本、庚辰本、舒本、彼本、杨本、蒙本、戚本、梦本、程甲本、程乙本）

其后，直到第23回，方始出现"夏忠"之名，如下：

> 贾元春……遂命太监夏忠到荣国府来下一道谕（晳本、庚辰本、舒本、戚本、梦本、程甲本、程乙本）
>
> 贾元春……遂命太监夏守忠到荣国府来下一道谕（彼本、杨

---

① 杨本此处有"同词脱文"，故无"那夏守忠"四字。

本、蒙本)

《红楼梦人物谱》在"太监"一类,分列"夏守忠""夏忠"二名①,并在注释中说:

> 夏忠:庚辰本第 16 回写六宫都太监夏守忠到荣国府降旨,贾元春"晋封为凤藻宫尚书,加封贤德妃"。第 23 回写贾元春"命太监夏忠到荣国府来下一道谕,命宝钗等只管在园中居住,不可禁约封锢,命宝玉仍随进去"。这"六宫都太监夏守忠"和"太监夏忠"是一个人,还是两个人?清·寿芝《红楼梦谱》认为是一个人,研究所校注本也将"夏忠"校改为"夏守忠"。两人都是太监,姓名中只有一字之差,很有可能是一个人。但在第 23 回中,无论是庚辰本,还是戚序本、程乙本均作"夏忠",不作"夏守忠"或"夏秉忠"("夏守忠"程乙本改为"夏秉忠")。为保存原著面貌,本人物表把"夏忠"和"夏守忠"作为两人。②

朱一玄教授认为,"夏忠"和"夏守忠""两人都是太监,姓名中只有一字之差,很有可能是一个人"。我认为,这个意见过于谨慎。

这个被元春派往荣国府下谕的太监,不管叫"夏忠"(晢本、庚辰本、舒本、戚本、梦本、程甲本、程乙本),还是叫"夏守忠"(彼本、杨本、蒙本),他只可能是一个人,而不可能是两个人;名字的不同,是因为版本书写的不同,而不是人本身的不同。所以结论只能是夏忠=夏守忠,而不可能是夏忠≠夏守忠。因为除了那些跟从的小太监之外,元春只派遣了一个六宫都太监去下谕,即夏忠(夏守忠),她并没有派遣另一个六宫都太监。

---

① 《红楼梦人物谱》(修订本),第33页。
② 《红楼梦人物谱》(修订本),第52、53页。

总之，"夏忠"和"夏守忠"不是两个人，只是一个人而已。

第三节 结语

夏忠、夏守忠、夏秉忠，这三个名字，从曹雪芹的创作过程或者从《红楼梦》版本的演变过程来说，哪一个在先，哪一个在后呢?

从章回次序上看，如下表所示:

夏守忠	第 16 回　第 23 回
夏秉忠	第 16 回
夏忠	第 23 回

也就是说，这三个名字的先后次序是:

夏守忠──→夏忠──→夏秉忠

从版本上看，则如下表所示:

第 16 回

夏守忠 a	甲戌本　己卯本　庚辰本　舒本　彼本　杨本　蒙本　戚本
夏守忠 b	甲戌本　己卯本　庚辰本　舒本　彼本　蒙本　戚本
夏秉忠	梦本　程甲本　程乙本

注: 杨本因有"同词脱文"，故无夏忠 b。

也就是说，这两个名字的先后次序是:

夏守忠──→夏秉忠

第 23 回

夏忠 a	晢本　庚辰本　舒本　戚本　梦本　程甲本　程乙本
夏守忠	彼本　杨本　蒙本
夏忠 b	晢本　舒本　戚本　梦本　程甲本　程乙本

注：庚辰本因有"同词脱文"，故无夏忠 b。

也就是说，这两个名字的先后次序是：

　　夏忠——→夏守忠

按：夏秉忠之名见于梦本、程甲本、程乙本，这是后出的，自不待言。

抛开"夏秉忠"不说，那么，在剩下的"夏忠""夏守忠"二名之中，哪个出现在先，哪个出现在后呢？

由于舒本第 9 回结尾保留着曹雪芹初稿的文字痕迹①，晢本第 23 回下半回也保留着曹雪芹初稿的文字痕迹②，我初步认为，作为一个因素，似乎可以考虑认定：舒本、晢本所使用的"夏忠"一名也是出于曹雪芹的初稿。

这只不过是我的一个初步认识，写在这里，目的是向各位同道求教。

---

① 参阅拙著《红楼梦版本探微》（华东师范大学出版社，2003）卷上第二章"薛蟠之闹——论第九回的结尾"。
② 参阅本书第十一、十二章"'黛玉听艳曲'：晢本保留着曹雪芹初稿文字痕迹"（上）、（下）。

第六章　他叫茗烟，还是叫焙茗？（上）

"他叫茗烟，还是叫焙茗？"分为两章。

本章分为六节：

在《红楼梦》中，一人有两个名字，不止一例。

例如，蕙香，又名四儿，那是宝玉给她改的。

比较特殊的是秦可卿，在宝玉梦游太虚幻境之时，书上介绍她名可卿，字兼美；但在其他场合，书中正文的叙述舍弃"可卿"或"秦可卿"而不用，只称她为"秦氏"，这一点常为许多读者或研究者所忽视。

最特殊的是宝玉的一个书童、小厮，他一会儿叫茗烟，一会儿又叫焙茗，不免令人感到莫名其妙，作者曹雪芹也始终没有给出一个正面的、明确的交代①。

这个书童、小厮为什么既叫茗烟，又叫焙茗？曹雪芹给他先起的名字是茗烟，还是焙茗？为什么中途起了变化？

这就是本章和下一章准备讨论的问题。

第一节　"焙茗"的"首秀"

"焙茗"这个名字第一次出现在读者的眼前，是在第24回。

我为什么要说是"突然"呢？

那是因为在第24回之前，他不叫"焙茗"，而是一致地叫作"茗烟"。这见于下列四回：

```
9    16    19    23
```

可是到了第24回，有的脂本依然称他为"茗烟"，有的脂本却改口称他为"焙茗"了。

是哪些脂本沿用旧称，哪些脂本改易新名了呢？

在第24回，有八处提到了此人，引脂本于下。

（1）因昨日见了宝玉，叫他到外书房等着，贾芸吃了饭，便又进来，到贾母那边仪门外绮霰斋三间书房里来。只见焙茗、锄药两个小厮下象棋，为夺车正搬嘴②，还有引泉、扫花、挑云、伴鹤四五个人在房檐上掏小雀儿顽。

"焙茗"，庚辰本、舒本、戚本同，彼本、杨本、蒙本、梦本作"茗烟"。

---

① 程乙本倒是给出了一个解释。但那是出于后人（如程伟元或高鹗）的改写，与曹雪芹无涉。

② "搬嘴"即"拌嘴"。

（2）贾芸进入房内，便坐在椅子上问："宝二爷没下来？"<u>焙茗</u>道："今儿总没下来。二爷说什么，我替你哨探哨探去。"说着，便出去了。

"焙茗"，庚辰本、舒本、戚本同，彼本、杨本、蒙本、梦本作"茗烟"。

（3）正自烦闷，只听门前娇声嫩语叫"<u>焙茗哥</u>"，贾芸往外瞧时……

"焙茗"，其他脂本均无。

（4）恰好<u>焙茗</u>走来，见那丫头在门前……

"焙茗"，庚辰本、舒本、戚本同，彼本、杨本、蒙本、梦本作"茗烟"。

（5）贾芸见了<u>焙茗</u>，也就赶了出来，问："怎么样？"

"焙茗"，庚辰本、舒本、戚本同，彼本、杨本、蒙本①、梦本作"茗烟"。

（6）<u>焙茗</u>道："等了这一日，也没个人儿过来……"

"焙茗"，庚辰本、舒本、戚本同，彼本、杨本、蒙本、梦本作"茗烟"。

（7）<u>焙茗</u>道："这是怎么说？"

"焙茗"，庚辰本、舒本、戚本同，彼本、杨本、蒙本、梦本作

① 蒙本"茗烟"二字左侧旁加两点（这似是表示"点去"之意）。

"茗烟"。

（8）<u>焙茗</u>道："我倒茶去，二爷吃了茶再去。"

"焙茗"，庚辰本、舒本、戚本同，彼本、杨本、蒙本、梦本作"茗烟"。

以上八例中的"焙茗"和"茗烟"，如下表所示：

焙茗	晢本 庚辰本 舒本 戚本
茗烟	彼本 杨本 蒙本 梦本

由此可知，沿用旧称的脂本是彼、杨、蒙、梦四本，改易新名的则是晢、庚辰、舒、戚四本。

我不由得想起了俞平伯先生旧日的一番话。

第二节　俞平老的一番话

多少年前，俞平老曾在《记郑西谛藏旧抄〈红楼梦〉残本两回》一文①中谈到茗烟和焙茗的问题。他分四点来谈此残抄本（晢本）的异文。其第二点说：

（二）名虽无异，而用法非常特别，如茗烟焙茗。原来《红楼梦》里，一个人叫茗烟又叫焙茗，虽极小事，却引起许多的麻烦。大体讲来，二十三回以前叫茗烟，二十四回起便叫焙茗。从脂评抄本这系列来说，二十三回尚是茗烟，到了二十四回便没头没脑地变成焙茗。我认为这是曹雪芹稿本的情形。程、高觉得不大好，

---

① 俞平伯：《红楼心解·读〈红楼梦〉随笔》，陕西师范大学出版社，2005。

要替他圆全。所以就刻本这系列来说，程甲本二十四回上明写着
"只见茗烟改名焙茗的"，以后各本均沿用此文。无论从抄本刻本，
都可以分明看得出作者的原本确是二十三回叫茗烟，二十四回叫
焙茗。

　　这抄本①虽只剩了两回，恰好正是这两回，可谓巧遇。查这本
两回书一体作焙茗，压根不见茗烟。我想这是程、高以外，或程
高以前对原稿的另一种修正统一之法。就新发现的甲辰本②看，又
俱作茗烟，不见焙茗，虽似极端的相反，其修改方法实是同一的，
均出程高"改名法"以外，可能都比程、高时代稍前。因假如改
名之说通行以后，便可说得圆，并无须硬取消一名，独用一名了。

他的话有以下四个要点：

（1）在"脂评抄本"系列中，第23回叫"茗烟"的那个书童，
到了第24回便改叫"焙茗"了。

（2）这反映了作者原本的原貌，确实是从第24回起，此人便改叫
"焙茗"了。

（3）在程本系列中，第24回明写"茗烟改名焙茗"。这是一种修
正统一之法。

（4）皙本（即"郑本"）第23回和第24回一体作"焙茗"。这是
另一种修正统一之法。

俞平老的话是不是反映了《红楼梦》各脂本以及程甲本、程乙本
的实际情况呢？

还是让事实来发言吧。

在本章第三节和第五节，以及第七章的第一节，我将《红楼梦》
全书120回划分为"前四十回"（第1回至第40回）、"中四十回"（第

---

① "这抄本"指的是许多学者所称的"郑本"，我称之为"皙本"，即"皙庵旧藏本"的简称，
　残存第23回和第24回两回。
② 平老所说的"甲辰本"，我称为"梦本"，即"梦觉主人序本"的简称。

41 回至第 80 回）和"后四十回"（第 81 回至第 120 回）三组，陆续介绍现存各脂本以及程甲本、程乙本对"茗烟""焙茗"两个名字的使用情况，用以检验俞平老的话是否符合《红楼梦》各脂本以及程甲本、程乙本的实际情况。

第三节　茗烟与焙茗：在前四十回

在第 1 回至第 40 回中，出现"茗烟"或"焙茗"之名的，有以下十回：

9 16 19 23 24 26 28 33 34 39

"茗烟""焙茗"二名轮流出现的情况，列举如下。

【第 9 回】
"茗烟"的名字首先出现在第 9 回。
第 9 回庚辰本回目：

恋风流情友入家塾，起嫌疑顽童闹学堂

此回目上下联，己卯本、彼本、杨本、蒙本、戚本、眉本同，舒本作"恋风流情友入学堂，起嫌疑顽童闹家塾"，梦本、程甲本、程乙本作"训劣子李贵承申饬，嗔顽童茗烟闹书房"。

只有梦本、程甲本、程乙本出现"茗烟"字样；其他脂本同于庚辰本，但将"学堂"和"家塾"二字对调。

第 9 回正文中有十二例：

（1）贾蔷……想毕，也装作出小恭，走至外面，悄悄的把跟宝玉的书童名唤茗烟者，唤到身边，如此这般，调拨他几句。

（2）这茗烟乃是宝玉第一个得用的，且又年轻，不谙世事。

（3）这茗烟无故就要欺压人的。

（4）这里茗烟先一把揪住金荣，问道……

（5）贾瑞忙吆喝："茗烟不得撒野！"

（6）谁知贾菌年纪虽小，志气最大，极是淘气，不怕人的。他在座上冷眼看见金荣的朋友暗助金荣，飞砚来打茗烟，偏没打着茗烟，便落在他桌上，正打在面前，将一个磁砚水壶打了粉碎，溅了一书黑水。

（7）金荣此时随手抓了一根毛竹大板在手，地狭人多，那里经得舞动长板。茗烟早吃了一下，乱嚷："你们还不来动手！"

（8）李贵且喝骂了茗烟四个一顿，撵了出去。

（9）我们被人欺负了，不敢说别的，守礼来告诉瑞大爷，瑞大爷反倒派我们的不是，听着大[①]家骂我们，还调唆他们打我们。茗烟[②]见人欺负我，他岂有不为我的，他们反打多儿打了茗烟。

（10）茗烟在窗外道："他是东胡同子里璜大奶奶的侄儿……"

（11）宝玉……说着便要走，叫茗烟进来包书。茗烟包着书，又得意道："爷也不用自己去见，等我到他家……"

（12）茗烟方不敢作声儿了。

以上所举"茗烟"人名，共出现十五次。

其他脂本以及程甲本、程乙本均同于庚辰本。

也就是说，在第 9 回，这个书童之名，在脂本以及程甲本、程乙本中全作"茗烟"。

---

① 庚辰本"大"乃"人"字的形讹。

② 庚辰本"茗烟"二字以下，属于同词脱文，现据己卯本补引。

茗烟	己卯本　庚辰本　舒本　彼本 杨本　蒙本　戚本　眉本　梦本 程甲本　程乙本

值得注意的是，上述引文例8中的"茗烟四个"指的是哪四个？

其中一个当然是"茗烟"；其余三个，则是"锄药"、"扫红"和"墨雨"。请看原文：

> 宝玉还有三个小厮，一名锄药a，一名扫红a，一名墨雨a。这三个岂有不淘气的，一齐乱嚷："小妇养的，动了兵器了。"墨雨b遂掇起一根门闩，扫红b、锄药b手中都是马鞭子，蜂拥而上。

其中，"一名锄药a，一名扫红a，一名墨雨a"三句，彼本、眉本无，其他脂本以及程甲本、程乙本同于庚辰本；"墨雨b"，眉本误作"墨丙"，彼本作"大家"，其他脂本以及程甲本、程乙本同于庚辰本；"扫红b""锄药b"，彼本无（眉本有），其他脂本以及程甲本、程乙本同于庚辰本。

【第16回】

第16回庚辰本有三段文字提到了茗烟：

> （1）这日一早起来，才梳洗完毕，意欲回了贾母，去望候秦钟。忽见茗烟在二前照壁前探头缩脑，宝玉忙出来问他："作什么？"茗烟道："秦相公不中用了。"宝玉听说，吓了一跳，忙问道："我昨儿才瞧了他来，还明明白白，怎么就不中用了？"茗烟道："我也不知道，才刚是他家的老头子来特告诉我的。"
>
> （2）一时催促的车到，忙上了车，李景①、茗烟等跟随，来至

---

① "景"旁改"贵"。

秦钟门首，悄无一人。

　　（3）此时天色将晚了，李贵、茗烟再三催促回家。宝玉无奈，只得出来，上车回去。

其中例1、例2共有四处出现"茗烟"之名。

例3仅一处出现"茗烟"之名。但例3中的文字，除舒本、彼本二者基本相同之外，其他脂本均无茗烟之名。

在第16回，脂本以及程甲本、程乙本均作"茗烟"。

茗烟	甲戌本　己卯本　庚辰本　舒本 彼本　杨本　蒙本　戚本　梦本 程甲本　程乙本

【第 19 回】

第19回有九段文字提到了茗烟，引庚辰本于下：

　　（1）那轴美人却不曾活，却是茗烟按着一个女孩子，也干那警幻所训之事。

　　（2）茗烟见是宝玉，忙跪求不迭。

　　（3）急的茗烟在后叫："祖宗，这是分明告诉人了。"宝玉因问："那丫头几岁了？"茗烟道："大不过十六七岁了。"

　　（4）又问："名字叫什么？"茗烟大笑道："若说出名子来话长，真真新鲜，竟是写不出来的。……"

　　（5）茗烟因问："二爷为何不看这样的好戏？"宝玉道："看了半日怪烦的，出来逛逛，就遇见你们了。这会子作什么呢？"茗烟吷吷笑道："这会子没人知道，我悄悄的引二爷往城外逛逛去，一会子再往这里来，他们就不知道了。"宝玉道："不好。仔细花子拐了去。便是他们知道了，又闹大了。不如往熟近些的地方去，还可就来。"茗烟道："熟近地方，谁家可去？这却难了。"宝玉笑道："依我的主意，咱们竟找你花大姐姐去，瞧他在家作什么呢？"茗烟笑道："好，好，倒忘了他家。"又道："若他们知道了，说我引着二爷胡走，要打我呢。"宝玉道："有我呢。"茗烟听说，拉了马，二人从后门就走了。

（6）茗烟先进去叫袭人之兄花自芳。

（7）一面又问茗烟："还有谁跟来？"茗烟笑道："别人都不知，就只我们两个。"袭人听了，复又惊慌说道："这还了得，倘或碰见了人，或是遇见了老爷，街上人挤车碰，马轿纷纷的，若有个闪失，也是顽得的。你们的胆子比斗还大。都是茗烟调唆的，回去我定告诉嬷嬷们打你。"茗烟撅了嘴道："二爷骂着打着叫我引了来，这会子推到我身上。我说别来罢，不然，我们还去罢。"

（8）袭人又抓果子与茗烟，又把些钱与他买花炮放，教叫他不可告诉人。

（9）花、茗二人牵马跟随，来至宁府街。茗烟命住轿，向花自芳道："须等我同二爷还到东府里混一混才好过去的，不然人家就疑惑了。"

例9中，"花、茗"二字，蒙本、梦本作"茗、花"，其他脂本同于舒本。此处，各脂本显系以"茗"代称"茗烟"；程甲本、程乙本则将"花、茗二人"或"茗、花二人"改为"茗烟二人"。

在第19回，脂本全作"茗烟"（十六处）或"茗"（一处）。

茗烟 （或"茗"）	己卯本 庚辰本 舒本 彼本 杨本 蒙本 戚本 梦本 程甲本 程乙本

【第23回】

第23回有两段文字提到了"茗烟"之名，引晢本于下：

（1）那宝玉此时的心里不自在，便懒在园内，只在外头鬼混，却又痴痴的。<u>焙茗</u>见他这样，因想与他开心，左思右想，皆是宝玉顽烦的了，不能开心。

（2）<u>焙茗</u>又嘱咐他："不可拿进园去。若叫人知道了，我就吃不了兜着走呢。"

在以上两例中，"焙茗"二字，其他脂本以及程甲本、程乙本均作"茗烟"。

在《红楼梦》现存各早期版本中，"焙茗"之名最早是在这一回出现的。在此回之前，无论是脂本，还是程甲本、程乙本，都一律作"茗烟"（或以"茗"代称"茗烟"）。晳本的出现，方始打破这项规律。

值得注意的是，在这一回，程甲本、程乙本均作"茗烟"，而不作"焙茗"。

为什么要提醒这一点呢？因为程甲本、程乙本在下一回（第24回）便都将此人改名为"焙茗"了。

也就是说，在前八十回，"茗烟"被改为"焙茗"：在晳本中，是从第23回开始的（晳本第23回之前已佚，其中此人是叫"焙茗"，还是叫"茗烟"，不详）；在程甲本、程乙本中，则是从第24回开始的。

不能否认，从目前我们所掌握的情况看，程甲本、程乙本的改称也许是受到了晳本（或其底本）的影响。

茗烟	庚辰本　舒本　彼本　杨本　蒙本　戚本　梦本
焙茗	晳本

【第 24 回】

第 24 回有五例提到了茗烟或焙茗，引晳本于下：

（1）贾芸吃了饭，便又进来，到贾母那边仪门外绮霰斋三间书房里来。只见焙茗、锄药两个小厮厮①下象棋，为夺车正搬嘴②。还有引泉、扫花、挑云、伴鹤四五个人在房檐上掏小雀儿顽。贾芸进入院内，把脚一跺，说道："小猴们淘气，我来了。"众小厮看见贾芸进来，都才散了。贾芸进入房内，便坐在椅子上，问："宝二爷没下来？"焙茗道："今儿总没下来。二爷说什么，我替哨探哨探去。"

（2）恰好焙茗走来，见那丫头在门前，便说道："好，好，正抓不着信儿呢。"贾芸见了焙茗，也就赶了出来，问："怎么样？"焙茗道："等了这一日，也没个人出来。这就是宝二爷房里的。好姑娘，你进去带个信儿，就说廊下住的二爷来了。"

（3）焙茗道："这是怎么说？"

（4）焙茗道："我倒茶去，二爷吃了茶再去。"一面走，一面回头说："不吃茶，我还有事呢。"

（5）宝玉道："你为什么不作眼面前的事？"丫头道："这也难说。只是有一句话回二爷，昨儿有个什么芸儿来找二爷。我想二爷不得空儿，便叫焙茗回他，叫他今儿早起来，不想二爷又往北府去了。"

在脂本以及程甲本、程乙本的以上五段文字中，茗烟或焙茗之名互见。

这里存在三种情况。

情况之一：在脂本中，作"茗烟"者为彼本、杨本、蒙本、梦本；作"焙茗"者为暂本、庚辰本、舒本、戚本、暂本。

情况之二：程甲本比较特殊。在第一段文字中，程甲本既不单纯作"茗烟"，也不单纯作"焙茗"，而是：

> 只见茗烟改名焙茗的并锄药两个小厮下象棋，为夺车正拌嘴

---

① 第二个"厮"字乃是衍文。
② "搬嘴"即"拌嘴"。

呢，还有引泉、扫花、挑云、伴鹤四五个在房檐下掏小雀儿顽，贾芸进入院内，把脚一跺，说道："猴儿们淘气，我来了。"众小厮看见了他，都才散去。贾芸进书房内，便坐在椅子上问："宝二爷下来没有？"<u>焙茗</u>道："今日总没下来。二爷说什么，我替你哨探哨探去。"

这里的修改，明确地向读者指出，茗烟更换了名字。

这有两种可能。

第一种可能：在程甲本的底本中，这一回此处的那个小厮名叫"焙茗"，而不是"茗烟"；因此，程甲本这一回的底本可能是庚辰本、戚本、舒本（或其底本）一类，而不可能是晳本或其底本（因为在晳本的上一回，即第23回，那个小厮已经以"焙茗"的名字出现了）。

第二种可能：在它的底本中，这一回此处的那个小厮名叫"茗烟"，而不是"焙茗"；因此，程甲本这一回的底本可能是杨本、蒙本、彼本、梦本（或其底本）。

我认为，第一种可能性更有说服力。因为如果是第二种可能性（即"茗烟"），它就没有必要添加那个多余的改名的解释。

情况之三：程乙本更特殊。其特殊在于，在第一段文字中，它的修改比程甲本还多：

只见<u>茗烟</u>在那里掏小雀儿呢，贾芸在他身后把脚一跺道："<u>茗烟</u>小猴儿又淘气了。"茗烟回头见是贾芸，便笑道："何苦二爷唬我们这么一跳。"因又笑说："我不叫<u>茗烟</u>了。我们宝二爷嫌'烟'字不好，改了叫<u>焙茗</u>了。二爷明儿只叫我焙茗罢。"贾芸点头笑着，同进书房，便坐下问："宝二爷下来了没有？"<u>焙茗</u>道："今日总没下来。二爷说什么？我替你探探去。"

它在程甲本的基础上，又做了进一步的修改和补充，让焙茗自己出面道出改名的缘由：宝玉嫌"烟"字不好。

这个解释其实非常牵强，这个改写也很不高明。程乙本的修改者大概患上了失忆症。在上一回（第23回），宝玉写过一首《秋夜即事》诗，据程乙本引录于下：

> 绛芸轩里绝喧哗，桂魄流光浸茜纱。苔锁石纹容睡鹤，井飘桐露湿栖鸦。
>
> 抱衾婢至舒金凤，倚槛人归落翠花。静夜不眠因酒渴，沉<u>烟</u>重拨索烹茶。

其中恰恰就有那个"烟"字。这表明，宝玉如果"嫌'烟'字不好"，就不会在自己的诗中使用"沉烟"二字了。这岂不是个反证吗？

在脂本中，和上文引述的第9回、第13回、第16回、第19回、第23回不同，庚辰本、舒本、戚本此回舍弃"茗烟"不用，而采纳新名"焙茗"。至于彼本、杨本、蒙本、梦本，则仍坚持使用旧名"茗烟"。

两个营垒终于在此回形成。一边是彼、杨、蒙、梦四本——"茗烟"，另一边为晢、庚辰、舒、戚四本——"焙茗"。

茗烟	彼本	杨本	蒙本	梦本
焙茗	晢本	庚辰本	舒本	戚本
茗烟改名焙茗	程甲本	程乙本		

值得注意的是，此处出现了与第9回相似的情况，"焙茗"（或"茗烟"）有五个伴侣：

> 只见焙茗、锄药两个小厮<u>厮</u>下象棋，为夺车正搬嘴，还有引泉、扫花、挑云、伴鹤四五个人在房檐上掏小雀儿顽。

其中，"引泉"，彼本、杨本无；"挑云"，杨本误作"桃云"。和这五个伴侣的名字配对的正是"焙茗"，而不是"茗烟"。

【第26回】

第26回有三段文字提到了焙茗，引庚辰本于下：

（1）只见袭人走来，说道："快回，穿衣服，老爷叫你呢。"宝玉听了，不觉打了个雷的一般，也雇①不的别的，疾忙回来穿衣服，出园来，只见焙茗在二门前等着。宝玉问道："你可知道叫我是为什么？"焙茗道："爷快出来罢，横竖是见去的，到那里就知道了。"

（2）焙茗也笑道："爷别怪我。"忙跪下了。宝玉怔了半天，方解过来了，是薛蟠哄他出来。

（3）宝玉……又向焙茗道："反叛奋的，还跪着作什么？"焙茗连忙叩头起来。

"焙茗"，甲戌本、舒本、戚本、程甲本同，彼本、杨本、蒙本、梦本依然作"茗烟"。

自此回之后，程甲本、程乙本一直使用"焙茗"一名，直到第120回全书结束，从而废弃了"茗烟"。

茗烟	彼本　杨本　蒙本　梦本
焙茗	甲戌本　庚辰本　舒本　戚本　程甲本　程乙本

【第28回】

第28回有七处提到了"焙茗"（或"茗烟"），引庚辰本于下：

宝玉出来外面，只见焙茗说道："冯大爷家请。"宝玉听了，知道是昨日的话，便说："要衣裳去。"自己便往书房里来。焙茗

---

① "雇"乃"顾"字之误。

一直到了二门前等人。只见一个老婆子出来了，<u>焙茗</u>上去说道："宝二爷在书房里等出门的衣裳，你老人家进去带个信儿。"那婆子说："放你娘的屁，倒好。宝二爷如今在园里住着，跟他的人都在园里。你又跑了这里来带信儿来了。"<u>焙茗</u>听了，笑道："骂的是，我也糊涂了。"说着，一径往东边二门前来。可巧门上小厮在甬路底下踢球，<u>焙茗</u>将原故说了，小厮跑了进去，半日抱了一个包袱出来，递与<u>焙茗</u>，回到书房里，宝玉换了，命人备马，只带着<u>焙茗</u>、锄药、双瑞、双寿四个小厮去了。

"焙茗"，甲戌本、舒本、戚本、程甲本、程乙本同，彼本、杨本、蒙本、梦本依然作"茗烟"。

值得注意的是，此处出现的"焙茗"的伴侣是"锄药"。而紧接在"焙茗、锄药"二名之后的"双瑞①、双寿②"，从名字上看，依然是一对伴侣。

茗烟		彼本	杨本	蒙本	梦本	
焙茗	甲戌本	庚辰本	舒本	戚本	程甲本	程乙本

【第33回】

第33回有两段文字提到了焙茗或茗烟，引庚辰本于下：

（1）那宝玉听见贾政吩咐他不许动，早知多凶少吉，那里承望贾环又添了许多的话，正在厅上干转，怎得个人来，往里头去稍③信，偏生没个人，连<u>焙茗</u>也不知在那里。

（2）袭人满心委屈，只不好十分使出……便越性走出来，到

---

① "双瑞"，舒本作"双福"。
② "双寿"，梦本作"寿儿"。
③ "稍"乃"捎"字之误。

二门前，令小厮们找了焙茗来细问："方才好端端的，为什么打起来？你也不早来透个信儿。"焙茗急的说："偏生我没在跟前，打到半中间，我才听见了，忙打听原故。却是为琪官、金钏姐姐的事。"袭人道："老爷怎么得知道的？"焙茗道："那琪官的事，多半是薛大爷素日吃醋，没法儿出气，不知在外头唆挑了谁来，在老爷跟前下的火。那金钏儿的事，是三爷说的，我也是听见老爷的人说的。"袭人听了这两件事都对景，心中也就信了八九分。

"焙茗"，己卯本、舒本、蒙本、戚本、程甲本、程乙本同，彼本、杨本、梦本作"茗烟"。

值得注意的是，蒙本此回和第 24 回、第 26 回、第 28 回不同：此回改称"焙茗"，而第 24 回、第 26 回、第 28 回仍作"茗烟"。

茗烟	彼本　杨本　梦本
焙茗	己卯本　庚辰本　舒本　蒙本　戚本 程甲本　程乙本

【第 34 回】

第 34 回有两段文字提到了焙茗或茗烟，引庚辰本于下：

（1）只听宝钗问袭人道："怎么好好的动了气，就打起来了？"袭人便把焙茗的话说了出来。

（2）原来宝钗素知薛蟠情性，心中已有一半疑惑薛蟠调唆了人来告宝玉的。谁知又听袭人说出来，越发信了。究竟袭人是焙茗说的，那焙茗也是私心窥度，一半据实，竟认准是他说的。薛蟠都因素日有这个名声，其实这一次却不是他干的，被人生生的一口咬定是他，有口难分。

"焙茗"，己卯本、舒本、蒙本、戚本、程甲本、程乙本同，彼本、杨本、梦本作"茗烟"。

茗烟	彼本　杨本　梦本
焙茗	己卯本　庚辰本　舒本　蒙本 戚本　程甲本　程乙本

【第 39 回】

第 39 回有一大段文字提到了茗烟，引庚辰本于下：

　　宝玉又问他地名、庄名，来往远近，坐落何方，刘姥姥便顺口胡诌了出来。宝玉信以为真，回至房中，盘算了一夜。次日一早，便出来给了茗烟几百钱，按着刘姥姥说的方向、地名，着茗烟去先踏看明白，回来再做主意。那茗烟去后，宝玉左等也不来，又①等也不来，急的热锅上的蚂蚁一般。好容易等到日落，方见茗烟兴兴头头的回来。宝玉忙问："可有庙了？"茗烟笑道："爷听的不明白，叫我好找。那地名、坐落，不似爷说的一样。所以找了一日，我②到东北上，田埂子上才有一个破庙。"宝玉听说，喜的眉开眼笑，忙说道："刘姥姥有年纪的人，一时错记了，也是有的。你且说你见的。"茗烟道："那庙门却道③是朝南开的，也是稀破的。我找的正没好气，一见这个，我说可好了，连忙进去，一看泥胎，唬的我跑出来了，活似真的一般。"宝玉喜的笑道："他能变化人了，自然有些生气。"茗烟拍手道："那里有什么女孩儿，竟是一位青脸红发的瘟神爷。"宝玉听了，啐了一口，骂道："真是一个无用的杀才，这点子事也干不来。"茗烟道："二爷又不知看了什么书，或者听了谁的混话，信真了，把这件没头脑的事，

---

① "又"乃"右"字的音讹。
② "我"乃"找"字的形讹。
③ "道"乃"倒"字的音讹。

派我去碰头，怎么说我没用呢？"宝玉见他急了，忙安慰他道："你别急，改日闲了，你再找去。若是他哄我们呢，自然没了。若真是有的，你岂不也积了阴骘，我必重重的赏你。"

"茗烟"，己卯本、舒本、彼本、杨本、蒙本、戚本、梦本同，程甲本、程乙本作"焙茗"。

这一回的特点在于，只有程本作"焙茗"，脂本全作"茗烟"。

茗烟	舒本　己卯本　庚辰本　彼本　杨本　蒙本　戚本　梦本
焙茗	程甲本　程乙本

第四节　小结之一

从第 9 回到第 39 回，茗烟或焙茗之名出现的情况，如下列二表所示：

【茗烟】

第 9 回	己卯本　庚辰本　舒本　彼本 杨本　蒙本　戚本　眉本　梦本
第 16 回	甲戌本　己卯本　庚辰本　舒本 彼本　杨本　蒙本　戚本　梦本
第 19 回	己卯本　庚辰本　舒本　彼本 杨本　蒙本　戚本　梦本
第 23 回	庚辰本　舒本　彼本　杨本 蒙本　戚本　梦本
第 24 回	彼本　杨本　蒙本　梦本

续表

第 26 回	彼本 杨本 蒙本 梦本
第 28 回	彼本 杨本 蒙本 梦本
第 33 回	彼本 杨本 梦本
第 34 回	彼本 杨本 梦本
第 39 回	舒本 己卯本 庚辰本 彼本 杨本 蒙本 戚本 梦本

【焙茗】

第 23 回	晳本
第 24 回	庚辰本 舒本 戚本 晳本
第 26 回	甲戌本 庚辰本 舒本 戚本
第 28 回	甲戌本 庚辰本 舒本 戚本
第 33 回	己卯本 庚辰本 舒本 蒙本 戚本
第 34 回	己卯本 庚辰本 舒本 蒙本 戚本

有四点值得注意。

第一，现存九种脂本（己卯本、庚辰本、舒本 彼本、杨本、蒙本、戚本、眉本、梦本）有第 9 回，它们均作"茗烟"。现存八种脂本（己卯本、庚辰本、舒本、彼本、杨本、蒙本、戚本、梦本）有第 39 回，它们也均作"茗烟"。九种和八种，两个数目相差的原因在于眉本：眉本有第 9 回，而无第 39 回。

对于"茗烟"，第 9 回和第 39 回做了相同的选择，这既说明它们在版本关系上比较亲近，又从一个侧面说明它们可能撰写（或修改）于同一个时间段内，尽管它们相隔了三十回之多。

第二，第 24 回、第 26 回、第 28 回是邻近的三回，应撰写于同一时间段。但在这三回中，彼本、杨本、蒙本、梦本均作"茗烟"，甲戌本、庚辰本、舒本、戚本均作"焙茗"（甲戌本无第 24 回）。这说明，如果排除后人的改动，两个营垒的区分正显示出初稿和改稿的区分。

第三，第 33 回、第 34 回是毗邻的两回。它们若同样使用"茗烟"之名，并不奇怪。奇怪的是，关系比较亲近的蒙本和戚本却做了不同的取舍，前者中意后起的"焙茗"，后者却坚持使用"茗烟"。

第四，在第 23 回之前，现存的各个脂本中还没有出现"焙茗"一名。

按各回的顺序来说，最早出现"焙茗"的是晳本第 23 回。

值得注意的是，在第 23 回，只有晳本独作"焙茗"；在这一回，不仅舒本和其他脂本作"茗烟"，连程甲本、程乙本也作"茗烟"。

程甲本改"茗烟"为"焙茗"，不是始于第 23 回，而是始于第 24 回。在这一点上，它与晳本有别。并且为了祛除读者的疑惑，它还特地做了一个注脚：把脂本的"只见"添改为"只见茗烟改名焙茗的"。

程乙本的编辑者、修订者不满意程甲本的做法，而另外寻找了一个改名的理由，让茗烟自己向贾芸解释说："我不叫茗烟了。我们宝二爷嫌'烟'字不好，改了叫焙茗了。二爷明儿只叫我焙茗罢。"从全书来看，并没有描写和表现宝玉对"烟"字的不满意和嫌恶。所以，这个解释极其牵强，是说不通的。

第五节 茗烟与焙茗：在中四十回

从第 41 回至第 80 回，书中出现"茗烟"或"焙茗"之名的，有以下九回：

| 43 | 47 | 51 | 52 | 56 | 63 | 64 | 66 | 80 |

第 40 回之后的文字，舒本缺失。所以，在这一节，我用楷体引录

的脂本文字将以庚辰本为据（如遇庚辰本缺失之回，则改用己卯本）。

【第43回】

庚辰本第43回提及茗烟之处甚多，如下：

（1）原来宝玉心里有件私事，于头一日就吩咐茗烟，明日一早要出门，备下两匹马，在后门口等着，不要别人，就要你一个跟着，说给李贵，我往北府里去了。

（2）茗烟也摸不着头脑，只得依言说了。

（3）只见宝玉遍体纯素，从角门出来，一语不发，跨上马，一湾腰，顺着街就下去了，茗烟也只得跨马加鞭赶上。

（4）宝玉道："这条路是往那里去的？"茗烟道："这是出北门的大道。出去了，冷清清，没有可顽的地方。"

（5）茗烟越发不得主意，只得紧紧跟着。

（6）宝玉方勒住马，回头问茗烟道："这里可有卖香的？"茗烟道："香倒有，不知是那一样？"宝玉想道："别的香不好，须得檀、芸、降三样。"茗烟笑道："这三样可难得。"宝玉为难，茗烟见他为难，因问道："要香作什么使？我见二爷时常小荷包有散香，何不找一找。"

（7）于是，又问炉炭。茗烟道："这可罢了。荒郊野外，那里有用这些？何不早说，带了来，岂不便宜？"

（8）茗烟想了半日，笑道："我得了个主意，不知二爷心下如何？……"

（9）宝玉听了，忙问："水仙庵就在这里，更好了，我们就去。"说着，就加鞭前行，一面回道向茗烟道……

（10）茗烟道："别说他是咱们家的香火，就是平白不认识的庙里，和他借，他也不敢驳回……"

（11）老姑子献了茶，宝玉因和他借香炉。那姑子去了半日，连香供、纸马都预备了来。宝玉道："一概不用。"说道①，命茗烟捧着炉，出至后院中，拣一块干净地方儿竟拣不出。

（12）茗烟道："那井台儿上，如何？"宝玉点头，一齐来至井台上，将炉放下。

（13）茗烟站过一旁，宝玉掏出香来焚上，含泪施了半礼，回身命收了去。

（14）茗烟答应，且不收，忙爬下，磕了几个头，口内祝道："我茗烟跟二爷这几年，二爷的心事我没有不知道的。只有今儿这一祭祀没有告诉我，我也不敢问……"

（15）茗烟起来，收过香炉，和宝玉走着……

（16）宝玉道："戏酒既不吃，这随便素的吃些何妨。"茗烟道："这便才是……"

（17）茗烟道："这更好了。"说着，二人来至禅堂，果然那姑子收拾了一桌素菜，宝玉胡乱吃了些，茗烟也吃了。

（18）二人便上马，仍回旧路。茗烟在后面只嘱付："二爷好生骑着，这马总没大骑的，手里提紧着。"

"茗烟"，其他脂本（彼本、蒙本、戚本、梦本）同，而程甲本、程乙本不同于此，作"焙茗"。

茗烟	庚辰本　彼本　蒙本　戚本　梦本
焙茗	程甲本　程乙本

【第47回】
第47回有两段文字提到茗烟，引庚辰本于下：

（1）宝玉道："怪道呢，上月我们大观园的池子里头结了莲

---

① "道"乃"着"字之误。

蓬，我摘了十个，叫<u>茗烟</u>出去到坟上供他去……"

（2）宝玉道："我也正为这个要打发<u>茗烟</u>找你，你又不大在家。知道你天天萍踪浪迹，没个一定的去处。"

"茗烟"，蒙本、戚本、梦本同，彼本作"个人"，仍是程甲本、程乙本作"焙茗"。

茗烟	庚辰本　蒙本　戚本　梦本
焙茗	程甲本　程乙本

【第 51 回】

第 51 回提到了茗烟，引庚辰本于下：

（1）宝玉道："你只快叫<u>茗烟</u>再请王大夫去就是了。"

（2）一时<u>茗烟</u>果请了王太医来。

"茗烟"，其他脂本（彼本、蒙本、戚本、梦本）同，作"焙茗"的仍然是程甲本、程乙本。

茗烟	庚辰本　彼本　蒙本　戚本　梦本
焙茗	程甲本　程乙本

【第 52 回】

第 52 回提到了茗烟，引庚辰本于下：

只见宝玉的奶兄李贵和王荣、张若锦、赵亦华、钱启、周瑞六个人带着<u>茗烟</u>、伴鹤、锄药、扫红四个小厮，背着衣包，抱着坐褥，笼着一匹雕鞍彩辔的白马，早已伺候多时了。

"茗烟"，彼本、杨本、蒙本、戚本、梦本同，程甲本、程乙本作"焙茗"。

茗烟	庚辰本　彼本　杨本　蒙本　戚本　梦本				
焙茗	程甲本　程乙本				

值得注意的是，和第9回、第24回、第28回一样，这里又出现了"茗烟"的伴侣："伴鹤""锄药""扫红"。

在脂本的上述四回中，"焙茗"或"茗烟"的伴侣的名字搭配是：

> 墨雨、扫红、锄药（第9回）
>
> 锄药、引泉、扫花、挑云、伴鹤（第24回）
>
> 锄药（第28回）
>
> 伴鹤、锄药、扫红（第52回）

【第56回】

第56回有一段文字提到了茗烟，引庚辰本于下：

> 宝钗道："……我倒替你们想出一个人来，怡红院有个老叶妈，他就是茗烟的娘，那是个诚实老人家，他又合我们莺儿的娘极好。不如把这事交与叶妈，他有不知的，不比咱们说，他就找莺儿的娘去商议了……"

"茗烟"，己卯本、彼本、杨本、蒙本、戚本、梦本同，程甲本、程乙本作"焙茗"。

茗烟	己卯本　庚辰本　彼本　杨本　蒙本　戚本　梦本					
焙茗	程甲本　程乙本					

【第63回】

第63回写到了芳官改名之事，引庚辰本于下：

> 芳官……又说:"'芳官'之名不好,竟改了男名才别致。"因
> 又改作"耶律雄奴",十分称心。又说:"既如此,你出门也带我
> 出去,有人问,只说我和<u>茗烟</u>一样的小厮就是了。"

"茗烟",己卯本、杨本、蒙本、戚本同于庚辰本,彼本、梦本以
及程甲本、程乙本无此段文字。

茗烟	己卯本　庚辰本　杨本　蒙本　戚本				
焙茗	无				

【第 64 回】

庚辰本缺第 64 回。这里引录的是己卯本第 64 回的文字:

> 宝玉就芳官手内吃了半盏,遂向袭人道:"我来时已吩咐了<u>焙</u>
> <u>茗</u>,若珍大哥那边有要紧的客来时,叫他即刻送信;若无要紧的
> 事,我就不过去了。"

"焙茗",彼本、戚本、程甲本、程乙本同,杨本、蒙本、梦本作
"茗烟"。

值得注意的是,各脂本、程甲本、程乙本的这一回中,"茗烟"
"焙茗"的歧异和上述数回中的情况有很大差别。

茗烟	杨本　蒙本　梦本				
焙茗	己卯本　彼本　戚本　程甲本　程乙本				

【第 66 回】

第 66 回有两段文字提到了茗烟,引庚辰本于下:

> (1) 尤三姐……说着,将一根玉簪击作两段,"一句不真,就
> 如这簪子!"说着,回房去了,真个竟非礼不动、非礼不言起来。

贾琏无了法，只得和二姐商议了一回家务，复回家与凤姐商议起身之事，一面着人问茗烟。茗烟说："竟不知道，大约没来。若来了，必是我知道的。"

（2）柳湘莲也感激不尽，次日又来见宝玉，二人相会，如鱼得水。湘莲因问贾琏偷娶二房之事。宝玉笑道："我听一干人说，我却未见，我也不敢多管。我又听见茗烟说，连①二哥哥着实问你，不知有何话说。"

"茗烟"，己卯本、彼本、杨本、蒙本、戚本、梦本同，程甲本、程乙本作"焙茗"。

茗烟	己卯本　庚辰本　彼本　杨本　蒙本　戚本　梦本
焙茗	程甲本　　程乙本

【第 80 回】

第 80 回有三段文字提到了茗烟，引庚辰本于下：

（1）宝玉也笑着起身整衣。王一贴喝命徒弟们快泡好醲茶来。茗烟 a 道："我们爷不吃你的茶，连这屋里坐着还嫌膏药气息呢。"

（2）李贵等听说，且都出去自便，只留下茗烟 b 一人。这茗烟 c 手内点着了一枝梦甜香，宝玉命他坐在身旁，却倚在他身上。王一贴心有所动，便笑嘻嘻走近前来，悄悄的说道："我可猜着了，想是哥儿如今有了房中的事情，要滋助的药，可是不是？"话犹未完，茗烟 d 先喝道："该死，打嘴。"宝玉犹未解，忙问他说什么。茗烟 e 道："信他胡说。"唬的王一贴不敢再问。

（3）说着，宝玉、茗烟 f 都大笑不止。

---

① "连"乃"琏"字之误。

以上引文中的"茗烟",共有六处:a、b、c、d、e、f。这六处,其他脂本均同于庚辰本。程甲本、程乙本则是a、d、e作"焙茗",b、c因有删节,故梦本、程甲本、程乙本无"茗烟"或"焙茗"之名(所删者为"李贵等听说,且都出去自便,只留下茗烟一人。这茗烟手内点着一枝梦甜香"等字)。

茗烟	庚辰本 彼本 杨本 蒙本 戚本 梦本
焙茗	程甲本 程乙本

第六节 小结之二

从第41回到第80回,茗烟或焙茗出现的情况,如下列二表所示:

【茗烟】

第43回	庚辰本 彼本 蒙本 戚本 梦本
第47回	庚辰本 蒙本 戚本 梦本
第51回	庚辰本 彼本 蒙本 戚本 梦本
第52回	庚辰本 彼本 杨本 蒙本 戚本 梦本
第56回	己卯本 庚辰本 彼本 杨本 蒙本 戚本 梦本
第63回	己卯本 庚辰本 杨本 蒙本 戚本
第64回	杨本 蒙本 梦本
第66回	己卯本 庚辰本 彼本 杨本 蒙本 戚本 梦本
第80回	庚辰本 彼本 杨本 蒙本 戚本 梦本

【焙茗】

第 43 回	程甲本　程乙本
第 47 回	程甲本　程乙本
第 51 回	程甲本　程乙本
第 52 回	程甲本　程乙本
第 56 回	程甲本　程乙本
第 64 回	己卯本　彼本　戚本　程甲本　程乙本
第 66 回	程甲本　程乙本
第 80 回	程甲本　程乙本

从二表可以看出以下三点。

第一，在这八回中，程甲本、程乙本全作"焙茗"。

第二，脂本第 64 回分为两个阵营。作"焙茗"的是己卯本、彼本、戚本，杨本、蒙本、梦本则作"茗烟"。

第三，脂本的其余七回（第 43 回、第 47 回、第 51 回、第 52 回、第 56 回、第 66 回、第 80 回）全作"茗烟"。

第七章　他叫茗烟，还是叫焙茗？（下）

本章分为五节：

第一节　焙茗：在后四十回

在后四十回中，有下列十回出现了"焙茗"，或是通过旁人提到了"焙茗"；相反，"茗烟"之名则没有再现：

81	84	85	87	89	93	94	95	101	119

现依次列举各回相关的文字于下。

【第 81 回】

第 81 回有四段文字提到了焙茗，引程甲本于下：

（1）贾政……遂叫李贵来说："明儿一早，传焙茗跟了宝玉去，收拾应念的书籍，一齐拿过来我看看，亲自送他到家学里去。"

（2）次日一早，袭人便叫醒宝玉，梳洗了，换了衣服，打发小丫头子传了焙茗在二门上伺候，拿着书籍等物。

（3）恰好贾政着人来叫，宝玉便跟着进去。贾政不免又嘱咐几句话，带了宝玉上了车，焙茗拿着书籍，一直到家塾中来。

（4）代儒回身进来，看见宝玉在西南角靠窗户摆着一张花梨小桌，右边堆下两套旧书，薄薄儿的一本文章，叫焙茗将纸、墨、笔、砚都搁在抽屉里藏着。

"焙茗"，程乙本同。

【第 84 回】

第 84 回有两段文字提到了焙茗，引程甲本于下：

（1）宝玉连忙叫人传话与焙茗："叫他往学房中去，我书桌子抽屉里有一本薄薄儿竹纸本子，上面写着'窗课'两字的就是，快拿来。"一回儿，焙茗拿了来，递给宝玉。宝玉呈与贾政。

（2）贾政道："既如此，你还到老太太处去罢。"宝玉答应了个"是"，只得拿捏着漫漫①的退出，刚过穿廊月洞门的影屏，便一溜烟跑到老太太院门口，急得焙茗在后头赶着叫："看跌倒了。老爷来了。"

"焙茗"，程乙本同。

【第 85 回】

第 85 回只有一处提到了焙茗，引程甲本于下：

---

① "漫漫"乃"慢慢"之误。

次日，宝玉起来梳洗了，便往家塾里去。走出院门，忽然想起，叫<u>焙茗</u>略等，急忙转身回来。

"<u>焙茗</u>"，程乙本同。

【第 87 回】

第 87 回也只有一处提到焙茗，引程甲本于下：

却说宝玉这日起来梳洗了，带着<u>焙茗</u>正往书房中来，只见墨雨笑嘻嘻的跑来……

"<u>焙茗</u>"，程乙本同。

【第 89 回】

第 89 回有两段文字提到了焙茗，引程甲本于下：

（1）那时已到十月中旬，宝玉起来，要往学房中去。起来天气陡寒，只见袭人早已打点出一包衣服，向宝玉道："今日天气狠冷，早晚宁使暖些。"说着，把衣服拿出来，给宝玉挑了一件穿，又包了一件，叫小丫头拿出，交给<u>焙茗</u>，嘱咐道："天气凉，二爷要换时，好生预备着。"<u>焙茗</u>答应了，抱着毡包，跟着宝玉自去。

（2）<u>焙茗</u>走进来，回宝玉道："二爷，天气冷了，再添些衣服罢。"宝玉点点头儿。只见<u>焙茗</u>拿进一件衣服来，宝玉不看则已，看了时，神已痴了。那些小学生都巴着眼瞧。却原是晴雯所补的那件雀金裘。宝玉道："怎么拿这一件来？是谁给你的？"<u>焙茗</u>道："是里头姑娘们包出来的。"宝玉道："我身上不大冷，且不穿呢。包上罢。"代儒只当宝玉可惜这件衣服，却也心里喜他知道俭省。<u>焙茗</u>道："二爷穿上罢。着了凉，又是奴才的不是了。二爷只当疼奴才罢。"宝玉无奈，只得穿上，呆呆的对着书坐着。

"焙茗"，程乙本同。

【第93回】

第93回只有一处提到焙茗，引程甲本于下：

> 贾政遣人去叫宝玉说："今儿跟大爷到临安伯那里听戏去。"宝玉喜欢的了不得，便换上衣服，带了焙茗、扫红、锄药三个小子出来，见了贾赦，请了安，上了车，来到临安伯府里。

"焙茗"，程乙本同。

【第94回】

第94回有两段文字提到焙茗，引程甲本于下：

> （1）王夫人走进屋里坐下，便叫袭人，慌得袭人连忙跪下，舍①泪要禀。王夫人道："你起来，快快叫人细细找去。一忙乱，倒不好了。"袭人哽咽难言，宝玉生恐袭人直告诉出来，便说道："太太这事不与袭人相干，是我前日到南安王府那里听戏，在路上丢了。"王夫人道："为什么那日不找？"宝玉道："我怕他们知道，没有告诉他们，我叫焙茗等在外头各处找过的。"
>
> （2）只见跟宝玉的焙茗在门外招手儿，叫小丫头子快出来。那小丫头赶忙的出去了。焙茗便说道："你快进去告诉我们二爷和里头太太、奶奶、姑娘们，天大喜事。"那小丫头子道："你快说罢。怎么这么累赘？"焙茗笑着拍手道："我告诉姑娘，姑娘进去回了，咱们两个人都得赏钱呢。你打量什么，宝二爷的那块玉呀，我得了准信来了。"

---

① "舍"乃"含"字的形讹。

"焙茗"，程乙本同。

【第 95 回】

第 95 回有三次提到焙茗，引程甲本于下：

> 话说焙茗在门口和小丫头子说："宝玉的玉有了。"那小丫头急忙回来告诉宝玉。众人听了，都推着宝玉出去问他。众人在廊下听着。宝玉也觉放心，便走到门口，问道："你那里得了，快拿来。"焙茗道："拿是拿不来的。还得托人做保去呢。"宝玉道："你快说是怎么得的，我好叫人取去。"焙茗道："我在外头知道林爷爷去测字，我就跟了去。我听见说，在当铺里找。我没等他说完，便跑到几个当铺里去，我比给他个瞧。有一家便说有。我说给我罢。那铺子里要票子，我说当多少钱，他说三百钱的，也有五百钱的，也有前儿有一个人拿这么一块玉当了三百钱去。今儿又有人也拿一块玉当了五百钱去。"

"焙茗"，程乙本同。

【第 101 回】

第 101 回有三段文字提到了焙茗，引程甲本于下：

> （1）去年那一天上学天冷，我叫焙茗拿了去给他披披，谁知这位爷见了这件衣裳，想起晴雯来了，说了总不穿了，叫我给他收一辈子呢。
>
> （2）只见秋纹进来传说："二爷打发焙茗转来说，请二奶奶。"宝钗说道："他又忘了什么，又叫他回来。"秋纹道："我叫小丫头问了，焙茗说是二爷忘了一句话。二爷叫我回来告诉二奶奶，若是去呢，快些来罢。若不去呢，别在风地里站着。"
>
> （3）秋纹也笑着回去，叫小丫头去骂焙茗。那焙茗一面跑着，

一面回头说道："二爷把我巴巴的叫下马来，叫回来说的，我若不说，回来对出来，又骂我了。这会子说了，他们又骂我。"

"焙茗"，程乙本同。

【第 119 回】

第 119 回有两次提到焙茗，引程甲本于下：

> 只见三门外头焙茗乱嚷说："我们二爷中了举人，是丢不了的了。"众人问道："怎见得呢？"焙茗道："一举成名天下闻。如今二爷走到那里，那里就知道的。谁敢不送来？"

"焙茗"，程乙本同。

以上十回中的"焙茗"，程甲本都保持一致，程乙本也无例外地同于程甲本。

看得出来，程甲本的编辑者、修订者（不管是高鹗，还是程伟元）下了很大的功夫，细心地从第 24 回开始，把"茗烟""焙茗"两个名字统一为"焙茗"。暂本则于上一回，即第 23 回，已出现焙茗之名；从回次上说，这早于程甲本。

程甲本用新弃旧，是否受到了暂本的影响？由于暂本只是个保存着两回（第 23 回和第 24 回）的残本，全书尚未发现，我们一时还不知晓其中的究竟。谜团的揭破，只有留待异日了。

第二节　小结之三

兹将《红楼梦》脂本前八十回中出现的"茗烟"或"焙茗"之名分列于表一、表二、表三和表四，统计如下。

【表一】按脂本各回顺序排列：

	舒	甲戌	己卯	庚辰	彼	杨	蒙	戚	梦	眉	皙
9	茗烟		茗烟	茗烟	茗烟	茗烟	茗烟	茗烟	茗烟	茗烟	
16	茗烟	茗烟	茗烟	茗烟	茗烟	茗烟	茗烟	茗烟	茗烟		
19	茗烟		茗烟	茗烟	茗烟	茗烟	茗烟	茗烟	茗烟		
23	茗烟			茗烟	茗烟	茗烟	茗烟	茗烟	茗烟		焙茗
24	焙茗			焙茗	焙茗	焙茗	焙茗		焙茗		焙茗
26	焙茗	焙茗		焙茗	焙茗	焙茗	焙茗	焙茗	焙茗		
28	焙茗	焙茗		焙茗	焙茗	焙茗	焙茗	焙茗	焙茗		
33	焙茗		焙茗	焙茗	焙茗	焙茗	焙茗	焙茗	焙茗		
34	焙茗		焙茗	焙茗	焙茗	焙茗	焙茗	焙茗	焙茗		
39	茗烟		茗烟	茗烟	茗烟	茗烟	茗烟	茗烟	茗烟		
43				茗烟	茗烟		茗烟	茗烟	茗烟		
47				茗烟	茗烟		茗烟	茗烟	茗烟		
51				茗烟	茗烟		茗烟	茗烟	茗烟		
52				茗烟	茗烟	茗烟	茗烟	茗烟	茗烟		
56			茗烟	茗烟	茗烟	茗烟	茗烟	茗烟	茗烟		
64			焙茗		焙茗	焙茗	焙茗	焙茗	焙茗		
66			茗烟	茗烟	茗烟	茗烟	茗烟	茗烟	茗烟		
80				茗烟	茗烟	茗烟	茗烟	茗烟	茗烟		

根据【表一】，再回过头来核查俞平老的话是否符合实际情况。

我在第六章第一节曾把俞平老的意见归纳为下列四个要点：

（1）在"脂评抄本"系列中，第 23 回叫"茗烟"的那个书童，到了第 24 回便改叫"焙茗"了。

（2）这反映了作者原本的原貌，确实是从第 24 回起，此人便改叫"焙茗"了。

（3）在程本系列中，第 24 回明写"茗烟改名焙茗"。这是一种修正统一之法。

（4）暂本（即"郑本"）第 23 回和第 24 回一体作"焙茗"。这是另一种修正统一之法。

第一点，对错各占一半。说得对的是，在现存各脂本中，"焙茗"之名的确是从第 23 回开始出现的。说得错的则是，"第 23 回叫'茗烟'的那个书童，到了第 24 回便改叫'焙茗'了"。因为这并不符合各脂本的实际情况。例如，此人在第 23 回以后仍然叫"茗烟"的，计有：

舒本一回（第 39 回）

己卯本三回（第 39 回、第 56 回、第 66 回）

庚辰本八回（第 39 回、第 43 回、第 47 回、第 51 回、第 52 回、第 56 回、第 66 回、第 80 回）

戚本八回（第 39 回、第 43 回、第 47 回、第 51 回、第 52 回、第 56 回、第 66 回、第 80 回）

杨本十一回（第 24 回、第 26 回、第 28 回、第 33 回、第 34 回、第 39 回、第 52 回、第 56 回、第 64 回、第 66 回、第 80 回）

蒙本十二回（第 24 回、第 26 回、第 28 回、第 39 回、第 43 回、第 47 回、第 51 回、第 52 回、第 56 回、第 64 回、第 66 回、第 80 回）

彼本十三回（仅在第 64 回作"焙茗"，在其他各回均作"茗烟"）

梦本十四回（全作"茗烟"）

第二点，不能说"这反映了作者原本的原貌，确实是从第 24 回起，此人便改叫'焙茗'了"。实际情况并非如此,而是存在大量反证。

第三点,忽略了程甲本和程乙本关于改名之说的差异。

第四点,晢本仅仅残存两回,不能匆遽断定"晢本第 23 回和第 24 回一体作'焙茗'。这是另一种修正统一之法"。我们无法推测其在第 23 回、第 24 回之后必无"茗烟"之名。

【表二】按"茗烟""焙茗"二名分别排列,统计各脂本情况:

茗烟	杨本　梦本　眉本						
焙茗	晢本						
茗烟　焙茗	甲戌本	己卯本	庚辰本	蒙本	戚本	舒本	彼本

全作"茗烟"者,有杨、梦、眉三本。其中真正"全作"茗烟者,仅杨、梦二本;眉本残缺,仅存十回,只有第 9 回出现"茗烟"之名。

同样的情形还有晢本。它也是残本,仅存两回,其他各回是否会像残存的第 23 回、第 24 回那样,全作"焙茗",一时无从知晓。

甲戌本等七本既有"茗烟",也有"焙茗"。其中值得注意的是彼本。它只有比较特殊的第 64 回作"焙茗",其余各回均作"茗烟"。

【表三】按"茗烟""焙茗"二名分别排列,统计各回情况:

均作茗烟	9　16　19　39　43　47　51　52　56　66　80						
均作焙茗	无						
或作茗烟,或作焙茗	23　24　26　28　33　34　64						

【表四】如果再按回数来划分,则可以进一步划分为互相衔接的三个时段:

第一时段	茗烟	9　16　19
第二时段	茗烟　焙茗	23　24　26　28　33　34
第三时段	茗烟	39　43　47　51　52　56　66　80

其中，只有原应列入第二时段的第 64 回是个例外（实际上，第 64 回应列入第一时段）。这是因为第 64 回存在比较复杂的版本问题（如尤二姐、尤三姐故事的移置），比较特殊，此处不能细谈、深谈，以免枝蔓。

第三节　脂批的选择

以上所说的是正文中的"茗烟"和"焙茗"问题。

现在检查一下脂批，看它有没有提到茗烟或焙茗，是不是和正文保持一致。

检查的结果是：它只提到了茗烟，而不见焙茗之名。

脂批共有九处提到茗烟，分见于下列五回：

9　16　19　43　66

兹列举于下。

（1）蒙本第 9 回正文，贾蔷"和贾珍、贾蓉最好，今见有人欺负秦钟如何肯依，自己要挺身出来报不平，心中且又忖夺一番：'金荣、贾瑞一干人都是薛大叔的相知，素来我又与薛大叔相好，倘或我一出头，他们告诉了老薛，岂不伤了和气。待要不管，如此谣言，大家都没趣，如今何不用计制服，又息口声，又不伤脸面。'想毕，也装作出恭，走至外面，悄悄把跟宝玉的书童名唤茗烟者唤至身边，如此这般调拨他几句"。此处有脂批说：

又出一<u>茗烟</u>。

此批语见于蒙本、戚本。

蒙本、戚本第 9 回正文正作"茗烟"。

（2）甲戌本第 16 回正文，宝玉"意欲回了贾母去望候秦钟，忽见茗烟在二门照壁前探头缩脑，宝玉忙出来问他作什么。茗烟道：'秦相公不中用了。'"此处有脂批说：

从<u>茗烟</u>口中写出，省却多少闲文。

此批语见于甲戌本、己卯本、庚辰本、舒本、蒙本、戚本、彼本、杨本、梦本。

"闲文"，己卯本、蒙本、戚本同，庚辰本、舒本、彼本、杨本、梦本作"间文"。

甲戌本等九本第 16 回正文作"茗烟"。

（3）庚辰本第 19 回正文，"茗烟欢喜笑道：'这会子没人知道，我悄悄的引二爷往城外且去一回子再往这里来，他们就不知道了。'"此处有脂批说：

<u>茗烟</u>此时只要掩饰方才之过，故设此以悦宝玉之心。

此批语见于庚辰本、舒本、戚本、杨本、梦本。

"掩饰"，舒本、蒙本、杨本、梦本同，戚本作"遮饰"。

"过"，舒本、杨本、梦本同，蒙本作"道"。

庚辰本等六本的第 19 回正文作"茗烟"。［下文所举（4）、（5）、（6）三例在第 19 回正文亦均作"茗烟"，不另说明］

（4）庚辰本第 19 回正文，"茗烟道：'这熟近地方谁家可去？这且难了。'宝玉笑道：'依我的主意，咱们竟找你花大姐姐去，瞧他在家作什么呢。'"此处有脂批说：

妙。宝玉心中早安了这着，但恐茗烟不肯引去耳。恰遇茗烟私行淫媾，为宝玉所协①，故以城外引，以悦其心。宝玉始悦②出往花家去，非茗烟适有罪所协，万不敢如此私引出外。别家子弟尚不敢私出。况宝玉哉，况茗烟哉。文字苟③楔细极。

此批语见于己卯本、庚辰本、蒙本、戚本、彼本。

"安"，彼本作"按"；"耳"，彼本作"可"；"悦出"，彼本作"说出"；"适有罪所协"，蒙本作"适有罪被协"，戚本作"适有罪被掖"，彼本作"惧罪"；"万不敢如此私引出外"，彼本作"断不敢私行出外"；"别家子弟尚不敢私出"，彼本无；"况宝玉哉，况茗烟哉"，彼本作"况宝玉、茗烟哉"；"苟"，己卯本、蒙本、戚本、彼本作"笥"。

（5）庚辰本第 19 回正文，"袭人听了，复又惊慌，说道：'这还了得，倘或碰见了人，或是遇见了老爷，街上人挤车碰，马轿纷纷的，若有个闪失，也是顽得的。你们的胆子比斗还大。都是茗烟调唆的，回去我定告诉媆媆们打你。'茗烟撅了嘴道：'二爷骂着打着叫我引了来，这会子推到我身上。我说别来罢。不然，我们还去罢。'"此处有脂批说：

茗烟贼。

此批语见于己卯本、庚辰本、彼本、蒙本、戚本。

（6）戚本第 19 回回末总评：

若知宝玉真性情者，当留心此回。其与袭人何等留连，其于画美人事何等古怪，其遇茗烟事何等怜惜，其于黛玉何等保护；再袭人之痴忠，画人之惹事，茗烟之屈奉，黛玉之痴情，千态万状，笔力劲尖，有水到渠成之象，无微不至，真画出一个上乘智

---

① "协"乃"胁"字之误。
② "悦"乃"说"字的形讹。
③ "苟"乃"笋"（筍）字的形讹。

慧之人，入于魔而不悟，甘心堕落，且影出诸魔之神通，亦非泛泛，有势不能轻登彼岸之形，凡我众生，掩卷自思，或于身心少有补益。小子妄谈，诸公莫怪。

（7）庚辰本第43回正文，"老姑子献了茶，宝玉因和他借香炉，那姑子去了半日，连香供、纸马都预备了来。宝玉道：'一概不用。'说道：命茗烟捧着炉，出至后院中，拣一块干净地方儿，竟拣不出。茗烟道：'那井台儿上如何？'宝玉点头，一齐来至井台上，将炉放下"。此处有脂批说：

> 妙极之文。宝玉心中拣定是井台上了，故意使茗烟说出，使彼不犯疑猜矣，宝玉亦有欺人之才，盖不用耳。

此批语见于庚辰本。

庚辰本第43回正文正作"茗烟"。（下例同）

（8）庚辰本第43回正文，"宝玉掏出香来焚上，含泪施了半礼，回身命收了去。茗烟答应，且不收，忙爬下磕了几个头，口内祝道：'我茗烟跟二爷这几年，二爷的心事我没有不知道的。只有今儿这一祭祀，没有告诉我，我也不敢问。只是这受祭的阴魂，虽不知名姓，想来自然是那人间有一、天上无双、极聪明、极俊雅的一位姐姐妹妹了。二爷心事不能出口，让我待①祝：若芳魂有盛②，香魄多情，虽然阴阳间隔，既是知己之间，时常来望候二爷，未尝不可。你在阴间保佑二爷来生也变个女孩儿，和你们一处相伴，再不可又托生这须眉浊物了。'说毕，又磕几个头才爬起来"。此处有脂批说：

> 忽插入茗烟一篇流言，粗看则小儿戏语，亦甚无味，细玩则大有深意。试思宝玉之为人，岂不应有一极伶俐乖巧小童哉。此

---

① "待"乃"代"字的音讹。
② "盛"乃"感"字的形讹。

一祝亦如《西厢记》中双文降香第三柱①则不语，红娘则待②祝数语，直将双文心事道破。此处若写宝玉一祝，则成何文字。若不祝，直成一哑谜，如何散场？故写茗烟一戏，直祝入宝玉心中，又发出前文，又可收后文，又写茗烟素日之乖觉可人，且衬出宝玉直似一个守礼待嫁的女儿一般，其素日脂香粉气不待写而全现出矣。今看此回，直欲将宝玉当作一个极轻俊羞怯的女儿看，茗烟则极乖觉可人之丫环也。

此批语仅见于庚辰本。

（9）庚辰本第66回正文，"话说鲍二家的打他一下子，笑道：'原有些真的，叫你又编了这些混话，越发没了捆儿了，倒不像跟二爷的人，这些混话倒像是宝玉那边的了。'"此处有脂批说：

> 好极之文，将茗烟等已全写出，可谓一击两鸣法，不写之写也。

此批语见于己卯本、庚辰本。

己卯本、庚辰本第66回正文亦作"茗烟"。

从以上九例，可以引出三项结论。

第一，合诸脂本而论，在正文中，"焙茗"之名是从第23回开始出现的。因此，前六例（第9回、第16回、第19回）批语均出现于第23回之前，故无"焙茗"之名，不足为奇。

第二，现存的脂批，只采用"茗烟"之名，一概不作"焙茗"。

第三，和正文一样，分属于三个时段，也有一个相同的例外。这个例外是第66回，虽和正文的例外（第64回）不同，但这两回同属二尤故事之列。

---

① "柱"乃"炷"字之误。

② "待"乃"代"字的音讹。

第四节　茗烟：始与终

上文已指出，"茗烟"之名出现于第一时段。

它最早出现于第9回，而从第9回的结尾①可以判断，这一回出于曹雪芹的初稿②。因此，不难看出，宝玉的这位书童、小厮从一开始便是带着"茗烟"的名字登场的。直到第19回，还维持着这种状况。这表明，在第一时段，曹雪芹采用的是这个名字。

曹雪芹所写的《红楼梦》，由于他的逝世，而终于第80回。恰恰是在这最后的第80回，曹雪芹笔下的这位书童、小厮的名字仍然叫作"茗烟"（庚辰本、彼本、杨本、蒙本、戚本、梦本），除了第64回这个例外之外，与第80回同属于第三时段的第39回、第43回、第47回、第51回、第52回、第53回、第66回也都是叫"茗烟"。

三个时段，一首一尾均是"茗烟"，到了中段（第二时段），却既是"茗烟"，又是"焙茗"。

为什么到了中段会有变化呢？

这与伴侣形象有关。

第五节　转折点

古代小说、戏剧中常有伴侣形象出现。京剧中的"杨家将"系列剧有焦赞和孟良，在道白中一再出现的"焦不离孟，孟不离焦"传颂

---

① "贾瑞遂立意要去调拨薛蟠来报仇，……不知他怎么去调拨薛蟠，且看下回分解。"
② 参阅拙著《红楼梦舒本研究》第十章、第十一章"舒本第九回结尾文字出于曹雪芹初稿考辨"（上）、（下）。

人口；"包公戏"中的王朝、马汉，《封神演义》小说中的郑伦、陈奇，人称"哼哈二将"。这都可以看作伴侣形象。

这种艺术手法，在曹雪芹笔下得到了充分的发挥。

最著名的例子当然是贾府四位小姐的丫环的命名。试看：元春—抱琴、迎春—司棋、探春—侍书、惜春—入画，琴棋书画，多么巧妙的搭配。小姐如此，公子又何尝不如此。宝玉的书童、小厮的命名就与此相似，而茗烟和焙茗的两歧也由此而来。

茗烟之名初次出现于"闹学堂"的第9回。他的三位伴侣恰巧也同时出现于这一回。请看庚辰本的引文：

> 金荣此时随手抓了一根毛竹大板在手，地狭人多，那里经得舞动长板，茗烟早吃了一下，乱嚷："你们还不来动手！"宝玉还有三个小厮，一名锄药，一名扫红，一名墨雨。这三个岂有不淘气的，一齐乱嚷："小妇养的！动了兵器了！"墨雨遂撷起一根门闩，扫红、锄药手中都是马鞭子，蜂拥而上。贾瑞急拦一回这个，劝一回那个，谁听他的话，肆行大闹。

"茗烟"与"墨雨"、"锄药"与"扫红"，一一对应[1]。名词对名词，形容词对形容词，动词对动词。我相信，这就是曹雪芹在初稿中为宝玉身边四个书童、小厮命名的设计。而"闹学堂"一幕属于《风月宝鉴》的重要关目之一[2]，可作为旁证。也就是说，在曹雪芹笔下，"茗烟"之名的出现要早于"焙茗"。

但是，到了第23回，情况起了变化。

在晳本的第23回中，"茗烟"突然[3]变成了"焙茗"。程甲本、程

---

[1] 眉本于三个小厮中删去锄药、扫红，仅仅保留墨雨，大失曹雪芹原意。

[2] 参阅拙著《红楼梦版本探微》，华东师范大学出版社，2003。

[3] 这里用了"突然"一词，企图表达三层意思：第一，在此之前，现存各脂本都没有出现过"焙茗"这个人名；第二，晳本第1回至第22回已佚失，其中是否有"焙茗"，无法知晓；第三，晳本的底本是否作"焙茗"，不详。

乙本随后也跟进。

请看皙本第 23 回，"那宝玉此事的心里不自在，便懒待在园内，只在外头鬼混，却又痴痴的"：

> 焙茗见他这样，因想与他开心，左思右想，皆是宝玉奈烦的了，不能开心。惟有一件，宝玉不曾见过，想毕，就到书坊内把古今小说并那飞燕、合德、武则天、杨贵妃外传奇角本买了许多，来引宝玉看。宝玉看了一遍，如得了珍宝。焙茗又嘱咐他："不可拿进园去，若叫人知道了，我就吃不了兜着走呢。"

"焙茗"，其他脂本（庚辰本、舒本、彼本、杨本、蒙本、戚本、梦本）以及程甲本、程乙本均作"茗烟"。

值得注意的是，程甲本、程乙本此处依然作"茗烟"，与皙本不同。可是仅仅一回之后，到了第 24 回，它们却成为皙本的追随者。

皙本第 23 回以前的文字已佚失，其中那个书童或小厮是叫茗烟，还是叫焙茗，不得而知。

请接着看皙本的第 24 回"醉金刚轻财尚义侠，痴女儿遗帕惹相思"，"因昨日见了宝玉，叫他到外书房等着，贾芸吃了饭便又进来，到贾母那边仪门外绮霰斋三间书房里来"：

> 只见焙茗、锄药两个小厮下象棋，为夺车正搬①嘴，还有引泉、扫花、挑云、伴鹤四五个人在房檐上掏小雀儿顽。……贾芸进入房内，便坐在椅子上问："宝二爷没下来？"焙茗道："今儿总没下来。二爷说什么，我替哨探哨探去。"说着便出去了。……那丫头一见了贾芸便抽身躲过去，恰好焙茗走来……。贾芸见了焙茗，也就赶了出来，问怎么样。焙茗道："等了这一日，也没个人出来。这就是宝二爷房里的好姑娘，你进去带个信儿，就说廊下

---

① "搬"乃"拌"字之误。

住的二爷来了。"……<u>焙茗</u>道："这是怎么说？"……<u>焙茗</u>道："我
倒茶去，二爷吃了茶再去。"

"焙茗"，庚辰本、舒本、戚本同，彼本、杨本、蒙本、梦本作"茗烟"。

仅仅一回之隔，三个脂本（庚辰本、舒本、戚本）便由"茗烟"
变成了"焙茗"。

第24回因之成为转折点。

第24回为什么会成为转折点呢？

原来在这回又出现了茗烟（焙茗）的五个伴侣：

锄药 引泉 扫花[①] 挑云 伴鹤

从名字上看，和这五个伴侣的名字相对应的正好是"焙茗"，而不
是"茗烟"。相反的，在第9回，和三个伴侣（锄药、扫红、墨雨）中
"墨雨"的名字相对称的是"茗烟"，而不是"焙茗"。

从写作的时间上说，自然是第9回早于第24回。拿第9回和第24
回相比较，不难发现两点：

第一，和"茗烟"相对称的"墨雨"被放弃了。

第二，和"引泉"在对称性上更匹配的"扫花"代替了"扫红"。

有人问：既然把第24回看作"转折点"，那么，为什么转得不彻底，
以致到了第24回之后，依然在第二时段、第三时段[②]出现"茗烟"之名？

这牵涉《红楼梦》各回撰写和修改的先后顺序。

我曾说过：

> 从事物产生的时间顺序说，初稿或旧稿总是在先，改稿或新
> 稿总是在后。只要把握住这一线索，就有可能进而研究、论证关

---

① "扫花"，在第9回又叫"扫红"。参阅拙著《红楼梦版本探微》卷下《读红脞录》第十七节
"扫红与扫花"，第281～284页。

② 第一时段、第二时段、第三时段的划分，参见本章第二节"小结之三"的论述。

于曹雪芹创作过程的另一个重要的问题：在目前我们所看到的《红楼梦》八十回中，哪些回的写作在先，哪些回的写作在后。①

"茗烟"和"焙茗"一人二名的问题，并不是孤立的存在。它产生于曹雪芹的创作过程之中。因此，它和曹雪芹创作过程中产生的其他问题有着必然联系。

试举两个例子作为参照。

一个例子是"彩云""彩霞"问题②，另一个例子是"巧姐儿""大姐儿"问题。

先说"彩云""彩霞"问题。

我在这里列出两个表格，供参考。

【表一】是"茗烟"和"焙茗"二名在各回出现的三个时段：

第一时段	茗烟	9 16 19
第二时段	茗烟　焙茗	23 24 26 28 33 34
第三时段	茗烟	39 43 47 51 52 56 66 80

【表二】是"彩云"和"彩霞"二名在各回出现的五个单元③：

第一单元	彩霞	25
第二单元	彩云	29 30 34
第三单元	彩霞	38 39 43 46
第四单元	彩云	60 61 62 70
第五单元	彩云	72

① 参阅拙著《红楼梦版本探微》，第97～98页。
② 参阅拙著《红楼梦版本探微》卷上第三章"彩霞与彩云齐飞"，第59～100页。
③ 参阅拙著《红楼梦版本探微》，第98页。那里所说的"单元"和本书所说的"时段"，实际上意思相近。

其中，第三单元的第 43 回比较特殊："因为它在凑份子时仍旧写的是'彩云'，而到还钱时却改成了'彩霞'的名字。一时的疏忽留下了新旧交替的痕迹。"①

【表一】和【表二】讲的是不同的问题。前者讲的是"茗烟"和"焙茗"，后者讲的是"彩云"和"彩霞"。但有一点是相同的：讲的都是初稿和改稿的差别。

但是，茗烟或焙茗出场的章回和彩云、彩霞出场的章回毕竟有着此有彼无的差别。

因此，将"彩云""彩霞"问题的"五个单元"同"茗烟""焙茗"问题的"三个时段"进行比较的时候，首先要将此有彼无的章回排除在外。

试看，"彩云"和"彩霞"问题的五个单元与"茗烟"和"焙茗"问题的三个时段不正有着紧密的联系吗？"彩云"和"彩霞"问题的第一单元、第二单元相当于"茗烟"和"焙茗"问题的第一时段、第二时段，它们都止于第 34 回"情中情因情感妹妹，错里错以错劝哥哥"。"彩云"和"彩霞"问题的第三单元、第四单元、第五单元相当于"茗烟"和"焙茗"问题的第三时段。前者起于第 38 回"林潇湘魁夺菊花诗，薛蘅芜讽和螃蟹咏"，后者起于第 39 回"村姥姥是信口开河，情哥哥偏寻根究底"。二者相差无几。

再说"巧姐儿"和"大姐儿"问题②。

第 42 回"蘅芜君兰言解疑癖，潇湘子雅谑补余香"写到了刘姥姥替大姐儿改名的事。凤姐的女儿原叫"大姐儿"，经刘姥姥改名为"巧姐儿"。这是一个转折点：在这一回，正式向读者宣告"大姐儿"和"巧姐儿"为一人。而第 42 回正处于"茗烟"和"焙茗"问题的第三

---

① 参阅拙著《红楼梦版本探微》，第 98 页。
② 参阅拙著《红楼梦舒本研究》（社会科学文献出版社，2018）第二十五章"巧姐儿与大姐儿：一人软，二人软？"

时段。

也就是说，在这个时段之内，曹雪芹既完成了"焙茗"向"茗烟"的过渡，也完成了"大姐儿""巧姐儿"向"巧姐儿"的过渡。

这三个问题（"茗烟""焙茗"问题，"彩云""彩霞"问题，"巧姐儿""大姐儿"问题）都产生于曹雪芹的创作过程中，而它们的修改又都产生于相应的时段或单元之中，这难道是偶然的吗？

第八章　云霞疑云（上）

——两个昙花一现的丫环

在第二章和第三章，我们已讨论了两个丫环的名字问题，她们是皙本所写怡红院的丫环红檀（檀云、香云）和秋雯（秋纹）。

在这一章以及其后两章，我们将继续讨论另外两个丫环的问题。

所谓"云霞疑云"，指的是王夫人房中两个丫环彩云和彩霞的名字错乱的一连串问题。

第一节　彩凤·彩鸾

皙本第23回写到了王夫人房中的四个丫环：金钏、彩霞、绣鸾、绣凤。这个四人组出现了两个问题。

第一，皙本是四人组，其他脂本（庚辰本、舒本、彼本、杨本、蒙本、戚本）则是五人组，多出的那个人是彩云。

第二，其他脂本的"彩霞"被梦本改为"彩凤"。

如下表所示：

皙本	金钏 彩霞 绣鸾 绣凤				
梦本	金钏儿 彩云 彩凤 绣鸾 绣凤				
其他脂本	金钏儿 彩云 彩霞 绣鸾 绣凤				

这就开始呈现了一个特殊的问题，我名之为"云霞疑云"。

所谓"云霞疑云"，并不是皙本特有的问题。它散见于全书的其他章回，但在书中的首次亮相却是在第 23 回。所以，讨论"云霞疑云"问题不妨就从这里开始。

至于本章标题所谓"两个昙花一现的丫环"，则是指彩凤和彩鸾。她们应是①王夫人房中的丫环。前者独见于梦本第 23 回，后者则独见于梦本和其他脂本的第 62 回。

彩凤	第 23 回	梦本					
彩鸾	第 62 回	梦本	己卯本	庚辰本	彼本	杨本	蒙本	戚本

从名字上看，彩鸾和彩凤仿佛是一对儿以"彩"字排行的"伴侣形象"。

她们究竟是不是一对儿以"彩"字排行的"伴侣形象"？这给我们留下了一个待解的谜。

她们两个（彩凤、彩鸾）和另外两个丫环（彩霞、彩云）之间又存在某些纠葛。

这些纠葛又意味着什么呢？

皙本第 23 回明确指出，金钏儿、彩霞、绣鸾、绣凤四人是王夫人房中的丫环；其他脂本的第 23 回在这个名单中增加了一个"彩云"；梦本的第 23 回则把其中的"彩霞"改为"彩凤"；其他脂本又在第 62

---

① 我在这里使用了"应是"一词，想要表达的意思是：书中指出，彩凤是王夫人房中的丫环，但书中并没有明说，彩鸾也是王夫人房中的丫环。

回让"彩鸾"伴随着一个名叫"绣鸾"的丫环出场。

纠葛始于第23回，而这第23回正是晳本现存的两回之一。

第二节　六个丫环名字引起的纠葛

"云霞疑云"始于第23回。引晳本有关文字于下：

如今且说贾元春因在宫中自编大观园题咏之后，思想那大观园中景致自己幸过，贾政必定敬谨封锁，不敢使人进去搔扰，不免寥落，况家中现有几个能诗会赋姊妹，何不命他们进去居住，也不使佳①人落魄，花柳无颜；却又想到宝玉自姊妹们中长大，不比别的兄弟们，若不命他进去，只怕他冷清了，一时不大畅快，未免贾母、王夫人愁虑，须得也命他进园中居住方妙。想毕，遂命太监夏忠到荣国府来下一道谕，命宝钗等只管在园中居住，不可禁约封锢，命宝玉仍随进去读书。

贾政、王夫人接了这谕，待夏忠去后，便来回明贾母，遣人进去各处收拾打扫，安设帘幔床帐。

别人听了还自由可，惟有宝玉听了这谕，喜的无可不可，正和贾母盘算要这个算那个，忽见丫鬟来说："老爷叫呢。"宝玉听了，好似打了个焦雷，登时扫去兴头，脸上转了颜色，便拉着贾母，扭的好似扭股儿糖，杀死也不敢去。

贾母只得安慰他道："宝贝，只管去，有我呢。他不敢委曲了你，况且你又作了那篇好文章。想是娘娘叫你进去住，他分咐你几句，不过不许你在里头淘气。他说什么，你好好答应就是了。"一面安慰，一面换了两个老妈妈来，分咐好生带了宝玉去，别叫

---

① 晳本"佳"字系旁添。

他老子唬着他。老妈妈答应了。

宝玉只得前去，一步挪了三寸，到这边来。

这时，贾政正在王夫人房中商议事情：

> 金钏、彩霞、绣鸾、绣凤等众丫头都在廊檐下站着呢，一见宝玉来，都抿着嘴儿笑。金钏一把拉住宝玉睄睄①笑道："我这嘴上是才擦的香侵②胭脂，这会子你可擦不擦③了？"绣凤一把推开金钏，笑道："人家心里正不自在，你还奚落他。趁这会子喜欢④，快进去罢。"

> 宝玉只得挨进去。

皙本此处出现了四个丫环的名字：

> 金钏　彩霞　绣鸾　绣凤

正如我在上文所指出的，这里存在重要的异文。

异文之一："金钏"出现两次。第一次，其他脂本（庚辰本、舒本、彼本、杨本、蒙本、戚本、梦本）均作"金钏儿"；第二次，其他脂本无"儿"字，同于皙本。

那个"儿"字只是一个名词后缀，可有可无，与我们讨论的问题无关，不必在意。

异文之二：在"金钏"之下、"彩霞"之上，其他脂本多出"彩云"之名。也就是说，在此处，皙本是四个丫环，而其他脂本以及程甲本、程乙本却是五个丫环。

---

① "睄睄"乃"悄悄"之误。
② "侵"乃"浸"字之误。
③ 两个"擦"字旁改"吃"。
④ "喜欢"，勾乙为"欢喜"。

四与五的出入，在于"彩云"的有无。

异文之三：在其他脂本，"彩云"一共出现两次，现分别以 a、b 标示之。一次是：

金钏儿、彩云 a、彩霞、绣鸾、绣凤等众丫环①……

另一次是：

彩云 b 一把推开②金钏，笑道……

但"彩云 a"，其他脂本均有，而暫本独无；"彩云 b"，也是其他脂本均有，而暫本独作"绣凤"。暫本接连两次让彩云隐身，看来有深意③存焉。

异文之四："绣鸾"一名，庚辰本、舒本、彼本、蒙本、戚本均同，而杨本仅存一"绣"字。杨本仅有一个"绣"字，存在两种可能：一种可能是，抄手无意中抄漏了其他脂本皆有的"鸾"字；另一种可能是，抄手想把"鸾"改写为另一个字，但一时犹豫，拿不定主意，未能补上，以致留下了空缺。

以上共涉及六个（4 + 1 + 1）丫环之名（金钏、彩霞、绣鸾、绣凤、彩云、彩凤）。

暫本	金钏　彩霞　绣鸾　绣凤
梦本	金钏儿　彩云　彩凤　绣鸾　绣凤
杨本	金钏儿　彩云　彩霞　绣　绣凤
其他脂本	金钏儿　彩云　彩霞　绣鸾　绣凤

① 杨本无"鸾"字；"等"，舒本作"及"。
② "一把推开"，舒本作"一把拉开"，蒙本、戚本作"连忙一把推开"。
③ 这里所说的"深意"，请参阅下文。

在这六个丫环的名字中，只有金钏可以除外，因为它不存在任何疑问。

存在疑问的便剩下了五个丫环（彩云、彩霞、彩凤、绣鸾、绣凤）。

我在这里还要加上另一个丫环之名：彩鸾①。它见于第 62 回。

这样，便涉及六个（5＋1）丫环之名了。

它们之间的"或有或无"，以及其中某个名字的"以此易彼"，就形成了一种错综复杂的纠葛。

现以表格示之：

回	人名	版本
23	金钏 彩霞 绣鸾 绣凤	暂本
23	金钏儿 彩云 彩霞 绣鸾 绣凤	庚辰本 舒本 彼本 蒙本 戚本
23	金钏儿 彩云 彩霞 绣 绣凤	杨本
23	金钏儿 彩云 彩凤 绣鸾 绣凤	梦本
62	绣鸾 彩鸾	己卯本 庚辰本 彼本 杨本 蒙本 戚本 梦本

金钏、彩霞、绣鸾、绣凤、彩凤、彩鸾——这六个丫环有两个特点。

特点之一是：除了金钏、绣鸾二人之外，都躲避不了"此有彼无"或"以此易彼"的问题。

特点之二是：彩凤和彩鸾二人在书中更是扮演着昙花一现的角色。

这就引发了一个问题：把"彩霞"改为"彩凤"，让"彩鸾"伴

---

① 加上彩鸾的原因，请看下文便知。

随着"绣鸾"出场，究竟是产生于曹雪芹的创作过程中（也就是说，出于曹雪芹的亲笔撰写或亲笔修改），还是出于后人的改动？

这几个人名，除了"金钏""绣凤"之外，在其他脂本均有重要的异文。

问题集中在五个丫环的名字上。

对这种错综复杂的纠葛，能不能给予比较清晰的解释？能不能剖析出造成这种纠葛的原因？

这是《红楼梦》版本研究中一个需要面对的问题。

第三节 绣凤·绣鸾·彩鸾

"绣鸾"和"绣凤"两个丫环都出现于第 23 回。

其中那个叫作"绣鸾"的丫环后来还再度出现于第 62 回。

从第 23 回到第 62 回，相隔有将近四十回之多，但是有一个情况却不能不引起我们的注意。在第 23 回，绣鸾是和绣凤同时出场的一对儿伴侣。而到了第 62 回，和绣鸾同时出场的伴侣却起了变化，换成了彩鸾。如下表所示：

第 23 回	绣鸾　绣凤
第 62 回	绣鸾　彩鸾

为什么会产生这样的转换？

请先看第 62 回所写的绣鸾和彩鸾。

该回写众人给宝玉拜寿的事，来的人先是几个丫环，接着是几位小姐。引庚辰本于下：

宝玉笑说："走乏了。"便歪在床上，方吃了半盏茶，只听外面咭咭呱呱一群丫头笑进来。原来是翠墨、小螺、翠楼①、入画、邢岫烟的丫头篆儿、并奶子抱巧姐儿②、<u>彩鸾</u>、绣鸾八九个人，都抱着红毡，笑着走来说："拜寿的挤破了门了，快拿面来我们吃。"刚进来时，探春、湘云、宝琴，岫烟、惜春也都来了。

除了那个抱着巧姐儿的奶子之外，这里提到了七个丫环的名字。其中最前面五人的主人分别是：

翠墨③——探春

小螺④——宝琴

翠缕⑤——湘云

入画⑥——惜春

篆儿⑦——岫烟

这恰恰和正文中提到的来拜寿的五位姑娘（探春、湘云、宝琴、岫烟、惜春）一一对应。也就是说，她们主仆各五人都先后来向宝玉拜寿。

其中那个篆儿，还特别说明她是岫烟身边的丫环。因为她迟至第57回方初次亮相，作者怕读者对此名感到陌生，所以特别点明她是"邢岫烟的丫头"。

剩下排在末尾的两个丫环——彩鸾和绣鸾，作者恰恰没有交代她们的主人是谁。不知作者是有意还是无意，这不免引起了读者的猜测。

---

① "楼"乃"缕"字之误。
② "并奶子抱巧姐儿"一句，放在上下文中，显得别扭、不顺畅。这露出了作者后改的痕迹。这里的后改涉及巧姐儿问题，参阅拙著《红楼梦舒本研究》第二十五章"巧姐儿与大姐儿：一人欤，二人欤？"
③ 翠墨见于第29回。
④ 小螺见于第52回。
⑤ 翠缕见于第21回。
⑥ 入画见于第7回。
⑦ 篆儿见于第57回。

"彩鸾""彩凤"二名，其他脂本（己卯本、庚辰本、彼本、杨本、蒙本、戚本、梦本）均同于庚辰本。

她们二人究竟是谁房中的丫环呢？

我们对绣鸾这个名字比较熟悉，她不就是第 23 回中和绣凤一起站在王夫人房门外廊檐下的那个丫环吗？绣鸾和绣凤，不正是一对儿伴侣吗？

这就等于告诉读者，这个彩鸾和那个绣鸾一样，其实都是王夫人房中的丫环。

问题在于，现在第 62 回的"绣鸾"却又和另一个名叫"彩鸾"的丫环紧挨在一起，她们二人的名字中都有一个"鸾"字，难道她们两人也组成了另外一对儿新伴侣吗？作为绣凤的伴侣形象，难道是原先的绣鸾让位于新来的绣鸾吗？

如果第 23 回的"绣鸾"和"绣凤"是一对儿（以"绣"字排行），那么，第 62 回的"绣鸾"和"彩鸾"就不会是一对儿。反之，如果第 62 回的"绣鸾"和"彩鸾"是一对儿（以"鸾"字排行），那么，第 23 回的"绣鸾"和"绣凤"就不会是一对儿。因为这违反了曹雪芹原先对"伴侣形象"的精心设计。

这就不能不牵涉两点：

第一，王夫人房中究竟有几个或几对儿丫环？

第二，在绣鸾、绣凤、彩鸾三个互相纠缠的人名上，究竟出现了什么问题？

第四节　王夫人房中有哪几个丫环？

王夫人房中究竟有哪几个丫环？

据苕溪渔隐的《痴人说梦》统计，王夫人房中的丫环共有八个，如下[1]：

　　　金钏[2]　玉钏[3]　绣鸾[4]　绣凤[5]　彩霞[6]　彩云[7]　彩鸾[8]
彩凤[9]

　　这八个人（四对儿）正好是我所说的"伴侣形象"。金钏和玉钏是第一对儿，绣鸾和绣凤是第二对儿，彩霞和彩云是第三对儿，彩鸾和彩凤则是第四对儿。其中，有的是嫡亲姐妹，如金钏和玉钏一对儿；有的没有血缘关系，如彩霞和彩云一对儿；另外两对儿有无血缘关系，则不详。

　　寿芝的《红楼梦谱》也认为有八个，所列名单次序与《痴人说梦》微异，如下[10]：

　　　金钏　玉钏　彩鸾　彩凤　彩云　彩霞　绣鸾　绣凤

　　《红楼梦大辞典》同样认为有八个，所列名单次序与《痴人说梦》《红楼梦谱》微异，如下[11]：

　　　金钏　彩云　彩霞　彩鸾　彩凤　绣鸾　绣凤　玉钏

　　这也是四对儿，同样是前面说到的那八个人。

　　至于朱一玄的《红楼梦人物谱》，其中有两个人物表（我以 a 与 b

---

[1] 《痴人说梦·鉴中人影》。
[2] 金钏见于第 7 回。
[3] 玉钏见于第 25 回。
[4] 绣鸾见于第 62 回。
[5] 绣凤见于第 23 回。
[6] 彩霞见于第 23 回。
[7] 彩云见于第 23 回。
[8] 彩鸾见于第 62 回。
[9] 彩凤见于第 23 回。
[10] 寿芝：《红楼梦谱》。
[11] 《红楼梦大辞典》（文化艺术出版社，2010）附录三"《红楼梦》人物表（二）"，第 620 页。

标示之）和一个人名索引。

人物表 a 见于"二，庚辰本《红楼梦》四大家族奴仆表""（二）荣国府奴仆""5. 各房专用奴仆""贾政、王夫人"，其中所列的丫环仅有七个，如下①：

白金钏（金钏儿）　彩云　彩霞　绣鸾　绣凤　白玉钏（玉钏儿）　彩鸾

其中所列，有三对儿：白金钏、白玉钏，彩云、彩霞，绣鸾、绣凤。彩鸾落了单，没有"彩凤"，那是因为人物表 a 所列仅限于"庚辰本"所有的人物，而庚辰本恰恰没有"彩凤"之名。

人物表 b 见于"程乙本《红楼梦》四大家族奴仆表"②：

白金钏（金钏儿）　彩云　彩凤　绣鸾　绣凤　白玉钏（玉钏儿）　彩霞　彩鸾

其中所列，却有彩凤之名。原因在于，程乙本第 23 回恰恰有彩凤之名。

《红楼梦人物谱》另有"人名索引"③，其中所列，自然也有彩凤之名。

《痴人说梦》和《红楼梦大辞典》列举的八人无不符合我所说的配对儿的"伴侣形象"的要求。

但《红楼梦人物谱》"庚辰本《红楼梦》四大家族奴仆表"列举的只有三对儿，剩下了形单影只的彩鸾。

与上述两份名单相比，《红楼梦人物谱》所缺少的正是彩凤。

在《红楼梦》中，彩凤仅仅昙花一现，而且是仅仅出现在梦本中，

---

① 《红楼梦人物谱》，第 17 ~ 18 页。
② 《红楼梦人物谱》，第 114 页。
③ 《红楼梦人物谱》，第 159 ~ 202 页。

为其他脂本所无，对一般读者来说，她的名字是比较陌生的，而彩霞之名因在书中屡见不鲜而为《红楼梦》多数读者所熟知。

彩霞被更换成了另外一个丫环"彩凤"，这发生在梦本的第 23 回。

彩霞是王夫人房中的丫环。她和另一个丫环彩云，构成了我所说的"伴侣形象"中的一对儿。

"彩霞"的首次出场，在不同的脂本中，有不同的记录。

具体地说，在暂本、庚辰本、舒本、彼本、杨本、蒙本、戚本等七本中，彩霞首次在第 23 回出场，而在梦本中，她的首次出场却被延宕到第 25 回。

延宕的原因何在？

原来那七个脂本第 23 回的"彩霞"被梦本更换为"彩凤"了，仅仅一字之差，就使这个丫环变成了那个丫环。

而程甲本、程乙本又沿袭了梦本的改动。

"彩凤"在梦本、程甲本、程乙本的第 23 回亮相，在全书昙花一现。我们知道，梦本正是从"脂本"到"程本"（程甲本、程乙本）的"过渡本"①。而"彩霞"却是其他脂本中的"常客"。

也就是说，在第 23 回，梦本、程甲本、程乙本只有"彩凤"，而没有"彩霞"；在第 23 回，暂本和梦本之外的其他脂本却只有"彩霞"，而没有"彩凤"。

换言之，在脂本第 23 回文字的相同位置上，暂本的"彩霞"相当于梦本的"彩凤"。

这就引发了一个问题："彩霞"为什么会被"彩凤"替代？

这桩事的发生，是无心的讹误，还是有意的更改？是出于作者的笔下，还是后人的"妄改"？

---

① 参阅拙著《三国与红楼论集》（中国社会科学出版社，2013）卷二"《红楼》论"中"《红楼梦》——《中国古代小说总目提要》词条"。

第五节　彩凤是彩霞的化身

彩霞是王夫人房中的丫环，她的"伴侣形象"是彩云。

据晳本以及其他脂本（庚辰本、舒本、彼本、杨本、蒙本、戚本），彩霞的首次登场就在第 23 回。但在第 23 回，她的名字却被梦本更易为"彩凤"。

请看晳本第 23 回，宝玉去见贾政：

> 可巧在王夫人房中商议事情①，金钏、<u>彩霞</u>、绣鸾、绣凤等众丫头都在廊檐下站着呢。

"彩霞"，梦本、程甲本、程乙本作"彩凤"，其他脂本（庚辰本、舒本、彼本、杨本、蒙本、戚本）同于晳本。

由于彩凤在梦本、程甲本、程乙本中的出现，所以苕湖渔隐《痴人说梦》的"鉴中人影"收录了"彩凤"之名。《红楼梦人物谱》则在"荣国府奴仆·各房专用奴仆·贾政、王夫人"名下失收②，却在"人名索引"中列有"彩凤"一名③，并在注释中指出：

> 这里新出现的彩云以下四个丫头，正好是两对：彩云、彩霞是一对，绣鸾、绣凤是一对。程乙本把这里的彩霞改成彩凤，让彩霞到第 25 回才出现。这就既搞乱了原著中人物的出场次序，又凭空增添出彩凤一人，实属妄改。④

---

① 这句说的是贾政。
② 《红楼梦人物谱》，第 17～18 页。据《红楼梦人物谱》卷首的"说明"云："本人物谱分列两表：一是庚辰本的人物表，二是程乙本的人物表。"（第 1 页）据此，理应在第 18 页列入"彩凤"之名。
③ 《红楼梦人物谱》，第 194 页。
④ 《红楼梦人物谱》，第 151 页。

朱一玄教授的意见十分正确。

其实，"妄改"非自程乙本始。在它之前，梦本、程甲本早已如此。

那么，梦本、程甲本、程乙本为什么要用"彩凤"代替"彩霞"呢？他们的改动又起到了什么样的作用？

请看王夫人房中这三对儿六人的取名规律：

> 金钏、玉钏，彩云、彩霞，绣鸾、绣凤。

从这六个人的取名可以看出，在王夫人一辈人身边的丫环的名字，存在两条规律：

第一，王夫人房中之丫环总数为六人，六人构成三对儿伴侣形象，无落单者。

第二，双名中，或上字重复，如彩云、彩霞、绣鸾、绣凤，如薛姨妈房中的同喜①、同贵②；或下字重复，如金钏、玉钏。重复之字即为伴侣形象排行之字。而伴侣形象名字中的重复之字，不得再作为另一伴侣形象的排行之字。也就是说，在丫环的双名中，已排行之字（如"钏""彩""绣"），不能再重复使用作排行之字。

让我们用这两条规律来考察绣鸾的身份。

王夫人房中只有六个丫环，而"彩鸾"是第七人，明显不符合第一条规律。

"彩鸾"之名，也明显不符合第二条规律。

第六节　盘点第一份丫环祝寿的名单

所谓"祝寿"是指为宝玉祝寿。其事见于第 62 回。

---

① 同喜见于第 29 回。
② 同贵见于第 29 回。

说起彩凤，不能不提到彩鸾。

彩鸾之名，也见收于《痴人说梦》、《红楼梦大辞典》和《红楼梦人物谱》三书。

现在来看看彩鸾在脂本中难得的一次出场，那是在第 62 回，引庚辰本于下：

> 宝玉笑说："走乏了。"便歪在床上，方吃了半盏茶，只听外面咭咭呱呱一群丫头笑进来。原来是翠墨、小螺、翠楼①、入画、邢岫烟的丫头篆儿、并奶子抱巧姐儿、彩鸾、绣鸾八九个人，都抱着红毡，笑着走来说："拜寿的挤破了门了，快拿面来我们吃。"刚进来时，探春、湘云、宝琴、岫烟、惜春也都来了。

"彩鸾""绣鸾"，其他脂本（己卯本、彼本、杨本、蒙本、戚本、梦本）均同于庚辰本。

以上引文提供了第一份给宝玉拜寿的名单。其中包括七个丫环：

翠墨　小螺　翠缕　入画　篆儿　彩鸾　绣鸾

她们都是谁的丫环呢？

其中五人：

翠墨②——探春

小螺③——宝琴

翠缕④——湘云

入画⑤——惜春

---

① "楼"乃"缕"字之误。

② 翠墨见于第 29 回。

③ 小螺见于第 52 回。

④ 翠缕见于第 21 回。

⑤ 入画见于第 7 回。

篆儿①——岫烟

这五个丫环正好和跟着她们进来的五位姑娘（探春、湘云、宝琴、岫烟、惜春）对上了茬儿。

那么，剩下的彩鸾、绣鸾两个丫环是谁人房中的丫环呢？

彩鸾仅见于此回，此回的正文却没有明说她的主人是谁。此处的彩鸾和紧随其后的绣鸾，从字面上看，仿佛是一对儿伴侣形象。《红楼梦人物谱》将此人列为贾政、王夫人房中的丫环②，并说：

> 其中彩鸾未说明是何房，因与王夫人的丫头绣鸾在一起，名字也与王夫人的丫头彩云、彩霞、绣凤等能相配，所以列入贾政、王夫人房中。③

我认为，这个说法可以做如下商榷。

依照《红楼梦人物谱》所列举的贾政、王夫人房中的丫环名单，共有"白金钏、彩云、彩霞、绣鸾、绣凤、白玉钏、彩鸾"等七人④。其中金钏、玉钏、彩云、彩霞、绣鸾、绣凤六人自然是三对儿伴侣形象。至于彩鸾，她和谁"相配"呢？她只有单独的一个人，从何而来的"相配"？

如果说，是"鸾"字辈，彩鸾与绣鸾"相配"，那将置绣凤于何地？须知，绣鸾与绣凤作为一对儿出现，就发生在第23回。她们之间，哪里还插得进一个彩鸾？

拜寿的对象是宝玉。彩鸾列名于拜寿的丫环之中，那么，还有哪些丫环参加了给宝玉拜寿、祝寿的活动呢？

不妨继续加以盘点，看看会出现什么结果。

---

① 篆儿见于第57回。
② 《红楼梦人物谱》，第18页。
③ 《红楼梦人物谱》，第59页。
④ 《红楼梦人物谱》，第17、18页。

第七节　盘点第二份丫环祝寿的名单

在第 62 回，除彩鸾、绣鸾等七人，书中还写有哪些丫环给宝玉拜寿呢？

我们要寻找的是第二份名单。

首先是平儿。

引庚辰本于下：

> 袭人等捧过茶来，才吃了一口，平儿也打扮的花枝招展的来了，宝玉忙迎出来，笑说："我方才到凤姐姐门上，回了进去，不能见，我又打发人进去让姐姐的。"平儿笑道："我正打发你姐姐梳头，不得出来回你。后来听见又说让我，我那里禁当的起，所以特赶了来磕头。"宝玉笑道："我也禁当不起。"

"平儿"，其他脂本均同。

其次是袭人、香菱、侍书、素云、晴雯、麝月等十来个人，引庚辰本于下：

> 说着，来到沁芳亭边，只见袭人、香菱、侍①书、素云、晴雯、麝月、芳官、蕊官、藕官等十来个人都在那里看鱼作耍，见他们来了，都说："芍药栏里预备下了，快去上席罢。"

"素云"，蒙本、梦本无，其他脂本同于庚辰本。

再次是鸳鸯：

> 平儿面西坐，宝玉面东坐。探春又接了鸳鸯来，二人并肩对

---

① 庚辰本"侍"系涂改，原作"待"。彼本原作"待"，旁改"侍"。

面相陪。

其后，有香菱、玉钏儿：

> 西边一桌：宝钗、黛玉、湘云、迎春、惜春，一面又拉了<u>香菱</u>、<u>玉钏儿</u>二人打横。

又有袭人、彩云：

> 三桌上：尤氏、李纨，又拉了<u>袭人</u>、<u>彩云</u>陪坐。

再有紫鹃、莺儿、晴雯、小螺、司棋等人：

> 四桌上便是<u>紫鹃、莺儿、晴雯、小螺、司棋</u>等人围坐。

还提到了"翠螺"之名：

> 湘云便用箸子举着说道："这鸭头不是那丫头，头上那讨桂花油。"众人越发笑起来，引的晴雯、<u>翠螺</u>、莺儿等一干人都走过来说："云姑娘会开心儿拿着我们取笑儿，快罚一杯才罢。怎见得我们就该擦桂花油的，到得每人给一瓶子桂花油擦擦。"

"翠螺"，蒙本、戚本作"小螺"，其他脂本（己卯本、彼本、杨本、蒙本）同于庚辰本。

以上说的是参加祝寿活动的几个丫环。

平儿	袭人	香菱	侍书	素云	晴雯	麝月
鸳鸯	玉钏	彩云	紫鹃	莺儿	小螺	司棋

我要提请读者注意的是：其中提到了"彩云"的名字。

又第二次提到彩云：

黛玉笑道："他到有心给你们一瓶子油，又怕挂误着打窃盗的官司。"众人不理论，宝玉却明白，忙低了头。<u>彩云</u>有心病，不觉的红了脸。宝钗忙暗暗的瞅了黛玉一眼，黛玉自悔失言，原是趣宝玉的，就忘了趣着<u>彩云</u>，自悔不及，忙一顿行令划拳岔开了。

以上，一共列举了参加祝寿活动的丫头十四名。如果除去怡红院的丫环①，则还有以下十一名：

> 平儿　香菱　侍书　素云　鸳鸯　玉钏
> 彩云　紫鹃　莺儿　小螺（翠螺）司棋

其间，还附带提到一个丫环的名字：

林之孝家的便指那媳妇说："这是四姑娘屋里的小丫头<u>彩儿</u>的娘，现是园内伺候的人，嘴狠不好，才是我听见了，问着他，他说的话也不必②回，姑娘当撵出去才是。"

"彩儿"即"彩屏"。
彩屏是惜春房里的丫环③。
此外，还提到小燕：

只见柳家的果遣了人送了一个盒子来，<u>小燕</u>接着揭开，里面是……

"小燕"，蒙本作"春燕"。
按：小燕即春燕，她是怡红院的丫环④。

---

① 因为怡红院中有单独的庆寿活动。
② 庚辰本"必"系旁添，其他脂本均作"敢"。
③ 第 29 回提到过彩屏。
④ 见第 59 回。

在小燕口中，提到了麝月：

> 宝玉道："你吃了罢，若不够，再要些来。"小燕道："不用，要这就够了。方才麝月姐姐拿了两盘子点心给我们吃了……"

这时，还有一个香菱的小丫头臻儿：

> 香菱只顾笑，因那边他的小丫头臻儿走来说："二姑娘等你说话呢。"

我要提请诸位读者注意两点：

第一，这十一人和她们的主人分别是：

平儿——凤姐

香菱——薛蟠

侍书——探春

素云——李纨

鸳鸯——贾母

玉钏——王夫人

彩云——王夫人

紫鹃——黛玉

莺儿——宝钗

小螺（翠螺）——宝琴

司棋——迎春

第二，名单上王夫人房中的丫环。

在这份名单中，王夫人房中的丫环仅有两名：玉钏和彩云。

从"伴侣形象"的角度说，有玉钏儿没有金钏，有彩云而没有彩霞。

没有金钏是可以理解的，因为她早已投井而死。

倒是没有彩霞显得比较奇怪。原因何在呢？

第八节　结语

以上讨论了两份祝寿丫环的名单。

第一份名单是：

> 翠墨　小螺　翠缕　入画　篆儿　彩鸾　绣鸾

其中的彩鸾、绣鸾二人应是王夫人房中的丫环。

从伴侣形象的角度说，她们出现在第62回，应该是组成了一对儿，以"鸾"字排行。

但是，在第23回，绣鸾的伴侣却是绣凤，以"绣"字排行。

王夫人房中共有六个丫环。只有金钏、玉钏是嫡亲姐妹，她们的名字按下一字"钏"排行。另外四人，彩云、彩霞、绣鸾、绣凤之间无血缘关系，她们的名字按上一字"彩"或"绣"排行。若按照梦本，插进一个绣凤，便打乱了两个规律，一个是排行的规律，另一个是命名的规律。

第二份名单是：

> 平儿　香菱　侍书　素云　鸳鸯　玉钏
> 彩云　紫鹃　莺儿　小螺（翠螺）　司棋

第一份名单中有绣鸾，她是王夫人房中的丫环。这证明，王夫人房中的丫环是要给宝玉拜寿的。

第二份名单中有彩云，她也是王夫人房中的丫环。彩云去了，为什么彩霞却不见踪影？

这不由使我们感到困惑：彩霞到哪里去了？她为什么不来给宝玉拜寿？

这就是"云霞疑云"之一。

第九章　云霞疑云（中）

——彩霞的份子钱为什么退给了彩云？

第一节　两件蹊跷事

所谓"份子钱"，指的是作为祝寿礼物的现金。

"彩霞"是王夫人房中的一个丫环，"彩云"则是王夫人房中的另一个丫环。

本章所论，乃是一连串令人感到困惑的"云霞疑云"中的一个比较突出的例子。

尤氏奉贾母之命，负责操办一切有关庆祝凤姐寿辰的事务。在收齐了众人的份子钱之后，她先后把周姨娘、赵姨娘、鸳鸯、平儿、彩霞所出的份子钱做人情退还给了她们。在这个过程中，有两件比较蹊跷的事。

第一，依庚辰本所述，尤氏把周姨娘、赵姨娘的份子钱退还给她们二人，这种徇私舞弊的行为，竟然是当着王夫人的面公开进行的。

第二，又依其他脂本^①（彼本、蒙本、戚本、梦本）所述，尤氏没有把彩霞的份子钱退还给彩霞本人，反而是退给了另一个丫环彩云。

这岂非咄咄怪事！

我们应该怎样向读者解释？

第二节　份子钱之收

份子钱的"收"与"退"之事，见于第43回"闲取乐偶攒金庆寿，不了情暂撮土为香"的上半回。

"收"乃是鸳鸯奉命同平儿、袭人、彩霞三人所主持的"收"众丫环的份子钱之事。

至于"退"，则是尤氏奉命筹集礼金之后做的人情。

先是贾母打发人请王夫人引着凤姐儿过来：

> 这里贾母又向王夫人笑道："我打发人请你来，不为别的。初二是凤丫头的生日，上两年我原早想替他做生日，偏到跟前有大事，就混过去了。今年人又齐全，料着又没事，咱们大家好生乐一日。"
>
> 王夫人笑道："我也想着呢。既是老太太高兴，何不就商议定了。"
>
> 贾母笑道："我想往年不拘谁作生日，都是各自送各自的礼，这个也俗了，也觉生狼^②似的。今儿我出个新法子，又不生分，又可取笑。"
>
> 王夫人忙道："老太太怎么想着好，就是怎么样行。"

---

① 不包括杨本，参见下文注释。
② "狼"，当是"狼"字的形讹。

贾母笑道："我想着咱们也学那小家子，大家凑份子，多少尽着这钱去办。你道好顽不好顽？"

于是贾母对鸳鸯说："你们也凑几个人，商议凑了来。"鸳鸯答应着办。贾母所说的"你们"，指的是丫环们：

（鸳鸯）会了平儿、袭人、彩霞等，还有几个小丫环来，也有二两的，也有一两的。

以上文字均引自庚辰本。

书中明确地说，和鸳鸯一起办理此事的是"平儿、袭人、彩霞"三个人；再加上鸳鸯，一共四个人。

引文中，在"平儿、袭人、彩霞"之后，有一个"等"字。这可以有两种解释。一种解释是，"等"字仅仅包括"平儿、袭人、彩霞"三个人，是这三人的总称；另一种解释是，"等"字意味着还有其他的、未点明名字的丫环。

我认同前一种解释。我认为，作者没有必要在这里故意让鸳鸯、平儿、袭人、彩霞之外的第五人[①]隐身。

其中的"彩霞"二字，在其他脂本（彼本、蒙本、戚本、梦本）中，均同于庚辰本。

这四人有一定的代表性，分别代表着贾母、凤姐、宝玉、王夫人四方[②]。

彩霞出了钱。她出了多少呢？

书上说，丫环们所出的份子，"也有二两的，也有一两的"。

丫环有大丫环与小丫环之分。出"二两"的大概是大丫环，出"一两"的自然就是小丫环。

---

① "第五人"，暗指彩云。
② 也就是说，一方各有一人作为代表；既然王夫人一方已经有了彩霞，就不会再有别人（如彩云）来参加会商了。

猜想起来，彩霞的地位与鸳鸯、平儿、袭人相当，显然她应该和鸳鸯、平儿、袭人一样，也出了二两①，以区别于那些地位比她们低的小丫环。

即使这个猜想不准确，彩霞起码也是出了一两。不管怎么说，她是出了份子钱的，这是铁的事实。

结果，加上其他人的份子钱，共凑了一百五十余两。

看来，份子钱之"收"并不存在什么问题，倒是份子钱之"退"存在两个问题。

第三节　份子钱之退

份子钱之退乃尤氏所为。

贾母派尤氏负责操办一切有关庆祝凤姐寿辰的事务。

尤氏在收齐银子之后，就做人情，先后把平儿和鸳鸯的份子钱"退"还给她们：

> （尤氏）说着，把平儿的一分拿了出来，说道："平儿，来，把你的收起去，等不够了，我替你添上。"平儿会意，因说道："奶奶先使着，若剩下了再赏我一样。"尤氏笑道："只许你那主子作弊，就不许我作情儿？"平儿只得收了。……
>
> （尤氏）一面说着，一面又贾母处来，先请了安，大概说了两句话，便走到鸳鸯房中，和鸳鸯商议，只听鸳鸯的主意行事，何以讨贾母的喜欢。二人计议妥当，尤氏临走时，也把鸳鸯二两银子还他，说："这还使不了呢。"

---

① 第43回下文明说，鸳鸯、平儿所出的份子钱都是二两银子。

接着，尤氏又把周姨娘和赵姨娘的份子钱退还给她们二人：

> （尤氏）说着，一经①出来，又至王夫人跟前，一时把周、赵二人的也还了。他两个还不敢收。

以上引文均出自庚辰本，是写尤氏做人情先后退还份子钱给平儿、鸳鸯和周姨娘、赵姨娘之事。

请注意，这事有两点令人感到奇怪。

第一，负责筹集丫环们份子钱的是鸳鸯、平儿、袭人和彩霞。她们四人有一定的代表性，分别代表贾母、凤姐、宝玉和王夫人四方。为什么后来尤氏退钱只退给鸳鸯和平儿，而置袭人和彩霞于不顾？

第二，尤氏把周姨娘、赵姨娘二人所出的份子钱退还给她们时，地点竟然是在"王夫人跟前"，这实在是出人意料。尤氏在"王夫人跟前"当面作弊，实在是匪夷所思，不合常理。

先接谈第二点，第一点留待下文再谈。

平时，周、赵两位姨娘不可能与王夫人同处一室，无缘无故，尤氏又怎么可能在"王夫人跟前"见到周、赵二人呢？

想来，尤氏若要把周、赵二人的份子钱当面退还给她们本人，前提必须是：躲开王夫人、凤姐，不能让王夫人、凤姐知道，更不能让王夫人、凤姐见到。

那么，为什么尤氏要在王夫人"跟前"把份子钱退还给周、赵两位姨娘？

我们有必要到这段引文中寻找问题所在。

现将这段引文在现存脂本②中的异文引述于下，看看其中究竟存在什么样的玄机：

---

① 庚辰本中，"经"乃"径"字之误。
② 有第43回的"现存脂本"包括庚辰本、彼本、杨本、蒙本、戚本、梦本六种。但其中杨本第43回已佚失，现在我们见到的杨本（中国社会科学院文学研究所藏本）第43回文字系原藏主杨继振当时的通行本所补抄。

说着，一经出来，又至王夫人跟前，一时把周、赵二人的也还了。（庚辰本）

说着，一径出来，又至王夫人跟前，说了一回^①话。因王夫人进了佛堂，把彩云一分也还了他，见凤姐不在跟前，把周、赵二人的也还了。（蒙本、戚本）

说着，一连出来，又至王夫人跟前，说了一回话。因王夫人进了佛堂，把彩云的一分也还了他，见凤姐不在跟前，一时把周、赵二人也还了。（彼本）

说着，一经出来，又至王夫人跟前，说了一回话。因王夫人进了佛堂，把彩云的一分也还了他，凤姐儿不在跟前，一时把周、赵二人的也还了。（梦本）（已校）

四种异文一比较，阴霾立刻消散，瞬间豁然开朗。

原来是庚辰本异于其他脂本，独缺下列四句文字：

说了一回话。因王夫人进了佛堂，把彩云的一分也还了他，凤姐儿不在跟前。

而这四句乃是相当关键的文字。

这四句文字的重要性在于以下两点。

第一，尤氏并没有当着王夫人和凤姐的面，而是背地里（王夫人其时已进了佛堂，当时凤姐也不在现场）把份子钱退还给周、赵二人。这说明，尤氏并不糊涂。

第二，尤氏没有把彩霞的份子钱退还给她本人，相反的，却把彩霞的份子钱错退给彩云了。这说明，在这件事上，尤氏是糊涂的。其实，真正糊涂的并非书中的尤氏，而是写书的作者。

---

① "回"，蒙本原作"面"，旁改"回"。

第四节　疑问与解答

为什么收了彩霞的份子钱，尤氏却把份子钱退给了彩云？

关于这个问题，有的读者也许会针对此事，提出几项疑问。

我有必要在这里对这些疑问逐一做出解答。

第一项疑问：书中的原文说，鸳鸯是和"平儿、袭人、彩霞等"一起商量的，一个"等"字可能就包括彩云在内，这表明彩云也有可能出了份子钱；既然彩云也出了份子钱，那么，把钱退还给她，岂不是名正言顺吗？看来，把钱归还给彩云不能算是错误。

书中明确地说，鸳鸯召集商量的只有平儿、彩霞、袭人，并没有点到其他人之名（包括彩云）。试想，她们四人代表着贾母、凤姐、王夫人、宝玉四方，每方各有一人。王夫人一方既然已经有了彩霞，便不可能再给彩云留下位置了。

谁出了份子钱，除了这四人以外，书中再也没有提到其他丫环的名字。看来，在一般情况下，贾府所有的大小丫环都应该是出了份子钱的，自然包括彩云在内。既然书中没有特别点明彩云出了份子钱，那么，为什么又非要特别点明退给彩云份子钱呢？那岂不是画蛇添足？

更何况，书中明确写出，被退还份子钱的丫环，只有鸳鸯、平儿和彩云三人。以尤氏做事之精明，退还份子钱的对象是经过她仔细选择的。她退给周姨娘、赵姨娘，是由于怜悯她们二人悲苦的处境。她退给鸳鸯、平儿是因为此二人是贾母、凤姐的丫环。在王夫人的丫环中，她退还的对象只可能是事先参与商议的彩霞，而不可能是圈外人彩云。厚彼薄此，岂不是得罪了彩霞？

首先要承认的是彩霞参与了丫环们凑份子之事的预先商议，并出了份子钱，这是铁的事实。为什么不明文交代彩霞出了份子钱，也不明文交代彩云出了份子钱，反而明写单单把份子钱退还给了彩云？这显然是不合情理的。

尤氏如果把钱退还给彩云，是因为彩云出了份子，那么彩霞呢？既然彩云获得退钱，为什么参与事先商议的彩霞，反而没有拿到尤氏所退还的钱呢？

更何况彩云有没有出份子，出了多少份子，书中并没有明确、正面地提及，反而明确、正面地写到把份子钱退还给她，岂非咄咄怪事。

没有参与事先商议的彩云得到了退钱，而事先参与商议的彩霞倒没有得到退钱，何以不公平、不合理至此！

可见书中（彼本、蒙本、戚本、梦本）所写确实是：彩霞出了份子钱，然而这钱被阴差阳错地退给了彩云。

第二项疑问：彩云即使没有参与事先的筹划，作为丫环群中的一分子，她也会出这个份子钱；既然出了钱，尤氏卖人情，又把钱退还给她，这有什么值得大惊小怪的呢？

尤氏卖人情只能是偷偷摸摸地进行，她岂敢明目张胆地胡作妄为。她知道，鸳鸯事先找人商量，是受了贾母的指派；她也知道，平儿、袭人、彩霞能够参与事先协商，是出于鸳鸯的选择。在这种前提下，她的人情自然只能卖给小圈子之内的人，岂能把好处赐予圈外人。

第三项疑问：尤氏可能也把彩霞所出的份子钱退还给了她，作者没有交代把份子钱退还彩霞之事，正像没有交代彩云出了份子钱一样；作为读者，我们不能要求作者面面俱到，他写什么、不写什么，有自己选择的自由。

据书中所写，尤氏退还份子钱的对象，除了周姨娘、赵姨娘之外，仅仅限于事先参与协商的大丫环（鸳鸯、平儿）。其中不应包括彩云。因为参与会商的大丫环只有四人，分别代表四方。其中，代表王夫人一方的已然有了彩霞，便不可能再有彩云。固然作者写谁不写谁，有他的自由，但作为一位严肃的有成就的文学大师，他不能胡写、乱写，他写的内容必须符合生活的真实。如果不是偶尔的笔误，他不可能把圈内人（彩霞）错认成圈外人（彩云）。我们不能否认，这事其实是出于作者一时的疏忽。

第四项疑问：庚辰本文字中并无把份子钱退还彩云之说，可见此事属于子虚乌有；庚辰本是脂本中比较重要的本子，它没有写尤氏退钱给彩云之事，在这一点上，我们作为《红楼梦》的读者，应当给予它一定的尊重。

对第四项疑问的解答，请继续接读第五节。

第五节　庚辰本的"同词脱文"

上文已引述了庚辰、彼、蒙、戚、梦五本关于退份子钱的文字，同时指出庚辰本有严重的脱文现象。

庚辰本的脱文造成了两个严重的后果。

后果之一：让尤氏不合情理地当着王夫人的面把份子钱退还给周姨娘和赵姨娘。

后果之二：抹杀了尤氏把份子钱误退给彩云之事。

庚辰本在第三句（"又至王夫人跟前"）和末句（"一时把周、赵二人的也还了"）之间，脱漏了彼本、蒙本、戚本、梦本中都有的四句文字。以彼本为例，这四句是：

> 说了一回话，因王夫人进了佛堂，把彩云的一分也还了他。凤姐不在跟前……

从彼本、蒙本、戚本、梦本来看，尤氏把份子钱退给周姨娘、赵姨娘二人，其时其地，既不在王夫人跟前，也不在凤姐跟前，这才符合常情常理。

庚辰本为什么会出现脱漏文字的现象呢？

原来这属于"同词脱文"现象。脱文的原因是"凤姐（或凤姐儿）不在跟前"六字（或七字）前后相同。

也就是说，庚辰本有脱文现象，恰恰漏掉了尤氏退份子钱给彩云之事。

尤氏把份子钱退给了谁？

彼本　蒙本　戚本　梦本	周姨娘　赵姨娘　彩云
庚辰本	周姨娘　赵姨娘

因此，第一，收了周姨娘、赵姨娘的份子钱，又经尤氏之手暗地里退还给了周、赵二人；第二，收了这个丫环彩霞的份子钱，尤氏却没有退还给彩霞本人，反而退还给了另一个丫环彩云。这岂非驴唇不对马嘴！尤氏办事焉能糊涂到这样的地步！

当然，犯糊涂的不是尤氏，而是作者一时笔误造成的，他错把彩云当成了彩霞。

怎样看待庚辰本的这五句脱文？

也可以有两种理解。

第一种理解是：修改者（作者或他人）发现了其他脂本中的彩霞（交钱）与彩云（接受还钱）的抵牾，于是删去了这五句以弥缝破绽。

第二种理解则是：这五句文字应是原有的，是一种"同词脱文"的现象，脱漏的原因在于"跟前"二字前后相同。

我倾向于第二种理解。

我们固然要对庚辰本给予一定的尊重，然而它存在"同词脱文"现象，却是我们无法回避和否认的。试再举一例于下。

庚辰本第 32 回：

袭人道："……那林姑娘见你赌气不理他，你得赔多少不是呢。"宝玉道："<u>林姑娘从来说过这些混账话，我早合他生分了。</u>"

"林姑娘从来说过这些混账话，我早合他生分了"两句，其他脂本均有异文如下：

林姑娘从来说过这些混账话不曾，若他也说过这些混账话，我早和他生分了。（己卯本、蒙本、戚本）

林姑娘从来说过这些混账话不曾，若他也说过这些混话，我早和他生分了。（舒本）

林姑娘从来说过这些混账话不曾，若他也说这些混账话，我早和他生分了。（彼本、杨本）

林姑娘从来说过这些混账话没有，若他也说过这些混账话，我早和他生分了。（梦本）

在这八种脂本中，唯有庚辰本不同，它脱漏了十一（或十二）个字。

是什么原因造成了这种脱漏呢？

原来在这三句之中，第一句有"混账话"三字，第二句句末也有同样的"混账话"三字或"混话"二字，抄手一时粗心，把前后都有的"混账话"或"混话"看重叠了，以致造成了错误的连接。这就是"同词脱文"。在这个例子中，所谓"同词"指的就是"混账话"三字或"混话"二字。

不是所有的脱文都属于"同词脱文"。关键在于是不是"同词"。

庚辰本的同词脱文是由抄手的疏忽造成的，与作者无关。

庚辰本的同词脱文并不是偶然的、罕有的现象，现存的其他脂本（传抄本）也大多如此，甚至连这个仅存两回的暂本残本也避免不了。

第六节　有德有才的尤氏

我认为，凤姐过生日，先普遍收份子钱，再暗地里退还个别人的份子钱，是曹雪芹的精彩描写，突出地刻画了尤氏"有德""有才"①、练达精明的性格和作风。

凤姐将收到的银子封好，交给尤氏的时候——

尤氏问："齐了？"

凤姐笑道："都有了。快拿了去罢。丢了，我不管。"

尤氏笑道："我有些信不及，倒②当面点一点。"说着，果然按数一点，只没有李纨一分。

尤氏笑道："我说你捣鬼③呢，怎么你大嫂子的没有？"④

凤姐笑道："那们⑤些，还不够？短使一分也罢了。等不够了，我再给你。"

尤氏笑道："昨儿你在人跟前做人，今儿又来合我赖，这个断不依⑥。我只和老太太要去。"

凤姐笑道："我看你利害，明儿有了事，我也丁是丁、卯是卯的，你也别报（抱）怨。"

尤氏笑道："你这般也怕，不看你素日孝敬我，我不依你呢。"说着，把平儿一分拿出来，说道："平儿，来，把你的收起去，等

---

① "有德""有才"，出于第43回的脂评。
② "到"下夺"要"字。
③ "捣鬼"，庚辰本作"贪鬼"，蒙本、戚本作"弄鬼"，梦本作"闹鬼"。
④ 尤氏之所以问这话，是因为作者在上文有伏笔。上文中，尤氏问："还少谁的？"林之孝家的道："还少老太太、太太、姑娘们的和底下姑娘们的。"尤氏道："还有你们大奶奶的呢？"林之孝家的道："奶奶过去，这银子都从二奶奶手里发，一共都有了。"
⑤ "那们"，其他脂本作"那么"。
⑥ "依"下夺"你"字。

不够了，我替你添上。"

平儿会意，因说道："奶奶先使着，剩下了再赏我一样。"

尤氏笑道："只许你那主子作弊，就不许我做情呢。"平儿只得收了。

尤氏笑道："我看看你主子这么细致，弄这些钱财那里使去？使不了，明儿带了棺材里使去。"

一面说着，一面又往贾母处来，先请了安，大概说了两句话，便走到鸳鸯房中，和鸳鸯商议，只听鸳鸯的主意行事，可以讨贾母的喜欢了。

二人计议妥当，尤氏临^①时，<u>也</u>把鸳鸯的二两银子还他，说："还使不了呢。"说着，一连^②出来，又至王夫人跟前，说了一回话。

因王夫人进了佛堂，把彩云的一分<u>也</u>还了他。凤姐不在跟前，一时把周、赵二人^③<u>也</u>还了他。他两个还不敢收。^④

这一段文字十分精彩，把尤氏的细心、善于做人情、不得罪人，凤姐的贪财、藏奸耍滑，刻画得栩栩如生。

需要指出的是，曹雪芹别具匠心地连用了三个"也"字，殊堪注意。

尤氏退钱，最先退给平儿（凤姐的丫环），其次是鸳鸯（贾母的丫环），再次是彩云（王夫人的丫环），这是徇情作弊；最后是周姨娘、赵姨娘，这是同情与怜悯两个"苦瓠子"^⑤的处境，而施以善意。曹雪芹写来，一丝不乱，连用三个"也"字，前后呼应。

尤氏退份子钱的对象，除了周姨娘、赵姨娘之外，按彼、蒙、戚、

---

① "临"下夺"时"字。
② "连"乃"径"字之误。
③ "二人"之下夺一"的"字。
④ 以上文字据彼本引。
⑤ "苦瓠子"，此三字出于本回尤氏之口。

梦四本，是平儿、鸳鸯和彩云，按庚辰本，则是平儿、鸳鸯。庚辰本少的是彩云。

试想，在丫环们中，事先参与筹划凑份子之议的是鸳鸯、平儿、袭人、彩霞四人，她们代表贾母、凤姐、宝玉、王夫人四方。参加者，四方各有一人。也就是说，在王夫人这方，有了彩霞，便不可能再有彩云。另外三方各自仅有一名代表出席，王夫人一方不可能出两名代表。四名代表中，鸳鸯是贾母指定的，另外三名是鸳鸯约请的。办事精明的鸳鸯不可能糊涂到那等地步，竟让王夫人一方出两名代表。如果四名代表中有彩霞而没有彩云，那么，尤氏把份子钱退还给彩云便是不合情、不合理了。

现在，尤氏退钱的对象是平儿、鸳鸯、彩云，即四人之中的三人。事情豁然开朗，其中有一人，此人如果不是彩云，便应是彩霞；此人如果不是彩霞，便应是彩云。非此即彼，必有一误。

问题在于，为什么会在彩云、彩霞两个名字上发生了舛误？

可以看出，尤氏所做的两件事，一是退还彩云的份子钱，二是退还周姨娘、赵姨娘的份子钱，一不在王夫人"跟前"，二不在凤姐"跟前"，合情又合理。反之，如果按照庚辰本的描述，竟"至王夫人跟前"，把周、赵二人也还了，这当着王夫人面的舞弊行为岂是尤氏所为！

这从反面证明了两点。

第一，庚辰本有脱文，脱去的正是其他脂本均有的把份子钱退还给彩云的那两句文字。其他脂本均有这两句文字，正从侧面证明了这两句文字是原有的。

第二，庚辰本没有脱漏的原文也应该和其他脂本一样：收了这丫环（彩霞）的钱，却阴差阳错地把钱退给了那丫环（彩云）。

我想，这个错误不是抄手造成的，也不是后人造成的，而是作者在创作过程中没有察觉的一时笔误。

这个"一时的笔误"不是偶然的。因为彩云、彩霞的问题，在曹雪芹的创作过程中，曾长期困扰着他，由于他一时没有拿定主意，犹豫不决，以致在下列几个问题上，使初稿和改稿产生抵牾，出现了五个奇怪的现象①：

（1）彩云和彩霞，她们到底是两个人，还是一个人？

（2）彩云和彩霞，谁是王夫人的"膀臂"？

（3）彩云和彩霞，谁爱上了贾环？

（4）彩云、彩霞明明都参加了外出送灵的行列，但彩云又同时留守在家中。

（5）彩云应发放，而未发放；彩霞不应发放，却已发放。

这些自然都是我们在研究曹雪芹的创作过程时不得不面对的问题。

---

① 参阅拙著《红楼梦版本探微》第三章"彩霞与彩云齐飞"。

第十章　云霞疑云（下）

——彩霞、彩云与贾环的"风月之隙"

第一节　混淆性

本章标题中的"风月之隙"四字，出自脂批。

庚辰本第 25 回正文：

> 那贾环正在王夫人炕上坐着，命人点灯，拿腔作势的抄写，一时又叫彩云倒杯茶来，一时又叫玉钏儿来剪剪蜡花，一时又说金钏儿挡了灯影。众丫环们素日厌恶他，都不答理，只有彩霞还和他合的来……

此处有脂批曰：

> 暗中又伏一风月之隙。①

本章讲的是彩云、彩霞和贾环之间的三角关系。

---

① 此批语见于甲戌本、庚辰本、蒙本、戚本。

读者诸君在看见"三角"这两个字时，千万不要觉得我以为曹雪芹在《红楼梦》中叙述和描写了贾环和彩云、彩霞的"三角恋爱"。早在拙著《红楼梦版本探微》中，我已申明：

> 曹雪芹安排彩云、彩霞登场，又让她们两人全都爱上贾环，莫非想写她们之间的拈酸吃醋、明争暗斗吗？曹雪芹莫非想在贾环身上铺展三角恋爱的笔墨？当我们仔细地、反复地读完他所撰写的前八十回之后，终于得出结论：在他的脑海里，显然没有这样的企图。

特别重要的一点是，在曹雪芹的笔下，彩霞、贾环的"风月之情"和彩云、贾环的"风月之情"并不是同时存在、同时进行的，而是互相混淆、互相排斥的。

这是怎么一回事呢？

第二节　谁和贾环"合的来"？
——彩霞与贾环的"风月之隙"（上）

如果我们随意向某位《红楼梦》的普通读者提问：对贾政之子贾环抱有好感、怀有幻想和企图的丫环，是彩云，还是彩霞？或者从另一角度发问：贾环看中了王夫人房中的哪个丫环，是彩霞，还是彩云？

这个问题，匆遽之间，恐怕很难让那位读者给出准确的答案。

如果不信，那就请看第 25 回的描写。（请不要忘记，彩云和彩霞都是在第 23 回首次出场的；而第 25 回和本书在前面几章说到的暂本第 23 回仅仅隔着一回）引庚辰本于下：

> 可巧王夫人见贾环下了学，命他来抄个金刚咒唪诵唪诵。

　　那贾环正在王夫人炕上坐着，命人点灯，拿腔作势的抄写，一时又叫<u>彩云</u>倒茶来，一时又叫玉钏儿来剪剪①蜡花，一时又说金钏儿挡了灯影。众丫环们素日厌恶他，都不答理。

　　只有<u>彩霞 a</u> 还和他合的来，倒了一钟茶来递与他。因见王夫人和人说话，他便悄悄的向贾环说道："你安分些罢，何苦讨这个厌、那个厌的。"

　　贾环道："我也知道了，你别哄我。如今你和宝玉好，把我不答理，我也看出来了。"

　　<u>彩霞 b</u> 咬着嘴唇，向贾环头上戳了一指头，说道："没良心的，狗咬吕洞宾，不识好人心。"

　　……

　　王夫人道："我的儿，你又吃多了酒，脸上滚热，你还只是揉搓，一会闹上酒来，还不再②那里静静的倒一会子呢。"说着，便叫人拿个枕头来。

　　宝玉听说，下来在王夫人身后倒下，又叫<u>彩霞 c</u> 来替他拍着。宝玉便和<u>彩霞 d</u> 说笑，

　　只见<u>彩霞 e</u> 淡淡的，不大答理，两眼睛只向贾环处看。

　　宝玉便拉他的手笑道："好姐姐，你也理我理儿呢。"一面说，一面拉他的手。<u>彩霞 f</u> 夺手不肯，便说："再闹我就嚷了。"

　　二人正闹着，原来贾环听的见，素日原恨宝玉，如今又见他和<u>彩霞 g</u> 闹，心中越发按不下这口毒气，虽不敢明言，却每每暗中算计，只是不得下手，今见相离甚近，便要用热油烫瞎他的眼睛，因而故意装作失手，把那一盏油汪汪的蜡灯向宝玉脸上只一推……

---

① "剪剪"，庚辰本原作"剪剪"，旁改"夹"，甲戌本、彼本作"剪剪"，舒本、杨本、梦本作"剪"。

② "再"乃"在"字的音讹。

上述引文提到彩云一次，提到彩霞七次（这七次分别标以 a、b、c、d、e、f、g）。

"彩云"，舒本、戚本、梦本作"彩霞"，甲戌本、彼本、杨本、蒙本以及程甲本、程乙本同于庚辰本。

"彩霞 a""彩霞 b"，杨本作"彩云"，甲戌本、庚辰本、舒本、彼本、杨本、蒙本、戚本以及程甲本、程乙本同于庚辰本。

"彩霞 c""彩霞 d""彩霞 e""彩霞 f""彩霞 g"，其他脂本以及程甲本、程乙本同于庚辰本。

第 25 回写到的"云霞问题"，小结于下。

（1）从多数脂本看，在此回中，对贾环有好感的是彩霞，而非彩云。

（2）"彩霞"（舒本、戚本、梦本），甲戌本、彼本、杨本、蒙本作"彩云"。从叙述文字上看，在这里，前三种脂本是错误的，后四种脂本是正确的。请看庚辰本原文：

> 一时又叫彩云倒茶来，一时又叫玉钏儿来剪剪①蜡花，一时又说金钏儿挡了灯影。众丫环们素日厌恶他，都不答理。

从这里可以看出，彩云在"素日厌恶""不答理"贾环的众丫环之列。所以此处的"彩霞"与其下一大段文字中的其他"彩霞"（a 至 g）是有龃龉的。也就是说，在第 25 回中的此处，与上下文比较起来，舒本、戚本、梦本的"彩云"保持着一致，其他脂本的"彩霞"则是矛盾的。

（3）"彩霞 a""彩霞 b"，杨本独作"彩云"，是出于后人不合理的妄改，与杨本的上下文明显不一致。

---

① "剪剪"，庚辰本原作"剪剪"，旁改"夹"，甲戌本、彼本作"剪剪"，舒本、杨本、梦本作"剪"。

第三节　终止符

——彩霞与贾环的"风月之隙"（下）

若问贾环和彩霞的"风月之情"有没有一定的真实性，以及结局如何，请看第 72 回的交代。

第 72 回是贾环和彩霞的"风月故事"的续篇，也是终篇。

在第 72 回，"来旺妇倚势霸成亲"，厄运便降临到彩霞头上。

那时，彩霞一因年纪"大了"，二因"多病多灾的"，贾母"因此开恩打发他出去了，给他老子娘随便自己择女婿去"①。

引庚辰本于下：

> 且说<u>彩霞</u>因前日出去等父母择人，心中虽是与贾环有旧，尚未作准，今日又见旺儿每每来求亲，早闻得旺儿之子酗酒赌博，而且容颜丑陋，一技不知，自此心中越发懊恼，生恐旺儿使②凤姐之势，一时作成，於身为愚③，不免心中急躁，遂至晚间，悄命他妹子小霞进二门来找赵姨娘问个端的。
>
> 赵姨娘素日深与彩霞契合，巴不得与了贾环，方有个膀背④，不承望王夫人放出去了，每叫贾环去讨，一则贾环羞口难开，二则贾环也不大甚在意，不过是个丫头，他去了，将来自然还有，遂迁延住不说，意思便丢开。无奈赵姨娘又不舍，又见他妹子来问，是晚得空，便先求了贾政。

---

① 此系第 72 回贾琏对凤姐所说之语。
② "使"乃"仗"字的形讹。
③ "愚"旁改"累"。按："於身为愚"乃"终身为患"之误。
④ "背"乃"臂"字之误。

贾政因说道："且忙什么，等他们再念一二年书再放人不误。我已经看中了两个丫头，一个与宝玉，一个给环儿。只是年纪还小，又怕他们误了书，所以再等一二年。"

"彩霞"，其他脂本（彼本、杨本、蒙本、戚本、梦本）均同于庚辰本。

贾政对赵姨娘的答复，使贾环和彩霞的感情画上了终止符。

这无疑证明了，在彩霞和贾环之间，确实有过"风月之情"。但在最后，这段"风月之情"还是夭折了。

第四节　知情人：金钏儿
——彩云与贾环的"风月之隙"（一）

上文所说的彩霞与贾环的"风月之隙"，见于下列两回：

25 72

下文再说彩云与贾环的"风月之隙"，这见于下列五回：

30 60 61 62 70

金钏儿和彩云都是王夫人房中的丫环。

彩云和贾环的私情就是金钏儿向宝玉透露的。

请看第30回，宝玉来到王夫人上房内——

只见几个丫头子手里拿着针线，却打盹儿呢。王夫人在里间凉榻上睡着。

金钏儿坐在傍边捶腿，也乜斜着眼乱恍，宝玉轻轻的走到跟前，把他耳上带的坠子一滴①。

金钏儿睁开眼，见是宝玉。宝玉悄悄的笑道："就困的这么着。"金钏抿嘴一笑，摆手令他出去，仍合上眼。

宝玉见了他，就有些恋恋不舍的，悄悄的探头瞧瞧王夫人合着眼，便自己向身边荷包里带的香雪润津丹掏了出来，便向金钏儿口里一送，金钏儿并不睁眼，只管噙了。

宝玉上来，便拉着手，悄悄的笑道："我明日和太太讨你，咱们在一处罢。"金钏儿不答。宝玉又道："不然，等太太醒了，我就讨。"

金钏儿睁开眼，将宝玉一推，笑道："你忙什么，金簪子吊在井里头，有你的只是有你的。连这句话语难道也不明白？我倒告诉你个巧宗儿，你往东小院子里拿环哥儿、彩云去。"宝玉笑道："凭他怎么去罢，我只守着你。"

以上这段文字引自庚辰本。其中"环哥儿"（贾环）和"彩云"那五个字，其他脂本（舒本、彼本、杨本、蒙本、戚本、梦本）均同于庚辰本。

金钏儿所透露的就是彩云和贾环的私情。她和彩云都是王夫人房中的丫环，朝夕相处，自然对彩云的感情秘密有所觉察和知晓。

第五节 茉莉粉·蔷薇硝
——彩云与贾环的"风月之隙"（二）

其后，在第60回至第62回，书中又连续用三回的篇幅细致而跌宕起伏地描写了一个多情的婢女（彩云）和一个寡情的少爷（贾环）的

---

① "滴"乃"摘"字之误。

感情变化。这是一出闹剧，也可以说是一出悲剧。

第 60 回 "茉莉粉替去蔷薇硝，玫瑰露引来茯苓霜" 说的正是贾环和彩云的事。事情就是由茉莉粉、蔷薇硝、玫瑰露、茯苓霜这四件物品引发的。这四件物品正好关系着彩云与贾环的风月之情。

从故事情节发展的角度说，这四件出现于第 60 回至第 62 回的物品所起的作用有主次之分。简单说来，茉莉粉、蔷薇硝和玫瑰露是主，直接关系到彩云和贾环；而茯苓霜是次，与柳五儿母女有关，间接地引出了彩云和贾环的私情。正如戚本第 60 回回末的 "总评" 所说：

> 以硝出粉是正笔，以霜陪露是衬笔。前必用茉莉粉，才能拘起争端；后不用茯苓霜，亦必败露马脚。须知有此一衬，文势方不径直，方不寂寞。

先是春燕和她母亲到蘅芜院①向莺儿赔罪，作辞回来，引庚辰本于下：

> 忽见蕊官赶出叫："妈妈、姐姐，略站一站。" 一面走上来，递了一个纸包与他们，说是蔷薇硝，带与芳官去擦脸。
> 春燕笑道："你们也太小气了，还怕那里没这个与他，巴巴的你又弄一包给他去。"
> 蕊官道："他是他的，我送的是我的。好姐姐，千万带回去罢。" 春燕只得接了。

春燕回到怡红院，正值贾环、贾琮来问候宝玉，也才进去。春燕使眼色与芳官，芳官出来后，春燕悄悄地把蔷薇硝交给她；

> 宝玉并无与琮、环可谈之语，因笑问芳官手里是什么。芳官便忙递与宝玉瞧，又说："是擦春癣的蔷薇硝。"

---

① 庚辰本、彼本、蒙本、戚本此处作 "蘅芜院"，杨本、梦本此处作 "蘅芜苑"。

宝玉笑道："亏他想得到。"

贾环听了，便伸着头瞧了一瞧，又闻得一股清香，便湾着腰向靴桶内掏出一张纸来把^①着，笑说："好哥哥，给我一半儿。"宝玉只得要与他。

芳官心中因是蕊官之赠，不肯与别人，连忙拦住，笑说道："别动这个，我另拿些来。"宝玉会意，忙笑包上，说道："快取来。"

芳官接了这个，自去收好，便从奁中去寻自己常使的，启妆^②看时，盒内已空，心中疑惑："早间还剩了些，如何没了？"因问人时，都说不知。麝月便说："这会子且忙着问这个，不过是这屋里人一时短了。你不管拿些什么给他们，他们那里看得出来，快打发他们去了，咱们好吃饭。"芳官听了，便将些茉莉粉包了一包拿来。

贾环见了，就伸手来接。芳官便忙向炕上一掷，贾环只得向炕上拾了，揣在怀内，方作辞而去。

贾环得了蔷薇硝（其实不是蔷薇硝，而是茉莉粉），兴兴头头来找彩云：

正值彩云和赵姨娘闲谈，贾环笑嘻嘻向彩云道："我也得了一包好的，送你擦脸。你常说蔷薇硝擦癣比外头的银硝强，你且看看，可是这个？"彩云打开一看，嗤的一声笑了，说道："你是合谁要来的？"贾环便将方才之事说了。

彩云笑道："这是他们哄你这乡老呢。这不是硝，这是茉莉粉。"贾环看了一看，果然比先的带些红色，闻闻也是喷香，因笑道："这也是好的硝粉一样，留着擦罢，自是比外头买的高便好。"彩云只得收了。

---

① 庚辰本原作"把"，旁改"拿"。按："把"乃"托"字的形讹。
② "妆"乃"奁"字之误。

赵姨娘便说："有好的给你？谁叫你要去了，怎怨他们要你。依我，拿了去照脸摔给他去，趁着这回①子撞尸的撞尸去了，挺床的便挺床，吵一出子，大家别心净，也算是报仇。莫不是两个月之后还找出这个渣儿来问你不成。便问你，你也有话说。宝玉是哥哥，不敢冲撞他罢了，难道他屋里的猫儿狗儿也不敢去问问不成？"

贾环听说，便低了头。彩云忙说："这又何苦生事。不管怎样，忍耐些罢了。"

赵姨娘道："你快休管，横竖与你无干，乘着抓住了理，骂给那些浪淫妇们一顿，也是好的。"又指贾环道："呸，你这下流没刚性的，也只好受这些毛崽子的气。平白我说你一句儿，或无心中错拿了一件东西给你，你倒会扭头暴筋瞪着眼蹬摔娘，这会子被那起屁崽子耍弄也罢了，你明儿还想这些家里人怕你呢。你没有屁本事，我也替你羞。"

贾环听了，不免又愧又急，又不敢去，只摔手说道："你这么会说，你也不敢去，指使了我去闹，倘或往学里告去，挺了打，你敢自不疼呢。遭遭儿调唆了我闹去，闹出事来，我挺了打骂，你一般也低了头，这会子又调唆我去闹，你不怕三姐姐，你敢去，我就伏你。"

只这一句话，便戳了他娘的肺，便喊说："我肠子爬出来的，我再怕不成！这屋里越发有的话了②。"一面说，一面拿了那包子便飞也似往园中去来，彩云死劝不住，只得躲入别房。

贾环便也躲出仪门，自去顽耍。

这是一场关于茉莉粉和蔷薇硝的闹剧。

---

① "回"乃"会"字之误。
② "有的话了"，此乃庚辰本原文，后点去"的话"二字，旁改"个活头儿"四字。

第六节　茯苓霜·玫瑰露

——彩云与贾环的"风月之隙"（三）

闹剧刚收场，接着又发生了一桩由柳五儿引起的关于茯苓霜和玫瑰露的疑案。

先是王夫人房中的玫瑰露失窃。据小蝉[①]说：

> 昨儿玉钏姐姐说，太太耳房里的柜子开了，少了好些零碎东西。琏二奶奶打发平姑娘和玉钏姐姐要些玫瑰露，谁知也少了一罐子。若不是寻露，还不知道呢。

旁边的莲花儿[②]接口说：

> 这话我没听见，今儿我倒看见了一个露瓶子。

林之孝家的忙问在哪里看见的，莲花儿便说是在柳五儿之母的厨房里。其实那是芳官赠予柳五儿的，与王夫人房中的失物不相干，林之孝家的又搜出一包茯苓霜，一并当作赃证，辗转向凤姐报告，于是柳家的母女挨了责打，柳五儿还被软禁起来。

后来宝玉告知平儿，柳五儿的玫瑰露确实是芳官从怡红院拿给柳五儿的，不是王夫人房中的失物。

平儿和宝玉正在商量如何处理玫瑰露失窃之事：

> 晴雯走来，笑道："太太那边的露，再无别人，分明是彩云偷了给环哥儿去了。你们可瞎乱说。"

---

① 小蝉是探春房中的丫环。
② 莲花儿是迎春房中的丫环。

平儿笑道：“谁不知是这个原故。但今玉钏儿急的哭，悄悄问着他，他应了，玉钏儿也罢了。大家也就混着不问了。难道我们好意兜揽这事不成？可恨彩云不但不应，他还挤玉钏儿，说他偷了去了。两个人窝里发炮①，先炒①的合府皆知，我们如何装没事人，少不得要查的。除②不知告失盗的就是贼。又没赃证，怎么说他？”

宝玉道：“也罢，这件事我也应起来，就说是我唬他们顽的，悄悄的偷了太太的来了。两件事都完了。”

袭人道：“也倒是件阴骘事，保全人的贼名儿。只是太太听见，又说你小孩子气，不知好歹了。”

平儿笑道：“这也倒是小事。如今便从赵姨娘屋里起了赃来，也容易。我只怕又伤着一个好人的体面。别人都别管，这一个人岂不又生气？我可怜的是他，不肯为打老鼠伤了玉瓶。”说着，把三个指头一伸。

袭人等听说，便知他说的是探春。大家都忙说：“可是这话，竟是我们这里应了起来的为是。”平儿又笑道：“也须得把彩云和玉钏儿两个业障叫了来，问准了他方好。不然，他们得了益，不说为这个，倒像我没了本事，问不出来，烦出这里来完事。他们已后越发偷的不管的不管了。”袭人等笑道：“正是。也要你留个地步。”

平儿便命人叫了他两个来，说道：“不用慌，贼已有了。”玉钏儿先问：“贼在那里？”平儿道：“现在二奶奶屋里。你问他什么应什么，我心里明知不是他偷的，可怜他害怕都承认。这里宝二爷不过意，要替他认一半。我待要说出来，但只是这做贼的意思③，

---

① “炒”乃“吵”字之误。

② “除”乃“殊”字之误。

③ “意思”，此段文字系据庚辰本引。但此“意思”二字，彼本无，其他脂本（杨本、蒙本、戚本、梦本）作“素日”（连下读）。

又是和我好的一个姊妹，窝主却是平常，里面又伤着一个好人的体面，因此为难。少不得央求宝二爷应了，大家无事。如今反要问你们两个还是怎样。若从此已后，大家小心存体面，这便求宝二爷应了。若不然，我就回了二奶奶，别冤屈了好人。"

彩云听了，不觉红了脸，一时羞恶之心感发，便说道："姐姐放心，也别冤了好人，也别带累了无辜之人伤体面。偷东西，原是赵姨奶奶央告我再三，我拿了些与环哥是情真，连太太在家我们还拿过，各人去送人，也是常事。我原说嚷过两天就罢了。如今既冤屈了好人，我心也不忍。姐姐竟带了我回二奶奶去。我一概应了完事。"

最后还是宝玉应了，方完事。

赵姨娘正因彩云私赠了许多东西，被玉钏儿吵出，生恐查诘①出来，每日捏一把汗打听信儿。忽见彩云来告诉说："都是宝玉应了，从此无事。"赵姨娘方把心放下来。

谁知贾环听如此说，便起了疑心，将彩云凡私赠之物都拿了出来，照着彩云的脸摔了去，说："这两面三刀的东西，我不稀罕。你不和宝玉好，他如何肯替你应？你既有担当，给了我，原该不与一个人知道，如今你既然告诉他，如今我再要这个也没趣儿。"彩云见如此，急的以身赌誓，至于哭了。百般解说，贾环执意不信，说："不看你素日之情，去告诉二嫂子，就说你偷来给我，我不敢要。你细想去。"说毕，摔手出去了。

急的赵姨娘骂："没造化的种子，蛆心业障！"气的彩云哭个泪干肠断。赵姨娘百般的安慰他："好孩子，他辜负了你的②，我看你的真，让我收起来。过两日，他自然回转过来了。"说着，便

---

① "诘"，庚辰本原误作"诰"，旁改"考"；彼本无此字，蒙本作"问"，其他脂本作"诘"。
② "你的"之下，其他脂本多一"心"字。

要收东西。

彩云赌气,一顿包起来,乘人不见时,来至园中,都撇在河内,顺水沉的沉,漂的漂,自己气的夜间在被内暗哭。

作者娓娓写来,受到了脂评的称赞①:

数回用蝉脱体络绎写来,读者几不辨何自起,何自结,浩浩无涯,须看他争端起自环哥,却起自彩云,争端结自宝玉,却亦结自彩云,首尾收束精严,六花长蛇阵也。识者着眼。

第七节　结语

按章回顺序看,贾环与彩霞的风月故事、贾环与彩云的风月故事,互为穿插,前后参差,如下表所示:

彩霞与贾环	25　72
彩云与贾环	30　60　61　62

这表明,曹雪芹在创作过程中留下了修改、挪移的痕迹。

拙著《红楼梦版本探微》已指出,如果把书中有关彩云、彩霞的情节描写的各个章回再细分为五个单元,则如下表所示:

第一单元	25
第二单元	29　30　34
第三单元	38　39　43　46

---

① 戚本第61回回前总评。

续表

第四单元	60　61　62　70
第五单元	72

　　由此得出结论："按照曹雪芹实际撰写、修改的先后顺序的情况，一、三、五单元要晚于二、四单元。"①

---

① 《红楼梦版本探微》，第98页。

第十一章 "黛玉听艳曲"：畦本保留着曹雪芹初稿文字痕迹（上）

"畦本保留着曹雪芹初稿文字痕迹"这个命题，我分作三章来加以阐述：

这三章的论述，以及"畦本保留着曹雪芹初稿文字痕迹"这个结论的提出，属于"初探"的性质，诚恳地期待读者诸君与方家的指教。

第一节 四个突出的特征

"黛玉听艳曲"的文字、情节，见于畦本第 23 回的下半回。

本章标题中的"黛玉听艳曲"五个字，是我把它们组合在一起的。

但是，"听"字采自现存庚辰本、舒本、彼本、杨本、蒙本、戚本、梦本等七本第 23 回下半回的正文，"艳曲"二字取自现存各脂本第 23 回回目的下联，指的其实是《牡丹亭》。

本章的论述，准备先从"黛玉听艳曲"情节所在的第 23 回下半回的四个突出特征谈起。

皽本第 23 回下半回有哪四个突出的特征呢？

第一个突出的特征：第 23 回回末配备有回末诗联。

第二个突出的特征：第 23 回回目乃是出于曹雪芹统一的定稿。

第三个突出的特征："黛玉听艳曲"的正文和回目呈现出龃龉的现象。

第四个突出的特征："黛玉听艳曲"所在的脂本第 23 回下半回的文字有甲种本与乙种本之分；甲种本出于曹雪芹的初稿；乙种本则是曹雪芹的定稿。

从皽本"黛玉听艳曲"可以看出哪些重要的痕迹？

我认为，从皽本"黛玉听艳曲"可以看出，它保留着曹雪芹与众不同的初稿的文字。这里的"不同"是指"不同"于曹雪芹的定稿、"不同"于其他的脂本。

这有什么重要性可言？

这有两点可说。第一，这为皽本所独有，为现存的其他脂本所无。第二，这是新发现、新收获，对研究伟大作家曹雪芹《红楼梦》的创作过程，有重要的价值和作用。

这样说有根据吗？

当然有！且听我慢慢道来。

第二节　回末诗联的配置

皽本，作为早期的脂本，其第 23 回的第一个重要特征，乃是回末诗联的配置。

我曾指出，"在每回的末尾设置回末诗联，这也是我国古代小说的一个传统的艺术形式"。"例如，在《红楼梦》之前，《金瓶梅》就有回末诗联。"①

皙本第 23 回的回末诗联如下：

> 妆晨绣夜心无矣，对月吟风恨有云。

上述回末诗联引自皙本，其中那个"云"字乃"之"字的形讹。其他脂本中的庚辰本、舒本、彼本、蒙本、戚本五本有此回末诗联，但下联末字均作"之"；杨本、梦本二本则无此回末诗联。

在目前我们看到的《红楼梦》八十回中，并不是每一回都配有回末诗联。

回末诗联是出于曹雪芹属稿之初的设计。按照曹雪芹原先的写作计划，可能是准备每回均有回末诗联。但是，当他写毕第 80 回时，有的章回已然配备了回末诗联，有的章回仍然付诸阙如。那时，他的生命已到了尽头，已没有时间把它们补齐了。

因此，从这个角度说，有回末诗联的章回的成立②比没有回末诗联的章回的成立要早。

《红楼梦》已有回末诗联的章回，如下表所示：

回	回末诗联
4	渐入鲍鱼肆，反恶芝兰香（梦本） 无（其他脂本）

---

① 参阅拙著《红楼梦眉本研究》，第 191 页。
② "成立"一词，在这里是指创作过程中的"定稿"。

续表

回	回末诗联
5	梦同谁诉离愁恨，千古情人独我知（己卯本、杨本） 一场幽梦同谁诉，千古情人独我知（舒本） 一枕幽梦同谁诉，千古情人读我痴（蒙本、戚本） 一场幽梦同谁近，千古情人读我痴（庚辰本） 一觉黄粱犹未熟，百年富贵已成空（梦本） 无（甲戌本）
6	得意浓时是接济，受恩深处胜亲朋（庚辰本） 得意浓时易接济，受恩深处胜亲朋（其他脂本）
7	不因俊俏为朋友，正为风流愿读书（杨本） 不因俊俏难为友，正为风流愿读书①（其他脂本）
8	早知日后闲生气，岂有今朝错读书（彼本） 早知日后闲生气，岂有今朝错□□（舒本） 早知日后闲生气，岂肯今朝错读书（眉本） 早知日后闲争气，岂肯今朝错读书（其他脂本）
13	无（梦本） 金紫万千谁治国，裙钗一二可齐家（其他脂本）
19	戏谑主人调笑仆，相合姊妹合欢亲（梦本） 无（其他脂本）
21	淑女自来多抱怨，娇妻从古便含酸（彼本、蒙本、戚本） 淑女从来多抱怨，娇妻自古便含酸（庚辰本） 无（舒本、杨本、梦本）
23	妆晨绣夜心无矣，对月吟风恨有云（晳本） 妆晨绣夜心无意，对月吟风恨有之（彼本） 无（杨本、梦本） 妆晨绣夜心无矣，对月吟风恨有之（其他脂本）
64	只为同枝贪色欲，致教连理起戈矛（彼本） 只为同枝贪色欲，致叫连理起戈矛（蒙本、梦本） 只为同枝贪色欲，致教连理起干戈（戚本） 无（己卯本、杨本）

---

① "书"，蒙本此字系后添。

从上表可以看出，如果把配备有回末诗联的章回列入曹雪芹初稿的范围，那是有根据的、可信的。上述十回（即第4回、第5回、第6回、第7回、第8回、第13回、第19回、第21回、第23回、第64回）显然是够格的。

第一，第4、5、6、7、8、13、19、23回，对全书八十回①来说，在回次上，都是比较靠前的。

第二，其中第64回虽然稍嫌偏后，但在我看来，它应非例外；不要忘记，现存第64回（"幽淑女悲题五美吟，浪荡子情遗九龙佩②"）的下半回正是"红楼二尤"③（尤二姐与贾琏、尤三姐与柳湘莲）故事的开端。我曾指出：

> 尤二姐、尤三姐、柳湘莲故事，在《红楼梦》初稿中，原先被安排在现今的第14回之后和现今的第16回之前。④

这样，第64回自然也属于偏前的回次了。

因此，第23回回末诗联的配置，也可以看作暂本是属于较早的脂本的一个证据。

问题在于，"较早的脂本"这个初步的结论能不能再用其他的佐证，以及进一步的分析，来加以证明和阐述？

第三节　暂本第23回回目乃是曹雪芹的定稿

本节标题所说"暂本第23回回目乃是曹雪芹的定稿"，根据何在？

---

① 我认为，《红楼梦》前八十回系曹雪芹所写，后四十回乃出于他人、后人（曹雪芹之后的人）所续。
② "佩"或作"珮"。
③ "红楼二尤"，这是借用京剧剧名。
④ 参阅拙文《移花接木：从柳湘莲上坟说起——〈红楼梦〉创作过程研究一例》，《文学遗产》2014年第4期。

根据有两点。

第一，现存各脂本的第 23 回回目基本上是一致的。

为什么说是"基本上"呢？

请看现存八个脂本的第 23 回回目：

西厢记妙词通戏语 牡丹亭艳曲警芳心——庚辰本、舒本、杨本、蒙本、戚本、梦本

西厢记妙词通戏言 牡丹亭艳曲警芳心——彼本

西厢记妙词□□语 牡丹亭艳曲警芳心——戚本

其中，戚本回目上联有缺字，所缺之字即庚辰本等六本共有的"通戏"二字。

除彼本外，其他七本的回目，上联基本上一致，下联则完全相同。

说"上联基本上一致"的原因，就在于只有一个例外：彼本的"戏言"和其他脂本的"戏语"发生了歧异。

怎样看待这个歧异？

我认为，从锤炼文字工拙的角度着眼，此二字应以"戏语"为佳，以"戏语"为是。而彼本"言"字之出现，我怀疑原因有二。一个原因是，"言"字可能是"语"字的形讹。另一个原因是，此字在彼本的底本上原作"语"字，彼本的抄手贪图省事、省时，在抄录时省去了"语"字的一半，使之变成了"言"字。后者的可能性更大。

曹雪芹对《红楼梦》各回回目文字的写定是十分讲究的，从初稿到定稿，是费了一番苦心的。这一点受到了前辈学者（如俞平伯先生）的赞扬①。

因此，如果某个回目的文字在现存各脂本中保持高度一致，那就无疑表明了这个回目乃是曹雪芹的定稿。

---

① 俞平伯《红楼心解·读〈红楼梦〉随笔》中曾有专文谈《红楼梦》的回目。

第二，脂本下列四十三回的回目文字高度一致，是这一点最好的说明：

```
1   2   4   6   10  11  12  13  14  15  16  19
    21  22  27  28  32  34  38  40  43  44
45  48  51  53  54  55  59  62  63  64  66
    68  69  70  71  72  73  75  77  78  79
```

这四十三回的回数超过了八十回①的一半。因此，如本节标题所言，"暂本第 23 回回目乃是曹雪芹的定稿"，这样说自然是有说服力的。

说完了暂本第 23 回的回目，下面就要进入暂本第 23 回正文中"黛玉听艳曲"的讨论了。

第四节　甲种本与乙种本：两种异样的文字

暂本第 23 回回目的上联文字有歧异（"□□语""通戏语""通戏言"），但是，下联文字却是完全相同的（"牡丹亭艳曲警芳心"）。

而"黛玉听艳曲"的情节、文字就见于暂本第 23 回的下半回。

在现存脂本中，"黛玉听艳曲"的情节、文字呈现出两歧的状态。

我按照这种两歧的状态把"黛玉听艳曲"的情节、文字区分为"甲种本"和"乙种本"两种类型。

甲种本是指暂本的第 23 回下半回，乙种本则是指其他脂本（庚辰本、舒本、彼本、杨本、蒙本、戚本、梦本）的第 23 回下半回。不难看出，在现存脂本中，甲种本居于少数，且与乙种本迥异。

请读者诸君再次细读"黛玉听艳曲"的情节、文字，并将甲种本

① 我认为，《红楼梦》前八十回乃曹雪芹所写，后四十回是他人所续。

和乙种本仔细地对比着读，看看能不能有新的体会和发现，如果有兴趣和时间，不妨再做进一步的思考，看看能不能从中引出新的结论。

这里先引述甲种本（皆本）"黛玉听艳曲"的情节、文字，那是在"黛玉葬花"之后：

> 宝玉一面收书，一面笑道："正经快把花埋了罢，别提那个了。"二人便收拾落花。正才掩埋妥协，只见袭人走来，说道："那里没寻到，却在这里。那边大老爷身上不好，姑娘们都过去请安。老太太叫打发你去呢。快回去换衣服罢。"宝玉听了，忙拿了书，别了黛玉，同袭人换衣服不提。
>
> 这里黛玉见宝玉去了，又听见众姊妹也不在房，自己闷闷的便要回房，走至梨香院墙下，忽想起前日古人诗中有"水流花谢两无情"① 之句，又词中有"流水落花春去也，天上人间"② 之句，又兼方才所见《西厢记》中"花落水流红，闲愁万种"之句，都一时想起来，凑聚在一处，仔细忖度，不觉神驰心痛，眼中落泪。
>
> 正没个开交，忽觉背上击了一下。回头看时，原来是何人？且看下回便知。
>
> 正是：妆晨绣夜心无矣，对月吟风恨有云③。

上述文字引自皆本。试把它们拿来和乙种本（其他脂本的相应文字）比较，不难发现其间存在极大的差异。

差异主要是从"这里黛玉见宝玉去了"一句开始的。

现以庚辰本作为乙种本的代表，引述其相应文字于下：

> 这里林黛玉见宝玉去了，又听见众姊妹也不在房，自己闷闷

---

① "水流花谢两无情"，出自唐代崔涂的《旅怀》诗。
② "流水落花春去也，天上人间"，出自李煜的《浪淘沙》词。
③ "云"乃"之"字的形讹。

的，正欲回房，刚走到梨香院墙角上，只听墙内笛韵悠扬，歌声婉转，林黛玉便知是那十二个女孩子演习戏文呢。只是林黛玉素习不大喜看戏文，便不留心，只管往前走。偶然两句吹到耳内，明明白白，一字不落，唱道是："原来姹紫嫣红开遍，似这般都付与断井颓垣。"① 林黛玉听了，到也十分感慨缠绵，便止住步，侧耳细听。又听唱道是："良辰美景奈何天，赏心乐事谁家院。"② 听了这两句，不觉点头自叹，心下自思道："原来戏上也有好文章。可惜世人只知看戏，未必能领略这其中的趣味。"想毕，又后悔不该胡想，耽误了听曲子。又侧耳时，只听唱道："则为你如花美眷，似水流年。"③ 林黛玉听了这两句上，不觉心动神摇。又听道："你在幽闺自怜"④ 等句，亦发如醉如痴，站立不住，便一蹲身，坐在一块山子石上，细嚼"如花美眷，似水流年"八个字的滋味，忽又想起前日见古人诗中有"水流花谢两无情"之句，再又有词中有"流水落花春去也，天上人间"之句，又兼方才所见《西厢记》中"花落水流红，闲愁万种"之句，都一时想起来，凑趣⑤在一处，仔细忖度，不觉心痛神痴⑥，眼中落泪。

正没个开交，忽觉背上击了一下。回头看时，原来是？且听下回分解。

正是：妆晨绣夜心无矣，对月吟风恨有之。

其他六种脂本（舒本、彼本、杨本、蒙本、戚本、梦本）的文字基本上同于庚辰本。

也就是说，甲种本（晳本）的这段文字基本上不同于乙种本（其

---

① "原来姹紫嫣红开遍，似这般都付与断井颓垣"，出自汤显祖《牡丹亭》。
② "良辰美景奈何天，赏心乐事谁家院"，出自汤显祖《牡丹亭》。
③ "则为你如花美眷，似水流年"，出自汤显祖《牡丹亭》。
④ "你在幽闺自怜"，出自汤显祖《牡丹亭》。
⑤ "趣"乃"聚"字之误。
⑥ "痴"乃"驰"字的音讹。

他脂本），有它的独异性。

第五节　甲种本的独异性

"黛玉听艳曲"甲种本的独异性体现在哪里呢？

在甲种本和乙种本的比较中，甲种本的独异性得到了清晰的体现。

这可以从以下三点来谈。

（1）黛玉走至梨香院墙下，做什么？

甲种本写的是，黛玉在"想"。

乙种本写的却是黛玉既在"听"，又在"想"，先"听"后"想"，"听"引起了"想"。

按：第23回回目的下联是"牡丹亭艳曲警芳心"。如果用回目来要求正文，那正文理应不是黛玉在阅读《牡丹亭》的文本，而是在"听"《牡丹亭》曲文的演唱，这方符合当时的情景。

从这一点看，甲种本的正文和回目是相矛盾的。回目明确指出："警"黛玉"芳心"的是"牡丹亭"，而甲种本的正文与此完全失去照应，它根本没有和汤显祖的《牡丹亭》挂上钩。相反的，乙种本的正文和回目保持着一致。而甲种本的正文和回目发生了龃龉，黛玉既没有"听"到《牡丹亭》曲文的吟唱，也根本没有"想"到汤显祖这部著名的作品。

（2）黛玉在梨香院墙下"想"到的或"听"到的是什么呢？

在甲种本中，黛玉所"想"到的是：

诗	崔涂	旅怀	水流花谢两无情
词	李煜	浪淘沙	流水落花春去也，天上人间

曲	王实甫	西厢记	花落水流红，闲愁万种

这和回目所言两不相侔。回目说，"警芳心"的是"牡丹亭"；甲种本的正文却说，"警芳心"的乃是崔涂的诗、李煜的词，还有王实甫的《西厢记》。这岂非南辕北辙！

而在乙种本中，黛玉先"听"到的和后"想"到的依次是：

曲	汤显祖	牡丹亭	原来姹紫嫣红开遍，似这般都付与断井颓垣
曲	汤显祖	牡丹亭	良辰美景奈何天，赏心乐事谁家院
曲	汤显祖	牡丹亭	则为你如花美眷，似水流年
曲	汤显祖	牡丹亭	你在幽闺自怜
诗	崔涂	旅怀	水流花谢两无情
词	李煜	浪淘沙	流水落花春去也，天上人间
曲	王实甫	西厢记	花落水流红，闲愁万种

黛玉先"听"到的是《牡丹亭》曲文，后"想"到的才是甲种本所写的那诗、那词、那曲。显然，以前者为主，以后者为辅；前者是后加的，后者则是原有的。

乙种本的这种描写，完全符合回目的要求。甲种本的描写则与《牡丹亭》毫无关系。

这就使我们看到了一道明显的修改轨迹：

$$\boxed{甲种本} \longrightarrow \boxed{乙种本}$$

$$(\boxed{甲种本} = 崔涂 + 李煜 + 西厢记)$$

$$(\boxed{乙种本} = \boxed{牡丹亭} + 崔涂 + 李煜 + 西厢记)$$

不难看出，这是一个修改的过程：甲种本是原稿，乙种本是改稿。乙种本只不过是在甲种本的基础上增加了一个牡丹亭。然而，这不是量的变化，而是质的变化。这是一个升华的过程。

（3）黛玉走到"梨香院墙下"，在情节的布局中起着什么作用呢？作者为什么偏偏安排她走过这个地点？

在甲种本中，黛玉是在什么地点想起崔涂《旅怀》的诗句、李煜《浪淘沙》的词句和王实甫《西厢记》曲词的呢？是在"梨香院墙下"。

读者不免要问：贾府内、大观园内的地点很多，作者为什么非要安排黛玉走在"梨香院墙下"才会想到崔、李、王三人的作品呢？这三人的作品和"梨香院墙下"这个地点有什么必然的联系呢？为什么会在这个地点（而不是其他地点）触发了黛玉的联想？

这当然是甲种本的普通读者头脑中难以驱除的困惑。

这就牵涉梨香院这个院落的功能了。

梨香院究竟居住着何等样人？

《红楼梦大辞典》介绍梨香院说：

> 据甲戌、己卯、庚辰本等脂评本，此院在荣国府东北角，即大观园西北角；而据甲辰本及程刻本系统版本，此院在大观园进门后东边，怡红院之南。有房屋十余间，前厅后舍，自成院落。院内植有梨花，元春归省时赐提匾额曰"梨花春雨"。[1]

梨香院先是住着薛姨妈一家人。

在第4回，薛姨妈、薛宝钗、薛蟠来贾府之初，引庚辰本于下：

> 贾政便使人上来对王夫人说："姨太太已有了春秋，外甥年轻，不知世路，在外住着，恐有人生事。咱们东北角上梨香院一

---

[1] 《红楼梦大辞典》，第89页。

所十来间房白空闲着，打扫了，请姨太太和姐儿、哥儿住了甚好。"王夫人未及留，贾母也就遣人来说"请姨太太就在这里住下，大家亲密些"等语。薛姨妈正要同居一处，方可拘紧些儿子①，若另住在外，又恐纵性惹祸，遂忙道谢。

后来，薛姨妈迁移别处居住。梨香院就改为十二女戏的居处了。

第 17/18 回，庚辰本专门交代说：

> 原来贾蔷已从姑苏采买了十二个女孩子，并聘了教习，以及行头等事来了。那时薛姨妈另迁于东北上一所幽净房舍居住，将梨香院早已腾挪出来，另行修理了，就令教习在此教演女戏。

黛玉为什么要走到"梨香院墙下""想"和"听"呢？

对此，甲种本没有给出答案，令读者大感失望。

乙种本针对这一点做了弥补和改进，它使梨香院与黛玉的"听"和"想"发生了直接的、必然的联系：梨香院传出女戏演习《牡丹亭》的歌声，进入黛玉的耳中，这才"警"动了黛玉的"芳心"。于是梨香院就有了着落：

梨香院—女戏—《牡丹亭》—黛玉

这四者之间方构成了一种有机的联系，从而廓清了甲种本读者的困惑。

黛玉如果不走至梨香院墙下，就听不到《牡丹亭》的歌声；如果听不到《牡丹亭》的歌声，第 23 回回目所说的"牡丹亭艳曲警芳心"就变成了无根之木。

"梨香院墙下"这个地点的重要连接作用，于此可见。

从"黛玉听艳曲"甲种本与乙种本的比较中，我们看到了甲种本

---

① "子"字原无，易生别解。现据己卯本、蒙本、戚本补。

的独异性。

甲种本的独异性主要表现为回目与正文的龃龉。

第 23 回下半回的回目说的是"牡丹亭艳曲警芳心"，第 23 回下半回的正文却说："警芳心"的不是《牡丹亭》，而是崔涂诗、李煜词、《西厢记》。二者大相径庭。

这回目与正文的龃龉，不禁使我们想起了程甲本和程乙本第 92 回的"巧姐慕贤良"和"贾政参聚散"。

第十二章 "黛玉听艳曲"：晳本保留着曹雪芹初稿文字痕迹（下）

第一节 参照文之一："巧姐慕贤良"

在回目与正文的龃龉上，"黛玉听艳曲"和"巧姐慕贤良"、"贾政参聚散"之间有一定的相似性，可以互为参照。

"巧姐慕贤①良"和"贾政参聚散"，其情节、文字见于程甲本和程乙本的第 92 回。

程甲本第 92 回的回目是"评女传巧姐慕贤良，顽母珠贾政参聚散"。

上半回"巧姐慕贤良"和下半回"贾政参聚散"，在回目与正文的龃龉上，存在同样的现象。

这一节先谈"巧姐慕贤良"。

---

① "贤"，《红楼梦》中国艺术研究院红楼梦研究所校注本校记云："'贤'原作'从'，从藤本、程乙本改。"按：据程甲本中国社会科学院文学研究所藏本、国家图书馆藏本（马幼渔旧藏本）原文，此字均作"贤"，不作"从"。唯有马幼渔旧藏本上有后人用墨笔将"贤"涂改为"从"的痕迹。

程甲本有关"巧姐慕贤良"的全部文字是这样的：

袭人正要骂他①，只见老太太那里打发人来，说道："老太太说了，叫二爷明儿上学去呢。明儿请了姨太太来给他解闷，只怕姑娘们都来，家里的史姑娘、邢姑娘、李姑娘们都请了，明儿来赴什么消寒会呢。"

宝玉没有听完，便喜欢道："可不是，老太太最高兴的，明日不上学是过了明路的了。"袭人也便不言语了。那丫头回去。宝玉认真念了几天书，巴不得顽这一天，又听见薛姨妈过来，想着宝姐姐自然也来，心里喜欢，便说："快睡罢，明日早些起来。"于是一夜无话。

到了次日，果然一早到老太太那里请了安，又到贾政、王夫人那里请了安，回明了"老太太今儿不叫上学"，贾政也没言语，便慢慢退出来，走了几步，便一溜烟跑到贾母房中，见众人都没来。

只有凤姐那边的奶妈子带了巧姐儿，跟着几个小丫头过来，给老太太请了安，说："我妈妈先叫我来请安，陪着老太太说说话儿。妈妈回来就来。"贾母笑着道："好孩子，我一早就起来了，等他们总不来，只有你二叔叔来了。"

那奶妈子便说："姑娘，给你二叔叔请安。"宝玉也问了一声"姐姐好"。巧姐儿道："我昨夜听见我妈妈说，要请二叔叔去说话。"

宝玉道："说什么呢？"巧姐儿道："我妈妈说，跟着李妈认了几年字，不知道我认得不认得。我说都认得，我认给妈妈瞧。妈妈说我瞎认，不信，说我一天尽子顽，那里认得。我瞧着那些字也不要紧。就是那《女孝经》也是容易念的。妈妈说我哄他，要

---

① "他"指宝玉。

请二叔叔得空儿的时候给我理理。"

贾母听了，笑道："好孩子，你妈妈是不认得字的，所以说你哄他。明儿叫你二叔叔理给他瞧瞧，他就信了。"

宝玉道："你认了多少字了？"巧姐儿道："认了三千多字，念了一本《女孝经》。半个月头里又上了《列女传》。"

宝玉道："你念了，懂得吗？你要不懂，我倒是讲讲这个你听罢。"贾母道："做叔叔的也该讲究给侄女儿听听。"

宝玉道："那文王后妃是不必说了，想来是知道的。那姜后脱簪待罪，齐国的无盐虽丑，能安邦定国，是后妃里头的贤能的。若说有才的，是曹大姑、班婕妤、蔡文姬、谢道韫诸人。孟光的荆钗裙布①，鲍宣妻的提瓮出汲，陶侃的母②截发留宾，还有画荻教子的，这是不厌贫的。那苦的里头，有乐昌公主破镜重圆，苏蕙的回文感主。那孝的是更多了，木兰代父从军，曹娥投水寻父的尸首等类也多。我也说不得许多。那个曹氏的引刀割鼻，是魏国的故事。那守节的更多了，只好慢慢的讲。若是那些艳的，王嫱、西子、樊③、小蛮、绛仙等。姑④的是秃妾发、怨洛神等类，也少。文君、红拂是女中的……"

贾母听到这里，说："够了，不用说了。你讲的太多，他那里还记得呢。"巧姐儿道："二叔叔才说的，也有念过的，也有没念过的。念过的，二叔叔一讲，我更知道了好些。"

上引乃是"巧姐慕贤良"一语所能笼罩的全文。

但是，这里只有宝玉一人独自在做宣讲，哪里还有巧姐"慕贤良"

---

① "裙布"，中国艺术研究院红楼梦研究所校注本误作"布裙"。按：程甲本、程乙本均作"裙布"。

② "陶侃的母"，中国艺术研究院红楼梦研究所校注本作"陶侃母的"。按：程甲本、程乙本均作"陶侃的母"。

③ "素"上原缺"樊"字。

④ "姑"乃"妒"字的形讹。中国艺术研究院红楼梦研究所校注本将此字作"妒"，并有"校记"云："'妒'字原无，从藤本补。"按：此字程甲本原有，仅误作"姑"而已。

式的反应呢？只见讲者（宝玉）在讲，听者（巧姐）在听，如此而已。听者连丝毫反应也不见踪影，那"慕贤良"的"慕"字又从何谈起？

这就造成了第 92 回回目与正文的龃龉。

程乙本不得不对这个过于明显的缺陷做出弥补和修饰，不得不对程甲本的文字做出必要的更改。但它没有更换回目，只是对正文做了微不足道的修补①。

现从"贾母道"开始，引程乙本于下：

> 贾母道："做叔叔的也该讲给侄女儿听听。"
>
> 宝玉便道："那文王后妃不必说了。那姜后脱簪待罪，和齐国的无盐安邦定国，是后妃里头的贤能的。"巧姐听了，答应个是。宝玉又道："若说有才的，是曹大姑、班婕妤、蔡文姬、谢道韫诸人。"巧姐问道："那贤德的呢？"宝玉道："孟光的荆钗裙布，鲍宣妻的提瓮出汲，陶侃的母截发留宾，这些不厌贫的就是贤德了。"巧姐听了，欣然点头。宝玉道："还有苦的，像那乐昌破镜，苏蕙回文。那孝的，木兰代父从军，曹娥投水寻尸等类也难尽说。"巧姐听到这些，却默默如有所思。宝玉又讲："那曹氏的引刀割鼻，及那些守节的。"巧姐听着，更觉肃敬起来。宝玉恐他不自在，又说："那些艳的，如王嫱、西子、樊素、小蛮、绛仙、文君、红拂，都是女中的"，尚未说出。
>
> 贾母见巧姐默然，便说："够了，不用说了。讲的太多，他那里记得？"巧姐道："二叔叔才说的，也有念过的，也有没念过的。念过的，一讲我更知道好处了。"

以上有六处添加了巧姐听后的反应：

---

① 这样做的客观原因是：程甲本和程乙本都是木活字排印本，因此程乙本在修改程甲本的文字时，有一个不成文的规定，即每叶（每个版面）上的首行首字和末行末字必须保留程甲本的原字，不能更动。这个规定基本上得到了遵守。

巧姐听了，答应个是。

巧姐问道："那贤德的呢？"

巧姐听了，欣然点头。

巧姐听到这些，却默默如有所思。

巧姐听着，更觉肃敬起来。

巧姐默然。

程乙本所添加的几句，文笔并不高明，但总算勉强完成了"有所照应"的初步任务，使回目和正文得以勉强勾连。

对"黛玉听艳曲"来说，程乙本第92回"巧姐慕贤良"补苴罅漏之例是有参考价值的。

其补苴罅漏的目的就在于，改变回目与正文龃龉的状况。尽管它补苴罅漏的水平不高，但在程乙本看来，已算是在可能范围内达到了目的。

第二节　参照文之二："贾政参聚散"

参照文之一是"巧姐慕贤良"，"贾政参聚散"则是参照文之二。
"贾政参聚散"见于程甲本和程乙本的第92回下半回。
先引程甲本"贾政参聚散"的情节、文字于下：

且说贾政这日正与詹光下大棋，通局的输赢也差不多，单为着一只角儿死活未分，在那里打结。门上的小厮进来回道："外面冯大爷要见老爷。"贾政道："请进来。"小厮出去请了冯紫英走进门来，贾政即忙迎着冯紫英进来，在书房中坐下，见是下棋，便道："只管下棋，我来观局。"詹光笑道："晚生的棋是不堪瞧的。"冯紫英道："好说，请下罢。"贾政道："有什么事么？"冯紫英道：

"没有什么话。老伯只管下棋，我也学几着儿。"贾政向詹光道："冯大爷是我们相好的，既没事，我们索性下完了这一局，再说话儿。冯大爷在旁边瞧着。

……

冯紫英道："小侄与老伯久不见面，一来会会，二来因广西的同知进来引见，带了四种洋货，可以做得贡的。一件是围屏，有二十四扇楠子，都是紫檀雕刻的，中间虽说不是玉，却是绝好的硝子石，石上镂出山水、人物、楼台、花鸟等物。一扇上有五六十个人，都是宫妆的女子，名为'汉宫春晓'，人的眉目口鼻，以及出手衣褶，刻得又清楚又细腻，点缀布置都是好的。我想，尊府大观园中正厅上，却可用得着。还有一个钟表，有三尺多高，也是一个小童儿拿着时辰牌，到了什么时候，他就报什么时辰。里头也有些人在那里打十番的。这是两件重笨的，却还没有拿来。现在我带在这里两件，却有些意思儿，就在身边拿出一个锦匣子，见几重白绵裹着，揭开了绵子第一层，是一个玻璃盒子，里头金托子大红绉绸托，底上放着一颗桂圆大的珠子，光华耀目。"

冯紫英道："据说这就叫做母珠。"因叫拿一个盘儿来，詹光即忙端过一个黑漆茶盘道："使得么？"冯紫英道："使得。"便又向怀里掏出一个白绢包儿，将包儿里的珠子都倒在盘里散着，把那颗母珠搁在中间，将盘置于桌上，看见那些小珠子儿滴溜滴溜都滚到大珠身边来，一回儿把这颗大珠子抬高了，别处的小珠子一颗也不剩，都粘在大珠上。詹光道："这也奇怪。"贾政道："这是有的，所以叫做母珠，原是珠之母。"

那冯紫英回头看着他跟来的小厮道："那个匣子呢？"那小厮赶忙捧过一个花梨木匣子来，大家打开看时，原来匣内衬着虎纹锦，锦上叠着一束蓝纱。詹光道："这是什么东西？"冯紫英道："这叫做鲛绡帐。"在匣子里拿出来时，叠得长不满五寸，厚不上半寸。冯紫英一层一层的打开，打到十来层，已经桌上铺不下了。冯紫英道："你看里头还有两折，必得高屋里去，才张得下。这就是鲛丝所织，暑热天气，张在堂屋里头，苍蝇蚊子一个不能进来，又轻又亮。贾政道："不用全打开，怕叠起来倒费事。"詹光便与冯紫英一层一层折好收拾。

冯紫英道："这四件东西，价儿也不狠贵，两万银他就卖。母珠一万，鲛绡帐五千，'汉宫春晓'与自鸣钟五千。"贾政道："那里买得起。"冯紫英道："你们是个国戚，难道宫里头用不着么？"贾政道："用得着的狠多，只是那里有这些银子？等我叫人拿进去，给老太太瞧瞧。"冯紫英道："狠是。"贾政便着人叫贾琏把这两件东西送到老太太那边去，并叫人请了邢、王二夫人、凤姐儿都来瞧着，又把两样东西一一试过。贾琏道："他还有两件，一件是围屏，一件是乐钟，共总要卖二万银子呢。"

凤姐儿接着道："东西自然是好的。但是那里有这些闲钱？咱们又不比外任督抚要办贡。我已经想了好些年了，像咱们这种人家，必得置些不动摇的根基才好。或是祭地，或是义庄，再置些坟屋，往后子孙遇见不得意的事，还是点儿底子，不到一败涂地。我的意思是这样，不知老太太、老爷、太太们怎么样？若是外头老爷们要买，只管买。"贾母与众人都说："这话说的倒也是。"贾琏道："还了他罢。原是老爷叫我送给老太太瞧，为的是宫里好进，谁说买来搁在家里。老太太还没开口，你便说了一大些丧气话。"说着，便把两件东西拿了出去，告诉了贾政说："老太太不要。"便与冯紫英道："这两件东西好可好，就只没银子。我替你留心，有要买的人，我便送信给你去。"

冯紫英只得收拾好，坐下说些闲话，没有兴头，就要起身。贾政道："你在我这里吃了晚饭去罢。"冯紫英道："罢了，来了就叨扰老伯吗？"贾政道："说那里的话。"

正说着，人回："大老爷来了。"贾赦早已进来，彼此相见，叙些寒温。不一时，摆上酒来，肴馔罗列，大家喝着酒。至四五巡后，说起洋货的话，冯紫英道："这种货本是难消的，除非要像尊府这种人家，还可消得，其余就难了。"贾政道："这也不见得。"贾赦道："我们家里也比不得从前了，这回儿也不过是个空门面。"

……

贾琏道："听得内阁里人说起贾雨村又要升了。"贾政道："这也好，不知准不准？"贾琏道："大约有意思的了。"冯紫英道："我今儿从吏部里来，也听见这样说。雨村老先生是贵本家不是？"贾政道："是。"冯紫英道："是有服的，还是无服的？"

贾政道："说也话长。他原籍是浙江湖州府人，流寓到苏州，甚不得意。有个甄士隐，和他相好，时常周济。他已后中了进士，得了榜下知县，便娶了甄家的丫头，如今的太太不是正配。岂知甄士隐弄到零落不堪，没有找处。雨村革了职以后，那时还与我家并未相识。只因舍妹丈林如海林公在扬州巡盐的时候，请他在家做西席，外甥女儿是他的学生，因他有起复的信，要进京来，恰好外甥女儿要上来探亲，林姑老爷便托他照应上来的，还有一封荐书，托我吹嘘吹嘘。那时看他不错，大家常会。岂知雨村也奇，我家世袭起，从'代'字辈下来，宁、荣两宅，人口房舍，以及起居事宜，一概都明白，因此遂觉得亲熟①了。"因又笑说道："几年间，门子也会钻了，由知府推升，转了御史。不过几年，升了吏部侍郎，署兵部尚书。为着一件事，降了三级，如今又要升了。"

冯紫英道："人世的荣枯，仕途的得失，终属难定。"贾政道：

---

① "熟"，中国艺术研究院红楼梦研究所校注本误作"热"。按，杨本此字作"热"。

"像雨村，算便宜的了。还有我们差不多的人家，就是甄家，从前一样功勋，一样的世袭，一样的起居，我们也是时常往来。不多几年，他们进京来，差人到我这里请安，狠还热闹。一回儿抄了原籍的家财，至今杳无音信，不知他近况若何？心下也着实惦记。看了这样，你想做官的怕不怕？"贾赦道："咱们家是最没有事的。"冯紫英道："果然尊府是不怕的。一则里头有贵妃照应，二则故旧好亲戚多，三则你家自老太太起，至于少爷们，没有一个刁钻刻薄的。"贾政道："虽无刁钻刻薄，却没有德行才情，白白的衣租食税，那里当得起。"贾赦道："咱们不用说这些话，大家吃酒罢。"

以上引文出自程甲本。

它可以分为上、下两个部分，贾赦的出场则是上、下两个部分的分界线。

在贾赦出场之前，主要是由冯紫英向贾政介绍四件"洋货"："汉宫春晓"围屏、自鸣钟、母珠和鲛绡帐。其中，"汉宫春晓"围屏和自鸣钟，他当时并没有带来，只带来了母珠和鲛绡帐。于是，冯紫英向贾政展示了这两件"洋货"。

然而，贾政看到母珠之后，仅仅向身边感到惊奇的詹光说了一句，这叫作母珠，原是珠之母，便再也没有对母珠发表更多的言论和感慨。

因此，他既没有"玩"① 母珠，也没有"参聚散"。这和回目所说的"玩母珠贾政参聚散"产生了严重的龃龉。

在贾赦出场之后，贾赦、贾政、冯紫英、贾琏四人都谈到了贾雨村的晋升和黜退。席间，冯紫英发出了"人世的荣枯，仕途的得失，终属难定"的感叹，贾政也惦念着甄家"抄家"之后的近况，感到了做官的"可怕"。但是他们四人之中，无一人提及母珠。

---

① 在这里，"玩"是"观赏"的意思。

程乙本有鉴于此，对程甲本做了修改和补充。但它不是更动回目，而是更动了正文。

程乙本第92回"贾政参聚散"的情节、文字如下：

且说贾政这日正与詹光下大棋，通局的输赢也差不多，单为着一只角儿死活未分，在那里打结。门上的小厮进来回道："外面冯大爷要见老爷。贾政道："请进来。"小厮出去请了冯紫英走进门来。贾政即忙迎着冯紫英进来，在书房中坐下，见是下棋，便道："只管下棋，我来观局。"詹光笑道："晚生的棋是不堪瞧的。"冯紫英道："好说，请下罢。"贾政道："有什么事么？"冯紫英道："没有什么话，老伯只管下棋，我也学几着儿。"

……

冯紫英道："小侄与老伯久不见面，一来会会，二来因广西的同知进来引见，带了四种洋货可以做得贡的。一件是围屏，有二十四扇槅子，都是紫檀雕刻的，中间虽说不是玉，却是绝好的硝子石，石上镂出山水、人物、楼台、花鸟儿来。一扇上有五六十个人，都是宫妆的女子，名为'汉宫春晓'。人的眉目口鼻，以及出手衣褶，刻得又清楚又细腻，点缀布置都是好的。我想，尊府大观园中正厅上恰好用的着。还有一架钟表，有三尺多高，也是一个童儿拿着时辰牌，到什么时候儿就报什么时辰。里头还有消息人儿打十番儿。这是两件重笨的，却还没有拿来。现在我带在这里的两件，却倒有些意思儿。"就在身边拿出一个锦匣子来，用几重白绫裹着，揭开了绵子第一层，是一个玻璃盒子，里头金托子大红绉绸托底，上放着一颗桂圆大的珠子，光华耀目。

冯紫英道："据说这就叫做母珠。"因叫拿一个盘儿来。詹光即忙端过一个黑漆茶盘道："使得么？"冯紫英道："使得。"便又向怀里掏出一个白绢包儿，将包儿里的珠子都倒在盘里散着，把那颗母珠搁在中间，将盘放于桌上，看见那些小珠子儿滴溜滴溜的都滚到大珠子身边，回来把这颗大珠子抬高了，别处的小珠子一颗也不剩，都粘在大珠上。

詹光道："这也奇。"贾政道："这是有的，所以叫做母珠，原是珠之母。"

那冯紫英又回头看着他跟来的小厮道："那个匣子呢？"小厮赶忙捧过一个花梨木匣子来。大家打开看时，原来匣内衬着虎纹锦，锦上叠着一束蓝纱。詹光道："这是什么东西？"冯紫英道："这叫做鲛绡帐。"在匣子里①拿出来时，叠得长不满五寸，厚不上半寸。冯紫英一层一层的打开，打到十来层，已经桌上铺不下了。冯紫英道："你看里头还有两褶，必得高屋里去，才张得下。这就是鲛丝所织，暑热天气，张在堂屋里头，苍蝇蚊子一个不能进来，又轻又亮。"贾政道："不用全打开，怕叠起来倒费事。"詹光便与冯紫英一层一层折好，收拾了。

至此，程乙本虽已写到了母珠，但尚未写到"贾政参聚散"。请接着往下看：

冯紫英道："这四件东西，价儿也不贵，两万银他就卖。母珠一万，鲛绡帐五千，'汉宫春晓'与自鸣钟五千。"贾政道："那里买的起。"冯紫英道："你们是个国戚，难道宫里头用不着么？"贾政道："用得着的狠多，只是那里有这些银子？等我叫人拿进去，给老太太瞧瞧。"冯紫英道："狠是。"

贾政便着人叫贾琏把这两件东西送到老太太那边去，并叫人请了邢、王二夫人、凤姐儿都来瞧着，又把两件东西一一试过。贾琏道："他还有两件，一件是围屏，一件是乐钟，共总要卖二万银子呢。"

_____

① "子里"，原误作"里子"。

凤姐儿接着道："东西自然是好的，但是那里有这些闲钱？咱们又不比外任督抚要办贡。我已经想了好些年了，像咱们这种人家，必得置些不动摇的根基才好，或是祭地，或是义庄，再置些坟屋。往后子孙遇见不得意的事，还是点儿底子，不到一败涂地。我的意思是这样，不知老太太、老爷、太太们怎么样？若是外头老爷们要买，只管买。"贾母与众人都说："这话说的倒也是。"

贾琏道："还了他罢，原是老爷叫我送给老太太瞧，为的是宫里好进，谁说买来搁在家里。老太太还没开口，你便说了一大堆丧气话。"说着，便把两件东西拿了出去了，告诉贾政，只说："老太太不要。"便与冯紫英道："这两件东西，好可好，就只没银子。我替你留心，有要买的人，我便送信给你去。"冯紫英只得收拾好了，坐下说些闲话，没有兴头，就要起身。贾政道："你在这里吃了晚饭去罢。"冯紫英道："罢了，来了就叨搅老伯吗？"贾政道："说那里的话。"

正说着，人回："大老爷来了。"

贾赦的出场，宣告程乙本"贾政参聚散"的上半部分结束。

在"贾政参聚散"的上半部分，程乙本仍然没有触及"贾政参聚散"的话题。

到了下半部分，程乙本方显现了补苴罅漏的文字。请看：

贾赦早已进来，彼此相见，叙些寒温。

不一时，摆上酒来，肴馔罗列，大家喝着酒。至四五巡后，说起洋货的话，冯紫英道："这种货本是难消的，除非要像尊府这样人家，还可消得，其余就难了。"贾政道："这也不见得。"贾赦道："我们家里也比不得从前了，这回儿也不过是个空门面。"

这时，话题转到贾雨村身上：

贾琏道："听得内阁里人说起，雨村又要升了。"贾政道："这也好，不知准不准？"贾琏道："大约有意思的了。"冯紫英道："我今儿从吏部里来，也听见这样说。雨村老先生是贵本家不是？"贾政道："是。"冯紫英道："是有服的，还是无服的？"

贾政道："说也话长。他原籍是浙江湖州府人，流寓到苏州，甚不得意。有个甄士隐，和他相好，时常周济他。已后中了进士，得了榜下知县，便娶了甄家的丫头，如今的太太不是正配。岂知甄士隐弄到零落不堪，没有找处。雨村革了职以后，那时还与我家并未相识。只因舍妹丈林如海林公，在扬州巡盐的时候，请他在家做西席，外甥女儿是他的学生，因他有起复的信要进京来，恰好外甥女儿要上来探亲，林姑老爷便托他照应上来的。还有一封荐书托我吹嘘吹嘘。那时看他不错，大家常会。岂知雨村也奇，我家世袭起，从'代'字辈下来，宁、荣两宅人口房舍，以及起居事宜，一概都明白，因此遂觉得亲热了。"因又笑说道："几年间，门子也会钻了，由知府推升，转了御史，不过几年，升了吏部侍郎、兵部尚书，为着一件事降了三级。如今又要升了。"冯紫英道："人世的荣枯，仕途的得失，终属难定。"

贾政道："天下事都是一个样的理哟。比如方才那珠子，那颗大的就像有福气的人是的。那些小的，都托赖着他的灵气获①庇着。要是那大的没有了，那些小的也就没有收揽了，就像人家儿当头人有了事，骨肉也都分离了，亲戚也都零落了。就是好朋友，也都散了。转瞬荣枯，真似春云秋叶一般。你想，做官有什么趣儿呢？像雨村算便宜的了。还有我们差不多的人家儿，就是甄家，从前一样功勋，一样世袭，一样起居，我们也是时常来往。不多几年，他们进京来，差人到我这里请安，还狠热闹。一会儿，抄

---

① "获"乃"护"（護）字的形讹。

了原籍的家财，至今杳无音信。不知他近况若何？心下也着实惦记着。"

　　贾赦道："什么珠子？"贾政同冯紫英又说了一遍给贾赦听。

　　借着贾赦的问话，程乙本再次照应了前述"母珠"之事。

　　平心而论，同样是在程乙本中，补写"贾政参聚散"的文字比起补写"巧姐慕贤良"的文字要高明得多，尽管行文有些拖沓。

第三节　回目与正文龃龉的原因何在？

　　程甲本为什么会出现第 92 回回目与正文龃龉的状况呢？

　　其原因盖在于总目与回目①有两个来源。

　　程伟元在程甲本序中所说的话，对于我们了解这个问题，有一定的参考价值：

> 好事者每传抄一部置庙市中，昂其值，得数十金，可谓不胫而走者矣。然原目一百廿卷，今所传只八十卷，殊非全本，即间称有全部者，及检阅，仍只八十卷。

　　从以上记述可以了解到，程伟元曾见过《红楼梦》一百二十回本总目的流传。他是在知晓一百二十回总目流传之后，再努力搜集后四十回正文的。

　　这就证明了，程甲本第 92 回回目与程甲本第 92 回正文的流传，可能存在两个不同的渠道和来源。程甲本的编辑者所犯的错误就是，他先看到了一百二十回本的总目（其中含有第 92 回的回目），后看到了

---

① "总目"与"回目"有别。"总目"是指列于全书之首的总的目录。"回目"则是指列于各回之首的回目。

第 92 回的回目和正文；但他只看到了总目和回目（第 92 回回目）的一致，却没有细心地察觉到他所搜集到的第 92 回正文与先前看到的一百二十回总目上的第 92 回回目相龃龉的问题。

也就是说，程甲本第 92 回的回目和程伟元所见到的一百二十回总目（其中含有第 92 回回目），在文字上是没有出入的。所以程甲本第 92 回回目与正文的龃龉，其实源于总目中的第 92 回回目与正文的龃龉。

让我们把问题再扯回到晢本上来。

晢本有没有总目呢？

我认为，晢本原来是有总目的，虽然它的总目已告佚失。

不妨看看其他脂本，如舒本、蒙本、戚本、眉本、梦本等都是有总目的。庚辰本、己卯本也有总目，只不过它们分为八册，每册十回，而其总目（每十回的总目）则置于每册之首。另外，程甲本、程乙本也都是有总目的。

因此，我有两点推测。

推测之一：晢本也是有总目的。其第 23 回的回目即从它的总目而来，而非以正文为依据，否则很难解释其回目与正文产生龃龉现象的原因。

推测之二：晢本第 23 回的总目有初稿与定稿之分。今天我们所见到的这个脂本第 23 回的回目源自总目的定稿。第 23 回回目的初稿，我们已无从知晓。

以此（程甲本第 92 回）例彼（晢本第 23 回），正可以看出它们的相似性：回目和正文来自两个不同的渠道。以此（程乙本第 92 回）例彼（其他脂本的第 23 回）的相似性在于：修改正文，以与回目相对应。

以此例彼，正可以说明晢本第 23 回正文与回目产生龃龉现象的原因。

在《红楼梦》等古代长篇小说作品中，既有"回目"，也有"总目"。二者有别。

在古代长篇小说作品中，总目与回目相龃龉的现象比较常见，《红楼梦》晳本并非孤例。举例来说，《三国志演义》明刊本出现过同样的情况。《三国志演义》杨美生刊本的总目第 139 节①叫"张飞关索取阆中"，第 139 节（相当于回）的节目（相当于回目）却叫"瓦口关张飞战张郃"，而在第 139 节的正文中，从头至尾压根儿没有出现"关索"二字②。

就《红楼梦》而言，总目、回目之间出现不一致的现象也不在少数。

"黛玉听艳曲"的撰写，从甲种本到乙种本，是从粗糙到细致、从劣到优、从谬误到正确的过程。

因此，龃龉现象的有无乃是"黛玉听艳曲"初稿与"黛玉听艳曲"改稿的分野。问题在于，"黛玉听艳曲"初稿与"黛玉听艳曲"改稿出自谁之手。

第四节　初稿与改稿的作者是谁？

"黛玉听艳曲"初稿（甲种本）和改稿（乙种本）的作者究竟分别是谁？

这其实是两个问题：第一个问题，"黛玉听艳曲"初稿的作者是谁？第二个问题，"黛玉听艳曲"改稿的作者又是谁？

我认为，若要讨论这两个问题，必须先设定两个前提。

---

① 《三国志演义》明刊本，是分节而不分回的。"节"相当于"回"。
② 参阅拙著《三国志演义作者与版本考论》（中华书局，2010）卷二"《三国志演义》版本考"《〈三国志演义〉杨美生刊本考论》"八　插增关索 A？"

第一个前提：曹雪芹乃是《红楼梦》的作者。

第二个前提：现存众多脂本第 23 回的回目或总目出自曹雪芹的手笔。

在我看来，这两个前提是不成问题的；除非你认为，《红楼梦》的作者不是曹雪芹，而是另有他人。如果否定这两个前提，那我们就失去了讨论这两个问题的基础。

请允许我先来回答第二个问题，"黛玉听艳曲"改稿的作者是谁？

"黛玉听艳曲"改稿的作者应是曹雪芹。

现存脂本，除皙本（甲种本）外，第 23 回 "黛玉听艳曲"（乙种本，改稿）的情节、文字基本上都是一致的。这就证明了第 23 回下半回 "黛玉听艳曲"的作者非曹雪芹莫属。

因此，问题实际上只剩下一个：皙本第 23 回 "黛玉听艳曲"（甲种本，初稿）出自谁之手？

皙本第 23 回 "黛玉听艳曲"（甲种本，初稿）的情节、文字出自谁手的答案不外乎三种。

（1）答案之一："黛玉听艳曲"初稿乃脂本抄手所为。

我认为，此答案不能成立。

皙本的抄手，看上去是个职业抄手。他的笔下常常出现错讹之字。据我统计，他的错讹之字有八十例之多①。这表明，他的文化素养不高，他抄录此书是为了衣食之计。他得到的报酬，用今天的话说，不是计件工资，就是计时工资。按时或按件完成工作，是他所追求的职业目标。一般来说，他没有时间对原著的情节进行改写、补写，也没有时间去考虑、分辨、修饰，他不存在这样做的动机。他的任务无非是依样画葫芦地抄写而已。否则，他就变身为一位作家，而不是一位抄手了。

---

① 参阅第二十三章 "皙本文字讹误举隅"。不要忘记，皙本仅仅残存两回。因此，这个数字无疑是比较巨大的。

抄手的任务就是奉命抄书，别无他求。他的时间不可能耗费在作品情节的构思、文字的润色等环节上。

以他的文化素养而论，他熟记、默诵崔涂、李煜、王实甫作品词句的可能性很小。

因此，"黛玉听艳曲"（甲种本，初稿）断非某位抄手所写。

（2）答案之二："黛玉听艳曲"初稿乃曹雪芹之外的某位文人、藏书家所写。

这位文人、藏书家或许与职业抄手不同，有一定的文化素养。但是，如果是由他来撰写"黛玉听艳曲"初稿的话，想来他是不会违背已有总目的框架去任意发挥自己的想像力的。

因此，在我看来，这个答案也是不能成立的。

（3）答案之三："黛玉听艳曲"初稿乃曹雪芹本人所写。

这应当是最准确的答案。

为什么呢？

第一，第23回下半回的总目是曹雪芹本人的定稿。

在现存脂本中，有总目的是庚辰本、舒本、蒙本、戚本、眉本、梦本等①，但有三个例外：

例外之一：己卯本每十回一册，并有此十回之总目，但第23回所在的那一册（即第三册）已佚失，故其总目不详。

例外之二：杨本（中国社会科学院文学研究所藏）影印本上的总目系由中国社会科学院文学研究所图书馆工作人员那延龄所补抄，非原有。

例外之三：眉本残存十回（第1回至第10回），书前残存总目（第33回至第80回）。

---

① 有两个例外。第一，己卯本每十回一册，并有此十回之总目，但第23回所在的那一册（即第三册）已佚失，故其总目不详。第二，杨本（中国社会科学院文学研究所藏）影印本上的总目系由中国社会科学院文学研究所图书馆工作人员那延龄所补抄，非原有。

其中，现存脂本第 23 回总目的下联基本上相同，大部分作"牡丹亭艳曲警芳心"，唯一的例外是戚本，作"牡丹亭艳曲惊①芳心"。

第二，第 23 回下半回的回目"牡丹亭艳曲警芳心"，现存脂本（晢本、庚辰本、舒本、彼本、杨本、蒙本、戚本、梦本）八本均同。这应是出于曹雪芹的定稿。

第三，在晢本第 23 回下半回的结尾出现了回末诗联。这直接地证明了晢本第 23 回应是早期的脂本之一，也间接地证明了晢本第 23 回（甲种本）实出于曹雪芹的手笔。

第四，晢本第 23 回上半回写"黛玉葬花"和宝黛共读《西厢记》，这是《红楼梦》中传诵人口的经典性篇章。若说它们所在的晢本第 23 回（甲种本）非出自曹雪芹之笔，而为他人所写，那是不会令人相信的。

第五，不可能为他人（与曹雪芹同时的人，以及曹雪芹身后的人）所写。他不可能知道有回末诗联的配置，也不可能坐视回目与正文龃龉现象的存在而不顾。

总而言之，我认为，"黛玉听艳曲"的甲种本（晢本）是曹雪芹的初稿，乙种本（其他脂本）则是曹雪芹的改稿、定稿。从初稿到改稿、定稿的过程，清晰可见。

---

① 或云："惊"（"驚"）乃"警"字的形讹。

第十三章 "小红惹相思":女主角名字的两歧

"小红惹相思"的情节,见于畸本以及其他脂本的第 24 回。"小红惹相思"五字即出于该回回目的下联:"痴女子遗帕惹相思"①。

它的女主角便是小红②。但在现存脂本中,她的名字,有时叫"小红",有时又叫"红玉",偶尔还叫"红儿"。

这是研究曹雪芹创作过程时,研究《红楼梦》成书过程时,躲避不了的一个问题。问题正是从畸本和其他脂本的第 24 回开始的。

第一节 三次"自报家门"

"自报家门"一词系自戏曲名词中借用。在戏曲演出中,演员出场时,常将自己所扮演的角色的姓名、籍贯、身世等,向听众做一番"自我介绍"。但本书借用此词,只取其中一点,即名字。也就是说,

---

① 彼本的下联作"痴女儿遗帕染想思"。
② 在畸本的叙事中,此人以"小红"的名字出现。本书以畸本为研究对象,故一般情况下,在行文中概以"小红"作为此人的名称。

这个丫环的名字是叫"小红",还是叫"红玉",甚或是叫"红儿"?

在书中,小红的"自报家门",有三次之多。

第一次和第二次都发生在第 23 回,第三次则发生在第 27 回。

我们不妨回忆一下这三次"自报家门"的情景。

【第一次】

晢本仅存第 23 回和第 24 回,而从《红楼梦》全书看,小红的首次亮相就在第 24 回。

那时,宝玉身边的丫环都有事外出了。引晢本文字于下:

> 不想这一刻的工夫,只剩了宝玉在房内,偏生的要吃茶,一连叫了两三声,方见两三个老婆子走进来。宝玉见了他们,连忙摇手儿说:"罢,罢,不用你们了。"老婆子去了,只得自己下来,拿了碗,向茶壶去倒茶。只听背后说道:"二爷仔细盪①了手拿,让我来倒。"一面走上前来,早接了碗过去。

这个接碗过去的人就是小红。

宝玉笑问:"你也是我这屋里的人么?"小红便"自报家门"说:

> 我姓林,原名唤红玉,改名唤小红。

在这段话中,需要注意的有三点。

第一,既然有"改名",就必然有"原名"。那么,为什么要改动原名?这牵涉读者阅读时的满意度。然而晢本此处没有向读者做任何交代。

第二,小红这句"自报家门"的话为晢本所独有,其他脂本(庚辰本、舒本、彼本、杨本、蒙本、戚本、梦本)均无。这就不可避免地出现了一个问题:在曹雪芹的创作过程中,小红这句"自报家门"

---

① "盪"即"烫"的俗体字。

的话是出于初稿（原先就有的），还是出于改稿（后来删掉了）？

就这句话而言，如果答案是肯定的，则暂本就是初稿；如果答案是否定的，则其他脂本是改稿。反之，其他脂本为初稿，而暂本是改稿。

第三，小红这三句"自报家门"的话语仅见于暂本，其他脂本（庚辰本、舒本、彼本、杨本、蒙本、戚本、梦本）均无。就其他脂本而言，这三句话的缺欠，显然不是无心的脱漏，而是有意的割舍。割舍的原因显然在于，要抛弃"原名"和"改名"的说法。

这一点在其他脂本中得到了印证。

【第二次】

第二次，仍然发生在这一回，但不见于暂本，而是见于其他的脂本（庚辰本、舒本、彼本、杨本、蒙本、戚本、梦本）。

以庚辰本为例，作者有这样一段叙述语：

> 原来这小红本姓林，小名红玉，只因"玉"字犯了林黛玉、宝玉，便都把这个字隐起来，便都叫他小红。

暂本和其他脂本的这两段话，有以下三点不同。

第一，暂本是小红"自报家门"，出自书中人物小红之口。其他脂本则是作者向读者所做的介绍性的叙述语。也就是说，从书中人物小红的"自报"变成了作者的"代报"。

第二，暂本和其他脂本的说法不同。

暂本介绍说，"红玉"是原名，"小红"是改名。原名和改名应来自她的父母或她本人。而到了其他脂本，不仅抛弃了原名、改名之说，还把改名的原因归结为避讳黛玉和宝玉之名中的"玉"字。至于"红玉"改叫"小红"则是源自贾府中的其他人。

暂本说，"原名唤红玉"，所谓"原名"自然是指"大名"（即一般所说的"学名"），而不是"小名"。其他脂本却说，"小名红玉"。

第三，晢本和其他脂本的这两段话在各自的上下文中所处的位置也有所不同。

晢本的上下文是：

> 宝玉看了，便笑问道："你也是我这屋里的人么？"那丫头听说，便冷笑一声道："爷不认得的也多，岂止我一个。我姓林，原名唤红玉，改名唤小红，平日又不递茶递水、拿东拿西，眼面前的事一点儿不作，爷那里认得呢。"……
>
> 只见有个老嬷嬷进来，传凤姐的话说，"明儿有人带匠人进来种树，叫你们严紧些，衣服裙子别混晒混晾的，那土山一溜都拦着帏幔呢，可别混跑。"秋雯便问："明儿不知是谁带进匠人来监工？"那婆子道："是什么后廊上的芸二爷。"秋雯、碧痕听了，那①不知道，只管混问别的话。那小红听见了，心内却明白，就知是昨儿外书房所见那人了。

庚辰本的上下文则作：

> 秋纹便问："明儿不知是谁带进匠人来监工？"那婆子道："说什么后廊上的芸哥儿。"秋纹、碧痕听了，都不知道，只管混问别的话。那小红听见了，心内却明白，就知是昨儿外书房所见那人了。原来这小红本姓林，小名红玉，只因"玉"字犯了林黛玉、宝玉，便都把他这个字隐起来，便都叫他小红。原是荣国府中世代的旧仆，他父母现在收管各处房田事务，这红玉年方十六岁，因分人在大观园的时节，把他便分在怡红院中，倒也清幽雅静。

其他脂本（舒本、彼本、杨本、蒙本、戚本、梦本）基本上同于

---

① "那"是"都"字的形讹。

庚辰本。

我们要特别注意的是,在上述引文中,自"原来这小红"至"便都叫他小红",晳本无。

【第三次】

第三次"自报家门"是在第 27 回,以庚辰本为例:

> (凤姐)说着,又向红玉笑道:"你明儿伏侍我去罢,我认你作干①女儿,我一调理,你就出息了。"红玉听了,扑嗤一笑。
>
> 凤姐道:"你怎么笑?你说我年轻,比你大几岁,就作你的妈了。你还作春梦呢,你打听打听,这些人②头比你大的大的,赶着我叫妈,我还不理。今儿③抬举了你呢。"红玉笑道:"我不是笑这个。我笑奶奶认错辈数了,我妈是奶奶的女儿,这会子又认我作女儿。"
>
> 凤姐道:"谁是你妈?"李宫裁笑道:"你原来不认得,他是林之孝之女。"
>
> 凤姐听了,十分岔异,说道:"哦,原来是他的丫头。"又笑道:"林之孝两口子都是锥子扎不出一声儿来的,我成日家说他们倒是配就了的一对夫妻,一个天聋,一个地哑,那里承望养出这么个伶俐丫头来。你十几岁了?"
>
> 红玉道:"十七岁了。"又问名字。红玉道:<u>"原叫红玉的,因为重了宝二爷,如今只叫红儿了</u>。"

以上文字,其他脂本(甲戌本、舒本、彼本、杨本、蒙本、戚本、梦本)基本上同于庚辰本。

第三次和第一次、第二次比较起来,有三点不同:摒弃了"小名"

---

① 庚辰本"干"系旁添。
② 庚辰本原作"人",旁改"丫";庚辰本又在"头"下旁添"们"。
③ 庚辰本"今儿"二字之下,旁添"这是我"三字。

之说，此其一也；重名的对象，只提到宝玉，避开了黛玉，此其二也；多出了"红儿"一说，此其三也。

但在这一回（第 27 回），以及在这一回之后，"小红"和"红玉"这两个名字便有了分界线：在晢本中，这个丫环叫"小红"，而在其他脂本中，这个丫环却在多数场合叫作"红玉"，只有少数地方仍然叫作"小红"。

第二节　在程甲本，她叫小红，还是叫红玉？

为了讨论小红的名字在其他脂本中的情况，我们不得不在这里先提出一个问题，即在程甲本中，小红称作什么？是"小红"，还是"红玉"？

不妨举例于下。

首先是第 24 回，程甲本：

（1）二人看时，不是别人，原来是小红。

（2）二人便带上门出来，走到那边房内找着小红问他。

（3）小红道：我何曾在屋里的。

（4）那小红心内明白，知是昨日外书房所见的那人了。

（5）原来这小红本姓林，小名红玉，因"玉"字犯了宝玉、黛玉的名，便单唤他做小红。

（6）这红玉年十六进府当差，把他派在怡红院中，倒也清幽雅静。

（7）这小红虽然是个不谙事体的丫头……

（8）小红，你的手帕子，我拾在这里呢。

（9）小红听了，忙走出来看。

（10）小红不觉粉面含羞。

（11）那小红转身一跑。

程甲本第 24 回中，"小红""红玉"出现的次数，列表如下：

小红	11 次
红玉	2 次

以上十一例，基本上全作"小红"。例（1）至例（4）、例（7）至例（11）的"小红"，其他脂本（含暗本）均同于程甲本。

只有例（5）、例（6）除外。

例（5）因为要交代小红改名的缘由，故而"小红""红玉"并举。例（6）比较奇怪，与下文迥然不同①。

因此，我们得出结论之一：如果排除上述两个例外，则在小红初次亮相的第 24 回，程甲本和暗本一样，基本上也作"小红"。说是"基本上"，就是因为例（6）表明，究竟是使用"小红"还是使用"红玉"，程甲本在选择上没有做出最后的定夺。

其次，以紧接着的程甲本第 25 回的起首为例：

（1）话说小红心神恍惚，情思缠绵。
（2）这小红也不梳洗，向镜中胡乱挽了一挽头发。
（3）谁知宝玉昨日见了他，也就留心。
（4）二则又不知他是何性情。
（5）却说小红正自出神……
（6）小红便走向潇湘馆去。
（7）小红待要过去，又不敢过去。

统计于下：

---

① 程甲本此回在下文中均作"小红"。

小红	5 次
红玉	无
他	2 次

例（1）、例（2）、例（5）至例（7）中的"小红"，其他脂本均作"红玉"。

以上七例表明，程甲本此时已决定使用"小红"一名，而放弃了"红玉"。其中例（3）、例（4）的"他"则表明程甲本在做出最终决定前的犹豫态度。

据我粗略统计，从第 25 回开始，除用"他"代替"小红"之外，程甲本固定地使用"小红"作为这个丫环的名字。

为了讨论脂本中的"小红""红玉"问题，指出这一点是有必要的。

例（1）、例（2）、例（5）至例（7）中的"小红"，在脂本（甲戌本、庚辰本、舒本、彼本、杨本、蒙本、戚本、梦本）均作"红玉"。

例（3）和例（4）也比较奇怪。这个"他"，在脂本中却均作"红玉"，不作"小红"。这似乎透露了一则信息：程甲本的编辑者、出版者（程伟元、高鹗）大约知晓某个或某些脂本在此处是写作"红玉"的，从而动摇了他们坚持使用"小红"的信心。

第三节　第 24 回与第 25 回的脱卯

且让我们自第 25 回起，按回依次梳理一番。

本节标题所说的"第 24 回"，是指暂本的第 24 回。

本节标题所说的"第 25 回"，则是指其他脂本（甲戌本、庚辰本、舒本、蒙本、戚本、梦本）的第 25 回。晳本的第 25 回已佚失不存。

所谓"脱卯"，并不是指情节文字的脱卯，而是指"小红惹相思"中女主角的名字在第 24 回和第 25 回之间的脱卯，从而失去了衔接性。

先看晳本第 24 回，它有九处写到"小红"的名字，如下：

（1）我姓林，原名唤红玉，改名唤小红。

（2）二人看时，不是别人，原来是小红。

（3）二人便带上了门出来，走到那边房内，便找小红问他。

（4）小红道：我何曾在屋里。

（5）那小红听见了，心内却明白。

（6）原来这小红方才被两人说的羞羞惭惭，粉面通红。

（7）小红，你的手帕子我拾在这里。

（8）小红忙走出来问。

（9）贾芸就上来拉他，小红梦中羞，回身一跑，却被门槛绊倒。惊醒时却是一梦，细寻手帕，不见踪迹，不知何处失落，心内又惊又疑。下回分解。

以上九例，无论是在作者的叙述中，还是在书中人物贾芸的口中，这个丫环的名字均统一作"小红"，而不作"红玉"。

相反，在其他脂本的这一回，却时而作"小红"，时而又作"红玉"，如下：

（a）二人看时，不是别人，原来是小红。

（b）二人便带上了门出来，走到那边房内，便找小红问他。

（c）小红道：我何曾在屋里的。

（d）那小红听见了，心内却明白。

（e）原来这小红本姓林，小名红玉，只因"玉"字犯了林黛玉、宝玉，便都把这个字隐起来，便都叫他小红。

（f）这红玉年方十六岁。

（g）这红玉虽然是个不谙事的丫头。

（h）红玉，你的手帕子我拾在这里呢。

（i）红玉听了，忙走出来。

（j）红玉不觉的粉面含羞。

（k）那红玉急回身一跑，却被门槛伴（绊）倒。

以上文字引自庚辰本，其他脂本（舒本、蒙本、戚本、梦本）①基本上同于庚辰本。

可以看出，从（a）到（d），均作"小红"；（e）是转折点，交代"小红"与"红玉"二名之别；从（f）到（k），均改而作"红玉"。

从（f）开始的改变，甚是奇怪。（e）明明说"红玉"是"小名"，只因"玉"字避讳，故而人称"小红"。既然如此，为什么作者在下文不使用"小红"，反而偏偏使用已"隐起""玉"字的"红玉"？在这一点上，作者没有做出圆满的解释，不能不令人感到遗憾。

再请看晢本第 24 回的结尾：

> 贾芸就上来拉他，小红梦中羞，回身一跑，却被门槛绊倒。惊醒时，却是一梦，细寻手帕，不见踪迹，不知何处失落，心内又惊又疑。下回分解。

由于晢本自第 25 回以下均已佚失不存，故不知在晢本的第 25 回中这个丫环之名是作"小红"还是"红玉"，不得其详。

而到了其他脂本（甲戌本、庚辰本、舒本、彼本、杨本、蒙本、戚本、梦本）的第 25 回，是怎样的情况呢？

仍引庚辰本的起首文字为例：

> 话说红玉心神恍惚，情思缠绵，忽朦胧睡去，遇见贾芸要拉

---

① 此处所说的"其他脂本"不包括彼本、杨本。彼本、杨本自（f）"这红玉年方十六岁"以下佚失。

他,却回身一跑,被门槛绊了一跤,唬醒过来,方知是梦,因此番来复去,一夜无眠,至次日天明,方才起来,就有几个丫头子来会他圈去打扫房子地面,提洗脸水。这红玉也不梳洗,向镜中胡乱挽了一挽头发,洗了洗手,腰内束了一条汗巾子,便来打扫房屋。

以上两处"红玉",其他脂本均同于庚辰本,不作"小红"。

不难看出,在皙本第24回结尾和其他脂本第25回起首,两段紧密相连的文字中,情节并没有变化,女主角的名字却发生了明显的变化:"小红"一变而为"红玉"!

本节标题所说的"脱卯",便指的是这个变化①。

从以上的文字比较中,可以得出两个初步结论。

第一,在皙本中,这个丫环叫"小红",而在其他脂本中,同样是这个丫环,却叫作"红玉"。

第二,叫"小红",应出于曹雪芹的初稿;叫"红玉",则应出于曹雪芹的改稿或定稿。

因此,这个初步的结论是不是可靠?可靠与否,又各说明了什么?这个初步的结论指向了曹雪芹创作过程中的什么问题?

这便是本章以下几节需要讨论的问题。

第四节 从正文看"小红"与"红玉"

从曹雪芹《红楼梦》全书来看,在叙事文字中,小红的名字有"小红"和"红玉"的区分。有时候,这两个名字是混用的。因此,需

---

① 需要说明的是,所谓"脱卯"系指现存的皙本第24回与其他脂本第25回之间的脱卯。而皙本自第25回以下已佚失,故皙本的第24回与第25回在"小红"问题上是否脱卯则无从知晓。

要探究造成这种现象的原因。

不妨从版本学的角度，从研究曹雪芹创作过程的角度，从研究《红楼梦》成书过程的角度，按回依次对"小红"和"红玉"这两个名字的使用情况进行观察、梳理和分析。

从正文看，在第80回之前，"小红"或"红玉"之名，出现于下列八回：

小红	24 25 26 29 60 67
红玉	24 25 26 27 28 60

需要注意的是：并用"小红""红玉"二名的是第 24 回、第 25 回、第 26 回、第 60 回四回；单用"小红"一名的是第 29 回、第 67 回两回；单用"红玉"一名的是第 27 回、第 28 回两回。

小红　红玉	24 25 26 60
红玉	27 28
小红	29 67

下面，不妨对这两个名字按回依次梳理一番。

第 24 回的"小红""红玉"问题，已见于上文论述，这里不再重复。

【第 25 回】

第 25 回有七例，引庚辰本于下：

（1）话说红玉心神恍惚，情思缠绵，忽朦胧睡去。

（2）这红玉也不梳洗，向镜中胡乱挽了一挽头发，洗了洗手。

（3）谁知宝玉昨儿见了红玉，也就留了心。

（4）一则怕袭人等寒心，二则又不知红玉是何等行为，若好还罢了。

（5）却说红玉正自出神，忽见袭人招手叫他，只得走上前来。

（6）红玉答应了，便走出来，往潇湘馆去。

（7）红玉待要过去，又不敢过去，只得闷闷的向潇湘馆取了喷壶回来。

以上七例中的"红玉"，其他脂本（甲戌本、舒本、彼本、杨本、蒙本、戚本、梦本）均同于庚辰本，一无例外。

但在程甲本中，例（3）、例（4）的"红玉"作"他"，其余各例作"小红"。

脂本	红玉
程甲本	小红　他

【第 26 回】

第 26 回有三十一例，引庚辰本于下：

（1）① 那红玉同众丫环也在这里守着宝玉。

（2）那红玉见贾芸手里拿着手帕子。

（3）忽听窗外问道："姐姐②在屋里没有？"

（4）红玉闻听，在窗眼内望外一看，原来是本院的个小丫头名叫佳蕙的。

（5）红玉替他一五一十的数了收起。

（6）红玉道："那里的话，好好的家去作什么？"

（7）红玉道："胡说，药也是混吃的？"

（8）红玉道："怕什么，还不如早些儿死了倒干净。"

---

① 下举之例，含有特例，为了醒目，便于寻找，故以数字表明例次。

② "姐姐"，彼本、杨本作"红姐姐"，其他脂本以及程甲本同于庚辰本。

（9） 红玉道："你那里知道我心里的事？"

（10） 红玉道："也不犯着气他们……"

（11） 红玉听了，冷笑了两声。

（12） 说着，向红玉掷下，回身就跑了。

（13） 红玉向外问道："倒是谁的？也等不的说完就跑……"

（14） 红玉便赌气把那样子掷在一边，向抽屉内找笔。

（15） 红玉道："他等着你，你还坐着闲打牙儿……"

（16） 红玉立住，笑问道："李奶奶，你老人家那去了……"

（17） 红玉笑道："你老人家当真的就依了他去叫了……"

（18） 红玉笑道："那一个要是知道好歹，就回不进来才是……"

（19） 红玉道："既是进来，你老人家该同他一齐来……"

（20） 红玉听说，便站着出神，且不去取笔。

（21） 一时只见一个小丫头子跑来，见红玉站在那里，便问道："林姐姐①，你在这里作什么呢？"

（22） 红玉抬头，见是小丫头子坠儿。

（23） 红玉道："那去？"

（24） 这里红玉刚走至蜂腰桥门前，只见那边坠儿引着贾芸来了。

（25） 那贾芸一面走，一面拿眼把红玉一溜。

（26） 那红玉只装着和坠儿说话，也把眼去一溜贾芸。

（27） 四目恰相对时，红玉不觉脸红了，一扭身往蘅芜苑去了。

（28） 贾芸又道："才刚那个与你说话的，他可是叫小红？"

（29） 坠儿笑道："他倒叫小红。你问他作什么？"

（30） 今听见红玉问坠儿，便知是红玉的，心内不胜喜幸。

---

① "林姐姐"，杨本、梦本以及程甲本作"红姐姐"，其他脂本同于庚辰本。

（31）坠儿满口里答应了，接了手帕子，送出贾芸，回来找红玉。

例（3）的"姐姐"，彼本、杨本作"红姐姐"，避开了"红玉"与"小红"的分歧；其他脂本以及程甲本同于庚辰本。

例（28）、例（29）是特例。请参阅下文第五节"特例释疑"。

其余二十九例，其他脂本均作"红玉"，同于庚辰本。

脂本	红玉　小红　姐姐　红姐姐		
程甲本		小红　红姐姐	

【第 27 回】

第 27 回有二十六例①，引庚辰本于下：

那亭内的红玉、坠儿刚一推窗，只听宝钗如此说着往前赶。

谁知红玉见②了宝钗的话，便信以为真。

红玉又道："这可怎么样呢？"

红玉道："若是宝姑娘听见，还倒罢了……"

只见凤姐儿站在山坡上招手叫，红玉连忙弃了众人，跑至凤姐前。

红玉笑道："奶奶有什么话，只管吩咐我说去……"

红玉道："我是宝二爷房里的。"

红玉听说，彻③身去了。

红玉听了，抽身又往四下里一看。

红玉上来陪笑问道："姑娘们可知道二奶奶那去了？"

---

① 另有两例，用的是"红儿"，这不过是一种昵称，就仿佛称"贾芸"为"芸儿"一样，故未统计在内。

② "见"上夺"听"字。

③ "彻"乃"撒"字之误。

红玉听了，才往稻香村来。

晴雯一见了红玉，便说道："你只是疯罢，院子里花儿也不浇……"

红玉道："昨儿二爷说了，今儿不用浇花，过一日浇一回罢……"

红玉道："今儿不该我炕的班儿，有茶没茶别问我。"

红玉道："你们再问问，我逛了没有？……"

这里红玉听说，不便分证，只得忍着气来找凤姐儿。

红玉上来回道："平姐姐说，奶奶刚出来了，他就把银子收了起来……"

红玉道："平姐姐说，我们奶奶问这里奶奶好……"

又向红玉笑道："好孩子，难为你说的齐全，别像他们扭扭捏捏的……"

说着，又向红玉笑道："你明儿伏侍我去罢……"

红玉听了，扑哧一笑。

红玉笑道："我不是笑这个，我笑奶奶认错了辈数了……"

红玉道："十七岁了。"

红玉道："原叫红玉的，因为重了宝二爷，如今只叫红儿了。"

红玉笑道："愿意不愿意，我们也不敢说……"

红玉回怡红院去，不在话下。

以上二十六例"红玉"，其他脂本（舒本、彼本、杨本、蒙本、戚本、梦本）均同于庚辰本；但程甲本均作"小红"。

其中，倒数第三例值得注意。小红在凤姐面前自称"红儿"：

脂本	红玉　红儿
程甲本	小红

【第 28 回】

第 28 回有两例，引庚辰本于下：

你屋里有个丫头叫<u>红玉</u>，我要叫了来使唤，明儿我再替你挑几个，可使得？

袭人便回说：二奶奶打发人叫了<u>红玉</u>去了。

例1的"红玉"，其他脂本（甲戌本、舒本、彼本、杨本、蒙本、戚本、梦本）均同于庚辰本。

例2的"红玉"，甲戌本作"红儿"，其他脂本同于庚辰本。

甲戌本	红儿
其他脂本	红玉
程甲本	小红

按：自此以下，程甲本全作"小红"，故不再一一出校。

【第29回】

第29回仅有一例，引庚辰本于下：

凤姐儿的丫头平儿、丰儿、<u>小红</u>，并王夫人两个丫头也要跟了凤姐儿来。

"小红"，其他脂本（舒本、彼本、杨本、蒙本、戚本、梦本）均同于庚辰本。

脂本	小红

【第60回】

第60回也仅有一例，引庚辰本于下：

芳官笑道："难道哄你不成，我听见屋里正经还少两个人的窝儿，并没补上，一个是<u>红玉</u>的，琏二奶奶要去，还没给人来。"

"红玉"，蒙本作"小红"，其他脂本（彼本、杨本、戚本、梦本）同于庚辰本。

蒙本	小红
其他脂本	红玉

【第 67 回】

第 67 回①同样仅有一例，引己卯本于下：

> 莺儿走近前来一步，挨着宝钗悄悄的说道："刚才我到琏二奶奶那边，看见二奶奶一脸的怒气，我送下东西出来时，悄悄的问小红说，刚才二奶奶从老太太屋里回来，不似往日欢天喜地的，叫了平儿去，咕咕唧唧的不知说了些什么……"

"小红"，蒙本、杨本均同于己卯本。

小红	己卯本 蒙本 杨本

第五节 特例释疑

【特例之一】

暂本有这样一段文字：

> 原来这小红方才被秋雯、碧痕两人说的羞羞惭惭，粉面通红，闷闷的去了。回到房中，无精打采，把向上要强的心灰了一半，曚眬睡去，梦见贾芸隔窗叫他说："小红，你的手帕子我拾

---

① 现存第 67 回大体上有简本、繁本之分。简本为己卯本、杨本、蒙本以及程甲本、程乙本，繁本则是彼本、戚本、梦本。简本无"小红"。此处所说的"第 67 回"，指的是简本。

在这里。"

其他脂本，以庚辰本为例①，则是：

> 原来这小红本姓林，小名红玉，只因"玉"字犯了林黛玉、宝玉，便都把这个字隐起来，便都叫他"小红"，原是荣国府中世代的旧仆，他父母②现在收管各处房田事务。这红玉年方十六岁，因分人在大观园的时节，把他便分在怡红院中，到也清幽雅静。不想后来命人进来居住，偏生这一所儿又被宝玉占了。这红玉虽然是个不谙事的丫头，却因他原有三分容貌，心内着实妄想痴心的向上攀高，每每的要在宝玉面前现弄③现弄，只是宝玉身边一干人都是伶牙俐爪的，那里插的下手去。不想今儿才有些消息，又遭秋纹等一场恶意，心内早灰了一半。正闷闷的，忽然听见老嬷嬷说起贾芸来，不觉心中一动，便闷闷的回至房中，睡在床上，黯黯盘算，番来掉去，正没个抓寻，忽听窗外低低的叫道："红玉……"

两相比较，就看出了二者最大的差异在于这个丫环的名字有"小红"与"红玉"的区别。

晢本在上文中让这个丫头在宝玉面前"自报家门"说："我姓林，原名唤红玉，改名唤小红。"这里明确指出，"红玉"是"原名"，"小红"是"改名"。

而到了其他脂本，却起了变化，"红玉"是"小名"，"小红"则是他人为了规避宝玉、黛玉的名讳而改口叫唤的。这也就是说，"小红"其实不是她正式的名字。

这就有了一条分界线：在晢本，她名叫"小红"，而在其他脂本，

---

① 其他脂本基本上同于庚辰本。
② "父母"，舒本、梦本作"父亲"。
③ "现弄"，舒本、蒙本、戚本作"显弄"。

她名叫"红玉"。

由于晢本是个残本，仅存两回（第 23 回、第 24 回），因此，在晢本已佚失的其他章回之中是否继续叫"小红"，而不叫"红玉"，我们无法做出准确回答。但我相信，在晢本已佚失的章回中，她应该依然被叫作"小红"。

【特例之二】

上文第四节所举的例（28）、例（29）是特例之二。

例（28）：

> 贾芸又道："才刚那个与你说话的，他可是叫<u>小红</u>？"

"小红"，其他脂本（甲戌本、舒本、彼本、杨本、蒙本、戚本、梦本）以及程甲本均作"小红"，同于庚辰本。

例（29）：

> 坠儿笑道："他倒叫<u>小红</u>。你问他作什么？"

"小红"，甲戌、舒、彼、蒙、戚、梦六本以及程甲本同于庚辰本，均作"小红"；唯有杨本例外，独作"坠儿笑道：'二爷问他做什么？'"这依然是躲避了"红玉"与"小红"的分歧。

怎样解释特例之二的出现？

特例之二的特别之处在于，"小红"之名出自书中人物贾芸和坠儿之口。

贾芸其实并不知晓小红还有原名与改名的区别。他所知晓的仅限于：她的名字叫"小红"。

所以，书中明确写出，在小红的梦中，贾芸说："小红，你的手帕子我拾在这里。"请注意，在这里，此名只有晢本以及程甲本作"小红"，其他脂本均作"红玉"。因此，例（28）、例（29）的"小红"和晢本保持着一致，相反，与其他脂本不同。

在我看来，靖本的"小红"应是出于曹雪芹的初稿，其他脂本的"红玉"则是出于曹雪芹的改稿。[①]

第六节　小结之一

以上所举之例，列甲乙二表于下：

表甲

回	例	名
25	9	红玉
26	29	红玉　小红
27	25	红玉
28	1	红玉
29	1	小红
60	1	红玉　小红
67	1	小红

表乙

名	回
红玉	25　27　28
小红	29　67
红玉　小红	26　60

---

① 第十章、第十一章的论述便是旁证之一。

第七节　小结之二

现再列甲、乙二表于下：

表甲

例 1	第 24 回	小红	庚辰本　蒙本
例 2	第 26 回	小红	甲戌本
例 3	第 27 回	小红	庚辰本
例 4	第 27 回	小红	甲戌本
例 5	第 27 回	红玉	甲戌本
例 6	第 27 回	红玉	甲戌本
例 7	第 27 回	红玉	甲戌本　庚辰本
例 8	第 27 回	红玉	甲戌本　庚辰本
例 9	第 27 回	红玉	甲戌本　庚辰本
例 10	第 28 回	红玉	庚辰本
例 11	第 52 回	红玉	庚辰本

表乙[①]

小红	第 24 回$_1$　第 26 回$_1$　第 27 回$_2$
红玉	第 27 回$_5$　第 28 回$_1$　第 52 回$_1$

按：在晢本之外，其他脂本遇到这个丫环均称为"红玉"，而不

---

① 乙表中"回数"右下侧的数字，乃是此人名出现的次数。

作"小红"。

那么，这两处为什么属于例外呢？

请注意下列两点。

第一，例（28）的"小红"出自书中人物贾芸之口。

第二，例（29）的"小红"同样是出自书中人物坠儿之口，坠儿是就贾芸所提的问题而回答的，所以她只能称那个丫环为"小红"，而不可能称之为"红玉"。

至于贾芸为什么叫她"小红"，而不叫她"红玉"，则是有原因的。

贾芸初见小红，是在第 24 回。一开始，只不过是小红的"细巧干净"和"说话简便俏丽"吸引了贾芸，碍于她是宝玉房里的丫环，他不便询问她的名字。后来，他才知晓她的名字叫小红。因此，小红在梦中才听到了贾芸这样一句话：

> 小红，你的手帕子我拾在这里了。

而小红又叫"红玉"，贾芸作为书中人物，他当时是不知情的。因为小红"自报家门"的话是作者安排给宝玉听的，贾芸并不在场。

因此，在例（28）、例（29）中出现的小红的名字是"小红"，而非"红玉"，这正显示了作者曹雪芹的细心之笔。

例（28）、例（29）是不同于其他脂本的特例。它们为什么独作"小红"，而不像其他脂本那样作"红玉"？在我看来，这是有原因的，可分三点来说。

第一，这不是出自作者的叙述语，而是出自书中人物之口。例（28）的"小红"之名系出自贾芸之口，请回看第 24 回贾芸初见小红时的情景。当时他来见宝玉，宝玉不在。恰巧小红来找焙茗，焙茗就向贾芸介绍说：

> 这就是宝二爷房里的。好姑娘，你进去带个信儿，就说廊下住的二爷来了。

请注意，在这里，焙茗仅仅向贾芸介绍，小红是宝玉"房里的"丫环，他并没有把小红的名字告诉贾芸；而贾芸也"待要问他名字，因是宝玉房里^①，又不便问"。所以，起初贾芸是不知晓小红名字的。

贾芸初次提到小红的名字，则是在小红的梦境中：

> 小红……矇眬睡去，梦见贾芸隔窗叫他说："小红，你的手帕子我拾在这里。"

而这个"小红"之称却有异文：晳本无此"小红"二字及其上数句文字；在其他脂本中，庚辰本、舒本、蒙本、戚本、梦本作"红玉"，彼本、杨本则无此二字及其上下数句文字。

贾芸称"小红"之名（晳本）或"红玉"之名（庚辰本、舒本、蒙本、戚本、梦本），系小红梦中所见、所听，并非在现实生活中所发生的。因此，在《红楼梦》所写的现实生活中，贾芸当初并不知晓小红之名。

贾芸之所以称"小红"之名，是因为他已进入大观园负责种植花木日久，此时自然已对"小红"的名字略有所闻，何况他说的这句话是一个疑问句。至于例（29）坠儿所说的，用"小红"而不用"红玉"，则因为她是针对贾芸的疑问句（"他可是叫小红？"）的直接回答。这可看出作者曹雪芹在修改文稿过程中的细心之处。

第二，小红在梦中听到贾芸叫她的名字，晳本和其他脂本（庚辰本、舒本、彼本、杨本、蒙本、戚本、梦本）不同，晳本是"小红"，而其他脂本是"红玉"。

第三，在其他脂本（甲戌本、庚辰本、舒本、彼本、杨本、蒙本、戚本、梦本）中，贾芸和坠儿所说的是"小红"，而非"红玉"。

此乃曹雪芹在《红楼梦》创作过程中的细心与疏忽并存之一例。

---

① "宝玉房里"，据晳本引。其他脂本均作"宝玉房里的"。按："宝玉房里"四字可能有二解，一曰"宝玉房里的（丫环）"，从其他脂本；二曰"在宝玉房里"，从晳本。自以前者为是，后者显然脱漏了"的"字。

第十四章 "小红惹相思"：三种文本的差异

本章标题中的"小红惹相思"是对皙本第 24 回回目下联"痴女儿遗帕惹相思"所包含的情节、文字的简称。"痴女儿"指的正是小红。

第一节 甲种本·乙种本·丙种本

"小红惹相思"的情节见于皙本第 24 回的下半回。

按照情节、文字的歧异，脂本的"小红惹相思"可以分作甲种本、乙种本、丙种本三种文本：

甲种本	皙本				
乙种本	庚辰本	舒本	蒙本	戚本	梦本
丙种本		彼本 杨本			

先引述这三种类型的歧异文字于下，以便做进一步的比较。

甲种本，即皙本，如下：

宝玉看了，便笑问道："你也是我这屋里的人么？"那丫头听说，便冷笑一声道："爷不认得的也多，岂止我一个。我姓林，原名唤红玉，改名唤小红。平日又不递茶递水，拿东拿西，眼面前的事一点儿不作，爷那里认得呢？"

原来这小红方才被秋雯、碧痕两人说的羞羞惭惭，粉面通红，闷闷的去了。回到房中，无精打彩，把向上要强的心灰了一半，曚昽睡去，梦见贾芸隔窗叫他说："小红，你的手帕子我拾在这里。"小红忙走出来问："二爷那里拾着的？"贾芸就上来拉他。

小红梦中羞，回身一跑，却被门槛绊倒。惊醒时，却是一梦。细寻手帕，不见踪迹，不知何处失落，心内又惊又疑。

下回分解。

乙种本，以庚辰本为代表，如下：

原来这小红本姓林，小名红玉。只因"玉"字犯了林黛玉、宝玉，便都把这个字隐起来，便都叫他小红。原是荣国府中世代的旧仆，他父母现在收管各处房田事务。

这红玉年方十六岁，因分人在大观园的时节，把他便分在怡红院中，倒也清幽雅静，不想后来命人进来居住，偏生这一所儿又被宝玉占了。

这红玉虽然是个不谙事的丫头，却因他原有三分容貌，心内着实妄想痴心的向上攀高，每每的要在宝玉面前现弄现弄。只是宝玉身边一干人都是伶牙俐爪的，那里插的下手去。

不想今儿才有些消息，又遭秋纹等一场恶意，心内早灰了一半。正闷闷的，忽然听见老嬷嬷说起贾芸来，不觉心中一动，便闷闷的回至房中，睡在床上，黯黯盘算，番来掉①去，正没个抓

---

① "掉"，旁改"复"。

寻,忽听窗外低低的叫道:"红玉,你的手帕子我拾在这里呢。"

红玉听了,忙走出来看①,不是别人,正是贾芸。红玉不觉的粉面含羞,问道:"二爷在那里拾着的?"贾芸笑道:"你过来,我告诉你。"一面说,一面就上来拉他。

那红玉急回身一跑,却被门槛伴②倒。

要知端的,下回分解。

以上文字,舒本、蒙本、戚本、梦本基本上同于庚辰本。

丙种本,即彼本、杨本,分引如下:

> 原来这小红本姓林,小名红玉。只因"玉"字犯了林黛玉、宝玉的名字,便把这个字隐起来,便都叫他小红。原是荣国府中世代旧仆,他父母现在收管各处房田事务。且听下回③分解。(彼本)

> 元来这小红本姓林,小名红玉。因"玉"字犯了宝、黛二人的名字,便改④叫他小红。元是荣国府的旧仆⑤,他父母现在收管各处房田事务。且听下回分解。(杨本)

对于脂本这三种类型的情节、文字应该怎样进行比较和分析呢?

第二节 三种文本的差异

甲、乙、丙三种文本的差异,可以归纳为字数、文字、情节等三个方面的差异。

---

① "看"字之上,旁添"一"。
② "伴"乃"绊"字之误。
③ 彼本"回"涂改"册"。
④ 杨本"改"系旁改,原作"多"。
⑤ 杨本此句原作"元是荣国府的旧仆",后改为"元是府中世仆"。

【一】字数的差异

甲种本的字数——140 字①。

乙种本的字数——以庚辰本为例，83 + 325 字②。

丙种本的字数——彼本，69 字；杨本，57 字。

可以看出，从甲种本到乙种本，字数是递增的。丙种本则属于特殊情况，是个例外。

【二】文字的差异

（1）最大的差异便是丙种本和甲种本、乙种本的差异。

丙种本在"他父母现在收管各处房田事务"十三字之后突然佚失了大段的文字。在这十三字之后，它竟然莫名其妙地提前连接了结束语"且听下回分解"六个字。

（2）关于小红这个丫环的名字，三种文本的说法不同。

按甲种本小红自己所说，她"原名"叫"红玉"，"改名"叫"小红"。至于为什么要改名，甲种本并没有做出交代。

乙种本和丙种本只说"红玉"是"小名"，从而使小红有"小名"而无"大名"。这里出现了一个漏洞：它们竟没有交代小红的"大名"是什么③。这样一来，紧接着的下文"只因'玉'字犯了林黛玉、宝玉，便都把这个字隐起来，便都叫他小红"就成了无源之水。何况其所说的"便都叫他小红"，其实不能算是"改名"，因为这种叫法出于贾府众人之口，不是来自她本人或她的父母。

（3）其他字词也有一些差异，举十三例于下：

例 1，晢本：

> 宝玉看了，便笑问道："你也是我这屋里的人么？"

---

① 此字数是纯字数，标点符号未计在内。
② 乙种本中的其他脂本（舒本、蒙本、戚本、梦本）字数约同于庚辰本，略。
③ 按：小红的"大名"应是"红玉"。

"笑问道"，杨本作"笑道"，其他脂本同于暂本。

"这"，舒本、杨本无，其他脂本同于暂本。

例2，暂本：

> 那丫头听说，便冷笑一声道……

"那丫头"，庚辰本作"那丫头道：'是的。'宝玉道：'既是这屋里的，我怎么不认得？'那丫头"，其他脂本基本上同于庚辰本。

按：暂本系同词脱文。脱文原因："那丫头"三字前后相同。

"冷笑"，庚辰本、蒙本、戚本作"冷笑了"，其他脂本同于暂本。

例3，暂本：

> 爷不认得的也多，岂止我一个。

"爷不认得的"，杨本同，庚辰本、梦本作"认不得的"，舒本作"认不的"，彼本作"宝爷不认得的"，蒙本、戚本作"认不得"。

"也多"，梦本作"也多呢"，其他脂本同于暂本。

例4，暂本：

> 我姓林，原名唤红玉，改名唤小红。

此三句，其他脂本均无。

例5，暂本：

> 平日又不递茶递水，拿东拿西，眼面前的事一点儿不作，爷那里认得呢？

"平日"，杨本作"我"，其他脂本作"从来我"。

"拿东拿西"，梦本作"□东拿西"，其他脂本同于暂本。

"眼面前的事"，彼本、杨本同，庚辰本、戚本作"眼见的事"[1]，

---

[1]　庚辰本"见"旁改"面前"。

舒本作"眼见的事儿",蒙本、梦本作"眼前的事"。

"一点儿",舒本作"一点",梦本作"一件",其他脂本同于晢本。

"不作",杨本作"不做",梦本作"也不做",其他脂本同于晢本。

"爷",彼本、杨本同,舒本作"你",其他脂本无。

"认得",杨本作"认的",其他脂本同于晢本。

例6,晢本:

> 原来这小红方才被秋雯、碧痕两人说的羞羞惭惭,粉面通红,闷闷的去了。回到房中,无精打彩,把向上要强的心灰了一半,曚眬睡去,梦见贾芸隔窗叫他说:小红。

"原来这小红",庚辰本作"原来这小红本姓林,小名红玉,只因'玉'字犯了林黛玉、宝玉,便都把这个字隐起来,便都叫他小红,原是荣国府中世代的旧仆,他父母①现在收管各处房田事务。这红玉年方一十六岁,因分人在大观园的时节,把他便分在怡红院中,倒也清幽雅静。不想后来命人进来居住,偏生这一所儿又被不占了。这红玉是个不谙事的丫头,却因他原有三分容貌,心内着实妄想痴心的向上攀高,每每的要在宝玉面前现弄现弄,只是宝玉身边一干人都是伶牙俐爪的,那里插的下手去。不想今儿才有些消息,又遭秋纹等一场恶意,心内早灰了一半。正闷闷的,忽然听见老嬷嬷说起贾芸来,不觉心中一动,便闷闷的回至房中,睡在床上,黯黯盘算方,翻来复去,正没个抓寻忽听窗外低低的叫道:红玉",晢本无。自"的旧仆"②至回末,彼本、杨本作"且听下回分解",其他脂本基本上同于庚辰本。

例7,晢本:

> 你的手帕子我拾在这里。

---

① "父母",舒本、梦本作"父亲"。
② 彼本无"的"字。

"我拾在这里"，其他脂本（彼本、杨本除外）作"我拾在这里呢"。

例8，暂本：

> 小红忙走出来问："二爷那里拾着的？"

"小红"，其他脂本（彼本、杨本除外）作"红玉听了"。

"走出来"，其他脂本（彼本、杨本除外）作"走出来看，不是别人，正是贾芸。红玉不觉的粉面含羞，问道"。

"那里"，其他脂本（彼本、杨本除外）作"在那里"。

例9，暂本：

> 贾芸就上来拉他。

"贾芸"，其他脂本（彼本、杨本除外）作"贾芸笑道：'你过来，我告诉你。'一面说，一面"。

例10，暂本：

> 小红梦中羞，回身一跑。

"小红梦中羞"，其他脂本（彼本、杨本除外）作"那红玉急"。

例11，暂本：

> 惊醒时却是一梦。

此句，蒙本作"唬醒方知是梦"，其他脂本无。

例12，暂本：

> 细寻手帕，不见踪迹，不知何处失落，心内又惊又疑。

此四句，其他脂本均无。

例 13，暂本：

> 下回分解。

此句，庚辰本、蒙本、戚本作"要知端的，下回分解"，舒本、梦本作"要知端的，下回分解"，彼本、杨本作"且听下回分解"。

【三】情节的差异

（1）小红灰心。

庚辰本有云：

> 这红玉是个不谙事的丫头，却因他原有三分容貌，心内着实妄想痴心的向上攀高，每每的要在宝玉面前现弄现弄，只是宝玉身边一干人都是伶牙俐爪的，那里插的下手去。不想今儿才有些消息，又遭秋纹等一场恶意，心内早灰了一半。

以上文字，暂本无，其他脂本（彼本、杨本除外）基本上同于庚辰本。

（2）小红动心。

庚辰本有云：

> 正闷闷的，忽然听见老嬷嬷说起贾芸来，不觉心中一动。

以上文字，暂本无，其他脂本（彼本、杨本除外）基本上同于庚辰本。

第 24 回可谓贾芸、小红"合传"，也即贾芸、小红姻缘的"前传"。

甲戌本第 27 回回末总评曾说：

> 凤姐用小红，可知晴雯等理①没其人久矣，无怪有私心私情。

---

① "理"乃"埋"字的形讹。

且红玉后有宝玉大得力处，此于千里外伏线也。

因此，小红的灰心和动心其实都是作者精心设计的千里之外的"伏线"。

（3）小红梦醒后寻找手帕。

晢本有云：

> 惊醒时却是一梦，细寻手帕，不见踪迹，不知何处失落，心内又惊又疑。

此一情节为晢本所独有，其他脂本均无。

细想起来，不免觉得这个情节甚不合理。因为在上文已有这样的记述，引晢本于下：

> 二人便带上了门出来，走到那边房内，便找小红问他："你方才在屋里说什么？"小红道："我何曾在屋里，只因我的手帕子不见了，往后头找手帕去……"

小红的回话，其他脂本基本上同于晢本。

由此可知，小红早已发现手帕失落之事，而且已寻找过，何劳在梦醒之后再做重复的寻觅，也谈不上产生"又惊又疑"的感觉。由此可见，"细寻手帕"云云实系多余之笔。从这一点不难看出，晢本此处乃出于曹雪芹的初稿，其他脂本则属于改稿、定稿。

第三节　回目的要求

"小红惹相思"的情节、文字见于第 24 回的下半回。

那么，脂本第 24 回下半回的回目是什么呢？

请看：

痴女儿遗帕惹相思	晢本　庚辰本　杨本　蒙本　戚本
痴女儿遗帕染想思	舒本　彼本
痴女儿遗帕惹想思	梦本

在以上回目中，除"惹"与"染"、"相"与"想"略有歧异外，文字基本上是一致的。

以上回目的文字可以分解为"痴女儿""遗帕""惹相思"（"染想思""惹想思"）三组。

如果用回目来要求上述三组的情节、文字，其有无情况则如下表所示：

	痴女儿	遗帕	惹相思
甲种本	有	有	无
乙种本	有	有	有
丙种本	有	无	无

相比较而言，在这三组词语中，更重要的是"遗帕"和"惹相思"二者。

这样，便可以看出一条从"无"到"有"的修改轨迹：

甲种本──→乙种本

在这一轨迹中，没有列入丙种本，因为它的情况比较特殊①。

也就是说，最符合回目要求的是乙种本（庚辰本、舒本、蒙本、戚本、梦本），不完全符合回目要求的是甲种本（晢本），完全不符合

---

① 参阅下文第四节"丙种本为什么戛然而止？"

回目要求的是丙种本（彼本、杨本）。

第四节　丙种本为什么戛然而止？

丙种本（彼本、杨本）比较特殊。它的回末结尾，出人意料地戛然而止。请看：

> ……便都叫他小红。原是荣国府中世代旧仆，他父母现在收管各处房田事务。且听下回分解。

自"原是"至"事务"，本是一段交代性质的文字，介绍小红父母的情况。按理说，在交代完这些家庭背景之后，应该回过头来继续转入有关小红本人当前情况的叙述。但是，不知出于什么原因，在"事务"二字之后，竟然提前宣布：本回到此结束。

这种戛然而止的情况说明了什么？

为什么不早不晚、不前不后，偏偏在此处画上了休止符？

要回应这个疑问，我认为，需要寻找解答的途径。

我分析，有这样一种可能性：彼本、杨本此回所依据的底本是个残本，而在该残本所残留的最后一页的最后几个字是"现在收管各处房田事务"。彼本或杨本的抄手抄到此处，鉴于"事务"二字以下残缺，不知如何是好，便使用瞒天过海之计①，自作聪明地续写了"且听下回分解"六字，以掩饰残缺的真相，展示完美的收场。

这个分析如果能够成立，则有两点可以作为补充说明。

第一，为了证明我的这个分析是否正确，需要首先在现存的其他六个保存着第 24 回的脂本（暂本、庚辰本、舒本、蒙本、戚本、梦

---

① 彼本或杨本抄手的这个"瞒天过海"之计，与舒本现存总目有异曲同工之妙。参阅拙著《红楼梦舒本研究》第八章"从回目看舒本"第一节"移花接木的把戏"。

本）中寻找有没有以"现在收管各处房田事务"结尾的一行文字。

我初步搜索的结果是：脂本根本没有此等交代性的文字（小红的"父母"或"父亲""现在收管个出房田事务"），其他五个现存脂本的搜索结果如下：

> 来便都叫他小红原是荣国府中世代的旧仆他父母现在收管各处房田事（庚辰本）
>
> 原是荣国府世代的旧仆他父亲现在收管各处房田事务这红（舒本）
>
> 现在收管各处房田事务这红玉年方十六岁因分（蒙本）
>
> 父母现在收管各处房田事务这红玉年方十六岁（戚本）
>
> 管各处田方事务这红玉年十六进府当差把他派在（梦本）

寻找的结果是，脂、舒、蒙、戚、梦五本均无此例，仅仅发现庚辰本有近似的一例。说它"近似"，是因为它的那一行以"现在收管各处房田事"九字结尾，第十字"务"却写在次行之首。

但经过我的仔细观察和对比，终于有了新的发现。原来彼本和庚辰本在这一行中有一字之差：

庚辰本	原是荣国府中世代的旧仆
彼本	原是荣国府中世代旧仆

庚辰本中那个"的"字恰为彼本所无。如果删去庚辰本的那个"的"字，并把次行之首的那个"务"移置此行之尾，于是庚辰本的这一行就变成了：

> 来便都叫他小红原是荣国府中世代旧仆他父母现在收管各处房田事务

以"现在收管各处房田事务"十字结尾的一行，如果有可能存在，就完全符合我要寻找的目标了。

这就可以证实，有一种脂本第 24 回的某页某行可能是以"现在收管各处房田事务"十字结尾的。如果有这样一个脂本的抄本存在，它应当就是彼本或杨本第 24 回的底本（或彼本、杨本的姊妹本），也就是上文所说的丙种本的底本。

因此，彼本、杨本第 24 回蹊跷结尾的存在便可以理解了。

第二，彼本、杨本此处的回末结束套语"且听下回分解"六字系抄手擅自添加，而非原有，这有旁证可以证明。

现存其他脂本（庚辰本、舒本、蒙本、戚本、梦本）第 24 回的回末结束套语均异于彼本、杨本，不作"且听下回分解"，而一致作：

要知端的，下回分解。

这当非偶然所致。

第十五章　皙本独异文字考述（上）

"皙本独异文字考述"分作两章考述：

第十五章　皙本独异文字考述（上）

第十六章　皙本独异文字考述（下）

第十五章考述的是皙本第 23 回的文字，第十六章则是考述皙本第 24 回的文字。

这里所说的"独异"，是指皙本"独异"于现存的其他脂本。

本章将举出九十个例子，并对其中某些例子略做论述。

例 1，皙本第 23 回：

话说贾元春自那日幸大观园回宫去后，便命将那日所有的题咏，命探春依次抄录妥协，自己编次序，定优劣。

"编次序，定优劣"，其他脂本的异文是：

编次，叙其优劣（庚辰本、蒙本、戚本、梦本）

编次，序其优劣（舒本）

较阅其优劣次叙（彼本、杨本）

在这四种异文中，以暂本和庚辰本、蒙本、戚本、梦本为优，舒本、彼本、杨本较劣。但彼、杨二本却显示出互相亲近的关系。

例2，暂本第23回：

> 又命在大观园勒石，为千古风流雅事，因此贾政命人<u>四处</u>选拔精工名匠，大观园摩①石镌字。

"四处"，其他脂本均作"各处"。

例3，暂本第23回：

> 贾珍率领贾蓉、贾萍等监工，因<u>贾义 a</u>②管理着文③官等十二个女戏并行头等事，不大得便，因此<u>贾义 b</u>又将贾菖、贾菱唤来<u>监工</u>。

"贾义 a"，其他脂本均作"贾蔷"。
"贾义 b"，梦本无，其他脂本作"贾珍"。

关于"贾义"的问题，请参阅本书第二章"贾义·袁氏·方春——暂本独异人名考"的论述。

例4，暂本第23回：

> 一日，<u>盪蜡钉珠</u>，动起手来，这也不在话下。

"盪"，蒙本作"烫"，其他脂本作"汤"。
"珠"，其他脂本均作"硃"。
按："烫""汤""盪"三者都是当时民间通用的字。"珠"乃是

---

① "摩"乃"磨"字之误。
② 此处"贾义"之名出现两次，我在其名之后缀加"a""b"，以示区别。
③ "文"，暂本此字仅残留末笔。

"砅"字的音讹。

例5，晳本第23回：

> 且说那个玉皇庙并达摩庵两处的十二个小沙弥，并十二个小道士，挪出大观园来，贾政正思想发到寺中分住。

"两处的"，其他脂本均作"两处一班的"。

"挪出大观园"，其他脂本均作"如今挪出大观园"。

"寺中"，其他脂本均作"各庙"。

此处的异文，"寺中"与"各庙"，应该怎么辨别它们的优劣或正误？

首先要分清这两个词语的不同含义。

"寺中"乃专指，"各庙"则是泛指，既可以指玉皇庙和达摩庵两处，也可以包括其他寺庙。尤其是"分住"二字，更兼有此意。

其实，"分住"的说法，正与"寺中"龃龉。从下文可知，"寺中"的"寺"指的是家庙铁槛寺。而"分住"正与"各庙"形成了呼应。难道在一寺之内还需要"分"住吗？

下文中说，贾芹雇了几辆车子，把那"二十四个人"（即"玉皇庙并达摩庵两处的十二个小沙弥并十二个小道士"）"送往城外铁槛寺居住"。

由此可知，事情的发展并没有按照贾政原先的设想进行，而是他终于接受了凤姐将之安排在铁槛寺居住的意见。

因此，正确的一方在其他脂本，而不在晳本。

例6，晳本第23回：

> 不想后街上住的贾芹之母袁氏正盘算要到贾政这边谋一个大小事务与儿子管管，也好弄些银钱使用。

"袁氏"，其他脂本均作"周氏"。

关于"袁氏""周氏"问题，请参阅第二章"贾义·袁氏·方春——瞾本独异人名考"的论述。

例7，瞾本第23回：

> 凤姐因他素日不大拿班做势的，便依允了，想了几句话，便回王夫人说："些小和尚、道士万不可打发他到别处去，一时娘娘出来就要承应，倘或散了，若要用时，可又费事。依我的主意，不如将他们竟送到咱们家庙里铁槛寺去，月间不过派一个人拿几两银子买柴米就完了。说要用，走去叫来，一点也不费事。"

"些"，其他脂本均作"这些"。

"他"，其他脂本均无。

"若要用时"，彼本作"再若用时"，其他脂本作"若再用时"。

"买"，其他脂本均作"去买"。

"说要用"，其他脂本均作"说声用"。

"也"，其他脂本均无。

例8，瞾本第23回：

> 王夫人听了，便告于贾政。

"告"，其他脂本均作"商之"。

"告于贾政"和"商之于贾政"，语意还是有区别的。"告于"，只是单方面的禀告。"商之于"，是既发表自己的意见，又想听到对方的意见，并进一步展开讨论。

例9，瞾本第23回：

> 贾政听了，笑道："到是提醒了，我也想是这样。"

"也想是这样"，蒙本、戚本作"就这样"，其他脂本作"就是这样"。

"到是提醒了"一句，语意未完。其他脂本作"到是提醒了我"，是完整的句子；"我"字连上读，就避免了晳本的缺陷。

例 10，晳本第 23 回：

> 当下贾琏正同凤姐吃饭，一<u>问</u>呼唤，不知何事，放下饭就走。

"问"，其他脂本均作"闻"。

晳本的"问"是"闻"字的音形两误。

例 11，晳本第 23 回：

> 凤姐一把拉住，笑道："你且站住，听我说话。若是别的事，我不管。若是为小和尚们的事，好歹依我<u>这么说</u>。"如此这般，教了一套话。

"这么说"，梦本作"这没着"，其他脂本作"这么着"。

梦本的"没"乃"么"字的音讹。

例 12，晳本第 23 回：

> 贾琏笑道："我不知道，你有本事你说去。"凤姐听了，把<u>脖子</u>一梗，把快子①一放，腮上似笑不笑的<u>瞅</u>贾琏道："<u>真的呢，是顽话呢</u>？"贾琏笑道："西廊下<u>五嫂</u>的儿子芸儿来求我两三遭，要个事情管管，我依了，叫他等着。好容易<u>出了</u>这件事，你又夺了去。"

"脖子"，其他脂本均作"头"。

"瞅"，梦本作"眍着"，其他脂本作"瞅着"。

"真的呢，是顽话呢"，杨本作"你当真，是顽话"，梦本作"你当真，还是顽话"，其他脂本作"你当真的，是顽话"。

"五嫂"，其他脂本均作"五嫂子"。

---

① "快子"即"筷子"。

"求"，其他脂本均作"求了"。

"出了"，其他脂本均作"出来"。

例13，靖本第23回：

> 凤姐<u>道</u>："你放心，园子<u>里</u>东北角上，娘娘说了，<u>叫多多</u>种松柏树。楼底下还叫种<u>些</u>花草。<u>等这件出来的事儿</u>，我管保叫芸儿管这工程。"

"道"，其他脂本均作"笑道"。

"里"，其他脂本均无。

"叫"，其他脂本均作"还叫"。

"多多"，其他脂本均作"多多的"。

"等这件出来的事儿"，其他脂本均作"等这件事出来"。

"等"，戚本作"等物"（连上读）。

靖本的"等这件出来的事儿"一句，不如其他脂本的"等这件事出来"顺畅。

例14，靖本第23回：

> 凤姐听了，嗤的一声笑了，向贾琏啐了一口，低下头便吃饭，<u>贾琏笑着一径去了</u>。

"笑着一径去了"，舒本、蒙本、戚本作"一径笑着去了"，其他脂本作"已经笑着去了"。

例15，靖本第23回：

> 贾琏笑着一径去了。到了前面，见了贾政，果然是为小和尚的一事，贾琏便依了凤姐主意，说道："如今看来，芹儿<u>大大</u>出息了。这件事<u>交</u>与他去管办，横竖昭①着里头的规例，每月叫芹儿支

---

① "昭"乃"照"字之误。

领就是了。"

"大大"，其他脂本均作"到大大的"。

"交与"，其他脂本均作"竟交与"。

"着"，其他脂本均作"在"。

例16，晢本第23回：

> 贾政原不理论这些事，听贾琏如此说，便<u>就</u>依了。

"就"，彼本、杨本、梦本无，其他脂本作"如此"。

例17，晢本第23回：

> 贾琏回到房中，告诉凤姐，凤姐即<u>令人告诉袁氏</u>。

"令人告诉"，蒙本、戚本、梦本作"命人去告诉"，其他脂本作"命人去告诉了"。

"袁氏"，其他脂本均作"周氏"。

关于"袁氏""周氏"问题，请参阅本书第二章"贾义·袁氏·方春——晢本独异人名考"的论述。

例18，晢本第23回：

> 凤姐又作情央贾琏先支三个月的，叫他写了[1]领子，贾琏批票，画了押，<u>当时</u>发了对牌出来，去银库上按数发出<u>三个月的</u>，给他白花花二三百两。

"当时"，其他脂本均作"登时"。

"三个月的"，庚辰本作"三个月的工"，舒本、彼本作"三个月供"，其他脂本作"三个月的供"。

---

[1] "了"旁添"领"字。

"他"，其他脂本均作"来"。

或曰："供""给"二字应该连读。

例 19，晢本第 23 回：

> （贾芹）于是命小子拿了，回家与母亲商议商议。

"小子"，其他脂本均作"小厮"。

例 20，晢本第 23 回：

> 当时雇了个大轿驴，自己骑上，又雇了几辆车子，至荣府角门前，唤出二十四个人来，坐上车，一径送往城外铁槛寺居住，预备将来传唤，不在话下。

"当时"，其他脂本均作"登时"。

"雇了个"，彼本、杨本、梦本作"雇了一个"，其他脂本作"雇了"。

"大轿驴"，彼本、杨本作"大叫驴"，梦本作"脚驴"，其他脂本作"大脚驴"。

"荣府"，其他脂本均作"荣国府"①。

"送"，其他脂本均无。

"居住，预备将来传唤"，其他脂本均作"去了"。

"不在话下"，杨本无，其他脂本作"当下无话"。

"当时"和"登时"的释义都是"立刻"。但仔细品味一下，可知"登时"一词更能强烈地表达贾芹此时迫切的情绪和愿望，较"当时"为胜。

按：晢本的"大轿驴"，庚辰本、舒本、蒙本、戚本的"大脚驴"，梦本的"脚驴"，均为"大叫驴"及"叫驴"之误。叫驴即公驴之谓。

----

① "荣国府"，彼本误作"荣国公"。

例21，晳本第23回：

如今且说贾元春因在宫中自编大观园题咏之后，<u>思想</u>那大观园中景致，自己<u>幸过</u>，贾政必定敬谨封锁，不敢使人进去搔扰，<u>不免寥落</u>，况家中现有几个<u>能诗会赋</u>姊妹，何不命他们进去居住，也不使佳①人落魄，花柳无颜。

"思想"，彼本、杨本作"忽想"，其他脂本作"忽想起"。
"幸过"，其他脂本均作"幸过之后"。
"不免寥落"，梦本作"岂不辜负此园"，庚辰本作"岂不冷落"（"冷"系旁添，原作"谬"），其他脂本作"岂不寥落"。
"能诗会赋"，其他脂本均作"能诗会赋的"。

例22，晳本第23回：

却又想到，宝玉<u>自姊妹们中</u>长大，不比别的兄弟<u>们</u>，若不命他进去，只怕他冷清了，一时不大畅快，未免贾母、王夫人愁虑，须得也命他进园<u>中</u>居住方妙。

"自姊妹们中长大"，梦本作"自幼在姐妹<u>丛</u>中长大"，其他脂本作"自幼在姊妹<u>丛</u>中长大"。
"们"，其他脂本均无。
"中"，其他脂本均无。

例23，晳本第23回：

别人听了还自由②可，惟有宝玉听了这谕，喜的<u>无可不可</u>，正和贾母盘算，要这个<u>算</u>那个。忽丫环来说："老爷叫<u>呢</u>。"

---

① "佳"系旁添。
② "由"乃"犹"字的音讹。

"有"，其他脂本均无。

"无可不可"，庚辰本、舒本、杨本、蒙本、戚本作"无可无不可"（庚辰本第二个"无"系旁添，泽存本①点去了第二个"无"），彼本作"无所不可"（"所"系旁添），梦本作"喜之不胜"。

"算"，彼本、杨本、梦本作"要"，其他脂本作"弄"②。

"呢"，蒙本、戚本作"你"，其他脂本作"宝玉"。

例 24，靖本第 23 回：

> 贾母只得安慰他道："宝贝，只管去，有我呢，他不敢委曲了你。"

"宝贝"，彼本作"好宝玉"，其他脂本作"好宝贝"。

"只管去"，梦本作"你自管去"，其他脂本作"你只管去"。

例 25，靖本第 23 回：

> 况且你又作了那篇好文章，想是娘娘叫你进去住，他分咐你几句话，不过不许你在里头淘气。他说什么，你好好答应就是了。

"不许"，彼本、杨本作"不叫"，梦本作"是怕"，其他脂本作"不教"。

"好好答应"，彼本作"只好好的答应着"，杨本作"只好好答应着"，梦本作"自好生答应着"，其他脂本作"只好生答应着"。

例 26，靖本第 23 回：

> 一面安慰，一面唤了两个老妈妈来，分咐好生带了宝玉去，别叫他老子唬着他。老妈妈答应了。

---

① "泽存本"指南京图书馆泽存书库旧藏本。

② "弄"系"算"（筭）字的形讹。

"老妈妈"，庚辰本、舒本、彼本、蒙本、梦本作"老嬷嬷"，戚本作"老嬤嬤"，杨本作"老姆姆"。

例27，晢本第23回：

> 宝玉只得前去，一步挪了三寸，到这边来。

"到"，庚辰本作"徜到"，舒本作"径到"，彼本作"蹉到"，杨本作"踱到"，蒙本、戚本作"挨到"，梦本作"蹭到"。

例28，晢本第23回：

> 可巧①在王夫人房中商议事情。金钏、彩霞、绣鸾、绣凤等众丫环都在廊檐下站着呢。

"金钏"，其他脂本均作"金钏儿"。

"彩霞"，梦本作"彩云、彩凤"，其他脂本作"彩云、彩霞"。

"众丫环"，其他脂本均作"众丫头"。

晢本在这里提到了王夫人房中四个丫环的名字。按照其他脂本，则是提到了五个丫环的名字，如下：

> 金钏、彩霞、绣鸾、绣凤（晢本）
>
> 金钏儿、彩云、彩霞、绣鸾、绣凤（庚辰本、舒本、彼本、蒙本、戚本）
>
> 金钏儿、彩云、彩凤、绣、绣凤（杨本）
>
> 金钏儿、彩云、彩凤、绣鸾、绣凤（梦本）

这个名单应以庚辰本、舒本、彼本、蒙本、戚本为是，其他三本（晢本、杨本、梦本）均有缺陷。

---

① "可巧"之下，彼本、杨本有"贾政正"三字，可从。

例 29，靖本第 23 回：

金钏一把拉住宝玉，睄睄①笑道："我这嘴上是才擦的香侵胭脂，这会子你可吃不吃②了？"

"睄睄"，其他脂本均作"悄悄的"。
"侵"，舒本无，其他脂本作"浸"。
"这会子你"，其他脂本均作"你这会子"。

例 30，靖本第 23 回：

绣凤一把推开金钏，笑道："人家心里正不自在，你还奚落他。趁这会子喜欢，快进去罢。"

"绣凤"，其他脂本均作"彩云"。
按：靖本改"彩云"为"绣凤"，不是无缘无故的。

例 31，靖本第 23 回：

宝玉只得挨进去。

"挨进去"，梦本作"挨门进去"，其他脂本作"挨进门去"。

例 32，靖本第 23 回：

原来贾政和王夫人都在里间呢，赵姨打起帘子，宝玉恭身挨入。

"赵姨"，其他脂本均作"赵姨娘"。
"恭身挨入"，庚辰本作"躬身进去"，杨本作"躬身捱入"，其他脂本作"躬身挨入"。

---

① "睄睄"乃"悄悄"之误。
② 两个"吃"字，均系旁改，原作"擦"。

例 33，晢本第 23 回：

> 只见贾政和王夫人对面坐在炕上说话，地下一溜椅子，迎春、探春、惜春、贾环四个人都坐在那里，一见他进来，都站了起来。

"都站了起来"，庚辰本作"惟有探春和惜春、贾环站了起来"，舒本、蒙本、戚本、梦本作"惟有探春、惜春和贾环站了起来"，彼本作"惟有探春、惜春合贾环站了起来"，杨本作"惟有迎、探二人及贾环站起来"。

按：晢本此处实误。依照当时封建贵族大家庭的礼仪规矩，在椅子上坐着的弟弟、妹妹见了哥哥进来，必须站起来，以示尊敬。所以宝玉一进屋，妹妹探春、惜春和弟弟贾环都站了起来，只有迎春因为是宝玉的姐姐，仍旧坐着。此曹雪芹叙事细致入微之处，晢本却做了错误的改动。晢本的"都站了起来"五字，断非出于曹氏手笔。同样的道理，杨本让迎春、探春、贾环三人站起来，而让惜春一人端坐不动，也是大误。

例 34，晢本第 23 回：

> 贾政一举目，见宝玉站在跟前，神彩飘逸，秀色夺人，贾环人物委蕤，举止荒疏，忽又想起贾珠来。

"贾环"，梦本作"又看见贾环"，其他脂本作"看看贾环"。

例 35，晢本第 23 回：

> 再者看王夫人只有这个亲生儿子，素爱如珍，自己胡子已经苍白，因这几件上把素日嫌恶、处分宝玉之心不觉减了八九。

"再者看"，庚辰本、蒙本作"又看看"，舒本、彼本、杨本、蒙本、戚本作"再看看"。

按："者"乃"看"字的形讹。

"这个"，其他脂本均作"这一个"。

"亲生儿子"，其他脂本均作"亲生的儿子"。

"自己胡子"，舒本作"自己胡须"，其他脂本作"自己的胡须"。

"已经"，其他脂本均作"将已"。

例 36，暂本第 23 回：

> 娘娘分咐说，你日日外头嘻游，渐次疏懒，如今叫禁管你，同姊妹在园内读书写字，好生用心习学，若再不守分安常，你可仔细。

"嘻游"，舒本、梦本作"游嬉"，其他脂本作"嬉游"。

"园内"，彼本、杨本作"园子里"，其他脂本作"园里"。

"好生用心"，其他脂本均作"你可好生用心"。

"若再"，庚辰本、梦本作"再如"，舒本、彼本、蒙本、戚本作"再若"，杨本作"再"。

例 37，暂本第 23 回：

> 王夫人便拉他身旁坐下，他妹弟三人依旧坐下。

"身旁"，梦本作"在身边"，其他脂本作"在身旁"。

"妹弟三人"，舒本、彼本作"姊妹三人"，梦本作"姐弟三人"，其他脂本作"姊弟三人"。

按：暂本"妹弟三人"，不误，是就探春、惜春、贾环三人系宝玉之妹、弟而言。舒本、彼本"姊妹三人"亦不误，"姊妹"乃"兄弟姐妹"之谓①。梦本"姐弟三人"及其他脂本之"姊弟三人"仍不误，因这里说的是探春、惜春、贾环，三人本身仍构成了"姐弟"或"姊弟"关系。

---

① 《汉语大词典》，汉语大词典出版社，1986，第 2277 页。

例 38，暂本第 23 回：

　　王夫人摸挲着宝玉的脖项说道："前儿的丸药都吃完了？"

"摸挲"，蒙本作"摸婆"，梦本作"摸索"，其他脂本作"摸娑"。
按：蒙本"摸婆"系因联想到"婆婆"而致误。
例 39，暂本第 23 回：

　　贾政道："丫头不管叫什么名字罢了，是谁这样刁钻，起这样
的名字？"

"叫"，其他脂本均作"叫个"。
"名字"，其他脂本均无。
例 40，暂本第 23 回：

　　贾政道："老太太如何知道这样话？一定是宝玉。"

"这样话"，庚辰本作"这话"，其他脂本作"这样的话"。
例 41，暂本第 23 回：

　　宝玉见瞒不过，只得起身回道："因素日读诗，曾记得古人有
一句诗云：'花气袭人知昼暖。'因见这个丫头姓花，便随口起了
这丫头为名字。"

"见"，其他脂本均无。
"随口起了这丫头为名字"，庚辰本、舒本作"随口起了这个"，
彼本、杨本、蒙本、戚本作"随口起了这个名字"，梦本作"随意起
的"。
例 42，暂本第 23 回：

　　贾政道："究竟也无妨碍，又何用改。只是可见宝玉不务正，

专在这些浓诗艳词上用工夫。"

"用工夫"，舒本、梦本作"做工夫"，杨本作"做工"，其他脂本作"作工夫"。

例 43，暂本第 23 回：

> 说毕，断一声："作业的畜生，还不出去！"

"断一声"，杨本无，梦本作"断喝了一声"，其他脂本作"断喝一声"。

例 44，暂本第 23 回：

> 宝玉答应了，慢慢的退出去了，向金钏笑着伸伸舌头，带着两个老妈妈一溜烟去了。

"了"，其他脂本均无。

"金钏"，其他脂本均作"金钏儿"。

"老妈妈"，庚辰本作"嬷嬷"，舒本、彼本、蒙本、梦本作"老嬷嬷"，杨本作"老姆姆"，戚本作"老媒媒"。

例 45，暂本第 23 回：

> 刚到穿堂门前，见袭人傍门立在那里，一见平安回来，堆下笑来，问道："叫你作什么？"

"到"，其他脂本均作"至"。

"见"，其他脂本均作"只见"。

"傍门"，其他脂本均作"倚门"。

"一见"，其他脂本均作"一见宝玉"。

例 46，暂本第 23 回：

> 宝玉告诉他："没有作什么，不过怕我进园中去淘气，分付分付。"

"中"，其他脂本均无。

例 47，暂本第 23 回：

一面说，一面回至贾母跟前，回明<u>原故</u>。

"原故"，其他脂本均作"原委"。

例 48，暂本第 23 回：

林黛玉正心里盘算<u>这件事</u>，忽见宝玉问他，便笑道："我心里想着潇湘馆好，我爱那几<u>根</u>竹子，隐着一道曲栏，比别处更觉幽静。"

"这件事"，其他脂本均作"这事"。

"根"，其他脂本均作"竿"。

例 49，暂本第 23 回：

二人正计较，就有贾政遣人来回贾母说："<u>二月二十的日子</u>，哥儿、<u>姑娘</u>们好搬进去。这几日内遣人进去分派收拾。"

"二月二十的日子"，庚辰本作"二月二十二日子好"，舒本、蒙本、戚本作"二月二十二的日子好"，彼本、杨本作"二月二十二日好"，梦本作"二月二十二日是好日子"。

"姑娘"，其他脂本均作"姐儿"。

例 50，暂本第 23 回：

<u>李宫裁</u>住了稻香村。

"李宫裁"，其他脂本均作"李氏"。

例 51，暂本第 23 回：

每一处添两个<u>老妈妈</u>，四个丫头。

"老妈妈"，戚本作"老嬷嬷"，杨本作"老姆姆"，其他脂本作"老嬷嬷"。

例52，晢本第23回：

　　　　至二十二日一齐进去，登时园内花招绣带，柳拂香风，不似前番寂寞了。

"寂寞"，蒙本、戚本作"那等寂寥"，其他脂本作"那等寂寞"。

例53，晢本第23回：

　　　　且说宝玉自进园来，心满意足，再无别项可生贪求之心，每日自和姊妹、丫头们一处，或读书写字，或弹琴下棋，或画画吟诗，以至描鸾刺凤，斗草簪花，低吟悄唱，打字猜枚，无所不为，到也十分快乐。

"自"，其他脂本均作"只"。

"或"，其他脂本均无。

"画画"，其他脂本均作"作画"。

"打字"，其他脂本均作"拆字"。

"无所不为"，其他脂本作"无所不至①"。

例54，晢本第23回：

　　　　他曾有几首即事诗，作的虽不算②好，却到是真情真景。已记几首云……

"已记几首云"，杨本、梦本无，其他脂本作"略记几首云"（庚辰本"几"系旁添，蒙本"记"系旁改，原作"讫"）。

---

① "至"，蒙本原作"致"，旁改"至"。
② 晢本"算"字左侧，后人改写"写"。

例 55，晢本第 23 回：

> 露绡云幄任铺陈，隔岸鼍更听未真。

"露绡"，其他脂本均作"霞绡"。

"隔岸鼍更"，舒本作"蛩螯更深"，梦本作"隔巷螯声"，其他脂本作"隔巷螯更"。

例 56，晢本第 23 回：

> 盈盈蜡泪因谁泣，默默花愁为我嗔。

"蜡泪"，杨本作"独泪"，其他脂本作"烛泪"。

按：杨本"独"乃"烛"字的形讹。

例 57，晢本第 23 回：

> 自是小鬟娇懒惯，拥衾不耐笑声频。

"笑声"，其他脂本均作"笑言"。

例 58，晢本第 23 回：

> 琥珀杯倾荷露滑，玻璃槛纳柳风香。

"香"（旁改"凉"），其他脂本均作"凉"。

例 59，晢本第 23 回：

> 抱琴婢至舒金凤，倚槛人归落翠花。

"抱琴"，其他脂本均作"抱衾"。

例 60，晢本第 23 回：

> 梅魂竹梦已三更，锦罽霜衾睡未成。

"霜衾"，其他脂本均作"鹨衾"。

例61，靖本第23回：

　　因这几首诗，当时有一等势力人见是荣国府十二三岁的公子作的，抄录出来，各处称颂。

"几首"，其他脂本均作"数首"。

按：靖本的"势力人"（彼本同），乃"势利人"之误。

例62，靖本第23回：

　　再有一等轻浮子弟，爱上那风骚妖艳之句，也写在扇上头、壁上边，不时吟哦赏赞。

"扇上头"，其他脂本均作"扇头"。（杨本无此二句）

"壁上边"，其他脂本作"壁上"。（杨本无此二句）

例63，靖本第23回：

　　因此竟有人来寻诗觅字，倩画求题的，宝玉得了意，镇日家作这些外务。

"得了意"，庚辰本作"亦发得了意"，舒本、彼本、杨本作"越发得了意"，蒙本、戚本作"益发得了意"，梦本作"一发得了意"。

例64，靖本第23回：

　　谁想静中生烦恼，忽一日不自在起来，这也不好，那也不好，出来进去，坐卧不安，嘻笑无心。

"这也不好，那也不好，出来进去，坐卧不安"，庚辰本作"只是闷闷的，园中的那些人多半是女孩儿，正在混沌世界，天真烂熳之时"，其他脂本基本上同于庚辰本。

"坐卧不安"，其他脂本均作"坐卧不避"。

"嘻笑"，其他脂本均作"嬉笑"。

例 65，晢本第 23 回：

> 那宝玉<u>此时的心里</u>不自在，便懒在园内，只在外头鬼混，却又痴痴的。

"此时的心里"，其他脂本均作"心内"。

例 66，晢本第 23 回：

> <u>焙茗</u>见他这样，因想与他开心，左思右想，皆是宝玉<u>顽烦的了</u>，不能开心，<u>惟有一件</u>，宝玉不曾<u>见过</u>。

"焙茗"，其他脂本均作"茗烟"。

"顽烦的了"，庚辰本、舒本作"顽奈烦了的"，彼本、杨本、梦本作"顽烦了的"，蒙本作"顽的不奈烦了的"，戚本作"顽的不耐烦了的"。

"惟有一件"，梦本作"只有这件"，其他脂本作"惟有这件"。

"见过"，杨本作"看过"，其他脂本作"看见过"。

例 67，晢本第 23 回：

> 想毕，<u>就到</u>书坊内，把古今小说并那飞燕、合德、<u>武则天、杨贵妃外传奇角</u>①本买了许多，来引宝玉看。

"就到"，彼本、杨本、梦本作"便走到"，其他脂本作"便走去到"。

"武则天、杨贵妃外传奇角本"，杨本作"与那传奇的脚本"，庚辰本作"武则天、杨贵妃的外传与那传奇角本"（"角本"，彼本作"的角本"，杨本作"的脚本"，戚本作"脚本"）。

例 68，晢本第 23 回：

> 宝玉看了一遍，如得了珍宝。<u>焙茗</u>又嘱咐他不可拿进园去。

---

① 蒙本原作"角"，旁改"脚"。

"看了一遍"，杨本作"一看见便"，梦本作"一看"，其他脂本作
"何曾见过这些书，一看见了便"。

"焙茗"，其他脂本均作"茗烟"。

例69，晳本第23回：

> 宝玉那里舍得不拿进去，踟蹰再三，单把这文理细密拿了几
> 套进去，放在床顶上，无人时自己密看。

"这文理细密"，庚辰本作"那文理网密的"，梦本作"那文理雅
道些的"，其他脂本作"那文理细密的"。

例70，晳本第23回：

> 那粗俗过露的都藏在外书房里。

"外书房"，其他脂本均作"外面书房"。

例71，晳本第23回：

> 只见一阵风过，把树上桃花吹下一大半来，落了满身满书满
> 地皆是。

"落了"，杨本、梦本作"落得"，其他脂本作"落的"。

例72，晳本第23回：

> 宝玉要抖将下来，恐怕脚步践踏了，只得兜了那花瓣浮在水
> 面，飘飘荡荡流出沁芳闸去了。

"兜了那花瓣浮在水面"，彼本、杨本作"兜了那花瓣，来在池边，
抖在池内，那花瓣浮在水面"，蒙本作"兜了那花瓣，来至了池边，抖
在池内，那花瓣浮在水面"，其他脂本作"兜了那花瓣，来至池边，抖
在池内，那花瓣浮在水面"。

"流出"，杨本作"竟流"，其他脂本作"竟流出"。

按：晢本此处犯了同词脱文的错误。脱文原因："花瓣"二字前后相同。

例73，晢本第23回：

> 宝玉笑道："好，好，来把<u>这花</u>扫起来，撂在那水里，我才撂了好<u>些了</u>。"

"这花"，其他脂本均作"这个花"。

"了"，其他脂本均作"在那里呢"。

例74，晢本第23回：

> 黛玉道："撂在水里不好。你看<u>这里</u>水干净，只一<u>流到</u>有人家的地方，赃的臭的仍旧把花遭塌了。那畸角上，我有一个花冢，如今把他扫了，装在这绢袋里，拿土埋上，日久不过随土化了，岂不干净？"

"这里"，其他脂本均作"这里的"。

"流到"，其他脂本均作"流出去"。

例75，晢本第23回：

> 黛玉道："什么书？"宝玉见问，<u>慌之不迭</u>，便说道："不过是《中庸》、《大学》。"

"慌之不迭"，彼本、杨本、梦本作"忙的藏之不迭"，其他脂本作"慌的藏之不迭"。

例76，晢本第23回：

> 黛玉笑道："你在^①我跟前弄鬼，趁早儿给我瞧瞧，好多着呢。"

"你"，其他脂本均作"你又"。

---

① 庚辰本"在"系旁改，原作"再"。

例 77，晢本第 23 回：

> 宝玉道："好妹妹，论你我是不怕的。你看了，好歹别告诉别人，真真是好文章。你看了，连饭也不想吃<u>了</u>。"<u>一面</u>递了过去。

"了"，其他脂本均作"呢"。

"一面"，其他脂本均作"一面说，一面递了过去"。

按：晢本又犯了一次同词脱文的错误。脱文原因："一面"二字前后相同。

例 78，晢本第 23 回：

> 黛玉把花具<u>放下</u>，接书来<u>看</u>，<u>从头至尾</u>，越看越爱，<u>不上</u>顿饭工夫，将十六出俱已看完。

"放下"，庚辰本作"且都放下"，舒本、彼本作"都放下"，杨本作"多放下"，蒙本、戚本、梦本作"都且放下"。

"看"，其他脂本均作"瞧"。

"从头至尾"，舒本作"从头看"，其他脂本作"从头看去"。

"不上"，庚辰本、蒙本、戚本、梦本作"不到"（庚辰本"到"系旁添），舒本作"不"，彼本、杨本作"不过"。

例 79，晢本第 23 回：

> 黛玉听了，不觉带腮连耳通红，登时直竖起两道似<u>蹙</u>非<u>蹙</u>①的眉，瞪了两只似睁非睁的眼，香腮带怒，<u>娇面</u>含嗔，用手指着宝玉道："你这该死的胡说，你把这淫词艳曲弄了来，学了这些混话来欺负我，我告诉舅舅、舅母去。"

"娇面"，庚辰本、杨本、戚本、梦本作"薄面"，舒本作"杏

---

① 晢本两个"蹙"字均系旁改，原作"戏"。

面"，彼本作"满面"，蒙本作"粉面"。

"你"，其他脂本均作"好好的"。

例80，晳本第23回：

说到"欺负"两个字，<u>早把</u>眼圈儿也红了，转身就走。

"早把"，梦本作"就把"，其他脂本作"早又把"。

例81，晳本第23回：

宝玉着了忙，向前拦住<u>说</u>："好妹妹，千万饶我<u>这遭</u>。原是我说错了，若有心欺负你，<u>我</u>明日吊在池子里，叫<u>一个</u>癞头鼋吞了去，<u>变一个</u>大王八，等你<u>作了</u>一品夫人病老归西的时候，我往你坟上<u>替我</u>驼一辈子的<u>碑</u>。"

"说"，庚辰本、舒本、彼本作"说道"，杨本、蒙本、戚本、梦本作"道"。

"这遭"，其他脂本均作"这一遭"。

"我"，其他脂本均无。

"一个"，其他脂本均作"个"。

"变一个"，其他脂本均作"变个"。

"作了"，庚辰本、蒙本、戚本、梦本作"明儿做了"，舒本作"做了"，彼本作"明日作了"，杨本作"明日做了"。

"替我"，其他脂本均作"替你"。

"碑"，杨本作"去"，其他脂本作"碑去"。

例82，晳本第23回：

说的黛玉嗤的一声笑了，一面揉着眼，一面笑道："一般唬的这个调儿，还只管胡说<u>呢</u>。呸，原来苗而不秀，是个银样蜡枪头。"

"呢"，其他脂本均无。

例83，暂本第23回：

> 宝玉笑道："你这个呢，我也告诉去。"

"宝玉"，其他脂本均作"宝玉听了"。

例84，暂本第23回：

> 黛玉笑道："我说你会过目成诵，难道我就不能一目十行么？"

"我说"，彼本、杨本无，其他脂本作"你说"。

例85，暂本第23回：

> 只见袭人走来说道："那里没寻到，却在这里。那边大老爷身上不好，姑娘们都过去请安，老太太叫打发你去呢。快回去换衣服罢。"

"寻到"，其他脂本均作"找到"。

"却"，彼本、杨本作"抹"，其他脂本作"摸"。

例86，暂本第23回：

> 宝玉听了，忙拿了书，别了黛玉，同袭人换衣服不提。

"同袭人"，彼本、杨本作"同着袭人回房"，其他脂本作"同袭人回房"。

"服"，其他脂本均无。

例87，暂本第23回：

> 这里黛玉见宝玉去了，又听见众姊妹也不在房，自己闷闷的，便要回房，走至梨香院墙下，忽想起前日古人诗中有"水流花谢两无情"之句，又词中有"流水落花春去也，天上人间"

之句……

"便要"，其他脂本均作"正欲"

"走至"，彼本作"刚走"，其他脂本作"刚走到"。

"忽想起"，其他脂本均作"忽又想起"。

"前日"，其他脂本均作"前日见"。

"又"，杨本作"又有"，其他脂本作"再又有"。

按：晳本在上文"走至梨香院墙下"之后，"忽想起前日古人诗中"之前，有大段脱文：

引庚辰本于下：

（刚走到梨香院墙角上）只听墙内笛韵悠扬，歌声婉转，林黛玉便知是那十二个女孩子演习戏文呢。只是①林黛玉素习不大喜看戏文，便不留心，只管往前走，偶然两句吹到耳内，明明白白，一字不落，唱道是"原来姹紫嫣红开遍，似这般都付与断井颓垣。"林黛玉听了，到也十分感慨缠绵，便止住步，侧耳细听。又听唱道是"良辰美景奈何天，赏心乐事谁家院。"听了这两句，不觉点头自叹，心下自思道："原来戏上也有好文章，可惜世人只知看戏，未必能领略这其中的趣味。"想毕，又后悔不该胡想，耽误了听曲子。又侧耳时，只听唱道："则为你如花美眷，似水流年。"林黛玉听了这两句上，不觉心动神摇。又听道"你在幽闺自怜"等句，亦发如醉如痴，站立不住，便一蹲身，坐在一块山子石上，细嚼"如花美眷，似水流年"八个字的滋味。（忽又想起……）

例88，晳本第23回：

又兼方才所见《西厢记》中"花落水流红，闲愁万种"之句，

---

① 庚辰本"只是"的"是"字系旁改，原作"见"。"只是"，舒本、彼本、杨本作"只因"，蒙本、戚本无此二字，梦本无此下两句。

都一时想起来，凑聚在一处，仔细忖度，不觉神驰心痛，眼中落泪。

"神驰心痛"，庚辰本作"心痛神痴"，其他脂本作"心痛神驰"。

例89，暂本第23回：

> 正没个开交，忽觉背上击了一下，回头看时，原来是何人？且看下回便知。

"回头看时"，其他脂本均作"及回头看时"。

"是何人"，庚辰本、彼本、蒙本、戚本无，舒本、杨本作"是谁"，梦本作"是个女子，毕竟女子是谁"。

"且看下回便知"，庚辰本、舒本、彼本、戚本作"且听下回分解"（彼本"回"旁改"册"），蒙本作"且听下文分解"，杨本作"下回分解"。

例90，暂本第23回：

> 正是：妆晨绣夜心无矣，对月吟风恨有云。

"妆晨绣夜心无矣"，杨本、梦本无，彼本作"妆晨绣夜心无意"，其他脂本同于暂本。

"对月吟风恨有云"，杨本、梦本无，其他脂本作"对月吟风恨有之"。

第十六章　晳本独异文字考述（下）

本章继续考述晳本第 24 回的独异文字。

晳本第 24 回的独异文字有八十一例，依次列举于下。

例 1，晳本第 24 回：

> 话说林黛玉正自情思萦逗、缠绵固结之时，忽有人从背后击了他一掌，说道："你作什么一个人在这里？"林黛玉<u>到吓</u>了一跳。

"吓"，其他脂本均作"唬"。

例 2，晳本第 24 回：

> 回头看时，不是别人，却是香菱。林黛玉道："你这傻丫头，<u>唬我们</u>一跳，你这会子打那里来？"

"我们"，其他脂本均作"我"。

按：当时现场只有两个人：黛玉和香菱。被"唬"者也只有黛玉一个人，何来"我们"之说？

例 3，晳本第 24 回：

> 香菱嘻嘻笑道："我来寻我们姑娘的，<u>我姑娘总不见</u>，你们紫

鹃也找你呢，说琏二奶奶送了什么茶叶来给你的。走罢，回家去坐着。"

"我姑娘总不见"，彼本、杨本作"找姑娘总不见"，庚辰本作"找他总找不着"，蒙本、戚本、梦本作"总找他不着"，舒本作"找他总不着"。

按：靖本"我姑娘"的"我"字系"找"字的形讹。在这一点上，彼本、杨本是正确的。

这一点也证明，在这一回，彼本、杨本是最接近靖本的；而其他五本（庚辰本、舒本、蒙本、戚本、梦本）彼此是比较接近的，与靖本却是比较疏远的。

例4，靖本第24回：

只见鸳鸯歪在床上看袭人的针线呢，见宝玉来了，便说道："你往那里去了？老太太等着你呢，叫你过那边请大爷的安，还不快去换了衣服走呢。"

"请大爷的安"，彼本作"请老爷的安去"，梦本作"请大老爷安去"，其他脂本作"请大老爷的安去"。

按：靖本的"大爷"与彼本的"老爷"均是显误。在鸳鸯看来，"大爷""老爷""大老爷"三者是有区别的："大爷"或指已死的贾珠，或指健在的贾珍；"老爷"自然是指贾政；大老爷则是指"贾赦"。因此，在这里，只有庚辰本、舒本、杨本、蒙本、戚本、梦本是正确的。

例5，靖本第24回：

其白腻不在袭人之下，宝玉便猴上身去，涎脸笑道："好姐姐，把你嘴上胭脂赏我吃了罢。"

"涎脸"，舒本作"顽皮"，梦本作"碴皮"，其他脂本作"涎皮"。

例 6，晢本第 24 回：

> 宝玉笑道："你今年十几岁了？"贾芸道："十八岁了。"原来贾芸最伶俐乖巧不过，听宝玉这样说，便笑道……

"贾芸"，其他脂本均作"这贾芸"。

例 7，晢本第 24 回：

> 宝玉笑道："……明儿你在书房里来，和你说天话儿，我带你园子里顽耍去。"
>
> 说着，扳鞍子上马，众小厮围随往贾赦这边来。

"鞍子"，其他脂本均作"鞍"。

例 8，晢本第 24 回：

> 见了贾赦，不过是偶感些风寒。先迷了贾母问的话，然后自己请安。

"迷"，其他脂本均作"述"。

"请安"，其他脂本均作"请了安"。

按："迷"乃"述"字的形讹。晢本在"迷"字之侧点了两点，表示删去，并在此行上端的天头写一"述"字。

例 9，晢本第 24 回：

> 他①早已心中不自在了，坐不多时，和贾兰使眼色儿。

"使眼色儿"，舒本作"使了眼色儿要走"，梦本作"使个眼色儿要走"，其他脂本作"使眼色儿要走"。

---

① "他"，指贾环。

例 10，暂本第 24 回：

　　邢夫人笑道："那里什么话，不过叫你等着，同姊妹们吃了饭去。还有一个好顽的东西给你们带回去顽。"

"你们"，其他脂本均作"你"。

例 11，暂本第 24 回：

　　娘儿两个说话时，不觉早有晚饭时节，调开桌椅，摆列杯盘，母女姊妹们吃毕饭。

"早有晚饭时节"，彼本、杨本作"早饭时节"，梦本作"又晚饭时候"，其他脂本作"早又晚饭时节"。

例 12，暂本第 24 回：

　　宝玉出去辞了贾赦，同姊妹们一同回家，见过贾母、王夫人，各自回房安置，不在话下。

"见过贾母、王夫人"，其他脂本均作"见过贾母、王夫人等"。

例 13，暂本第 24 回：

　　贾芸听了，半晌说道："既这样，我就等着罢。叔叔也不必先在婶子跟前提我今儿来打听的话，到跟前再说也不迟。"

"既"，其他脂本均作"既是"。

例 14，暂本第 24 回：

　　贾琏道："提他作什么，我那里有这些工夫说闲话呢。明儿一个五更还有到兴邑去走一淌①，须得当日赶回来才好……"

_____

① "淌"即"趟"。

"还有"，其他脂本均作"还要"。

例 15，晢本第 24 回：

> 说着，便<u>回后头</u>换衣服去了。

"回后头"，梦本作"向后面"，彼本、杨本作"回后"，其他脂本作"回后面"。

例 16，晢本第 24 回：

> 贾芸笑道："有件事求舅舅帮衬帮衬，<u>我现今一件要紧的事</u>，用些冰片、麝香使用，好歹舅舅每样赊四两给我，八月里按数送了银子来。"

"我现今一件要紧的事"，彼本作"我现见一件要紧事"，杨本作"我现有一件要紧事"，梦本作"要"，庚辰本、蒙本、戚本作"我有一件事"。

例 17，晢本第 24 回：

> 况且如今这个货也短，你就拿现银子到我们<u>这里不三不四小铺子来买</u>，也还没有这些，<u>只好到扁儿去买</u>。

"这里不三不四小铺子来买"，庚辰本、蒙本、戚本作"这不三不四的铺子里来买"，舒本作"这不上三不上四的铺子里买"，彼本、杨本作"这种不三不四的小铺子里来买"，梦本作"这小铺子里来买"。

"只好到扁儿去买"，庚辰本作"只好倒辦儿去"，舒本作"只好倒点儿去"，彼本、杨本作"只好倒扁儿去买"，蒙本、戚本作"只好倒包儿去"，梦本作"只好倒扁儿去"。

例 18，晢本第 24 回：

> 后来听见我母亲说，都还亏舅舅们在我们家出主意料理的丧

事，难道舅舅<u>不知道</u>的，还是有一亩田哦、两间房子呢？

"不知道"，梦本作"是不知道"，其他脂本作"就不知道"。

例 19，脂本第 24 回：

还亏是我呢，要是别个死皮赖脸的，<u>三日两头</u>来缠舅舅，要三升米两升豆子的，舅舅<u>就</u>没法儿呢。

"三日两头"，其他脂本均作"三日两头儿"。

"就"，其他脂本均作"也就"。

例 20，脂本第 24 回：

你但凡要立的起来，到你们大房里，就是他们爷儿们见不着，便下个气，和他们的管家、管事的人们<u>嘻和嘻和</u>，也弄个事儿管管。

"嘻和嘻和"，杨本作"嬉嘻和和"，其他脂本作"嬉和嬉和"。

例 21，脂本第 24 回：

一句话未说完，只见他娘子说道："你又<u>胡涂</u>了……"

"胡涂"，其他脂本均作"糊涂"。

例 22，脂本第 24 回：

不想一头就碰在一个醉汉身上，把贾芸<u>吓</u>了一跳。

"吓"，其他脂本均作"唬"。

例 23，脂本第 24 回：

对面一看，不是别人，却是紧邻倪二，<u>是个泼皮</u>，专放重利，在赌赙[①]场<u>吃闲钱</u>，专爱<u>吃酒打降</u>，如今正从<u>欠主人家</u>取了利钱，

[①]　"赙"乃"博"字的形讹。

吃醉回来，不想<u>致</u>贾芸碰了一头，正没好气，抢拳就要打。

"是个泼皮"，杨本作"元来这倪二是个泼皮"，梦本作"这倪二是个泼皮"，其他脂本作"原来这倪二是个泼皮"。

按：晳本在这里犯了同词脱文的错误。脱文原因是"倪二"二字前后相同。

"吃酒打降"，庚辰本、舒本、戚本作"打降吃酒"，彼本、杨本作"吃酒打架"，蒙本作"打架吃酒"，梦本作"打降喝酒"。

"欠主人家"，彼本作"欠主家"，杨本作"人家"，其他脂本作"欠钱人家"。

"致"，梦本无，其他脂本作"被"。

例24，晳本第24回：

> 倪二听见熟人语音，将醉眼睁开看时，见是贾芸，忙把手松了，<u>趔趄</u>着笑："原来是贾二爷，我该死，我该死。这会子往那里<u>去</u>？"

"听见熟人"，梦本作"一听他"，其他脂本作"听见是熟人"。
"趔趄"，其他脂本均作"趔趄"。
"笑"，其他脂本均作"笑道"。
"去"，其他脂本均作"去了"。

例25，晳本第24回：

> 倪二道："不妨，有什么不平的事告诉我，我替你出气。这三街六巷，凭他是<u>谁人</u>，得罪了我醉金刚倪二的人，管叫他人离家散。"

"谁人"，梦本作"谁若"，其他脂本作"有人"。

例26，晳本第24回：

> 但只一件，你我作了这些年的街坊，我在外头有名放账的人，

你却也从没有好我张过口。

"也"，其他脂本均无①。

例 27，暌本第 24 回：

"若说怕低了你的身分，我就不敢供②给你了。"一面说，一面从答包里掏出一卷银子来。

"答包"，舒本作"搭膊"，其他脂本作"搭包"。

例 28，暌本第 24 回：

贾芸心下自思：素习倪二虽然泼皮无赖，却因而使，颇颇有义侠之名。

"因而使"，戚本作"因人而施"，其他脂本作"因人而使"。

例 29，暌本第 24 回：

贾芸……想毕，笑道："老二，你果然自个好汉，我何曾不想着，看来和你张口。"

"自"，其他脂本均作"是"。

"看来"，彼本、杨本作"来"，其他脂本③作"你"（蒙本将"你"点去）。

按：暌本"看来"二字放置于上下文之间，并不通顺。盖因"看"与"着"相连以致"看"字误衍。

例 30，暌本第 24 回：

既把银子借与他，图他的利钱，不是"相与交结"了。

---

① 此处上下数句，梦本无。
② "供"，疑为"借"字的形讹。
③ 此处上下数句，梦本无。

"不是"，其他脂本作"便不是"（梦本无此前后数句）。

例 31，晢本第 24 回：

一面说，一面趔趄着脚儿去了。

"趔趄"，戚本作"趑趄"，其他脂本作"趔趄"。

例 32，晢本第 24 回：

打听贾琏出了门，贾芸便往后来到贾琏院门前。

"后"，其他脂本均作"后面"。

例 33，晢本第 24 回：

只见几个小厮拿着大高笤帚在那里扫院子呢。忽见周瑞家的从门里出来了。

"忽见周瑞家的从门里出来了"，其他脂本均作"忽见周瑞家的从门里出来，叫小厮们先别扫，奶奶出来了"。

按：此系同词脱文。脱文原因为"出来了"三字前后相同。

例 34，晢本第 24 回：

贾芸忙上去笑道："二婶子那去？"周瑞家的："老太太叫，想必是裁什么尺头。"

"周瑞家的"，其他脂本均作"周瑞家的道"。

例 35，晢本第 24 回：

正说着，只见一群人撮着凤姐出来了。贾芸深知凤姐是喜奉承的、尚排场的，忙把手逼着，恭恭敬敬的抢上来请安。

两个"的"字，其他脂本均无。

例 36，暂本第 24 回：

　　凤姐笑道："可是你会<u>撒慌</u>。不是我提起他来，你就不说他想我了。"

"撒慌"，其他脂本均作"撒谎"。
例 37，暂本第 24 回：

　　贾芸笑道："侄儿不怕雷打了，就敢在长辈前<u>撒慌</u>……"

"撒慌"，其他脂本均作"撒谎"。
例 38，暂本第 24 回：

　　昨儿晚上还提起婶子来，说婶娘<u>一则</u>生的单弱，事情又多，亏婶子好大精神，竟料理的<u>用全</u>。

"一则"，其他脂本均无。
"用全"，舒本、彼本、杨本作"周全"，其他脂本作"周周全全"。
例 39，暂本第 24 回：

　　贾芸道："有个缘故。只因<u>我个</u>极好的朋友，家里有几个钱，现开香铺……"

"我个"，其他脂本均作"我有个"。
例 40，暂本第 24 回：

　　若说送人，也没个人配使这些，到叫<u>他们</u>一文不值半文的转卖了。

"他们"，其他脂本作"他"①。

_____

① 梦本无此两句。

例41，晳本第24回：

只见焙茗、锄药两个小厮厮下象棋，为夺车正搬嘴。

"焙茗"[1]，彼本、杨本、蒙本、梦本作"茗烟"，庚辰本、舒本、戚本同于晳本。

"厮"，其他脂本均无。

"搬嘴"，庚辰本、杨本、蒙本作"办嘴"，舒本、戚本作"拌嘴"，彼本作"辩嘴"，梦本作"绊嘴"。

例42，晳本第24回：

再看看别的小厮，却都顽去了，正自烦闷，只听门前娇声嫩语叫焙茗哥。

"叫焙茗哥"，彼本、杨本作"叫了两声哥哥"，其他脂本作"叫了一声哥哥"。

按：由于其他脂本没有点明小红这声"哥哥"叫的是谁，有的学者曾设问加以分析。其实晳本早已给出了明确的答案，何必再绕那么大的圈子呢？

例43，晳本第24回：

贾芸往外睄[2]时，见是十六七岁的丫头，到也细巧干净。

"到也"，庚辰本、杨本作"生的到也"，彼本作"生得到也"，舒本、蒙本、戚本、梦本作"生的倒也"。

例44，晳本第24回：

贾芸见了焙茗，也就赶了出来问："怎么样？"焙茗道："等了

---

① 按："焙茗"原非晳本独异之文，因比较重要，故于此处举出。下同。
② "睄"即"瞧"。

这一日，也没个人出来……"

"焙茗"，彼本、杨本、蒙本、梦本作"茗烟"，庚辰本、舒本、戚本同于脂本。

例 45，脂本第 24 回：

好姑娘，你进去带个信儿，就说<u>廊下住的</u>二爷来了。

"廊下住的"，庚辰本、舒本作"廊上的"（庚辰本"上"旁改"下"），彼本、杨本作"廊上住的"，蒙本、戚本、梦本作"廊上"。

例 46，脂本第 24 回：

那贾芸道："什么廊上廊下的，你<u>自</u>说芸儿<u>就是</u>。"

"自"，杨本作"就"，其他脂本作"只"。

"就是"，其他脂本均作"就是了"。

例 47，脂本第 24 回：

那丫头冷笑了一笑："依你说，二爷竟请回去罢，有什么话，明儿再<u>说</u>……"

"说"，其他脂本均作"来"。

例 48，脂本第 24 回：

<u>焙茗</u>道："这是怎么说？"

"焙茗"，彼本、杨本、蒙本、梦本作"茗烟"，庚辰本、舒本、戚本同于脂本。

例 49，脂本第 24 回：

那丫头道："他今儿也没睡中觉，自然吃的晚饭早，晚上又不下来，难道只是叫二爷在这里等着挨饿不成？<u>家去</u>明儿来是正经。"

"家去"，杨本无，彼本作"不如家里去"，其他脂本作"不如家去"。

例 50，晳本第 24 回：

> 贾芸听这丫头说话简便俏丽，待要问他名字，因是宝玉<u>房里</u>，又不便问。

"房里"，其他脂本均作"房里的"。

例 51，晳本第 24 回：

> 焙茗道："我倒茶去，二爷吃<u>了</u>茶再去。"<u>一面走</u>，一面回头说："不吃茶，我还有事呢。"

"焙茗"，彼本、杨本、蒙本、梦本作"茗烟"，庚辰本、舒本、戚本同于晳本。

"了"，其他脂本均无。

"一面走"，其他脂本均作"贾芸一面走"。

例 52，晳本第 24 回：

> 凤姐……笑道："芸儿，你竟有胆子在我跟前弄鬼，怪道你<u>这东西给我</u>，原来你有事求我，昨儿你叔叔才告诉我，说你求他。"

"这东西给我"，庚辰本作"东西给我"①，其他脂本作"送东西给我"。

例 53，晳本第 24 回：

> 贾芸道："婶娘辜负了我的孝心，<u>我并没有这个意思</u>，昨儿还不求婶娘……"

"我并没有这个意思"，庚辰本、舒本作"我并没有这个意思，若有这个意思"，其他脂本作"我并没有这个意思，若有这意思"。

---

① 庚辰本原作"东西给我"，后勾乙为"给我东西"。

按，此是同词脱文。脱文原因为"有这个意思"五字前后相同。

例 54，靖本第 24 回：

> 如今婶娘既知道了，我到把叔叔丢下，少不得求婶娘了。

"把"，其他脂本均作"要把"。

例 55，靖本第 24 回：

> 早告诉我一声儿，有什么不成的。多大点子事，耽误了这会子。

"了"，蒙本作"倒"，其他脂本作"到"。

例 56，靖本第 24 回：

> 那园子里还要种树种花呢，我思想不出一个人来，你早来不早完了。

"思想"，其他脂本作"只想"。

例 57，靖本第 24 回：

> 凤姐半晌说道："这个我看着不大好，等明年正月里的烟火灯爆那个大宗儿下来，再派你罢。"

"灯爆"，彼本、杨本作"灯炮"，其他脂本作"灯烛"。

例 58，靖本第 24 回：

> 我不过吃了饭就过来，你到午初的时候来领银子，后儿就进去种树。

"午初"，其他脂本均作"午错"。

例 59，靖本第 24 回：

> 谁知宝玉一早便往北静王府里去了，贾芸便呆呆的坐到半晌，

打听凤姐回来，便写了领票来领对牌。

"半晌"，其他脂本均作"晌午"。

例60，晢本第24回：

彩明走出来，单要了领票，过去批了银数、年月，一并连对牌交与①。

"过去"，其他脂本均作"进去"。

例61，晢本第24回：

这里贾芸又拿了五十两，出西门，找到花儿匠方春家去买树。

"方春"②，其他脂本作"方椿"（杨本无"拿了五十两……到花儿匠家里"等字）。

例62，晢本第24回：

秋雯、碧痕两个去找水桶。红檀③呢，又因他母亲的生日接了出去。

"秋雯"④，其他脂本均作"秋纹"。

"找水桶"，彼本作"找"，杨本作"取水"，其他脂本作"催水"。

例63，晢本第24回：

麝月又现在家中养病，虽还有几个作粗话听唤的丫头们，谅着叫不着他们，都去寻伙觅伴的顽去了。

"粗话"，其他脂本均作"粗活"。

---

① 晢本此处脱漏"贾芸"二字。
② "方春"问题，参阅第二章"贾义·袁氏·方春——晢本独异人名考"。
③ "红檀"问题，参阅第三章"她叫红檀，还是叫檀云、香云？——一人三名考之一"。
④ "秋雯"问题，参阅第四章"她叫秋雯，还是叫秋纹、秋文？——一人三名考之二"。

"谅着"，庚辰本作"估着"，彼本、杨本作"估谅着"，蒙本、戚本作"估量着"，梦本作"料是"。

"去"，其他脂本均作"出去"。

例64，晢本第24回：

只听背后说道："二爷仔细瀺①了手拿，让我来倒。"一面走上来，早接了碗过去。

"拿"，其他脂本均无。

例65，晢本第24回：

宝玉到唬了一跳，问他在那里的，忽然来了，唬我一跳。

"他"，其他脂本均作"你"。

例66，晢本第24回：

宝玉一面吃茶，一面仔细打量，那丫头穿着几件半新不旧的衣裳，到是一头黑鬖鬖的好头发，挽着个鬐，容长脸面，细巧身材，却十分俏丽甜净。

"黑鬖鬖"，庚辰本作"黑真真"，梦本作"黑鸦鸦"，其他脂本作"黑鬒鬒"。

"鬐"，庚辰本、舒本、彼本、戚本、梦本作"鬐"，蒙本作"须"，杨本无此句。

例67，晢本第24回：

那丫头听说，便冷笑一声道："爷不认得的也多，岂止我一个。我姓林，原名唤红玉，改名唤小红。平日又不递茶递水，拿

---

① "瀺"即"烫"的通用字。

东拿西，眼面前的事一点儿不作，爷那里认得呢。"

"我姓林，原名唤红玉，改名唤小红"，其他脂本均无。

按：以上十三字，自成格局，是一种类似于戏曲中"自报家门"的写法。它们的存在有两种可能。一种可能是，在暂本中，它们是原有的，后被删去。另一种可能是，在其他脂本中，它们是后来添加的，原来并没有这几个字。我持前一种看法。也就是说，在这一点上，暂本的成立要早于其他脂本。

"平日"，杨本无，其他脂本作"从来"。

例 68，暂本第 24 回：

> 宝玉道："你为什么不作<u>眼面前的事</u>？"<u>丫头</u>道："<u>这也难说</u>……"

"眼面前的事"，庚辰本、舒本、蒙本、戚本作"那眼见的事"（庚辰本"见"旁改"面前"，蒙本此五字后点去），彼本作"那眼面前的事呢"，杨本作"那眼面前的事"，梦本作"那眼前的事"。

"丫头"，其他脂本均作"那丫头"。

"这也难说"，其他脂本均作"这话我也难说"。

例 69，暂本第 24 回：

> 昨儿有个什么芸儿来找二爷，我想二爷不得空儿，便叫<u>焙茗</u>回他，叫他<u>今儿</u>早起来。

"焙茗"，彼本、杨本、蒙本、梦本作"茗烟"，庚辰本、舒本、戚本同于暂本。

"今儿"，杨本作"今晚"，其他脂本作"今日"。

例 70，暂本第 24 回：

> 刚说到这句话，只见<u>秋雯</u>、碧痕希希哈哈的说笑着，<u>进入院子来</u>。

"秋雯①"，其他脂本均作"秋纹"。

"希希哈哈"，戚本作"嘻嘻哈哈"，其他脂本作"唏唏哈哈"。

"进入院子来"，彼本、杨本作"进入院来"，其他脂本作"进来"。

例 71，晳本第 24 回：

　　那秋雯、碧痕正对抱怨，你湿了我的裙子，那个又说，踮了我的鞋。

"秋雯"，其他脂本均作"秋纹"。

"踮了"，彼本作"你踮了"，杨本作"你又踮了"，其他脂本作"你踹了"。

例 72，晳本第 24 回：

　　二人便都岔意②，将水放下，忙进房来，东睄西房，并没别个人，只有宝玉。二人便心中大不自在。

"东瞧西房"，梦本作"看时"，其他脂本作"东瞧西望"。

例 73，晳本第 24 回：

　　二人便带上了门出来，走到那边房内，便找小红问他："你方才在屋里说什么？"

"了"，其他脂本均无。

"你"，其他脂本均无。

例 74，晳本第 24 回：

　　秋雯听了，兜脸便啐了一口，骂道："没脸面的下流东西，正经叫你提水，你不去，到叫我们去，你等着作个巧宗儿，一里头

---

① 关于"秋雯"问题，参阅第四章"她叫秋雯，还是叫秋纹、秋文？——一人三名考之二"。

② "岔意"即"诧异"。

就<u>要你好了</u>，<u>虽到</u>我们跟不上你了，你也拿镜子照照，配递茶递水的不配。"

"秋雯"，其他脂本均作"秋纹"。

"你等着"，庚辰本、舒本、蒙本、戚本作"你可等着"，彼本、杨本作"你不等着"，梦本作"你可"。

"一里头就要你好了"，庚辰本、舒本、蒙本、戚本、梦本作"一里一里的这不上来了"，彼本作"一里头就你好了"，杨本作"里头就是你好了"。

"虽到"，蒙本作"难倒"，其他脂本作"难道"。

按：晳本"虽"（雖）乃"难"（難）字的形讹。

例 75，晳本第 24 回：

碧痕说道："明儿我说给他们，要茶要水、递东递西的，咱们都<u>到</u>动，<u>只叫他</u>便是了。"

"到"，其他脂本均作"别"。"到"乃"别"字的形讹。

"只叫他"，其他脂本均作"只叫他去"。

例 76，晳本第 24 回：

<u>秋雯</u>道："这么说还不<u>好</u>①我们散了，单让他在这屋里呢……"

"秋雯"，其他脂本均作"秋纹"。

例 77，晳本第 24 回：

<u>秋雯</u>便问："明儿不知是谁带进匠人来监工？"

"秋雯"，其他脂本均作"秋纹"。

---

① "好"乃"如"字的形讹。

例 78，瞮本第 24 回：

>　　那婆子道："是什么<u>后廊上</u>的芸二爷。"

"后廊上"，庚辰本作"后廊下"（"下"系旁改，原作"上"），其他脂本均同于瞮本。

例 79，瞮本第 24 回：

>　　<u>秋雯</u>、碧痕听了，<u>那 a</u> 不知道，只管混问别的话。那小红听见了，心内却明白，就知是昨儿<u>那 b</u> 外书房见的那个人了。

"秋雯"，其他脂本均作"秋纹"。

"那 a"，杨本作"多"，梦本作"俱都"，其他脂本作"都"。

"那 b"，其他脂本均无。

"那 a"是"都"字的形讹，杨本则往往把"都"写作"多"。

例 80，瞮本第 24 回：

>　　原来这小红……

从这五字开始，其他脂本有大段异文为瞮本所无，现引庚辰本（其他脂本基本上同于庚辰本）于下：

>　　原来这小红本姓林，小名红玉，只因"玉"字犯了林黛玉、宝玉，便都把这个字隐起来，便都叫他小红，原是荣国府中世代的旧仆。他父母现在收管各处房田事务。
>
>　　这红玉年方十六岁，因分人在大观园的时节，把他便分在怡红院中，倒也清幽雅静。不想后来命人进来居住，偏生这一所儿又被宝玉占了。
>
>　　这红玉虽然是个不谙事的丫头，却因他原有三分容貌，心内着实妄想痴心的向上攀高，每每的要在宝玉面前现弄现弄，只是

宝玉身边一干人都是伶牙俐爪①的，那里插的下手去。不想今儿才有些消息，又遭秋纹等一场恶意，心内早灰了一半。

正闷闷的，忽然听见老嬷嬷说起贾芸来，不觉心中一动，便闷闷的回至房中，睡在床上，黯黯盘算，翻来掉②去，正没个抓寻，忽听窗外低低的叫道："红玉，你的手帕子我拾在这里呢。"

红玉听了，忙走出来看，不是别人，正是贾芸。红玉不觉的粉面含羞，问道："二爷在那里拾着的？"贾芸笑道："你过来，我告诉你。"一面说，一面就上来拉他。

那红玉急回身一跑，却被门坎伴③倒。

要知端的，下回分解。

再引晢本相应文字于下，以资比较：

原来这小红方才被秋雯、碧痕两人说的羞羞惭惭，粉面通红，闷闷的去了。回到房中，无精打彩，把向上要强的心灰了一半。蒙眬睡去，梦见贾芸隔窗叫他说："小红，你的手帕子我拾在这里。"

小红忙走出来问："二爷，那里拾着的？"

贾芸就上来拉他，小红梦中羞，回身一跑，却被门坎绊倒，惊醒时却是一梦，细寻手帕，不见踪迹，不知何处失落，心内又惊又疑。

下回分解。

至于其他脂本的有关异文，请参阅本书第十七、十八章"晢本与其他脂本文字歧异考述"（上）、（下），此处从略。

---

① "伶牙俐爪"，原作"能牙利爪"，"能"旁改"伶"，"利"添改"俐"。
② "掉"系原文，旁改"复"。
③ "伴"乃"绊"字之误。

第十七章　皙本与其他脂本文字
歧异考述（上）

"皙本与其他脂本文字歧异考述"分为两章：

　　第十七章　皙本与其他脂本文字歧异考述（上）

　　第十八章　皙本与其他脂本文字歧异考述（下）

第十七章将以皙本第 23 回为例，第十八章则以皙本第 24 回为例。

【说明】

一　宋体正文出自皙本，校文则以楷体表示。

二　皙本的缺文以"□"表示，其校文不列入统计范围。

三　皙本独异文字的校文不列入统计范围。

石头记[1]第二十三回

西厢记妙词□□[2]语

牡丹亭艳曲警芳心

　　[1]"石头记"，彼本同，蒙本、戚本无，庚辰本作"脂砚斋重评石头记卷之"，舒本、杨本、梦本作"红楼梦"。

[2]"□□"，彼本作"戏言"，其他脂本作"戏语"。

话说贾元春[1]自那日幸大观园回宫去后，便命将那日所有的题咏，命探春依次抄录妥协，自己编次序，定优劣[2]，又命在大观园勒石为千古风流雅事[3]。因此，贾政命人四处[4]选拔精工名匠，大观园摩石[5]镌字，贾珍率领贾蓉[6]、贾萍[7]等监工。因贾义[8]管理着[9]文官等十二个女戏[10]并行头等事，不大得便[11]，因此贾义[12]又将贾菖[13]、贾菱[14]唤来监工。一日，盪[15]蜡钉珠[16]，动起手[17]来，这也不在话下。

[1]"贾元春"，彼本作"贾元妃"，其他脂本同于暂本。

[2]"编次序，定优劣"，舒本作"编次序，其优劣"，彼本、杨本作"较阅其优劣"，其他脂本作"编次，叙其优劣"。

[3]"风流雅事"，舒本作"留风雅事"，其他脂本同于暂本。

[4]"四处"，其他脂本作"各处"。

[5]"磨石"，庚辰本作"磨玉"，其他脂本同于暂本。

[6]"贾蓉"，庚辰本作"蓉"，其他脂本同于暂本。

[7]"贾萍"，庚辰本作"苹"，其他脂本同于暂本。

[8]"贾义"，其他脂本作"贾蔷"。

[9]"管理着"，杨本作"又管理着"，其他脂本同于暂本。

[10]"女戏"，梦本作"戏子"，其他脂本同于暂本。

[11]"便"，庚辰本原作"便"，旁改"间"，其他脂本同于暂本。

[12]"贾义"，梦本无，其他脂本作"贾珍"。

[13]"贾菖"，舒本作"菖"，蒙本作"贾葛"，其他脂本同于暂本。

[14]"贾菱"，彼本作"贾菱等"。

[15]"盪"，蒙本作"烫"，其他脂本作"汤"。

［16］"珠"，其他脂本作"硃"。

［17］"手"，彼本、杨本作"工"。

　　且说那个玉皇庙[1]并达摩庵两处的[2]十二个小[3]沙弥，并[4]十二个小[5]道士，挪出[6]大观园来。贾政正思想[7]发到[8]寺中[9]分住[10]，不想后街上住的贾芹之母袁氏[11]正盘算[12]要到[13]贾政这边，谋一个大小事务[14]与儿子管管，也[15]好弄些银钱使用，可巧听见这件事[16]，便坐轿子来求凤姐。

　　［1］"玉皇庙"，彼本作"皇皇庙"，其他脂本同于暂本。

　　［2］"的"，其他脂本均作"一班的"。

　　［3］"小"，彼本、杨本无，蒙本原作"少"，旁改"小"，其他脂本同于暂本。

　　［4］"并"，彼本、杨本无，其他脂本同于暂本。

　　［5］"小"，蒙本原作"少"，旁改"小"，其他脂本同于暂本。

　　［6］"挪出"，其他脂本均作"如今挪出"。

　　［7］"正思想"，杨本、蒙本、戚本同，舒本作"思想"，梦本作"正想"；庚辰本原作"正想"，旁添"着要"。

　　［8］"发到"，彼本作"分到"；蒙本原作"发道"，"道"旁改"送"；庚辰本原作"发道"，"道"旁改"到"，并在"发"上旁添"着要打"；其他脂本同于暂本。

　　［9］"寺中"，其他脂本均作"各庙去"。

　　［10］"分住"，戚本作"居住"，其他脂本同于暂本。

　　［11］"袁氏"，其他脂本均作"周氏"。

　　［12］"盘算"，梦本作"打算着"，其他脂本作"盘算着"。

　　［13］"要到"，梦本作"到"，其他脂本作"也要到"。

　　［14］"事务"，杨本、蒙本、戚本作"事物"，梦本作"事件"，其他脂本同于暂本。

[15] "也"，彼本、杨本无，其他脂本同于暂本。

[16] "这件事"，彼本、杨本作"这件事出来"，庚辰本作"有这件事出"（"有"系旁添，"出"圈去），梦本作"这边有事"，其他脂本同于暂本。

因[1]他素日[2]不大拿班作势[3]的，便依允了，想了几句话，便回[4]王夫人说："些[5]小和尚、道士万不可打发他[6]到[7]别处去，一时娘娘出来就要承应[8]，倘或散了[9]，若要[10]用时，可[11]又费事。依我的主意，不如将他们竟[12]送到咱们[13]家庙里[14]铁槛寺去[15]，月间不过[16]派[17]一个人拿几两银子买柴米[18]就完[19]了。说要用[20]，走[21]去叫来[22]，一点[23]也[24]不费事[25]。"

[1] "因"，彼本、杨本作"凤姐因"，庚辰本、蒙本、戚本、梦本作"凤姐因见"，舒本作"因见"。

[2] "素日"，庚辰本无，其他脂本同于暂本。

[3] "拿班作势"，彼本作"拿糖作势"，杨本作"拿糖做势"，其他脂本同于暂本。

[4] "回"，杨本作"回了"，其他脂本同于暂本。

[5] "些"，其他脂本均作"这些"。

[6] "他"，其他脂本均无。

[7] "到"，彼本、杨本无，其他脂本同于暂本。

[8] "承应"，舒本作"承应的"，梦本作"应承的"，其他脂本同于暂本。

[9] "散了"，舒本作"散了去"，蒙本作"散了火"，戚本作"散了伙"，彼本、庚辰本作"散了花"，杨本、梦本同于暂本。

[10] "若要"，彼本作"再若"，其他脂本作"若再"。

[11] "可"，彼本、杨本、梦本同，其他脂本作"可是"。

[12] "竟"，梦本作"都"，其他脂本同于暂本。

　　[13]"咱们"，梦本无，其他脂本同于暂本。

　　[14]"里"，其他脂本均无。

　　[15]"去"，庚辰本作"养着去"（"养着"系旁添），其他脂本同于暂本。

　　[16]"不过"，蒙本、戚本作"可"，其他脂本同于暂本。

　　[17]"派"，彼本无，其他脂本同于暂本。

　　[18]"买柴米"，舒本作"买柴买米"，庚辰本作"去买些柴米"（"些"系旁添），其他脂本同于暂本。

　　[19]"完"，梦本作"是"，其他脂本同于暂本。

　　[20]"要用"，彼本作"声要"，其他脂本均作"声用"。

　　[21]"走"，舒本无，彼本、杨本作"就"，其他脂本同于暂本。

　　[22]"叫来"，庚辰本作"就叫来了"（"就""了"系旁添），杨本作"就去叫来"，梦本作"叫一声就来"，其他脂本同于暂本。

　　[23]"一点"，梦本同，其他脂本作"一点儿"。

　　[24]"也"，其他脂本均无。

　　[25]"不费事"，庚辰本、梦本作"不费事呢"（庚辰本"呢"圈去），戚本作"不费事的"，其他脂本同于暂本。

王夫人听了，便告于[1]贾政。贾政听了，笑道："到是提醒了我，也[2]想是这样[3]。"即时唤贾琏来[4]。

　　[1]"告于"，其他脂本均作"商之于"。

　　[2]"也"，其他脂本均无。

　　[3]"想是这样"，蒙本、戚本作"就这样"，其他脂本作"就是这样"。

　　[4]"来"，舒本、梦本无，其他脂本同于暂本。

当下[1]贾琏[2]正同凤姐吃饭，一问[3]呼唤，不知何事[4]，放下饭就走[5]。凤姐一把拉住，笑道[6]："你且站住[7]，听我说话。若是别的事[8]，我[9]不管。若是为小和尚[10]们的事[11]，好歹[12]依我这么说[13]。"如此这般，教了一套话。贾琏笑道[14]："我不知道[15]，你有本事，你说去。"凤姐听了[16]，把脖子[17]一梗，把快子[18]一放，腮上似笑不笑的瞅[19]贾琏道[20]："真的呢[21]，是顽话呢[22]？"

[1]"当下"，梦本无，其他脂本同于暂本。

[2]"贾琏"，舒本此二字系旁添。

[3]"问"，其他脂本均作"闻"。

[4]"不知何事"，梦本无，其他脂本同于暂本。

[5]"就走"，彼本同，其他脂本均作"便走"。

[6]"笑道"，杨本作"道"，其他脂本同于暂本。

[7]"站住"，杨本作"站着"，其他脂本同于暂本。

[8]"别的事"，舒本作"别的话"，梦本作"别事"，其他脂本同于暂本。

[9]"我"，蒙本、戚本作"我也"，其他脂本同于暂本。

[10]"小和尚"，梦本作"小和尚、小道士"，其他脂本同于暂本。

[11]"的事"，庚辰本同，彼本、杨本、梦本作"那事"，舒本、蒙本、戚本作"的那事"。

[12]"歹"，彼本原作"可"，旁改"歹"，其他脂本同于暂本。

[13]"这么说"，梦本作"这没着"，其他脂本作"这么着"。

[14]"笑道"，杨本作"道"，其他脂本同于暂本。

[15]"我不知道"，庚辰本无，其他脂本同于暂本。

[16]"听了"，梦本作"听说"，其他脂本同于暂本。

[17]"脖子"，其他脂本均作"头"。

[18]"快子"，彼本、舒本作"筷子"，其他脂本同于暂本。

［19］"瞅"，梦本作"眰"，其他脂本同于靚本。

［20］"道"，彼本无，其他脂本同于靚本。

［21］"真的呢"，庚辰本、舒本、蒙本、戚本作"你当真的"，杨本、梦本作"你当真"。

［22］"是顽话呢"，庚辰本、舒本、彼本、杨本、蒙本、戚本作"是顽话"，梦本作"还是顽话"。

贾琏笑道[1]："西廊下五嫂[2]的儿子芸儿来求[3]我两三遭[4]，要个事情[5]管管。我依[6]了，叫他等着，好容易出了[7]这件事，你又夺了去。"凤姐[8]道[9]："你放心，园子里[10]东北角[11]上，娘娘说了，叫[12]多多[13]种[14]松柏树，楼底下还叫种些[15]花草。等[16]这件出来的事儿[17]，我管保[18]叫芸儿管这[19]工程。"

［1］"笑道"，杨本作"道"，其他脂本同于靚本。

［2］"五嫂"，其他脂本均作"五嫂子"。

［3］"求"，其他脂本均作"求了"。

［4］"遭"，彼本作"次"，其他脂本同于靚本。

［5］"要个事情"，彼本作"要这个事"，梦本作"要件事"，其他脂本同于靚本。

［6］"依"，彼本、杨本、梦本作"应"，其他脂本同于靚本。

［7］"出了"，其他脂本均作"出来"。

［8］"凤姐"，梦本同，庚辰本、舒本、彼本、杨本、蒙本、戚本作"凤姐儿"。

［9］"道"，其他脂本均作"笑道"。

［10］"里"，其他脂本均无。

［11］"东北角"，彼本、杨本、梦本同，其他脂本均作"东北角子"。

［12］"叫"，其他脂本均作"还叫"。

[13]"多多"，其他脂本均作"多多的"。

[14]"种"，舒本作"种些"，其他脂本同于暂本。

[15]"种些"，舒本、蒙本作"种些个"。

[16]"等"，戚本作"等物"，其他脂本同于暂本。按：戚本"等"字连上读。

[17]"这件出来的事儿"，彼本、杨本作"这件出来"，庚辰本、舒本、蒙本、梦本作"这件事出来"。

[18]"管保"，舒本作"管包"，梦本作"包管"，戚本作"保管"，其他脂本同于暂本。

[19]"这"，其他脂本均作"这件"。

贾琏道："果然[1]这样也到[2]罢了，只是昨[3]晚上，我不过是要改个样儿[4]，你就扭手扭脚的。"凤姐[5]听了，嗤的一声笑了，向贾琏啐了一口，低下头便吃饭。

[1]"果然"，庚辰本作"果"，其他脂本同于暂本。

[2]"也到"，彼本、杨本同，梦本作"也倒"，舒本作"到也"，其他脂本作"也"。

[3]"昨"，舒本同。彼本、杨本作"昨日"，其他脂本作"昨儿"。

[4]"改个样儿"，舒本作"改了样子"，彼本作"改过样子"，其他脂本同于暂本。

[5]"凤姐"，庚辰本、杨本、蒙本、戚本作"凤姐儿"，其他脂本同于暂本。

贾琏笑着一径[1]去了，到了[2]前面，见了贾政，果然是为[3]小和尚的一事[4]。贾琏便依了凤姐[5]主意，说道[6]："如今[7]看来，芹儿大大[8]出息了。这件事交与他[9]去管办，横竖[10]昭着[11]里头[12]的规例[13]，每月[14]叫芹儿支领就是了。"贾政原不[15]理论这些事[16]，听贾琏如此说，便就[17]依[18]了。

[1]"笑着一径"，庚辰本、彼本、杨本、梦本作"已经笑着"，舒本、蒙本、戚本作"一径笑着"。

[2]"到了"，梦本作"走到"，其他脂本同于暂本。

[3]"为"，庚辰本、舒本、彼本、杨本、戚本无，蒙本、梦本同于暂本。

[4]"小和尚的一事"，梦本作"小和尚的事"，其他脂本作"小和尚一事"。

[5]"凤姐"，彼本、杨本、梦本作"凤姐的"，其他脂本同于暂本。

[6]"说道"，舒本作"说到"，其他脂本同于暂本。

[7]"如今"，梦本无，其他脂本同于暂本。

[8]"大大"，其他脂本均作"到大大的"。

[9]"交与他"，其他脂本均作"竟交与他"。

[10]"横竖"，庚辰本作"横鑑"（"鑑"旁改"竖"），其他脂本同于暂本。

[11]"昭着"，其他脂本均作"照在"。

[12]"里头"，杨本作"头里"，其他脂本同于暂本。

[13]"规例"，舒本、梦本、庚辰本作"规矩"（庚辰本"矩"系旁改，原作"例"），其他脂本同于暂本。

[14]"每月"，梦本作"每日"，其他脂本同于暂本。

[15]"不"，其他脂本均作"不大"。

[16]"事"，梦本作"小事"，其他脂本同于暂本（庚辰本原作"是"，旁改"事"）。

[17]"就"，彼本、杨本、梦本无，其他脂本作"如此"。

[18]"依"，梦本作"依允"，其他脂本同于暂本。

贾琏回到[1]房中告诉[2]凤姐[3]，凤姐即令人[4]告诉[5]袁氏[6]，贾芹便来见贾琏夫妻[7]，感谢不尽。凤姐又作情[8]央贾琏[9]先支三个月的[10]，叫他写了[11]领领子[12]，贾琏批票，画了押，当时[13]发了对牌[14]出来[15]，去银库上[16]按数发出[17]三个月的[18]，给他[19]白花花[20]二三百两[21]。贾芹随手拈了[22]一块，摺与掌平[23]的人，叫[24]他们吃了茶罢[25]。于是命小子[26]拿了[27]回家，与母亲商议商议[28]。

[1] "回到"，梦本作"回至"，其他脂本同于暂本。

[2] "告诉"，舒本作"告诉了"，其他脂本同于暂本。

[3] "凤姐"，庚辰本、蒙本、戚本作"凤姐儿"，其他脂本同于暂本。

[4] "令人"，其他脂本均作"命人去"。

[5] "告诉"，庚辰本、舒本、彼本、杨本作"告诉了"，其他脂本同于暂本。

[6] "袁氏"，其他脂本均作"周氏"。

[7] "夫妻"，梦本同，彼本、杨本作"母子二人"（连下读），庚辰本、舒本、蒙本、戚本作"夫妻两个"。

[8] "作情"，杨本、梦本作"做情"，其他脂本同于暂本。

[9] "央贾琏"，梦本无，其他脂本同于暂本。

[10] "三个月的"，梦本作"三个月的费用"，其他脂本同于暂本。

[11] "写了"，庚辰本作"写"，其他脂本同于暂本。

[12] "领领子"（第一个"领"字系旁添），舒本、戚本作"领字"，蒙本作"领了"，其他脂本作"领子"。

[13] "当时"，其他脂本均作"当时"。

[14] "对牌"，彼本、杨本作"对票"，其他脂本同于暂本。

[15] "出来"，舒本同，其他脂本作"出去"。

[16] "去银库上"，舒本作"到银库上"，其他脂本作"银库上"。

［17］"发出"，彼本、杨本作"发"，蒙本、戚本作"发给"，其他脂本同于暂本。

［18］"三个月的"，舒本、彼本作"三个月"，其他脂本同于暂本。

［19］"给他"，庚辰本作"工给来"，舒本、彼本、杨本、蒙本、戚本、梦本作"供给来"。

［20］"白花花"，彼本、杨本作"白花花的"，其他脂本同于暂本。

［21］"二三百两"，庚辰本、彼本、杨本作"二三百"，其他脂本同于暂本。

［22］"拈了"，彼本、杨本同，其他脂本作"拈"。

［23］"掌平"，彼本、杨本作"掌秤"，其他脂本同于暂本。

［24］"叫"，彼本作"请"，其他脂本同于暂本。

［25］"吃了茶罢"，庚辰本原作"吃了茶罢"，"了"被圈去，其他脂本同于暂本。

［26］"小子"，其他脂本均作"小厮"。

［27］"拿了"，庚辰本、蒙本、戚本作"拿"，其他脂本同于暂本。

［28］"商议商议"，庚辰本、蒙本、戚本作"商议"，梦本作"商意"，其他脂本同于暂本。

当时[1]雇了个[2]大轿驴[3]，自己骑上[4]，又雇了[5]几辆车子[6]，至荣府[7]角门前[8]，唤出二十四个人来，坐[9]上车[10]，一径[11]送[12]往城外铁槛寺居住[13]，预备将来传唤[14]，不在话下[15]。

［1］"当时"，其他脂本均作"登时"。

［2］"个"，庚辰本、舒本、蒙本、戚本无，彼本、杨本、梦本作"一个"。

[3]"大轿驴"，彼本、杨本作"大叫驴"，梦本作"脚驴"，庚辰本、舒本、蒙本、戚本作"大脚驴"。

[4]"骑上"，梦本作"骑了"，其他脂本同于暂本。

[5]"了"，梦本无，其他脂本同于暂本。

[6]"车子"，庚辰本、彼本、杨本作"车"，其他脂本同于暂本。

[7]"荣府"，庚辰本、舒本、杨本、蒙本、戚本、梦本作"荣国府"，彼本作"荣国公"。

[8]"角门前"，庚辰本作"角门"，其他脂本同于暂本。

[9]"坐"，舒本无，其他脂本同于暂本。

[10]"车"，杨本、梦本作"车子"，其他脂本同于暂本。

[11]"一径"，庚辰本作"已径"，其他脂本同于暂本。

[12]"送"，其他脂本均无。

[13]"居住"，其他脂本均作"去了"。

[14]"预备将来传唤"，其他脂本均无。

[15]"不在话下"，杨本无，其他脂本作"当下无话"。

如今且说[1]贾元春因[2]在宫中，自[3]编大观园题咏之后，思想[4]那[5]大观园[6]中[7]景致，自己幸过[8]，贾政必定敬谨封锁，不敢使人[9]进去搔扰[10]，不免寥落[11]；况家中现有几个能诗会赋[12]姊妹[13]，何不命[14]他们进去居住，也不使[15]佳[16]人落魄，花柳无颜。却又想到[17]宝玉自[18]姊妹们[19]中长大，不比别的兄弟们[20]，若不命他进去，只怕他冷清了[21]，一时不大畅快[22]，未免[23]贾母、王夫人愁虑[24]，须得也命他[25]进园中[26]居住方妙[27]。

[1]"且说"，庚辰本作"早说"，其他脂本同于暂本。

[2]"因"，梦本无，其他脂本同于暂本。

[3]"自"，梦本无，其他脂本同于暂本。

［4］"思想"，彼本、杨本作"忽想"，其他脂本作"忽想起"。

［5］"那"，舒本无，其他脂本同于暂本。

［6］"大观园"，梦本作"园"，其他脂本同于暂本（庚辰本"园"系旁添）。

［7］"中"，舒本无，其他脂本同于暂本。

［8］"幸过"，其他脂本均作"幸过之后"。

［9］"不敢使人"，梦本作"不叫人"，其他脂本同于暂本。

［10］"搔扰"，梦本无，蒙本、戚本作"骚扰"，其他脂本同于暂本。

［11］"不免寥落"，梦本作"岂不辜负此园"，庚辰本作"岂不谬落"（"谬"旁改"冷"），其他脂本作"岂不寥落"。

［12］"能诗会赋"，其他脂本均作"能诗会赋的"。

［13］"姊妹"，梦本作"姊妹们"，其他脂本同于暂本。

［14］"命"，杨本作"令"，其他脂本同于暂本。

［15］"使"，彼本此字系旁添，其他脂本同于暂本。

［16］"佳"，暂本此字系旁添。

［17］"到"，梦本无，其他脂本同于暂本。

［18］"自"，其他脂本均作"自幼在"。

［19］"姊妹们"，梦本作"姐妹丛"，其他脂本作"姊妹丛"。

［20］"们"，其他脂本均无。

［21］"只怕他冷清了"，舒本、彼本、杨本作"只怕冷清了"，梦本作"又怕冷落了他"，其他脂本同于暂本。

［22］"一时不大畅快"，梦本无，其他脂本同于暂本。

［23］"未免"，梦本作"恐"，蒙本作"未免又添"，其他脂本同于暂本。

［24］"愁虑"，梦本作"心上不喜"，其他脂本同于暂本。

［25］"也命他"，梦本作"命他也"，其他脂本同于暂本。

[26]"中",其他脂本均无。

[27]"妙",梦本作"妥",其他脂本同于暂本。

想毕,遂命[1]太监夏忠[2]到荣国府[3]来[4],下一道谕[5],命宝钗等只管[6]在园中居住,不可禁约[7]封锢,命宝玉仍[8]随进去读书[9]。

[1]"想毕,遂命",舒本作"想毕,随命",梦本作"命",其他脂本同于暂本。

[2]"夏忠",彼本、杨本、蒙本作"夏守忠",其他脂本同于暂本。

[3]"荣国府",梦本作"荣府",其他脂本同于暂本。

[4]"来",杨本、梦本无,其他脂本同于暂本。

[5]"下一道谕",舒本作"仍随谕",其他脂本同于暂本。

[6]"只管",梦本无,其他脂本同于暂本。

[7]"禁约",梦本无,其他脂本同于暂本。

[8]"仍",梦本作"也",其他脂本同于暂本。

[9]自"读书"起,至下文"各处收拾打扫"止,庚辰本无。

贾政、王夫人接了这谕[1],待[2]夏忠[3]去后,便来[4]回明贾母,遣人进去,各处收拾打扫,安设帘幔床帐。别人听了,还自由可[5],惟有[6]宝玉听了这谕[7],喜的无可不可[8],正和贾母盘算,要这个算[9]那个,忽见丫鬟来说:"老爷叫呢[10]。"

[1]"这谕",梦本作"谕",其他脂本同于暂本。

[2]"待",梦本作"命",舒本、彼本、杨本、蒙本、戚本同于暂本。

[3]"夏忠",彼本、杨本、蒙本作"夏守忠",梦本同于暂本。

[4]"便来",梦本作"便",舒本、彼本、杨本、蒙本、戚

本同于暂本。

　　［5］"还自由可"，庚辰本同，舒本作"还犹可"，彼本作"还由自可"，蒙本、戚本作"还自犹可"，杨本作"还由可"，梦本作"还尤自可"。

　　［6］"有"，其他脂本均无。

　　［7］"听了这谕"，梦本无，杨本作"听了这话"，其他脂本同于暂本。

　　［8］"无可不可"，庚辰本、舒本、杨本、蒙本、戚本作"无可无不可"（庚辰本第二个"无"系旁添），彼本作"无所不可×"（"所"系旁添），梦本作"喜之不胜"。

　　［9］"算"，彼本、杨本、梦本作"要"，其他脂本同于暂本。

　　［10］"呢"，蒙本、戚本作"你"，其他脂本作"宝玉"。

　　宝玉听了[1]，好似打了个焦雷[2]，登时扫去兴头[3]，脸上转了颜色[4]，便拉着贾母，扭的好似[5]扭股儿糖[6]，杀死也[7]不敢去。贾母只得安慰他[8]道："宝贝[9]，只管去[10]，有我呢，他不敢委曲了你。况且[11]你又作了[12]那[13]篇好文章，想是娘娘叫你进[14]去住，他分咐你几句[15]，不过不许[16]你在里头淘气。他说什么，你[17]好好[18]答应[19]就是了。"一面安慰，一面唤[20]了两个老妈妈[21]来，分咐好生带了宝玉去："别叫他老子唬着他。"老妈妈[22]答应了。

　　［1］"听了"，梦本无，其他脂本同于暂本。

　　［2］"好似打了个焦雷"，舒本作"好似打个焦雷"，杨本作"好似打了个焦"，梦本作"呆了半晌"，其他脂本同于暂本。

　　［3］"扫去兴头"，梦本作"扫了兴"，其他脂本同于暂本。

　　［4］"颜色"，梦本作"色"，其他脂本同于暂本。

　　［5］"好似"，蒙本作"好是"，其他脂本同于暂本。

　　［6］"扭股儿糖"，彼本、杨本作"扭棍儿糖一般"，其他脂

本同于暂本。

[7]"杀死也",梦本作"死也",其他脂本作"杀死"。

[8]"他",彼本无,其他脂本同于暂本。

[9]"宝贝",彼本作"好宝玉",其他脂本作"好宝贝"。

[10]"只管去",梦本作"你自管去",其他脂本作"你只管去"。

[11]"况且",梦本作"况",其他脂本同于暂本。

[12]"又作了",梦本作"做了",其他脂本同于暂本。

[13]"那",梦本作"这",其他脂本同于暂本。

[14]"进",梦本作"进园",其他脂本同于暂本。

[15]"几句"庚辰本、梦本作"几句话"(庚辰本"话"系旁添),蒙本作"给句",其他脂本同于暂本。

[16]"不许",彼本、杨本作"不叫",梦本作"是怕",其他脂本作"不教"。

[17]"你",蒙本、戚本作"只",梦本作"你自",其他脂本作"你只"。

[18]"好好",杨本同,彼本作"好好的",其他脂本作"好生"。

[19]"答应",其他脂本作"答应着"。

[20]"唤",庚辰本作"换",其他脂本同于暂本。

[21]"老妈妈",庚辰本作"老嬷嬷",杨本作"老姆姆",戚本作"老媄媄",其他脂本同于暂本。

[22]"老妈妈",庚辰本作"老嬷嬷",杨本作"老姆姆",戚本作"老媄媄",其他脂本同于暂本。

宝玉只得前去,一步挪了三寸[1],到[2]这边来。可巧在[3]王夫人房中商议事情[4],金钏[5]、彩霞[6]、绣鸾[7]、绣凤等[8]众丫头[9],都在廊檐下[10]站着呢[11],一见宝玉来[12],都[13]抿着嘴儿[14]笑,金钏一把拉住[15]宝玉，睄睄[16]笑道[17]："我这[18]嘴上是才擦的[19]香侵[20]胭脂，这会子你[21]可擦不擦[22]了？"绣凤[23]一把[24]推开金钏[25]，笑[26]道："人家心里正[27]不自在，你还[28]奚落他。趁[29]这会子喜欢[30]，快进去罢。"宝玉只得挨进去[31]。

[1]"一步挪了三寸"，舒本作"一步挪了一步"（第二个"一"系旁添），彼本作"一步不挪了三指"（"了"旁改"上"），杨本作"一步挪不了三指"，庚辰本、蒙本、戚本作"一步挪不了三寸"（庚辰本"不"系旁添）。

[2]"到"，庚辰本作"倾到"，舒本作"径到"，彼本作"蹉到"，杨本作"踱到"，蒙本、戚本作"挨到"，梦本作"蹭到"。

[3]"在"，彼本、杨本作"贾政正在"，其他脂本同于暂本。

[4]"事情"，舒本无，彼本作"事件"，其他脂本同于暂本。

[5]"金钏"，其他脂本均作"金钏儿"。

[6]"彩霞"，梦本作"彩云、彩凤"，其他脂本作"彩云、彩霞"。

[7]"绣鸾"，杨本无，其他脂本同于暂本。

[8]"等"，舒本作"及"，其他脂本同于暂本。

[9]"丫头"，其他脂本均作"丫环"。

[10]"下"，庚辰本、蒙本作"上"（庚辰本"上"旁改"底下"），其他脂本同于暂本。

[11]"呢"，彼本作"你"（旁改"呢"），其他脂本同于暂本。

[12]"来"，彼本、杨本作"走来"，其他脂本同于暂本。

[13]"都"，庚辰本无，杨本作"多"，其他脂本同于暂本。

[14]"抿着嘴儿"，梦本同，庚辰本、彼本、杨本作"抿着嘴"，舒本作"抿嘴儿"，蒙本、戚本作"抿嘴儿"。

[15]"拉住"，梦本作"拉着"，其他脂本同于暂本。

[16]"睄睄"，其他脂本均作"悄悄的"。

[17]"笑道",梦本作"说道",其他脂本同于暂本。

[18]"这",蒙本作"的",其他脂本同于暂本。

[19]"擦的",舒本作"擦上的",其他脂本同于暂本。

[20]"香侵",舒本作"香",梦本作"香渍",庚辰本、彼本、杨本、蒙本、戚本作"香浸"。

[21]"这会子你",其他脂本均作"你这会子"。

[22]"擦不擦"(两个"擦",均旁改"吃"),舒本作"要不要",其他脂本作"吃不吃"。

[23]"绣凤",其他脂本均作"彩云"。

[24]"一把",蒙本、戚本作"连忙一把",其他脂本同于暂本。

[25]"金钏",杨本无,其他脂本同于暂本。

[26]"笑",杨本无,其他脂本同于暂本。

[27]"心里正",庚辰本、舒本、彼本、蒙本作"正心里",其他脂本同于暂本。

[28]"还",梦本作"也要",其他脂本同于暂本。

[29]"趁",梦本作"趁着",其他脂本同于暂本。

[30]"喜欢"(勾乙为"欢喜"),其他脂本均同。

[31]"挨进去",梦本作"挨门进去",其他脂本作"挨进门去"。

原来[1]贾政和[2]王夫人[3]都在里间呢[4],赵姨[5]打起帘子,宝玉恭身[6]挨入[7]。只见贾政和[8]王夫人对面[9]坐在炕上说话,地下[10]一溜椅子,迎春、探春、惜春[11]、贾环[12]四个人都[13]坐在那里,一见他进来,都站了起来[14]。

[1]"原来",杨本作"元来",

[2]"和",彼本作"合",其他脂本同于暂本。

　　[3]"王夫人"，梦本作"王夫人对面坐在炕上"，其他脂本同于暂本。

　　[4]"都在里间呢"，舒本作"都在那里闲谈呢"，彼本作"都在里间屋里"，杨本作"多在里间屋里"，其他脂本同于暂本。

　　[5]"赵姨"，其他脂本均作"赵姨娘"。

　　[6]"恭身"，其他脂本均作"躬身"。

　　[7]"挨入"，庚辰本作"进去"，杨本作"捱入"，其他脂本同于暂本。

　　[8]"和"，彼本作"合"，其他脂本同于暂本。

　　[9]"对面"，梦本作"对"，其他脂本同于暂本。

　　[10]"地下"，杨本作"底下"，其他脂本同于暂本。

　　[11]"迎春、探春、惜春"，杨本作"迎、探、惜三人"，蒙本、戚本作"迎、探、惜"，其他脂本同于暂本。

　　[12]"贾环"，杨本、蒙本、戚本作"并贾环"，其他脂本同于暂本。

　　[13]"四个人都"，杨本无，其他脂本同于暂本。

　　[14]"都站了起来"，庚辰本作"惟有探春和惜春、贾环站了起来"，舒本、蒙本、戚本、梦本作"惟有探春、惜春和贾环站了起来"，彼本作"惟有探春、惜春合贾环站了起来"，杨本作"惟有迎、探二人及贾环站起来"。

　　贾政一举目，见宝玉站在跟前，神彩飘逸，秀色夺人，贾环[1]人物委薤[2]，举止荒疏[3]，忽又想起贾珠来，再者[4]看[5]王夫人[6]只有这个[7]亲生[8]儿子，素爱如珍，自己[9]胡子[10]已经[11]苍白，因这几件上，把素日[12]嫌恶、处分[13]宝玉之心不觉减了八九[14]。半晌说道："娘娘分咐说[15]，你[16]日日外头[17]嬉游[18]，渐次疏懒。如今叫禁管你同[19]姊妹[20]在园内[21]读书写字[22]，好生[23]用心习学[24]。若再[25]不守分安常，你可仔细。"宝玉连连[26]答应了几个"是"[27]。

［1］"贾环"，梦本作"又看见贾环"，其他脂本同于暂本。

［2］"委蕤"，庚辰本作"委锁"，蒙本作"委琐"，其他脂本同于暂本。

［3］"荒疏"，梦本作"粗鲁"，其他脂本同于暂本。

［4］"再者"，庚辰本作"又"，其他脂本作"再"。

［5］"看"，其他脂本均作"看看"。

［6］"王夫人"，舒本作"贾环人物平常"，其他脂本同于暂本。

［7］"这个"，其他脂本均作"这一个"。

［8］"亲生"，其他脂本均作"亲生的"。

［9］"自己"，舒本同，其他脂本作"自己的"。

［10］"胡子"，其他脂本均作"胡须"。

［11］"已经"，其他脂本均作"将已"。

［12］"素日"，梦本作"平日"，其他脂本同于暂本。

［13］"处分"，彼本、杨本、梦本无，其他脂本同于暂本。

［14］"八九"，梦本作"八九分"，其他脂本同于暂本。

［15］"说"，彼本无，梦本作"你说"，其他脂本同于暂本。

［16］"你"，梦本无，其他脂本同于暂本。

［17］"外头"，舒本作"在外头"，梦本作"在外"，其他脂本同于暂本。

［18］"嘻游"，梦本作"游嬉"，其他脂本作"嬉游"。

［19］"你同"，梦本同，其他脂本作"同你"。

［20］"姊妹"，梦本作"姐妹们"，其他脂本同于暂本。

［21］"在园内"，彼本、杨本作"在园子里"，其他脂本作"在园里"。

［22］"写字"，梦本无，其他脂本同于暂本。

［23］"好生"，其他脂本作"你可好生"。

［24］"习学"，彼本、梦本作"学习"，其他脂本同于暂本。

[25]"若再"，庚辰本、梦本作"再如"，舒本、彼本、蒙本、戚本作"再若"，杨本作"再"。

[26]"连连"，庚辰本、舒本、蒙本、戚本作"连连的"，其他脂本同于暂本。

[27]"答应了几个'是'"，杨本作"答应"，其他脂本同于暂本。

王夫人便拉他身旁[1]坐下[2]，他妹弟三人依旧坐下。王夫人摸挲[3]着宝玉的[4]脖项[5]，说道："前儿[6]的丸药都[7]吃完了[8]?"宝玉答道[9]："还有一丸。"王夫人道[10]："明儿[11]再取十丸来[12]。天天临睡[13]的[14]时候，叫袭人伏侍你吃了再睡[15]。"宝玉道："自从[16]太太分咐了，袭人天天晚上想着[17]打发我吃[18]。"

[1]"身旁"，梦本作"身边"，其他脂本作"在身旁"。

[2]"坐下"，彼本、杨本作"坐了"，其他脂本同于暂本。

[3]"摸挲"，梦本作"摸索"，蒙本作"摸婆"，其他脂本作"摸娑"。

[4]"的"，彼本无，其他脂本同于暂本。

[5]"脖项"，蒙本作"头"，戚本作"脖头"，其他脂本同于暂本。

[6]"前儿"，舒本、杨本作"前日"，其他脂本同于暂本。

[7]"都"，杨本作"多"，其他脂本同于暂本。

[8]"吃完了"，彼本、杨本作"吃完了么"，梦本作"吃完了没有"，其他脂本同于暂本。

[9]"答道"，彼本作"答应"，梦本作"答应道"，其他脂本同于暂本。

[10]"道"，梦本作"说"，其他脂本同于暂本。

[11]"明儿"，舒本、彼本、杨本作"明日"，梦本作"明

早", 其他脂本同于暂本。

[12] "来", 彼本、杨本作"去", 其他脂本同于暂本。

[13] "临睡", 彼本作"临卧", 其他脂本同于暂本。

[14] "的", 梦本无, 其他脂本同于暂本。

[15] "再睡", 彼本作"你再睡", 其他脂本同于暂本。

[16] "自从", 庚辰本、彼本、杨本、蒙本、戚本作"只从", 舒本、梦本同于暂本。

[17] "晚上想着", 梦本作"临睡", 其他脂本同于暂本。

[18] "打发我吃", 梦本作"打发我吃的", 其他脂本同于暂本。

贾政问道[1]: "袭人是何人[2]?"王夫人道: "是个丫头。"贾政道: "丫头不管叫什么名字罢了[3], 是谁这样[4]刁钻, 起这样的名字[5]?"王夫人见贾政不自在了[6], 便替宝玉掩饰道: "是老太太[7]起的。"贾政道: "老太太[8]如何知道[9]这样话[10]? 一定是宝玉。"

[1] "问道", 梦本作"便问道", 其他脂本同于暂本。

[2] "袭人是何人", 梦本作"谁叫袭人", 其他脂本同于暂本。

[3] "丫头不管叫什么名字罢了", 庚辰本、彼本、杨本作"丫头不管叫个什么罢了", 舒本、蒙本、戚本作"不管叫个什么罢了", 梦本作"丫头不拘叫个什么罢了"。

[4] "是谁这样", 梦本作"是谁起这样", 彼本、杨本作"是谁", 其他脂本同于暂本。

[5] "起这样的名字", 庚辰本、舒本作"起这样的名子", 彼本、杨本作"起个这样的名字", 蒙本、戚本作"起这样的名字", 梦本作"的名字"。

[6] "了", 杨本无, 其他脂本同于暂本。

[7] "老太太", 杨本作"太太", 其他脂本同于暂本。

[8]"老太太"，杨本作"太太"，其他脂本同于暂本。

[9]"知道"，梦本作"晓得"，其他脂本同于暂本。

[10]"这样话"，庚辰本作"这话"，其他脂本作"这样的话"。

　　宝玉见瞒不过，只得[1]起身回道[2]："因素日读诗[3]，曾记得[4]古人有一句[5]诗云：'花气[6]袭人知昼暖。'因见[7]这个[8]丫头姓花，便随口[9]起了[10]这丫头为名字[11]。"王夫人忙向宝玉道[12]："你回去改了罢。老爷也不用为这[13]小事生气[14]。"贾政道："究竟也无妨碍[15]，又何用改？只是[16]可见宝玉不务正[17]，专在这些浓诗艳词[18]上用[19]工夫。"说毕，断一声[20]："作业[21]的畜生，还不出去！"王夫人忙道[22]："去罢，去罢[23]，只怕老太太等你吃饭[24]。"

　　[1]"只得"，舒本作"只"，其他脂本同于暂本。

　　[2]"回道"，舒本作"道"，其他脂本同于暂本。

　　[3]"读诗"，舒本、彼本、杨本作"读书"，其他脂本同于暂本。

　　[4]"记得"，庚辰本、舒本、蒙本、戚本、梦本作"记"，彼本、杨本同于暂本。

　　[5]"有一句"，杨本作"有一"，梦本作"有句"，其他脂本同于暂本。

　　[6]"花气"，杨本作"花"，其他脂本同于暂本。

　　[7]"因见"，蒙本作"见"，其他脂本作"因"。

　　[8]"这个"，梦本作"这"，其他脂本同于暂本。

　　[9]"随口"，梦本作"随意"，其他脂本同于暂本。

　　[10]"起了"，梦本作"起的"，其他脂本同于暂本。

　　[11]"这丫头为名字"，梦本无，庚辰本、舒本作"这个"，其他脂本作"这个名字"。

　　[12]"忙向宝玉道"，杨本同，庚辰本作"忙又道：宝玉"，

舒本、彼本、蒙本、戚本作"忙又向宝玉道",梦本作"忙向宝玉说道"。

[13] "这",舒本无,其他脂本同于晳本。

[14] "生气",庚辰本、舒本、蒙本、戚本作"动气",其他脂本同于晳本。

[15] "妨碍",彼本、杨本同,舒本、梦本作"方碍",庚辰本、蒙本、戚本作"碍"。

[16] "只是",梦本作"只",其他脂本同于晳本。

[17] "正",舒本作"正经",其他脂本同于晳本。

[18] "浓诗艳词",蒙本、戚本同,庚辰本作"浓词艳赋",舒本作"秾诗艳曲",彼本、杨本作"浓诗艳曲",梦本作"浓诗艳诗"。

[19] "用",庚辰本、彼本、蒙本、戚本作"作",舒本、杨本、梦本作"做"。

[20] "说毕,断一声",杨本无,梦本作"说毕,断喝了一声",其他脂本作"说毕,断喝一声"。

[21] "作业",舒本同,其他脂本作"作孽"。

[22] "忙道",舒本同,其他脂本作"也忙道"。

[23] "去罢",杨本作"□",庚辰本、蒙本、戚本无,其他脂本同于晳本。

[24] "吃饭",蒙本、戚本、梦本同,其他脂本作"吃饭呢"。

宝玉答应了,慢慢的退出去了[1],向金钏[2]笑着伸伸舌头[3],带着两个老妈妈[4]一溜烟去[5]了。刚到[6]穿堂门前,见袭人傍[7]门立在那里[8],一见[9]平安回来,堆下笑来,问道[10]:"叫你作[11]什么?"宝玉告诉他[12]:"没有作[13]什么[14],不过怕我进园中[15]去[16]淘气,分付分付。"一面说,一面回至[17]贾母跟前,回明原故[18]。

　　[1] "退出去了"，庚辰本、蒙本、戚本作"出去"，杨本作"退出"，其他脂本作"退出去"。

　　[2] "金钏"，其他脂本均作"金钏儿"。

　　[3] "舌头"，彼本、杨本作"舌头儿"，其他脂本同于暂本。

　　[4] "老妈妈"，庚辰本作"嬷嬷"，舒本、彼本、蒙本、梦本作"老嬷嬷"，杨本作"老姆姆"，戚本作"老媄媄"。

　　[5] "去"，彼本作"走"，其他脂本同于暂本。

　　[6] "到"，其他脂本均作"至"。

　　[7] "傍"，其他脂本均作"倚"。

　　[8] "立在那里"，梦本作"而立"，其他脂本同于暂本。

　　[9] "一见"，其他脂本均作"一见宝玉"。

　　[10] "问道"，其他脂本均作"问"。

　　[11] "作"，杨本、梦本作"做"，其他脂本同于暂本。

　　[12] "他"，梦本无，舒本作"也"（连下读），其他脂本同于暂本。

　　[13] "作"，蒙本同，其他脂本均无。

　　[14] "什么"，梦本作"甚么"，其他脂本同于暂本。

　　[15] "中"，其他脂本均无。

　　[16] "去"，梦本无，其他脂本同于暂本。

　　[17] "回至"，舒本作"在"，杨本作"至"，蒙本作"来至"，其他脂本同于暂本。

　　[18] "原故"，其他脂本均作"原委"。

　　只见林黛玉[1]正[2]在那里，宝玉便[3]问他："你住[4]那一处好?"林黛玉[5]正心里[6]盘算这件事[7]，忽见宝玉问他[8]，便笑道："我心里想着，潇湘馆好，我[9]爱那几根[10]竹子[11]，隐着一道曲栏，比别处[12]更觉[13]幽静。"宝玉听了[14]，拍手笑道："正和[15]我的主意一样[16]，我也要[17]叫你住这里呢[18]。我就住怡红院，咱们两个又近，又都[19]

清幽。"

[1]"林黛玉",彼本、杨本作"黛玉",其他脂本同于暂本。

[2]"正",杨本无,其他脂本同于暂本。

[3]"便",杨本无,其他脂本同于暂本。

[4]"住",舒本作"处"（旁改"住"），梦本作"住在",其他脂本同于暂本。

[5]"林黛玉",彼本、杨本、梦本作"黛玉",其他脂本同于暂本。

[6]"正心里",杨本作"心里正",戚本作"正在心里",梦本作"正",其他脂本同于暂本。

[7]"这件事",其他脂本均作"这事"。

[8]"问他",梦本作"一问",其他脂本同于暂本。

[9]"我",庚辰本无,其他脂本同于暂本。

[10]"根",其他脂本均作"竿"。

[11]"竹子",彼本作"竹",其他脂本同于暂本。

[12]"别处",庚辰本作"的"（旁改"处"），其他脂本同于暂本。

[13]"更觉",梦本无,其他脂本同于暂本。

[14]"了",杨本无,其他脂本同于暂本。

[15]"和",彼本、杨本、梦本作"合",其他脂本同于暂本。

[16]"一样",梦本无,其他脂本同于暂本。

[17]"要",舒本无,其他脂本同于暂本。

[18]"住这里呢",杨本作"住这里",蒙本作"住那里呢",梦本作"住那里去",其他脂本同于暂本。

[19]"都",杨本作"多",其他脂本同于暂本。

二人正[1]计较[2]，就有贾政遣人来回贾母说："二月二十的日子[3]，哥儿、姑娘[4]们好搬进去[5]。这几日内，遣人进去分派收拾[6]。"

[1]"正"，舒本无，其他脂本同于暂本。

[2]"计较"，彼本、杨本作"计较着"，梦本作"计议"，其他脂本同于暂本。

[3]"二月二十的日子"，庚辰本作"二月二十日子好"，舒本、蒙本、戚本作"二月二十的日子好"，彼本、杨本作"二月二十日好"，梦本作"二月二十日是好日子"。

[4]"姑娘"，其他脂本均作"姐儿"。

[5]"好搬进去"，杨本同，彼本作"搬进去"，庚辰本、舒本、蒙本、戚本、梦本作"好搬进去的"。

[6]"收拾"，彼本作"收什"，其他脂本同于暂本。

薛宝钗住了蘅芜院[1]，林黛玉住了潇湘馆，贾迎春住了缀锦楼[2]，探春住了秋掩书斋[3]，惜春住了[4]蓼风轩[5]，李宫裁[6]住了稻香村，宝玉住了[7]怡红院。

[1]"蘅芜院"，舒本、梦本作"蘅芜苑"，其他脂本同于暂本。

[2]"缀锦楼"，蒙本作"紫菱洲"，其他脂本同于暂本。

[3]"秋掩书斋"，庚辰本作"秋掩斋"，蒙本、戚本作"秋爽斋"，其他脂本同于暂本（舒本"掩"旁改"爽"）。

[4]"了"，梦本无，其他脂本同于暂本。

[5]"蓼风轩"，彼本同，庚辰本、舒本、杨本、蒙本、戚本、梦本作"蓼风轩"，蒙本作"暖香岛"

[6]"李宫裁"，其他脂本均作"李氏"。

[7]"了"，梦本无，其他脂本同于暂本。

每一处添两个老妈妈[1]，四个丫头。除各人奶娘、亲随[2]丫鬟[3]不算[4]外，另有专管收拾[5]打扫的[6]。至二十二日，一齐进去。登时园内花招[7]绣带，柳拂香风，不似[8]前番[9]寂寞[10]了，闲言少叙。

　　[1]"老妈妈"，庚辰本、舒本、彼本、蒙本、梦本作"老嬷嬷"，戚本作"老媖媖"，杨本作"老姆姆"。

　　[2]"亲随"，彼本、杨本无，其他脂本同于暂本。

　　[3]"丫鬟"，梦本作"丫头"，其他脂本同于暂本。

　　[4]"不算"，梦本无，其他脂本同于暂本。

　　[5]"收拾"，舒本、彼本作"收什"，其他脂本同于暂本。

　　[6]"的"，彼本、杨本作"的人"，其他脂本同于暂本。

　　[7]"招"，戚本作"摇"，其他脂本同于暂本。

　　[8]"不似"，蒙本作"不是"，其他脂本同于暂本。

　　[9]"前番"，其他脂本均作"前番那等"。

　　[10]"寂寞"，蒙本、戚本作"寂寥"，其他脂本同于暂本。

　　且说宝玉自进园[1]来[2]，心满意足，再无别项可生贪求之心[3]。每日自[4]和[5]姊妹[6]丫头[7]们一处，或读书写字[8]，或弹琴下棋，或画画[9]吟诗，以至[10]描鸾刺凤[11]，斗草簪花，低吟悄唱[12]，打字[13]猜枚[14]，无所不为[15]，到也十分[16]快乐[17]。

　　[1]"园"，庚辰本作"花园"，其他脂本同于暂本。

　　[2]"来"，庚辰本作"以来"，其他脂本同于暂本。

　　[3]"可生贪求之心"，彼本、杨本作"可生贪求之心了"（彼本"生贪"系勾乙），其他脂本同于暂本。

　　[4]"自"，其他脂本均作"只"。

　　[5]"和"，彼本作"合"，其他脂本同于暂本。

　　[6]"姊妹"，梦本作"姐妹"，其他脂本同于暂本。

　　[7]"丫头"，梦本作"丫鬟"，其他脂本同于暂本。

　　[8]"写字"，杨本同，其他脂本作"或写字"。

　　[9]"或画画"，其他脂本均作"作画"。

[10]"以至"，戚本、梦本同，舒本、彼本、杨本、蒙本作"以致"，庚辰本作"以之"（"之"旁改"及"）。

[11]"描鸾刺凤"，梦本作"描鸾绣凤"，其他脂本同于暂本。

[12]"悄唱"，舒本作"巧唱"，其他脂本同于暂本。

[13]"打字"，庚辰本、蒙本作"折字"，其他脂本作"拆字"。

[14]"猜枚"，舒本作"猜谜"，其他脂本同于暂本。

[15]"无所不为"，蒙本作"无所不致"（"致"旁改"至"），其他脂本作"无所不至"。

[16]"十分"，蒙本作"十色"（"色"旁改"分"），其他脂本同于暂本。

[17]"快乐"，梦本作"快意"，其他脂本同于暂本。

他曾有[1]几首即事诗[2]，作的[3]虽不算好，却到是真情真景，已记几首云[4]：

春夜即事云[5]：

露绡[6]云幄[7]任[8]铺陈，隔岸鼍更[9]听未真。枕上轻寒窗外雨，眼前春色梦中人。

盈盈蜡[10]泪因谁泣，默默[11]花愁为我[12]嗔。自是小鬟[13]娇[14]懒惯，拥衾不耐笑声[15]频。

[1]"有"，杨本作"作"。

[2]"即事诗"，舒本作"纪事诗"，杨本作"即事诗几首"，梦本作"四时即事诗"，其他脂本同于暂本。

[3]"作的"，舒本、彼本同，其他脂本无。

[4]"已记几首云"，杨本、梦本无，庚辰本、舒本、彼本、蒙本、戚本作"略记几首云"（庚辰本"几"系旁添；蒙本"记"系旁改，原作"讫"）。

[5]"即事云"，舒本无，戚本作"即事"，蒙本作"即是"

（"是"旁改"事"），其他脂本同于暂本。

[6]"露绡"，其他脂本均作"霞绡"。

[7]"云幄"，舒本作"云屋"，其他脂本同于暂本。

[8]"任"，彼本作"住"，其他脂本同于暂本。

[9]"隔岸鼍更"，舒本作"蛩蜑更深"，梦本作"隔巷蜑声"，其他脂本作"隔巷蜑更"。

[10]"蜡"，杨本作"独"，其他脂本作"烛"。

[11]"默默"，庚辰本、杨本、梦本作"点点"，其他脂本同于暂本。

[12]"我"，舒本作"尔"，其他脂本同于暂本。

[13]"小鬟"，彼本作"小嬛"，其他脂本同于暂本。

[14]"娇"，彼本、杨本、梦本作"姣"，其他脂本同于暂本。

[15]"声"，其他脂本均作"言"。

夏夜即事云[1]：

倦绣佳人幽梦长，金笼鹦鹉唤茶汤。窗明麝月开宫镜，室霭檀云品御香。琥珀杯倾荷露滑，玻璃槛纳[2]柳风香[3]。水亭处处[4]齐纨动，帘卷朱楼[5]罢[6]晚妆。

[1]"即事云"，舒本无，彼本、杨本、戚本作"即事"，其他脂本同于暂本。

[2]"纳"，梦本作"内"，其他脂本同于暂本。

[3]"香"（旁改"凉"），其他脂本均作"凉"。

[4]"处处"，舒本作"望处"，其他脂本同于暂本。

[5]"朱楼"，彼本、杨本、蒙本、戚本作"珠楼"，其他脂本同于暂本。

[6]"罢"，杨本作"傍"，其他脂本同于暂本。

秋夜即事云[1]：

绛芸轩[2]里绝喧哗，桂魄流光浸茜纱[3]。苔锁石纹容睡鹤[4]，井飘[5]桐露湿栖鸦。抱琴婢至舒金凤，倚槛人归落翠花。静夜不眠因酒[6]渴，沉烟重拨[7]索烹茶。

　　［1］"即事云"，舒本无，彼本、杨本、戚本作"即事"，其他脂本同于暂本。

　　［2］"绛芸轩"，彼本、杨本、梦本作"绛云轩"，其他脂本同于暂本。

　　［3］"浸茜纱"，舒本作"侵茜纱"，杨本作"浸洒纱"，其他脂本同于暂本。

　　［4］"鹤"，戚本①作"鸭"，其他脂本同于暂本。

　　［5］"飘"系旁添，其他脂本均作"飘"。

　　［6］"酒"，庚辰本作"洒"，其他脂本同于暂本。

　　［7］"沉烟重拨"，舒本作"沉吟跌坐"，其他脂本同于暂本。

冬夜即事云[1]：

梅魂竹夜[2]已三更，锦罽[3]霜衾[4]睡未成。松影一庭惟见鹤，梨花满地不闻莺。女儿[5]翠袖诗怀[6]冷，公子金貂酒力轻。却喜侍儿知试茗，扫将新雪及时烹。

　　［1］"即事云"，舒本无，彼本、杨本、戚本作"即事"，其他脂本同于暂本。

　　［2］"竹夜"（"夜"旁改"梦"），其他脂本均作"竹梦"。

　　［3］"锦罽"，彼本、杨本作"锦毯"，其他脂本同于暂本。

　　［4］"霜衾"，其他脂本均作"鹴衾"。

　　［5］"女儿"，彼本、梦本作"女奴"，戚本作"女郎"，其他脂本同于暂本。

---

① 此处的"戚本"指南京图书馆所藏的泽存本。

[6]"诗怀",杨本作"诗杯",其他脂本同于暂本。

因这几首诗[1],当时有一等势力人[2]见是[3]荣国府[4]十二三岁的公子作[5]的,抄录出来,各处称颂。再有一等轻浮子弟,爱上[6]那风骚[7]妖艳之句,也写在[8]扇上头[9]、壁上边[10],不时吟哦赏赞。因此[11]竟有[12]人来寻诗觅字,倩画求题的。宝玉得了意[13],镇日家[14]作[15]这些外务。

[1]"几首诗",其他脂本均作"数首诗"。

[2]"势力人",彼本同,其他脂本作"势利人"。

[3]"见是",庚辰本、蒙本、戚本作"见",其他脂本同于暂本。

[4]"荣国府",蒙本、戚本作"荣府",其他脂本同于暂本。

[5]"作",杨本、梦本作"做",其他脂本同于暂本。

[6]自"爱上"至"壁上",杨本无。

[7]"风骚",梦本作"风流",其他脂本同于暂本(蒙本原作"凤",旁改"风")。

[8]"写在",梦本作"写着",其他脂本同于暂本。

[9]"扇上头",其他脂本作"扇头"。

[10]"壁上①边",其他脂本作"壁上"("壁",蒙本系旁改,原作"璧")。

[11]"因此",梦本作"因此上",其他脂本同于暂本("因",庚辰本此字系旁改,原作"得")。

[12]"竟有",梦本作"就有",其他脂本同于暂本。

[13]"得了意",庚辰本作"亦发得了意",蒙本、戚本作"益发得了意",舒本、彼本、杨本作"越发得了意",梦本作

————————

① "壁上",自此以上,杨本无。

"一发得了意"。

[14]"镇日家"，庚辰本、彼本同，舒本、杨本作"整日"，蒙本作"整日家"，戚本作"整日在家"，梦本作"每日家"。

[15]"作"，杨本、梦本作"做"，舒本作"竟做"，其他脂本同于暂本。

谁想静中生烦恼[1]，忽一日不自在起来，这也不好，那也不好[2]，出来进去[3]，坐卧不安[4]。嘻[5]笑无心，那里知宝玉此时的心事？那宝玉此时的心里[6]不自在，便懒[7]在园内，只在外头鬼混，却又痴痴的。

[1]"生烦恼"，梦本作"生动"，其他脂本同于暂本。

[2]"那也不好"，庚辰本此四字系旁添。

[3]"这也不好，那也不好，出来进去"，蒙本、戚本无。按：暂本此下，至"坐卧不安"之前，均无。暂本所没有的文字，庚辰本作"只是闷闷的，园中那些人多半是女孩儿，正在混沌世界，天真烂熳之时，坐卧不避"，其他脂本从略。

[4]"坐卧不安"，舒本作"至坐卧不避"，其他脂本同于暂本。

[5]"嘻"，其他脂本均作"嬉"。

[6]"此时的心里"，其他脂本均作"心内"。

[7]"懒"，庚辰本作"懒待"（"待"系旁添），其他脂本同于暂本。

焙茗见他这样，因想与他开心，左思右想，皆是宝玉顽烦的了[1]，不能开心，惟有一件[2]，宝玉不曾见过[3]。想毕[4]，就[5]到书坊[6]内[7]，把[8]古今小说并那飞燕、合德、武则天、杨贵妃外传[9]奇角本[10]，买了许多来[11]引宝玉看[12]。

[1]"宝玉顽烦的了"，庚辰本、舒本、彼本、杨本作"宝玉

顽奈烦了的"（庚辰本把"奈"圈去；彼本"玉"系旁添），蒙本作"宝玉顽的不奈烦了的"，戚本作"宝玉顽的不耐烦了的"，梦本作"宝玉顽烦了的"。

［2］"惟有一件"，庚辰本作"惟有这件"，梦本作"只有这件"，其他脂本同于暂本。

［3］"见过"，杨本作"看过"，其他脂本作"看见过"。

［4］"想毕"，杨本无，其他脂本同于暂本。

［5］"就"，庚辰本、舒本、蒙本、戚本、梦本作"便走去"，彼本、杨本作"便走"。

［6］"书坊"，庚辰本作"书房"（"房"旁改"铺子"），其他脂本同于暂本。

［7］"内"（庚辰本旁改"里"），其他脂本同于暂本。

［8］"把"，彼本、杨本同，其他脂本作"把那"。

［9］"并那飞燕、合德、武则天、杨贵妃外传"，杨本作"并那飞燕、合德"，其他脂本作"并那飞燕、合德、武则天、杨贵妃的外传"。

［10］"奇角本"，庚辰本、舒本、蒙本、梦本作"与那传奇角本"（蒙本"角"旁改"脚"），戚本作"与那传奇脚本"，彼本作"与那传奇的角本"，杨本作"与那传奇的脚本"。

［11］"来"，舒本作"本"（连上读），其他脂本同于暂本。

［12］"看"，梦本无，其他脂本同于暂本。

宝玉看了一遍[1]，如得了珍宝[2]。焙茗[3]又[4]嘱咐他[5]："不可拿进园去，若叫人知道了，我就吃不了兜[6]着走呢。"宝玉那里舍得[7]不拿进去[8]，踟蹰再三[9]，单把这[10]文理细密[11]拿[12]了几套进去，放在床顶[13]上，无人时自己密看[14]；那粗俗过露的[15]，都[16]藏在[17]外书房里[18]。

　　[1]"宝玉看了一遍"，庚辰本、舒本、彼本、蒙本、戚本作"宝玉何曾见过这些书，一看见了"，杨本作"一看见"，梦本作"一看了"。

　　[2]"如得了珍宝"，杨本作"便如得了真宝"，梦本作"如得珍宝"，其他脂本作"便如得了珍宝"。

　　[3]"焙茗"，其他脂本均作"茗烟"。

　　[4]"又"，彼本、杨本无，其他脂本同于暂本。

　　[5]"他"，梦本作"道"，其他脂本同于暂本。

　　[6]"兜"，庚辰本、蒙本作"抖"，其他脂本同于暂本。

　　[7]"舍得"，杨本同，梦本作"肯"，其他脂本作"舍的"。

　　[8]"不拿进去"，彼本、杨本、蒙本作"不拿进园去"，戚本作"不拿进园"，其他脂本同于暂本。

　　[9]"踟蹰再三"，戚本作"踌躇再三"，梦本作"踟蹰再四"，其他脂本同于暂本。

　　[10]"这"，其他脂本均作"那"。

　　[11]"文理细密"，舒本、彼本、杨本、蒙本、戚本作"文理细密的"，庚辰本作"文理网密的"，梦本作"文理雅道些的"。

　　[12]"拿"，蒙本、戚本同，其他脂本作"拣"。

　　[13]"床顶"，彼本、杨本作"床头"，其他脂本同于暂本。

　　[14]"自己密看"，彼本、杨本作"自看"，梦本作"方看"，其他脂本同于暂本。

　　[15]"过露的"，舒本作"浅露的"，其他脂本同于暂本。

　　[16]"都"，舒本无，其他脂本同于暂本。

　　[17]"藏在"，梦本作"藏于"，其他脂本同于暂本。

　　[18]"外书房里"，梦本作"外面书房内"，其他脂本作"外面书房里"。

那日[1]正当三月中浣，早晚[2]后，宝玉携了一套《会真记》，走到沁芳闸桥那边[3]桃花[4]底下，一块石上坐着，展开《会真记》[5]，从头[6]细看[7]。正看到"落红成阵"[8]，只见一阵风过，把[9]树上[10]桃花吹[11]下一大半来，落了[12]满身满书，满地皆是[13]。宝玉要[14]抖将下来，恐怕[15]脚步践踏了，只得兜了那花瓣[16]浮在水面，飘飘荡荡，流出[17]沁芳闸去了。

[1]"那日"，庚辰本作"那一日"，其他脂本同于暂本。

[2]"早晚"，其他脂本均作"早饭"。

[3]"那边"，庚辰本、舒本作"边"，其他脂本同于暂本。

[4]"桃花"，彼本、杨本作"桃花树"，其他脂本同于暂本。

[5]"《会真记》"，杨本无，其他脂本同于暂本。

[6]"从头"，杨本无，其他脂本同于暂本。

[7]"细看"，梦本同，其他脂本作"细玩"。

[8]"看到'落红成阵'"，彼本作"看着落花成阵"，其他脂本同于暂本。

[9]"把"，梦本无，其他脂本同于暂本。

[10]"树上"，庚辰本作"树头上"，其他脂本同于暂本。

[11]"吹"，蒙本原作"吃"，旁改"吹"。

[12]"落了"，杨本、梦本作"落得"，其他脂本同于暂本。

[13]"皆是"，梦本作"皆是花片"，其他脂本同于暂本。

[14]"要"，彼本无，其他脂本同于暂本。

[15]"恐怕"，蒙本作"又恐怕"，其他脂本同于暂本。

[16]"只得兜了那花瓣"，庚辰本、舒本、梦本作"只得兜了那花瓣，来至池边，抖在池内，那花瓣"（"来至"，彼本、杨本作"来在"，蒙本作"来至了"）。

[17]"流出"，杨本作"竟流"，其他脂本作"竟流出"。

回来只见地[1]下还有许多[2]，宝玉正踟蹰间[3]，只听背后有人说道[4]："你在这里作[5]什么？"宝玉回头[6]，却是林黛玉[7]来了，肩上担着花锄，上[8]挂着纱囊[9]，手内拿着花扫[10]。宝玉笑道："好，好[11]，来[12]把这[13]花扫起来，撂在那水里。我才撂了好些了[14]。"

　　[1]"地"，庚辰本"地"字系旁添，其他脂本同于暂本。

　　[2]"许多"，梦本作"许多花瓣"，其他脂本同于暂本。

　　[3]"正踟蹰间"，庚辰本作"正踟蹰"，蒙本、戚本作"正踌躇间"，其他脂本同于暂本。

　　[4]"说道"，彼本作"说话"，其他脂本同于暂本。

　　[5]"作"，舒本、杨本、梦本作"做"，其他脂本同于暂本。

　　[6]"回头"，蒙本、戚本同，其他脂本作"一回头"。

　　[7]"林黛玉"，彼本、杨本作"黛玉"，其他脂本同于暂本。

　　[8]"上"，杨本无，蒙本作"锄上"，舒本、彼本、梦本作"花锄上"，其他脂本同于暂本。

　　[9]"纱囊"，舒本、梦本同，庚辰本、蒙本、戚本作"行囊"（庚辰本原作"行"，旁改"竹"），彼本、杨本作"花囊"。

　　[10]"花扫"，彼本同，其他脂本作"花帚"。

　　[11]"好"，彼本、杨本无，其他脂本同于暂本。

　　[12]"来"，彼本、杨本作"来罢"，其他脂本同于暂本。

　　[13]"这"，其他脂本均作"这个"。

　　[14]"我才撂了好些了"，其他脂本作"我才撂了好些在那里呢"。

　　黛玉[1]道："撂在水里不好。你看这里[2]水干净，只一流到[3]有人家的地方[4]，赃的臭的[5]仍旧把花遭塌了。那畸角[6]上，我有[7]一个花塚。如今把他[8]扫了[9]，装在这绢袋里，拿土埋上[10]，日久不过[11]随土化了，岂不干净？"

　　[1]"黛玉"，彼本、杨本同，其他脂本作"林黛玉"。

［2］"这里"，其他脂本均作"这里的"。

［3］"流到"，其他脂本均作"流出去"。

［4］"有人家的地方"，杨本作"有人家"，其他脂本同于暂本。

［5］"赃的臭的"，梦本同，舒本作"赃的臭的混着倒"，杨本作"赃的混了"，庚辰本、彼本、蒙本作"赃的臭的混倒"，戚本作"赃的臭的混洌"。

［6］"畸角"，舒本作"犄角"，其他脂本同于暂本。

［7］"我有"，舒本作"有我"，其他脂本同于暂本。

［8］"把他"，舒本作"也"，其他脂本同于暂本（庚辰本"把"系旁添）。

［9］"扫了"，彼本、杨本作"扫起来"，其他脂本同于暂本。

［10］"拿土埋上"，梦本作"埋在那里"，其他脂本同于暂本。

［11］"不过"，梦本无，其他脂本同于暂本。

宝玉听了，喜不自胜［1］，笑道［2］："待我放下书，帮你来［3］收拾。"黛玉道："什么书？"宝玉见问，慌之不迭［4］，便说道："不过是《中庸》《大学》。"黛玉笑道［5］："你在［6］我跟前弄鬼，趁早儿给我瞧瞧［7］，好多着呢。"

［1］"喜不自胜"，其他脂本均作"喜不自禁"。

［2］"笑道"，杨本无，其他脂本同于暂本。

［3］"来"，梦本无，其他脂本同于暂本。

［4］"慌之不迭"，彼本、杨本、梦本作"忙的藏之不迭"，其他脂本作"慌的藏之不迭"。

［5］"笑道"，梦本作"道"，其他脂本同于暂本。

［6］"在"，庚辰本作"又再"（"再"旁改"在"），其他脂本作"又在"。

［7］"瞧瞧"，彼本同，庚辰本、蒙本、戚本作"瞧"，舒本、

杨本、蒙本作"瞧瞧"。

宝玉道："好妹妹[1]，论你[2]，我[3]是不怕的。你看了，好歹别告诉[4]别人[5]。真真[6]是[7]好文章[8]，你[9]看了[10]连饭也不想吃了[11]。"一面[12]递了过去[13]。黛玉[14]把花具放下[15]，接书来看[16]，从头至尾[17]，越看越爱[18]。不上[19]顿饭工夫[20]，将十六出俱已[21]看完。自觉[22]词藻警人[23]，余香满口[24]。虽看完了[25]，却只管[26]出神，心内还默默[27]记诵[28]。

　　[1]"好妹妹"，梦本作"妹妹"，其他脂本同于暂本。

　　[2]"论你"，舒本同，其他脂本作"若论你"。

　　[3]"我"，杨本无，其他脂本同于暂本。

　　[4]"别告诉"，杨本作"别要告诉"，彼本作"别要告"。（待补）

　　[5]"别人"，梦本同，彼本、杨本作"人"，其他脂本作"别人去"。

　　[6]"真真"，杨本作"真正"，其他脂本同于暂本。

　　[7]"是"，蒙本同，其他脂本作"这是"。

　　[8]"好文章"，庚辰本作"好书"，其他脂本同于暂本。

　　[9]"你"，庚辰本、舒本作"你这"（庚辰本"这"旁改"要"），其他脂本同于暂本。

　　[10]"看了"，彼本、杨本作"这个"，其他脂本同于暂本。

　　[11]"不想吃了"，戚本作"不想呢"，其他脂本作"不想吃呢"。

　　[12]"一面"，其他脂本均作"一面说，一面"。

　　[13]"递了过去"，蒙本作"递了与林黛玉"，戚本作"递与了林黛玉"，其他脂本同于暂本。

　　[14]"黛玉"，庚辰本、梦本作"林黛玉"，其他脂本同于暂本。

[15]"把花具放下",庚辰本作"把花具且都放下",舒本、彼本作"把花具都放下",杨本作"把花具且多放下",蒙本作"把花锄都且放下",戚本、梦本作"把花具都且放下"。

[16]"接书来看",彼本、杨本作"接书来",蒙本作"接书来睄",其他脂本作"接书来瞧"。

[17]"从头至尾",舒本作"从头看",其他脂本作"从头看去"。

[18]"越看越爱",庚辰本、舒本作"越看越爱看"(庚辰本第二个"看字圈去"),其他脂本同于暂本。

[19]"不上",舒本、蒙本、戚本、梦本作"不",彼本、杨本作"不过",庚辰本作"不到"("到"系旁添)。

[20]"顿饭工夫",彼本、杨本、蒙本、戚本同,庚辰本、舒本作"一顿饭工夫"(庚辰本"一"系旁添),梦本作"顿饭时"。

[21]"已",杨本作"以",其他脂本同于暂本。

[22]"自觉",梦本作"但觉",其他脂本同于暂本。

[23]"警人",舒本作"惊人",其他脂本同于暂本。

[24]"余香满口",蒙本、戚本无,庚辰本作"余者满口"("者"旁改"音"),其他脂本同于暂本。

[25]"虽看完了",梦本同,其他脂本作"虽看完了书"。

[26]"只管",舒本作"只当",其他脂本同于暂本。

[27]"默默",彼本、杨本作"默默的",其他脂本同于暂本。

[28]"记诵",庚辰本作"记词",蒙本作"记颂"。(待补)

宝玉笑道[1]:"妹妹,你说好不好?"黛玉[2]笑道:"果然有趣。"宝玉笑道:"我就是个多愁多病身[3],你就是那倾国倾城貌[4]。"黛玉[5]听了,不觉带腮连耳[6]通红,登时[7]直竖起两道[8]似戏非戏的眉[9],瞪了[10]两只[11]似睁非睁的眼,香腮[12]带怒[13],娇面含嗔[14],用手指着[15]宝玉说[16]:"你这该死的[17],胡说!你[18]把这淫词艳曲弄了来，学了[19]这些[20]混话来欺负我。我[21]告诉舅舅、舅母去。"说到[22]"欺负"两个字[23]，早[24]把眼圈儿[25]也[26]红了，转身就走。

[1]"笑道"，杨本作"道"，其他脂本同于暂本。

[2]"黛玉"，庚辰本、彼本、杨本作"林黛玉"，其他脂本同于暂本。

[3]"我就是个多愁多病身"，梦本同，庚辰本作"我就是多愁多病的身"（"的"圈去），舒本作"我就是多愁多病身"，彼本、杨本、蒙本、戚本作"我就是个多愁多病的身"。

[4]"你就是那倾国倾城貌"，梦本作"你就是那倾国倾城的貌"，其他脂本同于暂本。

[5]"黛玉"，彼本、杨本同，其他脂本作"林黛玉"。

[6]"带腮连耳"，蒙本作"脸上"，其他脂本同于暂本。

[7]"登时"，彼本作"登时就"，其他脂本同于暂本。

[8]"两道"，庚辰本无，其他脂本同于暂本。

[9]"似戏非戏的眉"（两个"戏"均旁改"魙"），舒本作"似魙非魙的眉"，庚辰本、彼本、杨本作"似魙的眉"，蒙本、戚本作"似魙非魙的"。

[10]"瞪了"，庚辰本作"瞪"，其他脂本同于暂本。

[11]"两只"，庚辰本、蒙本作"两支"，彼本、杨本作"两个"，其他脂本同于暂本。

[12]"香腮"，蒙本同，舒本、梦本作"桃腮"，其他脂本作"微腮"。

[13]"怒"，杨本作"露"，蒙本作"恕"，其他脂本同于暂本。

[14]"娇面含嗔"，庚辰本、梦本作"薄面含嗔"，舒本作"杏面含春"，彼本作"满面含嗔"，蒙本作"粉面含嗔"。（待补戚本）

[15]"用手指着"，庚辰本、舒本、彼本、杨本、蒙本、戚本

作"指",梦本作"指着"。

[16]"说",蒙本作"道",其他脂本同于暂本。

[17]"的",梦本无,其他脂本同于暂本。

[18]"你",其他脂本均作"好好的"。

[19]"学了",庚辰本、彼本、杨本作"还说了"（庚辰本"说"系旁添,"了"圈去）,舒本作"还来说",蒙本、戚本作"还学了",梦本作"说了"。

[20]"这些",杨本作"那些",其他脂本同于暂本。

[21]"我",舒本作"我若",其他脂本同于暂本。

[22]"说到",舒本作"说到这",其他脂本同于暂本。

[23]"两个字",梦本作"二个字",其他脂本作"两个字上"。

[24]"早",梦本作"就",其他脂本作"早又"。

[25]"眼圈儿",梦本同,其他脂本作"眼睛圈儿"。

[26]"也",其他脂本均无。

宝玉着了忙[1],向前拦住[2]说[3]:"好妹妹,千万饶我这遭[4]。原[5]是我说错了,若[6]有心[7]欺负你,我明日[8]吊[9]在池子里,叫一个[10]癞头鼋[11]吞了去,变一个[12]大王八[13],等你作了[14]一品夫人,病老归西的时候,我[15]往你坟[16]上替我[17]驮[18]一辈子的碑[19]。"

[1]"着了忙",庚辰本作"着了急",舒本作"看了,忙",其他脂本同于暂本。

[2]"拦住",蒙本、戚本作"拦",其他脂本同于暂本。

[3]"说",庚辰本、舒本、彼本作"说道",杨本、蒙本、戚本、梦本作"道"。

[4]"这遭",其他脂本均作"这一遭"。

[5]"原",杨本作"元",其他脂本同于暂本。

[6]"若",蒙本作"我若",其他脂本同于暂本。

［7］"有心"，杨本作"有"，其他脂本同于暂本。

［8］"我明日"，戚本作"明儿叫"，舒本、彼本、杨本作"明日我"，其他脂本作"明儿我"。

［9］"吊"，梦本作"落"，其他脂本同于暂本。

［10］"叫一个"，庚辰本、彼本作"教个"，其他脂本作"叫个"。

［11］"癞头鼋"，庚辰本作"癞头元"，其他脂本同于暂本。

［12］"变一个"，其他脂本作"变个"。

［13］"大王八"，彼本、杨本同，其他脂本作"大忘八"。

［14］"作了"，舒本作"明儿作了"，彼本作"明日作了"，杨本作"明日做了"，其他脂本作"明儿做了"。

［15］"我"，舒本无，其他脂本同于暂本。

［16］"坟"，杨本作"喷"，其他脂本同于暂本。

［17］"我"，其他脂本均作"你"。

［18］"驼"，蒙本、戚本作"驮"，其他脂本同于暂本。

［19］"一辈子的碑"，庚辰本、舒本、戚本作"一辈子的碑去"，彼本、梦本作"一辈子碑去"，蒙本作"一辈了的碑去"。

（待补杨本）

说的黛玉[1]嗤的[2]一声笑了，一面[3]揉着眼[4]，一面笑道[5]："一般唬的[6]这个[7]调儿，还只管胡说呢[8]。呸[9]，原来[10]苗而不秀[11]，是个[12]银样蜡枪头。"宝玉[13]笑道："你这个呢。我也告诉去。"黛玉[14]笑道[15]："我[16]说你会[17]过目成诵[18]，难道我就不能一目十行么？"

［1］"黛玉"，彼本、杨本同，其他脂本作"林黛玉"。

［2］"的"，蒙本、戚本无，其他脂本同于暂本。

［3］"一面"，庚辰本、蒙本、戚本无，其他脂本同于暂本。

［4］"揉着眼"，庚辰本作"揉着眼睛"，杨本作"柔着眼"，

其他脂本同于暂本。

　　[5]"笑道"，杨本作"道"，其他脂本同于暂本。

　　[6]"唬的"，庚辰本作"唬的也"（"也"系旁添），其他脂本同于暂本。

　　[7]"这个"，杨本作"这么"，其他脂本同于暂本。

　　[8]"呢"，其他脂本均无。

　　[9]"哑"，杨本无，其他脂本同于暂本。

　　[10]"原来"，彼本作"原来是个"，杨本作"元来是个"，其他脂本作"原来是"。

　　[11]"苗而不秀"，彼本、蒙本、戚本作"苗儿不秀"，其他脂本同于暂本。

　　[12]"是个"，杨本无，梦本作"一个"，其他脂本同于暂本。

　　[13]"宝玉"，其他脂本均作"宝玉听了"。

　　[14]"黛玉"，彼本、杨本同，其他脂本作"林黛玉"。

　　[15]"笑道"，彼本、杨本作"说"，其他脂本同于暂本。

　　[16]"我"，其他脂本均作"你"。

　　[17]"你会"，杨本作"你会你会"（后二字点去），其他脂本同于暂本。

　　[18]"过目成诵"，梦本作"过目成诵的"，其他脂本同于暂本。

　　宝玉一面收书，一面笑道："正经[1]快把花埋了罢，别提那个了。"二人便收拾[2]落花，正才掩埋妥协，只见袭人走来，说道："那里没寻[3]到，却[4]在这里[5]。那边大老爷身上不好，姑娘们都[6]过去请安。老太太[7]叫打发你去呢。快回去[8]换衣服[9]罢。宝玉听了，忙拿了书，别了黛玉，同[10]袭人[11]换衣服[12]不提[13]。

　　[1]"正经"，庚辰本、蒙本作"正紧"（庚辰本原作"紧"，旁改"经"），其他脂本同于暂本。

[2]"收拾"，杨本作"收什"，其他脂本同于暂本。

[3]"寻"，其他脂本均作"找"。

[4]"却"，彼本、杨本作"抹"，其他脂本作"摸"。

[5]"这里"，杨本同，其他脂本作"这里来"。

[6]"都"，杨本作"多"，其他脂本同于暂本。

[7]"老太太"，彼本作"老爷太太"（"爷"点去），其他脂本同于暂本。

[8]"回去"，彼本作"回来"，其他脂本同于暂本。

[9]"衣服"，梦本同，其他脂本作"衣裳"。

[10]"同"，彼本、杨本作"同着"，其他脂本同于暂本。

[11]"袭人"，其他脂本均作"袭人回房"。

[12]"衣服"，其他脂本均作"衣"。

[13]"不提"，杨本作"不题"，其他脂本同于暂本。

这里黛玉[1]见宝玉去了，又听见[2]众姊妹[3]也不在房[4]，自己闷闷的，便要[5]回房，走至[6]梨香院墙下[7]。

[1]"黛玉"，彼本、杨本同，其他脂本作"林黛玉"。

[2]"又听见"，梦本作"听见"，其他脂本同于暂本。

[3]"众姊妹"，舒本作"众姊妹们"，梦本作"众姐妹"，其他脂本同于暂本。

[4]"在房"，梦本作"在房中"，其他脂本同于暂本。

[5]"便要"，其他脂本均作"正欲"。

[6]"走至"，彼本作"刚走到"，其他脂本作"刚走至"。

[7]"墙下"，庚辰本作："墙角上，只听墙内笛韵悠扬，歌声婉转。林黛玉便知是那十二个女孩子演习戏文呢。只是林黛玉素习不大喜看戏文，便不留心，只管往前走，偶然两句吹到耳内，明明白白，一字不落，唱道是：'原来姹紫嫣红开遍，似这般都付

与断井颓垣。'林黛玉听了，到也十分感慨缠绵，便止住步，侧耳细听。又听唱道是：'良辰美景奈何天，赏心乐事谁家院。'听了这两句，不觉点头自叹，心下自思道：'原来戏上也有好文章，可惜世人只知看戏未必能领略这其中的趣味。'想毕，又后悔不该胡想，耽误了听曲子。又侧耳时，只听唱道：'则为你如花美眷，似水流年。'林黛玉听了这两句上，不觉心动神摇。又听道'你在幽闺自怜'等句，亦发如醉如痴，站立不住。便一蹲身，坐在一块山子石上细嚼'如花美眷，似水流年'八个字的滋味。"①

忽[1]想起前日[2]古人诗中有"水流[3]花谢两无情"之句，又[4]词中有"流水落花春去也，天上[5]人间"之句，又兼方才[6]所见《西厢记》中"花落水流红[7]，闲愁[8]万种"之句[*]，都[9]一时想起来，凑聚[10]在一处，仔细忖[11]度，不觉神驰心痛[12]，眼中落泪。

[1]"忽"，其他脂本均作"忽又"。

[2]"前日"，其他脂本均作"前日见"。

[3]"水流"，梦本作"流水"，其他脂本同于暂本。

[4]"又"，彼本作"又有"，其他脂本作"再又有"。

[5]"天上"，蒙本作"天下"（"下"旁改"上"），其他脂本同于暂本。

[6]"方才"，蒙本、戚本无，其他脂本同于暂本。

[7]"花落水流红"，彼本作"落花流水红"，梦本作"花落流水红"，其他脂本同于暂本（庚辰本"红"系旁添）。

[8]"闲愁"，梦本同，其他脂本作"闲情万种"（庚辰本"情"旁改"愁"）。

[*]"又兼方才所见《西厢记》中'花落水流红，闲愁万

① 以上所引庚辰本的文字，为暂本所无。其他脂本此处文字基本上同于庚辰本，不再校出，以省篇幅。

种'之句"，杨本无。

[9]"都"，杨本作"多"，其他脂本同于暂本。

[10]"凑聚"，庚辰本作"凑趣"，其他脂本同于暂本。

[11]"忖"，蒙本作"村"，其他脂本同于暂本。

[12]"神驰心痛"，其他脂本均作"心痛神驰"。

正没个开交[1]，忽觉背上[2]击了[3]一下[4]。回头看时[5]，原来是何人[6]？且看下回便知[7]。

正是[8]：妆晨[**]绣夜心无矣，对月吟风[9]恨有云[10]。

[1]"开交"，蒙本作"开处"，戚本作"开交处"，其他脂本同于暂本。

[2]"背上"，彼本作"背后"，梦本作"背后有人"，其他脂本同于暂本。

[3]"击了"，梦本作"击他"，其他脂本同于暂本。

[4]"下"，彼本作"不"（旁改"下"），其他脂本同于暂本。

[5]"回头看时"，杨本作"回头看"，其他脂本作"及回头看时"。

[6]"原来是何人"，庚辰本、彼本、蒙本、戚本作"原来是"（彼本"原来是"旁改"不知如何"），舒本作"原来是谁"，杨本作"元来是谁"，梦本作"原来是个女子，毕竟女子是谁"。

[7]"且看下回便知"，庚辰本、舒本、戚本、梦本作"且听下回分解"，彼本作"且听下册分解"（"册"系旁改，原作"回"），杨本作"下回分解"，蒙本作"且听下文分解"。

[8]"正是"，杨本、梦本无，其他脂本同于暂本。

[**]"妆晨绣夜心无矣，对月吟风恨有云"，杨本、梦本无。

[9]"吟风"，其他脂本作"临风"。

[10]"云"，其他脂本作"之"。

第十八章　晳本与其他脂本文字歧异考述（下）

石头记[1]第二十四回

醉金刚轻财尚[2]义侠[3]

痴女儿[4]遗帕[5]惹[6]相思[7]

　　[1]"石头记"，蒙本、戚本无，庚辰本作"脂砚斋重平石头记"，舒本、杨本、梦本作"红楼梦"，彼本同于晳本。

　　[2]"尚"，庚辰本总目作"向""尚"字，其他脂本回目、总目均同。

　　[3]"义侠"，舒本作"仗义"，舒本总目、其他脂本同于晳本。

　　[4]"女儿"，舒本总目作"儿女"。

　　[5]"遗帕"，蒙本作"遗怕"，蒙本总目、其他脂本同于晳本。

　　[6]"惹"，舒本、彼本、杨本作"染"，其他脂本同于晳本。

　　[7]"相思"，梦本作"想思"，其他脂本同于晳本。

话说林黛玉正自[1]情思萦[2]逗，缠绵固结之时，忽有人从背后击了他[3]一掌[4]，说道："你作[5]什么一个人在这里？"林黛玉到吓[6]了一跳，回头看时，不是别人，却是香菱。林黛玉[7]道："你这[8]傻丫头，唬我们[9]一跳。你[10]这会子打那里来？"

[1]"正自"，梦本作"正在"，其他脂本同于暂本。

[2]"萦"，庚辰本作"荣"，蒙本作"营"，其他脂本同于暂本。

[3]"他"，庚辰本、杨本无，其他脂本同于暂本。

[4]"一掌"，梦本作"一下"，其他脂本同于暂本。

[5]"作"，杨本、梦本作"做"，其他脂本同于暂本。

[6]"吓"，其他脂本均作"唬"。

[7]"林黛玉"，杨本作"黛玉"，其他脂本同于暂本。

[8]"这"，庚辰本、蒙本、戚本、梦本作"这个"，其他脂本同于暂本。

[9]"我们"，梦本作"我"，其他脂本作"我这么"。

[10]"你"，彼本、杨本、梦本同，蒙本作"好好的你"，庚辰本、舒本、戚本作"好的你"。

香菱嘻嘻[1]笑道[2]："我来寻[3]我们[4]姑娘[5]的。我姑娘总不见[6]。你们紫鹃也找[7]你呢，说琏二奶奶[8]送了什么茶叶来[9]给你的。走罢[10]，回家去坐着[11]。"一面说着，一面拉了[12]黛玉的[13]手，回潇湘馆[14]来[15]。

[1]"嘻嘻"，舒本同，杨本无，其他脂本作"嘻嘻的"。

[2]"笑道"，杨本作"道"，其他脂本同于暂本。

[3]"寻"，舒本作"寻找"，彼本、杨本作"请"，其他脂本同于暂本。

[4]"我们"，庚辰本作"我们的"，其他脂本同于暂本。

[5]"姑娘"，蒙本作"姑姑"，其他脂本同于暂本。

[6]"我姑娘总不见"，彼本、杨本作"找姑娘总不见"，庚

辰本作"找他总找不着",舒本作"找他总不着",蒙本、戚本、梦本作"总找他不着"。

[7]"找",彼本原作"我",旁改"找",其他脂本同于暂本。

[8]"琏二奶奶",彼本作"莲二奶奶",其他脂本同于暂本。

[9]"来",杨本无,其他脂本同于暂本。

[10]"走罢",梦本无,其他脂本同于暂本。

[11]"坐着",舒本无,庚辰本原有,后圈去,其他脂本同于暂本。

[12]"拉了",彼本、杨本同,舒本作"拉",其他脂本作"拉着"。

[13]"的",舒本无,其他脂本同于暂本。

[14]"潇湘馆",杨本作"消湘馆",其他脂本同于暂本。

[15]"来",庚辰本作"来了",其他脂本同于暂本。

果然凤姐[1]送了两小瓶上用[2]新茶来。黛玉[3]和[4]香菱坐了,靠[5]他们有何[6]正事谈讲,不过说些这个[7]绣的好,那一个[8]扎[9]的精,又下一回棋,看两句书[10],香菱便去[11]了。不在话下[12]。

[1]"凤姐",彼本、杨本、梦本同,其他脂本作"凤姐儿"。

[2]"上用",彼本作"上用的",其他脂本同于暂本。

[3]"黛玉",彼本、杨本同,其他脂本作"林黛玉"。

[4]"和",蒙本作"便和",其他脂本同于暂本。

[5]"靠",彼本同,庚辰本、梦本作"况",舒本作"料",蒙本作"说话"(连上读),戚本作"试问"。(杨本此处有同词脱文,与其他脂本文字不同)

[6]"何",庚辰本、杨本作"甚",其他脂本同于暂本。

[7]"这个",彼本同,其他脂本作"这一个"。

[8]"那一个",舒本作"那一面",其他脂本同于暂本。

［9］"扎"，彼本同，其他脂本作"刺"。

［10］"坐了，靠他们有何正事谈讲，不过说些这个绣的好，乃一个扎的精，又下一回棋，看两句书"，杨本作"坐一回"，其他脂本情况已见于［5］至［9］。

［11］"去"，彼本、杨本同，其他脂本作"走"。

［12］"不在话下"，杨本无，其他脂本同于暂本。

如今且说宝玉因[1]被袭人找回房去[2]，只见[3]鸳鸯歪在床上看袭人的针线呢[4]。见宝玉来了，便说道[5]："你往那里去了[6]？老太太等着你呢，叫你[7]过那边请大爷的安[8]，还不快去[9]换了衣服走呢。"袭人便进房去取衣服。

［1］"因"，杨本无，其他脂本同于暂本。

［2］"去"，庚辰本无，其他脂本同于暂本。

［3］"只见"，庚辰本、蒙本、戚本、梦本作"果见"，舒本作"见"，其他脂本同于暂本。

［4］"呢"，杨本无，彼本作"的"，其他脂本同于暂本。

［5］"说道"，杨本作"问"，其他脂本同于暂本。

［6］"了"，梦本无，其他脂本同于暂本。

［7］"你"，戚本无，其他脂本同于暂本。

［8］"请大爷的安"，庚辰本、舒本、杨本、蒙本、戚本作"请大老爷的安去"，彼本作"请老爷的安去"，梦本作"请大老爷安去"。

［9］"去"，梦本同，其他脂本无。

宝玉坐在床沿[1]上，脱[2]了鞋，等靴子穿[3]的工夫，回头见鸳鸯穿着桃红[4]绫子袄儿，青缎子背心，束着[5]白绉绸汗巾儿，脸向内[6]，低着头看针线，脖子上带着[7]扎花领子。宝玉便把脸凑在他脖子上[8]闻那粉香油气[9]，禁不住[10]用手摩娑[11]，其白腻不在袭人之下[12]。

[1]"床沿",蒙本作"床沼",庚辰本作"床沼"("沼"旁改"沿"),其他脂本同于暂本。

[2]"脱",舒本作"退",庚辰本作"褪"(旁改"脱"),其他脂本同于暂本。

[3]"穿",庚辰本无,其他脂本同于暂本。

[4]"桃红",彼本、杨本同,其他脂本作"水红"。

[5]"束着",舒本作"带着",其他脂本同于暂本。

[6]"内",彼本、杨本同,其他脂本作"那边"。

[7]"带着",戚本作"戴着",其他脂本同于暂本。

[8]"他脖子上",彼本同,杨本作"他脖项上",舒本、梦本作"脖项上",庚辰本、蒙本、戚本作"脖项"。

[9]"粉香油气",梦本作"香气",庚辰本作"香油气儿"("油"圈去,"儿"系旁添),其他脂本同于暂本。

[10]"禁不住",彼本同,杨本无,其他脂本作"不住"。

[11]"摩娑",蒙本作"摩婆",梦本作"摩挲",杨本作"摩摩",彼本作"摩摩",旁改"抚摩",其他脂本同于暂本。

[12]"之下",梦本作"以下",其他脂本同于暂本。

宝玉[1]便猴上身[2],涎脸笑道[3]:"好姐姐[4],把你嘴上[5]胭脂赏我吃了罢。"一面说,一面[6]扭股糖[7]似的[8]粘在身上。鸳鸯便[9]叫道:"袭人,你出来瞧瞧。你跟[10]他一辈子,也[11]不劝劝[12],还是这么着[13]。"袭人抱了衣服出来,向宝玉道:"左劝着[14]不改[15],右劝着[16]不改[17],你到底[18]是怎么样[19]?你再这么着,这个地方[20]可就[21]难住了。"

[1]"宝玉",彼本、杨本同,其他脂本无。

[2]"猴上身",庚辰本、舒本、杨本、蒙本、戚本、梦本作"猴上身去",彼本作"挨(此系旁改,原作'猴')上身去"。

〔3〕"涎脸笑道"，庚辰本、杨本、蒙本、戚本作"涎皮笑道"，舒本作"顽皮笑道"，梦本作"辖皮笑道"。

〔4〕"好姐姐"，舒本作"姐姐"，其他脂本同于暂本。

〔5〕"把你嘴上"，杨本同，其他脂本作"把你嘴上的"。

〔6〕"一面说，一面"，杨本作"便"，庚辰本作"一面说着，一面"，其他脂本同于暂本。

〔7〕"扭股糖"，彼本、杨本作"扭棍糖"，其他脂本同于暂本。

〔8〕"似的"，彼本、杨本作"是的"，其他脂本同于暂本。

〔9〕"便"，蒙本、戚本无，其他脂本同于暂本。

〔10〕"跟"，彼本原作"跟我"，"我"点去，旁改"了"，其他脂本同于暂本。

〔11〕"也"，彼本原作"他"，旁改"也"，其他脂本同于暂本。

〔12〕"劝劝"，梦本作"劝劝他"，其他脂本同于暂本。

〔13〕"这么着"，梦本作"这么"，其他脂本同于暂本。

〔14〕"左劝着"，彼本、杨本同，其他脂本作"左劝"。

〔15〕"不改"，彼本、杨本、蒙本、戚本同，其他脂本作"也不改"。

〔16〕"右劝着"，彼本、杨本同，其他脂本作"右劝"。

〔17〕"不改"，蒙本、戚本同，庚辰本、舒本、梦本作"也不改"，彼本作"也不听"，杨本作"不听"。

〔18〕"到底"，梦本作"道是"，其他脂本同于暂本。

〔19〕"怎么样"，舒本作"怎么样的"，其他脂本同于暂本。

〔20〕"这个地方"，蒙本作"我这个地方"，其他脂本同于暂本。

〔21〕"可就"，梦本作"也可就"，其他脂本同于暂本。

一边说，一边催他穿了衣服[1]，同了[2]鸳鸯往前面来。见过贾母[3]，出至[4]外面，人马俱已[5]齐备。刚欲上马，只见贾琏[6]请安[7]回来了[8]，正下马[9]。二人对面，彼此[10]问了两句话[11]。只见旁边转出[12]一个人来："请宝叔[13]安。"

[1]"一边说，一边催他穿了衣服"，庚辰本、舒本、彼本同，杨本作"替他穿裳"，蒙本、戚本、梦本作"一边说，一边催他穿衣服"。

[2]"同了"，彼本同，其他脂本作"同"。

[3]"见过贾母"，庚辰本作"见贾母，见过贾母"，其他脂本同于暂本。

[4]"出至"，舒本作"来至"，其他脂本同于暂本。

[5]"俱已"，舒本作"俱"，其他脂本同于暂本。

[6]"贾琏"，舒本作"那贾琏"，彼本作"贾莲"（"莲"旁改"琏"），其他脂本同于暂本。

[7]"请安"，彼本、杨本作"正去"（杨本原作"正去"，圈去），其他脂本同于暂本。

[8]"回来了"，梦本作"回来"，其他脂本同于暂本。

[9]"正下马"，彼本、杨本无，其他脂本同于暂本。

[10]"彼此"，杨本无，其他脂本同于暂本。

[11]"两句话"，杨本作"几句话"，其他脂本同于暂本。

[12]"转出"，杨本作"闪出"，其他脂本同于暂本。

[13]"宝叔"，蒙本、戚本作"宝玉"（蒙本"玉"旁改"叔"），其他脂本同于暂本。

宝玉看时，只见这个人[1]容长脸儿[2]，长挑身材，年纪只好[3]十八九岁，生的[4]着实[5]斯文清秀，到也十分面善，只是想不起是那一房[6]的，叫什么名字。贾琏[7]笑道："你怎么发呆，连他也不认得[8]，他是后廊上住的五嫂子的儿子芸儿。"

[1]“这个人”，彼本、杨本同，戚本作“这人俊”，梦本作“这人生来”，其他脂本作“这人”。

[2]“容长脸儿”，彼本同，杨本作“细长脸儿”，舒本作“混长脸”，其他脂本作“容长脸”（蒙本“容”点去）。

[3]“只好”，梦本作“只有”，其他脂本同于暂本。

[4]“生的”，彼本、杨本同，其他脂本作“生得”。

[5]“着实”，舒本作“着实的”，其他脂本同于暂本。

[6]“那一房”，蒙本作“那房”，其他脂本同于暂本。

[7]“贾琏”，彼本原作“贾莲”（“莲”旁改“琏”），其他脂本同于暂本。

[8]“不认得”，舒本作“不认的”，蒙本作“不认得了”，其他脂本同于暂本。

宝玉笑道[1]：“是了，是了[2]。我怎么就忘了？”因问他母亲好，这会子什么勾当？贾芸指贾琏[3]道：“我二叔[4]说句话。”宝玉笑道[5]：“你到比先越发出息[6]了，到像是[7]我的儿子。”贾琏[8]笑道[9]：“好不害燥，人家比你大四五岁呢，就替你作[10]儿子了。”宝玉笑道[11]：“你[12]今年十几岁了[13]？”贾芸道：“十八岁了[14]。”

[1]“笑道”，杨本作“道”，其他脂本同于暂本。

[2]“是了”，蒙本无，其他脂本同于暂本。

[3]“指贾琏”，彼本原作“指贾莲”，旁改“指着贾琏”，其他脂本同于暂本。

[4]“我二叔”，庚辰本作“我合二叔”（“合”系旁添），舒本作“和二叔”，其他脂本作“找二叔”。

[5]“笑道”，杨本作“道”，其他脂本同于暂本。

[6]“出息”，彼本、杨本同，庚辰本、蒙本、戚本作“出条”，舒本、梦本作“出跳”。

[7]"到像是",彼本、杨本同,其他脂本作"到像"或"倒像"。

[8]"贾琏",彼本作"贾莲"("莲"旁改"琏"),其他脂本同于暂本。

[9]"笑道",杨本作"道",其他脂本同于暂本。

[10]"作",杨本、梦本作"做",其他脂本同于暂本。

[11]"笑道",杨本作"道",其他脂本同于暂本。

[12]"你",彼本作"他",其他脂本同于暂本。

[13]"十几岁了",彼本、杨本、蒙本同,庚辰本、戚本、梦本作"十几岁",舒本作"十九岁"("九"旁改"几")。

[14]"十八岁了",庚辰本作"十八岁",杨本作"十八了",其他脂本同于暂本。

原来贾芸[1]最伶俐乖巧不过[2],听宝玉这样说[3],便笑道:"俗语说的,摇车里[4]的爷爷,挂[5]拐杖的孙子[6]。虽然岁数[7]大,山高遮不住[8]太阳,只从[9]我父亲没[10]了,这几年也无人[11]照看教导[12]。若[13]宝叔[14]不嫌侄儿蠢笨[15],认作[16]儿子,就是我[17]的造化了。贾琏笑道:"你听见[18],认了[19]儿子,不是好开交的[20]。"说着,就进去了[21]。

[1]"贾芸",其他脂本均作"这贾芸"。

[2]"乖巧不过",彼本同,庚辰本、舒本、杨本、蒙本、戚本作"乖觉",梦本作"乖巧"。

[3]"听宝玉这样说",蒙本作"叫宝玉这样说"("叫"旁改"听"),梦本作"听宝玉说像他的儿子",其他脂本同于暂本(杨本"原来贾芸最伶俐乖巧不过,听宝玉这样说"二句作"又道")。

[4]"里",庚辰本此字系旁添,其他脂本同于暂本。

[5]"挂",庚辰本、舒本作"住",其他脂本同于暂本。

［6］"孙子"，庚辰本同，其他脂本作"孙孙"。

［7］"岁数"，彼本作"岁"，梦本作"年纪"，其他脂本同于暂本。

［8］"遮不住"，彼本、杨本、梦本同，庚辰本作"高不过"，其他脂本作"遮不过"。

［9］"只从"，舒本、杨本作"自从"，其他脂本同于暂本。

［10］"没"，梦本作"死"，其他脂本同于暂本。

［11］"无人"，梦本作"没人"，其他脂本同于暂本。

［12］"照看教导"，彼本同，杨本作"照看教道"，庚辰本、舒本、戚本作"照管教导"，蒙本作"照管教道"，梦本作"照管"。

［13］"若"，庚辰本作"如若"，其他脂本同于暂本。

［14］"宝叔"，舒本作"宝叔叔"，其他脂本同于暂本。

［15］"蠢笨"，彼本、杨本作"蠢夯"，梦本作"蠢"，其他脂本同于暂本。

［16］"认作"，杨本作"认做"，其他脂本同于暂本。

［17］"我"，梦本作"侄儿"，其他脂本同于暂本。

［18］"你听见"，蒙本同，其他脂本作"你听见了"。

［19］"认了"，其他脂本均作"认"。

［20］"不是好开交的"，梦本同，其他脂本均作"不是好开交的呢"。

［21］"说着，就进去了"，彼本、杨本无，其他脂本同于暂本。

宝玉笑道[1]："明儿你[2]闲了，只管来找我，别和他们鬼鬼祟祟的。这会子我不得闲儿[3]，明儿[4]你在[5]书房里来，和你[6]说天话[7]儿。我带你园子里[8]顽耍去。"说着，扳鞍子[9]上马，众小厮围随[10]，往[11]贾赦[12]这边来。见了贾赦[13]，不过是偶感些风寒，先迷[14]了贾母问的话，然后自已请安[15]。

　　[1]"笑道",杨本作"道",其他脂本同于暂本。

　　[2]"明儿你",舒本作"明日若",杨本作"你明",其他脂本同于暂本。

　　[3]"不得闲儿",杨本作"不得闲",其他脂本同于暂本。

　　[4]"明儿",舒本、杨本、梦本作"明日",其他脂本同于暂本。

　　[5]"在",戚本、梦本作"到",其他脂本同于暂本。

　　[6]"和你",蒙本作"等我和你",舒本作"我和你",其他脂本同于暂本。

　　[7]"话",其他脂本同于暂本(蒙本原作"说",旁改"话")。

　　[8]"园子里",彼本同,庚辰本作"园里",蒙本作"园子",梦本作"园里去",其他脂本同于暂本。

　　[9]"鞍子",其他脂本均作"鞍"。

　　[10]"围随",戚本作"围拥",其他脂本同于暂本。

　　[11]"往",舒本作"同往",戚本作"随往",其他脂本同于暂本。

　　[12]"赦",蒙本原作"郝",旁改"赦",其他脂本同于暂本。

　　[13]"赦",蒙本原作"郝",旁改"赦",其他脂本同于暂本。

　　[14]"迷",其他脂本均作"述"。

　　[15]"请安",其他脂本均作"请了安"。

　　贾赦先站起来,回了贾母话[1],次后[2]便[3]唤人来,带哥儿进去[4]太太屋里坐着。宝玉领命[5]退出[6],来至后面,进入[7]上房。邢夫人见了他来[8],先到[9]站起来[10]请过贾母的[11]安,宝玉方请安,邢夫人拉他[12]上炕[13]坐了,方问别人好[14],又命人倒茶来[15]。一钟[16]茶未吃完,只见[17]贾琮[18]来问宝玉好。邢夫人道:"那里找活猴子[19]去,你那奶妈子[20]死绝了,也不收拾收拾[21],弄的黑眉乌嘴[22],那里像[23]大家子念书的孩子。"

［1］"贾母话"，蒙本作"贾母的话"，戚本作"贾母"，梦本作"贾母问的话"，其他脂本同于暂本。

［2］"次后"，梦本无，其他脂本同于暂本。

［3］"便"，舒本无，其他脂本同于暂本。

［4］"带哥儿进去"，梦本作"带进哥儿去"，其他脂本同于暂本。

［5］"领命"，彼本、杨本同，蒙本作"看了"，其他脂本无。

［6］"退出"，蒙本作"出"，其他脂本同于暂本。

［7］"进入"，梦本作"到"，其他脂本同于暂本。

［8］"他来"，梦本无，其他脂本同于暂本。

［9］"先到"，梦本无，杨本、蒙本、戚本作"先"，其他脂本同于暂本。

［10］"站起来"，舒本、彼本、杨本同，其他脂本作"站了起来"。

［11］"的"，庚辰本无，其他脂本同于暂本。

［12］"他"，杨本无，其他脂本同于暂本。

［13］"炕"，杨本作"坑"，其他脂本同于暂本。

［14］"好"，彼本、杨本、蒙本同，其他脂本无。

［15］"来"，梦本无，其他脂本同于暂本。

［16］"一钟"，梦本无，其他脂本同于暂本。

［17］"只见"，杨本作"见见"，其他脂本同于暂本。

［18］"贾琮"，庚辰本作"贾综"，其他脂本同于暂本。

［19］"活猴子"，庚辰本、梦本作"活猴儿"，其他脂本同于暂本。

［20］"奶妈子"，蒙本作"好妈字"（"好"旁改"奶"），其他脂本同于暂本。

［21］"收拾收拾"，梦本同，彼本作"收什收什你"，其他脂

本作"收拾收拾你"。

[22]"黑眉乌嘴",庚辰本、梦本作"黑眉乌嘴的",其他脂本同于暂本。

[23]"像",梦本作"还像个"。

正说着,只见贾环、贾兰小叔侄两个也来了[1],请过安[2],邢夫人便叫他两个椅子上坐了[3]。贾环见宝玉同[4]邢夫人坐在一个[5]坐褥[6]上,邢夫人又百般摸娑[7]抚弄[8]他,早已心中不自在了[9],坐[10]不多时,和贾兰使眼色儿,贾兰只得依他,一同起身[11]告辞。

[1]"来了",舒本、梦本作"来",其他脂本同于暂本。

[2]"请过安",彼本作"请过邢夫人的安",杨本作"请过邢夫人安"("过邢夫人"圈去)。

[3]"邢夫人便叫他两个椅子上坐了",杨本作"邢夫人叫他两个在椅子上坐了"("邢夫人叫他两个"系旁添),梦本作"邢夫人叫他两个在椅子上坐着",其他脂本同于暂本。

[4]"同",舒本无,其他脂本同于暂本。

[5]"一个",杨本作"大",其他脂本同于暂本。

[6]"坐褥",蒙本作"褥",舒本作"椅子",其他脂本同于暂本。

[7]"摸娑",舒本、戚本作"摩娑",梦本作"摸掌",其他脂本同于暂本。

[8]"抚弄",彼本作"摆弄",其他脂本同于暂本。

[9]"不自在了",舒本作"不自在起来",其他脂本同于暂本。

[10]"坐",杨本无,其他脂本同于暂本。

[11]"和贾兰便使眼色儿,贾兰只得依他,一同起身",庚辰本作"便a和贾兰便b使眼色儿要走,贾兰只得依他,一同回身"("便b"点去),彼本作"和贾兰便使眼色儿要走,贾兰只得依他,

一同起身"，蒙本、戚本作"和贾兰便使眼色儿要走，贾兰只得依他，一同起身"，舒本作"便和贾兰使了眼色儿要走，贾兰只得依他，一同起身"，梦本作"便向贾兰使个眼色儿要走，贾兰只得依他，一同起身"，杨本作"和贾兰起身"。

宝玉见他们要走[1]，自己[2]也就起身[3]，要一同[4]回去。邢夫人笑道："你且[5]坐着，我还和[6]你说话。"宝玉只得坐了[7]。邢夫人向他两个道："你们回去，各人替我问你[8]各人的[9]母亲好[10]。你们姑娘姐姐妹妹[11]都在这里呢，闹的我头晕[12]，今儿[13]不留你们吃饭了。"贾环等答应着，便出来回家去了[14]。

[1]"要走"，舒本、蒙本、戚本作"走"，其他脂本同于暂本。

[2]"自己"，其他脂本均同（庚辰本"己"系旁添）。

[3]"起身"，梦本无，其他脂本同于暂本。

[4]"一同"，庚辰本作"同"，其他脂本同于暂本。

[5]"且"，舒本无，其他脂本同于暂本。

[6]"和"，蒙本、戚本作"合"，其他脂本同于暂本。

[7]"了"，蒙本无，其他脂本同于暂本。

[8]"你"，梦本无，彼本、杨本同，其他脂本作"你们"。

[9]"各人的"，彼本、杨本同，其他脂本作"各人"。

[10]"好"，梦本作"好罢"，其他脂本同于暂本。

[11]"姐姐妹妹"，杨本作"姐姐妹妹们"，梦本作"姐妹们"，舒本作"姊姊妹妹"，其他脂本同于暂本。

[12]"头晕"，彼本、杨本作"头疼"，其他脂本同于暂本。

[13]"今儿"，杨本作"今日"，其他脂本同于暂本。

[14]"便出来回家去了"，梦本作"便出去了"，其他脂本同于暂本。

宝玉道[1]："可是姐姐[2]们都过来了[3]，怎么不见？"邢[4]夫人道：

"他们[5]坐了一会子，都往后头[6]不知那屋里去了。"宝玉道[7]："大娘方才[8]说，有话说[9]。不知是什么话[10]?"邢夫人笑道[11]："那里什么话[12]，不过[13]叫你等着，同姊妹们[14]吃了饭去。还有一个好顽的[15]东西，给你们[16]带回去顽[17]。"

[1]"道"，杨本同，其他脂本作"笑道"。

[2]"姐姐"，舒本作"姊姊"，其他脂本同于暂本。

[3]"都过来了"，杨本作"多过来了"，舒本作"都来了"，庚辰本、蒙本、戚本作"都过来"（庚辰本旁添"了"），其他脂本同于暂本。

[4]"邢"，蒙本作"刑"，其他脂本同于暂本。

[5]"他们"，舒本作"他"，其他脂本同于暂本。

[6]"都往后头"，杨本作"不知多往后头"，其他脂本同于暂本。

[7]"道"，梦本作"说"，其他脂本同于暂本。

[8]"方才"，梦本无，其他脂本同于暂本。

[9]"有话说"，杨本作"有说话"，其他脂本同于暂本。

[10]"不知是什么话"，杨本作"不知说什么"，其他脂本同于暂本。

[11]"笑道"，杨本作"道"，其他脂本同于暂本。

[12]"那里什么话"，舒本、杨本作"那里有什么话"，其他脂本同于暂本（庚辰本"什"系旁添）。

[13]"不过"，庚辰本作"不过是"，其他脂本同于暂本。

[14]"同姊妹们"，戚本同，梦本作"同姐妹们"，蒙本作"同姊姊们"，其他脂本作"同你姊妹们"。

[15]"的"，杨本无，其他脂本同于暂本。

[16]"你们"，其他脂本均作"你"。

[17]"带回去顽"，舒本作"带去顽"，梦本作"带回去玩

儿"，其他脂本同于暂本。

娘儿两个[1]说话时[2]，不觉早有[3]晚饭[4]时节，调开桌椅[5]，摆列[6]杯盘[7]，母女姊妹[8]们吃毕饭[9]，宝玉出去[10]辞了[11]贾赦[12]，同姊妹们[13]一同[14]回家，见过贾母、王夫人[15]，各自回房安置[16]，不在话下。

[1]"两个"，舒本作"两人"，其他脂本同于暂本。

[2]"说话时"，彼本、杨本同，梦本作"说着"，其他脂本作"说话"。

[3]"早有"，梦本作"又"，彼本、杨本作"早"，其他脂本作"早又"。

[4]"晚饭"，彼本、杨本作"饭"，其他脂本同于暂本。

[5]"桌椅"，杨本作"椅桌"，其他脂本同于暂本。

[6]"摆列"，舒本、彼本同，其他脂本作"罗列"。

[7]"杯盘"，蒙本作"环盘"，其他脂本同于暂本。

[8]"姊妹"，梦本作"姐妹"，其他脂本同于暂本。

[9]"吃毕饭"，彼本、杨本同，其他脂本作"吃毕了饭"。

[10]"出去"，彼本、杨本同，蒙本、梦本作"出"，庚辰本作"又去"（"又"系旁添）。

[11]"辞了"，彼本、杨本同，舒本、蒙本、戚本作"辞别了"，梦本作"辞"，庚辰本原作"了辞别"，勾乙为"辞别了"。

[12]"赦"，蒙本系旁改，原作"郝"，其他脂本同于暂本。

[13]"姊妹们"，舒本、彼本、杨本同，梦本作"众姐妹"，其他脂本作"姊妹"。

[14]"一同"，杨本作"一齐"，其他脂本同于暂本。

[15]"王夫人"，其他脂本均作"王夫人等"。

[16]"安置"，舒本、彼本、杨本同，蒙本、戚本、梦本作

"安歇"，庚辰本作"安值"（"值"旁改"息"）。

且说贾芸进去[1]见了贾琏，因打听有[2]什么事情。贾琏向他说道[3]："前儿[4]到有一件事情[5]出来，偏[6]你婶子[7]再三[8]求[9]我给了贾芹[10]了，他许了[11]我说，明儿[12]园子里[13]还有几处要栽花木的地方，等这个[14]工程[15]出来，一定给你就是了。"贾芸[16]听了，半晌说道："既[17]这样，我就等着罢。叔叔也[18]不必先在婶子[19]跟前提[20]我今儿[21]来打听的话，到跟前再说也不迟。"

[1]"进去"，彼本、杨本无，其他脂本同于晢本。

[2]"有"，舒本、彼本、杨本同，其他脂本作"可有"。

[3]"向他说道"，彼本、杨本同，庚辰本、蒙本、戚本作"告诉他"，舒本、梦本作"告诉他说"。

[4]"前儿"，杨本作"前日"，其他脂本同于晢本。

[5]"事情"，杨本作"事"，其他脂本同于晢本。

[6]"偏"，彼本、杨本同，其他脂本作"偏生"。

[7]"婶子"庚辰本同，舒本、蒙本、戚本作"婶婶"，彼本、杨本、梦本作"婶娘"。

[8]"再三"，舒本、蒙本作"再三的"，其他脂本同于晢本。

[9]"求"，彼本同，其他脂本作"求了"。

[10]"贾芹"，蒙本作"芹儿"，其他脂本同于晢本。

[11]"许了"，梦本作"许"，其他脂本同于晢本。

[12]"明儿"，杨本作"明日"，其他脂本同于晢本。

[13]"园子里"，彼本、蒙本同，其他脂本作"园里"。

[14]"等这个"，蒙本作"等个"，其他脂本同于晢本。

[15]"工程"，庚辰本作"工料"（"料"旁改"程"），其他脂本同于晢本。

[16]"贾芸"，梦本作"那贾芸"，其他脂本同于晢本。

［17］"既"，其他脂本均作"既是"。

［18］"也"，蒙本无，其他脂本同于暂本。

［19］"婶子"，庚辰本、彼本、杨本同，舒本、蒙本、戚本作"婶婶"，梦本作"婶娘"。

［20］"提"，彼本作"先提"，其他脂本同于暂本。

［21］"今儿"，杨本作"今日"，戚本作"今"，其他脂本同于暂本。

贾琏道："提他[1]作[2]什么，我那里有这些[3]工夫说闲话[4]呢？明儿[5]一个五更[6]，还有[7]到兴邑去[8]走一淌[9]，须得[10]当日赶[11]回来才好[12]。你先去[13]等着[14]，后日起更[15]以后[16]，你来讨信[17]。来早了[18]，我[19]不得闲[20]。"说着，便回[21]后头[22]换衣服去了。

［1］"提他"，杨本作"你提他"，其他脂本同于暂本。

［2］"作"，舒本、杨本、梦本同，其他脂本作"做"。

［3］"这些"，梦本作"这"，其他脂本同于暂本。

［4］"闲话"，彼本、梦本同，其他脂本作"闲话儿"。

［5］"明儿"，杨本、梦本作"明日"，其他脂本同于暂本。

［6］"一个五更"，梦本无，彼本、杨本作"一五更"，其他脂本同于暂本。

［7］"还有"，其他脂本均作"还要"。

［8］"去"，舒本、彼本、杨本无，其他脂本同于暂本。

［9］"淌"，杨本、蒙本、戚本同，庚辰本作"汤"，彼本作"倘"，舒本作"盪"，梦本作"一走"。

［10］"须得"，梦本作"必须"，其他脂本同于暂本。

［11］"赶"，梦本作"去"，其他脂本同于暂本。

［12］"才好"，梦本作"方好"，其他脂本同于暂本。

［13］"去"，蒙本、戚本无，其他脂本同于暂本。

［14］"着"，杨本无，其他脂本同于暂本。

［15］"起更"，庚辰本作"起更的"（"的"点去），其他脂本同于暂本。

［16］"以后"，杨本作"一后"，其他脂本同于暂本。

［17］"讨信"，舒本、杨本、蒙本、戚本作"讨信儿"，其他脂本同于暂本。

［18］"来早了"，彼本同，庚辰本、舒本、杨本、蒙本、戚本、梦本作"早了"。

［19］"我"，舒本作"我就"，其他脂本同于暂本。

［20］"不得闲"，舒本作"不得闲儿"，其他脂本同于暂本。

［21］"回"，梦本作"向"，其他脂本同于暂本。

［22］"后头"，彼本、杨本无，其他脂本作"后面"。

贾芸出了荣国府回家，一路思量，想出[1]一个[2]主意来[3]，便往[4]他母舅卜世仁[5]家来。原来卜世仁现[6]开香料铺，方才从铺子里回来[7]，忽见[8]贾芸进来，彼此见过了，因问他[9]："这早晚[10]什么事[11]跑了来[12]？"

［1］"想出"，庚辰本作"出"（连上读），其他脂本同于暂本。

［2］"一个"，舒本作"个"，其他脂本同于暂本。

［3］"来"，梦本无，其他脂本同于暂本。

［4］"便往"，彼本、杨本同，其他脂本作"便一径往"。

［5］"卜世仁"，杨本作"卜世人"，梦本作"卜世臣的"，其他脂本同于暂本。

［6］"现"，蒙本原作"观"，旁改"现"，其他脂本同于暂本。

［7］"回来"，庚辰本作"来"，其他脂本同于暂本。

［8］"忽见"，梦本作"一见"，其他脂本同于暂本。

［9］"彼此见过了，因问他"，梦本作"便问"，其他脂本同

于暂本。

[10]"这早晚"，梦本无，其他脂本同于暂本。

[11]"什么事"，梦本作"为什么事"，其他脂本同于暂本。

[12]"跑了来"，蒙本作"咆了来"，梦本作"来"，其他脂本同于暂本。

贾芸笑道[1]："有件事求舅舅帮衬帮衬[2]。我现今一件要紧的事[3]，用些冰片麝香[4]使用[5]。好歹舅舅每样赊四两给我，八月里[6]按数送了银子[7]来。"

[1]"笑道"，彼本同，其他脂本作"道"。

[2]"帮衬帮衬"，彼本、杨本、梦本作"帮衬"，其他脂本同于暂本。

[3]"我现今一件要紧的事"，梦本无，庚辰本、舒本、蒙本、戚本作"我有一件事"，彼本作"我现见一件要紧事"，杨本作"我现有一件要紧事"。

[4]"麝香"，杨本作"射香"，其他脂本同于暂本。

[5]"使用"，梦本无，其他脂本同于暂本。

[6]"八月里"，梦本作"八月节"，其他脂本同于暂本。

[7]"银子"，舒本作"银"，其他脂本同于暂本。

卜世仁冷笑道："再休提赊欠一事。前儿[1]也是我们铺子里一个伙计，替他的亲戚赊了[2]几两银子的货，至今总未还上，因此我们[3]大家赔上[4]，立了合同，再不许[5]替亲友[6]赊欠。谁要[7]错了这个[8]，就[9]罚他二十两银子的[10]东道，还赶出铺子去[11]。况且如今这个[12]货也短，你就[13]拿现银子到我们这里[14]不三不四[15]小铺子[16]来买，也还没有这些，只好到扁儿去买[17]。这是一[18]。二则你那里[19]有正经事[20]，不过赊了去，又是胡闹。你只说舅舅见你一遭儿就派你一遭儿不是。你小人儿家[21]狠不知好歹[22]，也[23]到底立个主见[24]，赚几个钱[25]，弄的[26]穿是穿、吃是吃的[27]，我看着也喜欢[28]。"

[1]"前儿"，杨本、梦本作"前日"，其他脂本同于晳本。

[2]"赊了"，庚辰本作"赊"，其他脂本同于晳本。

[3]"我们"，舒本无，其他脂本同于晳本。

[4]"赔上"，舒本无，杨本作"赔了"，其他脂本同于晳本。

[5]"许"，庚辰本原作"须"，旁改"许"，其他脂本同于晳本。

[6]"亲友"，蒙本作"亲戚"，其他脂本同于晳本。

[7]"谁要"，舒本作"谁家"，其他脂本同于晳本。

[8]"错了这个"，彼本同，庚辰本作"赊欠"，舒本、杨本、蒙本、戚本作"错了"，梦本作"犯了"。

[9]"就"，杨本无，舒本、彼本、梦本同，庚辰本、蒙本、戚本作"就要"。

[10]"的"，杨本无，其他脂本同于晳本。

[11]"还赶出铺子去"，彼本、杨本同，其他脂本无。

[12]"这个"，舒本作"这"，其他脂本同于晳本。

[13]"就"，庚辰本、蒙本、戚本作"说"，其他脂本同于晳本。

[14]"这里"，舒本无，庚辰本、蒙本、戚本、梦本作"这"，彼本、杨本作"这种"。

[15]"不三不四"，梦本无，舒本作"不上三不上四的"，其他脂本作"不三不四的"。

[16]"小铺子"，彼本、杨本、梦本作"小铺子里来"，其他脂本作"铺子里来"。

[17]"到扁儿去买"，庚辰本作"倒辨儿去"，舒本作"倒点儿去"，彼本、杨本作"倒扁儿去买"，蒙本、戚本作"倒包儿去"，梦本作"倒扁儿去"。

[18]"这是一"，梦本作"这是一件"，其他脂本同于暂本。

[19]"那里"，舒本作"那"，其他脂本同于暂本。

[20]"正经事"，庚辰本、舒本作"正紧事"，其他脂本同于暂本。

[21]"小人儿家"，庚辰本无，舒本、梦本作"小人家"，其他脂本同于暂本。

[22]"狠不知好歹"，庚辰本无，其他脂本同于暂本。

[23]"也"，庚辰本、杨本无，其他脂本同于暂本。

[24]"到底立个主见"，舒本、彼本、杨本同，庚辰本无，蒙本、戚本作"到底立个主意"，梦本作"也要立个主意"。

[25]"赚几个钱"，庚辰本无，其他脂本同于暂本。

[26]"弄的"，庚辰本无，杨本作"弄得"，其他脂本同于暂本。

[27]"穿是穿、吃是吃的"，庚辰本无，彼本同，蒙本、戚本作"吃的是吃的，穿的是穿的"，舒本、杨本作"穿是穿，吃是吃的"，梦本作"穿的、吃的"。

[28]"喜欢"，舒本作"欢喜"，杨本作"喜劝"（"劝"旁改"欢"），其他脂本同于暂本。

贾芸笑道："舅舅说的到干净[1]。我[2]父亲没的时节[3]，我年纪[4]又小[5]，不知事[6]。后来听见[7]我母亲说，都[8]还亏舅舅们在我们[9]家出[10]主意料理的[11]丧事。难道舅舅[12]不知道的[13]，还是[14]有一亩田[15]哦[16]，有两间房子呢[17]？是我不成器[18]花了不成？巧媳妇做不出没米[19]粥[20]来，叫我怎么样呢？还亏是我呢[21]，要是别个[22]，死皮赖脸的[23]三日两头[24]来缠[25]舅舅，要[26]三升米两升[27]豆子的[28]，舅舅就[29]没[30]法儿[31]呢。"

[1]"说的到干净"，杨本作"说的干净"，梦本作"说得有

理"，其他脂本同于暂本。

［2］"我"，梦本作"但我"，其他脂本同于暂本。

［3］"时节"，庚辰本作"时候"，其他脂本同于暂本。

［4］"年纪"，蒙本、戚本无，其他脂本同于暂本。

［5］"又小"，戚本作"偏又小"，蒙本作"偏小"，其他脂本同于暂本。

［6］"事"，舒本作"人事"，梦本作"事体"，其他脂本同于暂本。

［7］"听见"，梦本作"听"，其他脂本同于暂本。

［8］"都"，杨本作"多"，其他脂本同于暂本。

［9］"我们"，杨本作"我"，其他脂本同于暂本。

［10］"出"，彼本、杨本同，庚辰本、舒本作"去做"（庚辰本"做"系旁添），蒙本作"去作"，戚本作"中作"，梦本作"作"。

［11］"的"，蒙本无，其他脂本同于暂本。

［12］"舅舅"，梦本作"舅舅是"，其他脂本作"舅舅就"。

［13］"的"，舒本、杨本无，其他脂本同于暂本。

［14］"还是"，蒙本作"还"，其他脂本同于暂本。

［15］"田"，庚辰本、梦本作"地"，其他脂本同于暂本。

［16］"哦"，杨本同，其他脂本无。

［17］"有两间房子呢"，杨本同，彼本作"两间房呢"，梦本作"有两间房子"，其他脂本作"两间房子"。

［18］"是我不成器"，彼本、杨本同，庚辰本、蒙本、戚本作"如今在我手里"（"在"系旁添），蒙本作"在我手里"。

［19］"没米"，彼本同，杨本作"无米"，梦本作"无米的"，其他脂本作"没米的"。

［20］"粥"，梦本作"饭"，其他脂本同于暂本。

[21]"呢"，杨本无，其他脂本同于暂本。

[22]"别个"，彼本、梦本同，杨本作"别人"，其他脂本作"别的"。

[23]"死皮赖脸的"，彼本、杨本、蒙本同，梦本作"死皮赖的"，其他脂本作"死皮赖脸"（庚辰本"死"旁改"涎"）。

[24]"三日两头"，其他脂本均作"三日两头儿"。

[25]"缠"，彼本、杨本同，其他脂本作"缠着"。

[26]"要"，蒙本、戚本作"要个"，其他脂本同于暂本。

[27]"两升"，彼本同，其他脂本作"二升"。

[28]"豆子的"，杨本作"豆"，其他脂本同于暂本。

[29]"舅舅就"，其他脂本均作"舅舅也就"。

[30]"没"，彼本、杨本同，其他脂本作"没有"。

[31]"法儿"，舒本、彼本、杨本同，其他脂本作"法"。

卜世仁道："我的儿，舅舅要有，还不是该的[1]。我天天和你舅母说[2]，愁你没个[3]计算儿[4]。你但凡要[5]立的[6]起来，到你们[7]大房里，就是他们[8]爷儿们[9]见不着，便下个[10]气，和他们的管家管事的人们[11]嘻和嘻和[12]，也弄个事儿管管。前儿[13]我出城去，遇见了[14]你们[15]三房里的[16]老四，骑着大黑叫驴[17]，带着四五辆车[18]，有四五十[19]和尚、道士，往家庙里[20]去了。他那[21]不亏能干[22]，就有[23]这样的好事儿[24]到他手里了[25]？"

[1]"该的"，杨本作"该的么"，其他脂本同于暂本。

[2]"和你舅母说"，彼本作"和母亲说"，其他脂本同于暂本。

[3]"没个"，庚辰本作"没"，其他脂本同于暂本。

[4]"计算儿"，庚辰本、舒本作"算计儿"（庚辰本"计"系旁添），梦本作"算计"，其他脂本同于暂本。

[5]"但凡要"，彼本、杨本同，舒本作"但要"，其他脂本

作"但凡"。

[6]"立的",梦本作"立得",其他脂本同于暂本。

[7]"你们",彼本同,其他脂本作"你"。

[8]"他们",戚本作"他",其他脂本同于暂本。

[9]"爷儿们",蒙本作"爷儿你"(连下读,"你"旁改"们"),其他脂本同于暂本。

[10]"个",舒本无,其他脂本同于暂本。

[11]"管事的人们",彼本、杨本同,其他脂本作"或者管事的人们"。

[12]"嘻和嘻和",杨本作"嬉嬉和和",其他脂本作"嬉和嬉和"。

[13]"前儿",庚辰本作"前日"("日"系旁添),其他脂本同于暂本。

[14]"遇见了",舒本、杨本、梦本作"遇见",其他脂本作"撞见了"。

[15]"你们",梦本作"你",其他脂本同于暂本。

[16]"三房里的",蒙本作"三房的",戚本作"三房",杨本作"三房里",其他脂本同于暂本。

[17]"大黑叫驴",彼本、杨本同,其他脂本作"大叫驴"。

[18]"四五辆车",庚辰本、蒙本、戚本作"五辆车",其他脂本同于暂本。

[19]"四五十",杨本作"四五十个",其他脂本同于暂本。

[20]"家庙里",庚辰本、蒙本、戚本作"家庙",其他脂本同于暂本。

[21]"他那",蒙本、戚本作"他",其他脂本同于暂本。

[22]"不亏能干",庚辰本作"不亏能干的",其他脂本同于暂本。

[23]"就有"，庚辰本、蒙本、戚本无，其他脂本同于暂本。

[24]"这样的好事儿"，彼本、杨本同，舒本、梦本作"这样的事"，庚辰本作"这事"（"这"系旁添），蒙本、戚本作"此事如何"。

[25]"到他手里了"，彼本、杨本同，庚辰本作"就到他了"（"就"系旁添），舒本作"就到他"，梦本作"到他了"，蒙本、戚本作"轮到他呢"。

贾芸听说[1]劳刀的[2]不堪，便起身告辞。卜世仁道："怎么急的这样？吃了饭再[3]去罢。"一句话[4]未说完[5]，只见他[6]娘子说道："你又胡涂[7]了，说着[8]没了米[9]，这里买了[10]半觔[11]面来下给[12]你吃，这会子还装胖呢。留下外甥挨饿[13]不成？"卜世仁道[14]："再买半觔[15]来添上就是了。"他娘子便叫女儿[16]银姐儿[17]往对门王奶奶家[18]有钱借[19]二三十[20]个："你说[21]明儿[22]就还[23]。"夫妻两个说话，那[24]贾芸早说了[25]几个"不用费事"，去的无影无踪了。

[1]"听说"，舒本、彼本同，庚辰本、蒙本、戚本作"听他"，杨本作"见"，梦本作"听了"。

[2]"劳刀的"，彼本同，庚辰本作"韶刀的"，蒙本作"劳刀"，舒本、戚本作"唠叨"，杨本、梦本作"劳叨的"。

[3]"再"，梦本无，其他脂本同于暂本。

[4]"一句话"，彼本、杨本同，其他脂本作"一句"。

[5]"未说完"，庚辰本作"未完"，其他脂本同于暂本。

[6]"只见他"，杨本作"只听他"，其他脂本同于暂本（庚辰本"他"系旁添）。

[7]"胡涂"，其他脂本均作"糊涂"。

[8]"说着"，戚本作"说道"，其他脂本同于暂本。

[9]"没了米"，彼本、杨本同，庚辰本、舒本、戚本、梦本

作"没有米"，蒙本作"没有这米"（"这"点去）。

　　[10]"买了"，蒙本作"才买了"，其他脂本同于暂本。

　　[11]"半觔"，戚本同，其他脂本作"半斤"。

　　[12]"下给"，舒本作"不够"，其他脂本同于暂本。

　　[13]"挨饿"，杨本作"捱饥"，其他脂本同于暂本。

　　[14]"道"，庚辰本作"说"，其他脂本同于暂本。

　　[15]"半觔"，戚本同，其他脂本作"半斤"。

　　[16]"女儿"，彼本、杨本、梦本同，其他脂本作"女孩儿"。

　　[17]"银姐儿"，彼本、杨本同，其他脂本作"银姐"。

　　[18]"王奶奶家"，彼本、杨本同，其他脂本作"王奶奶家去问"。

　　[19]"借"，彼本此字系旁添，其他脂本同于暂本。

　　[20]"二三十"，庚辰本、梦本同，其他脂本作"三二十"。

　　[21]"你说"，彼本、杨本同，其他脂本无。

　　[22]"明儿"，杨本、梦本作"明日"，其他脂本同于暂本。

　　[23]"就还"，彼本、杨本同，梦本作"就送来还的"，其他脂本作"就送过来"。

　　[24]"那"，舒本、蒙本、戚本作"那个"，其他脂本同于暂本。

　　[25]"早说了"，杨本作"早说"，其他脂本同于暂本。

　　不言卜家夫妻[1]，且说贾芸赌气离了母舅家[2]，一径回归旧路[3]。心下正自[4]烦恼。一边想，一边低着头[5]只管走[6]，不想一头就[7]碰[8]在一个醉汉[9]身上，把贾芸吓了[10]一跳[11]，听那醉汉[12]骂道[13]："肏你妈的[14]，瞎了眼睛了[15]，碰[16]起我来了。"

　　[1]"卜家夫妻"，舒本作"卜世仁夫妇"，庚辰本、梦本作"卜家夫妇"，其他脂本同于暂本。

　　[2]"家"，彼本、杨本同，其他脂本作"家门"。

[3]"回归旧路"，梦本作"回来"，其他脂本同于暂本。

[4]"正自"，舒本作"正是"，其他脂本同于暂本。

[5]"一边低着头"，彼本、杨本同，梦本作"一边走，低着头"，其他脂本作"一边低头"。

[6]"只管走"，梦本无，其他脂本同于暂本（庚辰本"走"系旁改，原作"来"）。

[7]"就"，舒本无，其他脂本同于暂本。

[8]"磞"，梦本作"碰"，杨本作"硼"，其他脂本同于暂本。

[9]"醉汉"，庚辰本作"醉汗"，其他脂本同于暂本。

[10]"吓了"，梦本无，其他脂本作"唬了"。

[11]"一跳"，梦本无，其他脂本同于暂本。

[12]"听那醉汉"，梦本无，庚辰本作"听那醉汗"，其他脂本同于暂本。

[13]"骂道"，庚辰本、彼本、杨本同，舒本、戚本作"骂"，蒙本作"口中便骂"，梦本作"一把拉住骂道"。

[14]"肏你妈的"，彼本、杨本同，梦本无，庚辰本、蒙本、戚本作"臊你娘的"，舒本作"臊你妈的"。

[15]"瞎了眼睛了"，彼本、杨本同，庚辰本、舒本、戚本作"瞎了眼睛"，蒙本作"瞎了眼精"，梦本作"你瞎了眼"。

[16]"磞"，梦本作"碰"，杨本作"硼"，其他脂本同于暂本。

贾芸忙要躲，早被那醉汉一把抓住，对面一看，不是别人，却是[1]紧邻倪二[2]，是个泼皮，专[3]放重利[4]，在赌赙场[5]吃闲钱，专爱[6]吃酒打降[7]，如今[8]正从[9]欠主人家[10]取了利钱[11]，吃醉回来[12]，不想[13]致[14]贾芸磞了一头[15]，正没好气[16]，抡拳就要打[17]。只听那人说道[18]："老二住手，是我冲撞了你。"

[1]"贾芸忙要躲，早被那醉汉一把抓住，对面一看，不是别

人，却是"，庚辰本作"贾芸忙要躲身，早被那醉汗一把抓住，对面一看，不是别人，却是"，舒本作"贾芸忙要躲身，早被那醉汉一把抓住，对面一看，不是别人，却是"，彼本、杨本作"贾芸忙要躲，早被那醉汉一把抓住，对面一看，不是别人，却是"，蒙本、戚本作"贾芸忙要躲了，早被那醉汉一把抓住，对面一看，不是别人，却是"，梦本作"贾芸听声音像是熟人，仔细一看，原来是"。

［2］"倪二"，杨本作"倪二，元来这倪二"，梦本作"倪二，这倪二"，其他脂本作"倪二，原来这倪二"。

［3］"专"，彼本作"耑"，其他脂本同于暂本。

［4］"重利"，彼本、杨本同，其他脂本作"重利债"。

［5］"赌赙场"，杨本作"赌场"，其他脂本同于暂本。

［6］"专爱"，彼本、杨本同，庚辰本、舒本、蒙本、梦本作"专管"，戚本作"专惯"。

［7］"吃酒打降"，庚辰本、舒本、戚本作"打降吃酒"，彼本、杨本作"吃酒打架"，蒙本作"打架吃酒"，梦本作"打降喝酒"。

［8］"如今"，舒本无，梦本作"此时"，其他脂本同于暂本。

［9］"正从"，杨本作"在"，其他脂本同于暂本。

［10］"欠主人家"，彼本作"欠主家"，杨本作"人家"，其他脂本作"欠钱人家"。

［11］"取了利钱"，彼本、杨本同，梦本作"索债归来"，其他脂本作"索了利钱"。

［12］"吃醉回来"，舒本作"吃酒回来"，梦本作"已在醉乡"，其他脂本同于暂本。

［13］"不想"，梦本作"不料"，其他脂本同于暂本。

［14］"致"，其他脂本均作"被"。

［15］"碰了一头"，梦本作"碰了他"，其他脂本同于暂本。

[16]"正没好气"，梦本无，戚本作"正没出气"，其他脂本同于暂本。

[17]"抢拳就要打"，梦本作"就要动手"，其他脂本同于暂本。

[18]"说道"，彼本、杨本同，其他脂本作"叫道"。

倪二听见熟人语音[1]，将醉眼睁开看时[2]，见是贾芸，忙把手松了[3]，趔趄[4]着笑[5]："原来[6]是贾二爷，我该死，我该死[7]。这会子往[8]那里去了[9]？"贾芸道："告诉不得你[10]，平白的[11]又讨了个[12]没趣儿[13]。"倪二道："不妨[14]，有什么不平的[15]事告诉[16]我，我[17]替你出气[18]。这三街六巷[19]，凭[20]他是谁人[21]，得罪了我醉金刚倪二的人[22]，管叫[23]他人离家散。"贾芸道："你且别[24]生气[25]，听我告诉你这缘故[26]。"说着，便把卜世仁一段事[27]告诉了倪二。

[1]"听见熟人语音"，彼本同，梦本作"一听他的语音"，舒本作"听见是熟人的话"，其他脂本作"听见是熟人的语音"。

[2]"看时"，梦本作"一看"，其他脂本同于暂本。

[3]"把手松了"，杨本、梦本作"松了手"，庚辰本、舒本、彼本、蒙本、戚本作"把手松了"（庚辰本"手"系旁添）。

[4]"趔趄"，戚本作"趔趄"，其他脂本作"趔趄"。

[5]"笑"，其他脂本均作"笑道"。

[6]"原来"，杨本作"元来"，其他脂本同于暂本。

[7]"我该死，我该死"，梦本无，杨本作"该死，该死"，蒙本、戚本作"我该死"，其他脂本同于暂本。

[8]"往"，梦本无，其他脂本同于暂本。

[9]"了"，其他脂本均无

[10]"告诉不得你"，舒本作"告诉你不得"（"诉"系旁添），其他脂本同于暂本。

[11]"平白的"，杨本、蒙本、戚本作"平白地"，其他脂本同于暂本。

[12]"讨了个"，舒本作"讨了"，梦本作"讨个"，其他脂本同于暂本。

[13]"没趣儿"，庚辰本同，其他脂本作"没趣"。

[14]"不妨"，彼本、杨本、梦本同，其他脂本作"不妨，不妨"。

[15]"不平的"，舒本、蒙本、戚本作"不平"，其他脂本同于暂本（庚辰本"不"系旁添）。

[16]"告诉"，舒本作"告诉了"，其他脂本同于暂本。

[17]"我"，庚辰本、舒本、蒙本、戚本无，其他脂本同于暂本。

[18]"出气"，杨本作"出去"，其他脂本同于暂本。

[19]"巷"，杨本作"菴"（旁改"苍"），其他脂本同于暂本。

[20]"凭"，舒本、戚本、梦本同，庚辰本、彼本、杨本、蒙本作"平"（蒙本"平"旁改"凭"）。

[21]"人"，梦本作"若"（连下读），其他脂本作"有人"。

[22]"人"，彼本、杨本同，梦本作"街邻"，其他脂本作"街坊"（蒙本"坊"旁改"邻"）。

[23]"管叫"，彼本、杨本作"管教"，其他脂本同于暂本。

[24]"且别"，杨本作"你且别"，舒本、梦本作"老二，你别"，其他脂本作"老二，你且别"。

[25]"生气"，彼本、杨本、梦本同，其他脂本作"气"。

[26]"缘故"，杨本、梦本同，其他脂本作"原故"。

[27]"事"，蒙本作"事情"，其他脂本同于暂本。

倪二听了大怒道[1]："要不是令舅[2]，我便[3]骂出[4]好话来。真真[5]气死我[6]，也罢[7]，你也不用[8]愁烦，我这里现有几两银子，你若用[9]，只管拿去买办[10]。但只一件[11]，你我[12]作了[13]这些年的[14]街坊，我在外头[*]有名放账的人[15]，你却也[16]从没有和我[17]张过口，也不知你厌恶我是个泼皮，怕低[18]了你的身分，也不知你[19]怕我难缠，利钱重。若说怕利钱重[20]，这银子我[21]是不要利钱的，也不用[**]写文立约[22]。若说怕低了你的身分，我就不敢供给[23]你了，各自走开[24]。"一面说，一面[25]，从[26]答包[27]里掏出一卷银子来。

[1]"道"，庚辰本、蒙本、戚本无，其他脂本同于暂本。

[2]"令舅"，舒本作"令母舅"，梦本作"令亲"，戚本作"你令舅"，其他脂本同于暂本。

[3]"我便"，庚辰本作"便"，其他脂本同于暂本。

[4]"骂出"，庚辰本作"骂不出"，其他脂本同于暂本。

[5]"真真"，杨本作"真正"，其他脂本同于暂本。

[6]"气死我"，彼本同，梦本作"气死我也"，杨本作"气死我倪二也"，其他脂本作"气死我倪二"。

[7]"也罢"，杨本无，其他脂本同于暂本。

[8]"不用"，梦本作"不必"，其他脂本同于暂本。

[9]"你若用"，杨本同，庚辰本、彼本作"你若用什么"，蒙本、戚本作"你若用什么东西"，梦本作"你若要用"，舒本作"你若做什么"。

[10]"买办"，杨本、梦本无，其他脂本同于暂本。

[11]"但只一件"，梦本无，其他脂本同于暂本。

[12]"你我"，梦本作"我们"，其他脂本同于暂本。

[13]"作了"，舒本、杨本作"做了"，戚本作"住了"，其他脂本同于暂本。

[14]"的"，舒本、杨本、蒙本、戚本无，其他脂本同于暂本。

[*]"我在外头有名放账的人，你却也从没有和我张过口，

也不知你厌恶我是个泼皮，怕低了你的身分，也不知你怕我难缠，利钱重，若说怕利钱重"，梦本无。

[15]"的人"，彼本、杨本同，其他脂本无。

[16]"也"，庚辰本、舒本、彼本、杨本、蒙本、戚本无。

[17]"和我"，庚辰本、舒本、彼本、蒙本、戚本同，杨本作"向我"。

[18]"低"，舒本、戚本同，庚辰本、彼本、蒙本作"底"（庚辰本旁改"抵"，蒙本旁改"低"），杨本作"玷污"。

[19]"你"，彼本、杨本同，庚辰本、舒本、蒙本、戚本作"是你"。

[20]"重"，庚辰本无，其他脂本同于暂本。

[21]"我"，梦本无，其他脂本同于暂本。

[**]"也不用写文立约。若说怕低了你的身分，我就不敢供给你了，各自走开"，梦本无。

[22]"写文立约"，彼本、杨本同，庚辰本、舒本、蒙本、戚本作"写文约"。

[23]"供给"，彼本、杨本同，庚辰本、舒本、蒙本、戚本作"借给"。

[24]"各自走开"，杨本无，庚辰本、舒本、彼本、蒙本、戚本同于暂本。

[25]"一面说，一面"，梦本作"一头说，一头"，杨本作"一面说"，其他脂本同于暂本。

[26]"从"，舒本、彼本、梦本同，庚辰本、蒙本、戚本作"果然从"，杨本作"就从"。

[27]"答包"，舒本作"搭膊"，其他脂本作"搭包"。

贾芸心下自思：素习倪二[1]虽然[2]泼皮无赖[3]，却[4]因而使[5]，颇颇[6]有义侠之名，若今日不领他之情[7]，怕他燥[8]了，到[9]恐生事[10]，不如借了[11]他的，改日加倍还他，也到罢了[12]。想毕，笑道[13]："老二，你果然自个[14]好汉[15]，我何曾[*]不想着看来[16]和你张口，但只是[17]我见你[18]所交结[19]的都是些[20]有胆量[21]、有作为的人，像[22]我们这等无能为[23]的，你通[24]不理。我若和[25]你张口，你岂肯借给[26]我。今日既蒙高情，我[27]怎敢不领回家。按例[28]写了文约过来[29]便是了[30]。"

　　[1]"素习倪二"，梦本无，舒本、彼本、杨本同，其他脂本作"素日倪二"（庚辰本"日"系旁添）。

　　[2]"虽然"，彼本、杨本同，其他脂本作"虽然是"。

　　[3]"无赖"，梦本无，其他脂本同于暂本。

　　[4]"却"，梦本作"却也"，其他脂本同于暂本。

　　[5]"因而使"，戚本、梦本作"因人而施"，其他脂本作"因人而使"。

　　[6]"颇颇"，梦本作"颇"，其他脂本作"颇颇的"（庚辰本"的"系旁添）。

　　[7]"他之情"，彼本同，其他脂本作"他这情"。

　　[8]"燥"，舒本作"臊"，其他脂本同于暂本。

　　[9]"到"，彼本、蒙本、戚本、梦本作"倒"，其他脂本同于暂本。

　　[10]"生事"，梦本作"不是"，其他脂本同于暂本。

　　[11]"借了"，舒本作"借借"，梦本作"用了"，其他脂本同于暂本。

　　[12]"也到罢了"，庚辰本、舒本、杨本同，彼本、蒙本作"也倒罢了"，戚本作"倒也罢了"，梦本作"就是了"。

　　[13]"想毕，笑道"，杨本作"便道"，梦本作"因笑道"，其他脂本同于暂本。

　　[14]"自个"，其他脂本均作"是个"。

[15]"好汉"，舒本、彼本、戚本、梦本同，庚辰本作"好汗"，杨本、蒙本作"好汉子"。

[＊]"我何曾不想着看来和你张口，但只是我见你所交结的都是些有胆量、有作为的人，像我们这等无能为的，你通不理，我若和你张口，你岂肯借给我，今日"，梦本无。

[16]"看来"，庚辰本、舒本、蒙本、戚本作"你"（蒙本此字点去），彼本、杨本作"来"。

[17]"但只是"，杨本作"但是"，其他脂本同于暂本（梦本除外）。

[18]"你"，蒙本无，其他脂本同于暂本（梦本除外）。

[19]"交结"，彼本、杨本同，庚辰本、蒙本作"相遇交给"（庚辰本"给"旁改"结"），舒本作"相与交接"，戚本作"相与交结"。

[20]"都是些"，杨本作"多是"，其他脂本同于暂本（梦本除外）。

[21]"有胆量"，彼本、杨本同，其他脂本作"有胆量的"（梦本除外）。

[22]"像"，彼本、杨本同，其他脂本作"似"（梦本除外）。

[23]"无能为"，庚辰本、戚本作"无能无为"，其他脂本同于暂本。

[24]"通"，舒本、彼本、杨本同，蒙本、戚本作"倒"，庚辰本作"到"。

[25]"和"，杨本作"向"，其他脂本同于暂本（梦本除外）。

[26]"给"，蒙本无，其他脂本同于暂本（梦本除外）。

[27]"我"，杨本、梦本无，其他脂本同于暂本。

[28]"按例"，梦本作"照例"，其他脂本同于暂本。

[29]"过来"，梦本作"送过来"，其他脂本同于暂本。

[30]“便是了”，杨本、梦本作“便了”，其他脂本同于暂本。

倪二大笑[1]道：“好会说话的人[*]。我却听不上这话，既说‘相与交结[2]’四个字，如何又[3]放账给他[4]使，图赚[5]他[6]的利钱？既把银子借与他[7]，图他的利钱[8]，不是[9]‘相与交结[10]’了。闲话也不必讲[11]，既承你不弃[12]，这是[13]十五两三钱有零的[14]银子，你[15]便拿去[16]，置买东西[17]。你要[18]写什么文契[19]，趁早把银子还我，让我放给那些有指望的人使去[20]。”

[1]“大笑”，杨本无，其他脂本同于暂本。

[*]“好会说话的人”，梦本作“好会说话的人，我却听不上这话。既说‘相与交结’四个字，如何又放账给他使，图赚他的利钱？既把银子借与他，图他的利钱，不是‘相与交结’了。闲话也不必讲，既肯青目”。

[2]“交结”，舒本作“交接”，庚辰本、彼本、杨本、蒙本、戚本同于暂本。

[3]“又”，庚辰本、蒙本、戚本无，舒本、彼本、杨本同于暂本。

[4]“他”，蒙本作“你”，庚辰本、舒本、彼本、杨本、戚本同于暂本。

[5]“图赚”，庚辰本无，舒本、彼本、杨本、蒙本、戚本同于暂本。

[6]“他”，蒙本作“你”，庚辰本、舒本、彼本、杨本、戚本同于暂本。

[7]“既把银子借与他”，杨本作“既”，蒙本、戚本作“既把银子借与你”，其他脂本同于暂本。

[8]“图他的利钱”，蒙本、戚本作“图你的利钱”，杨本作“想赚利钱”，庚辰本、舒本、彼本同于暂本。

[9]"不是",庚辰本、舒本、彼本、杨本、蒙本、戚本作"便不是"。

[10]"交结",舒本作"交接",庚辰本、彼本、杨本、蒙本、戚本同于暂本。

[11]"闲话也不必讲",杨本无,庚辰本、舒本、彼本、蒙本、戚本同于暂本。

[12]"既承你不弃",彼本、杨本同,庚辰本作"既肯青目",舒本、蒙本、戚本作"既你肯青目"。

[13]"这是",梦本作"这不过是",其他脂本同于暂本。

[14]"有零的",梦本无,其他脂本同于暂本。

[15]"你",舒本、彼本、杨本同,其他脂本无。

[16]"便拿去",梦本无,其他脂本同于暂本。

[17]"置买东西",舒本、彼本同,杨本、梦本无,庚辰本、蒙本、戚本作"治买东西"。

[18]"你要",杨本作"要",蒙本作"你你要"(第一个"你"字点去),梦本作"你若",其他脂本同于暂本。

[19]"什么文契",梦本作"文契",其他脂本同于暂本。

[20]"趁早把银子还我,让我放给那些有指望的人使去",梦本作"我就不借了",其他脂本同于暂本(彼本"有"作"有有",点去前一个"有"字)。

贾芸听了,一面接了[1]银子,一面[2]笑道:"我[3]便不写[4]罢了,有何着急的[5]。"倪二笑道[6]:"这不是话[7]。天气[8]黑了,也不让茶让酒,我还到那边[9]有点事情[10]去,你竟请回去罢[11]。我[12]还求[13]你带个[14]信儿与舍下,叫[*]他们[15]早些[16]关门睡罢,我不回家去了[17]。倘或有要紧的事[18],叫我们[19]女儿明儿[20]一早到马贩子王短腿家来找我[21]。"一面说[22],一面[23]趔趄[24]着脚儿去了[25]。不在话下[26]。

［1］"一面接了"，杨本作"就接了"，其他脂本同于暂本。

［2］"一面"，杨本无，其他脂本同于暂本。

［3］"我"，杨本无，其他脂本同于暂本。

［4］"不写"，梦本作"遵教"，其他脂本同于暂本。

［5］"有何着急的"，杨本无，梦本作"何必着急"，其他脂本同于暂本。

［6］"笑道"，杨本作"道"，其他脂本同于暂本。

［7］"这不是话"，杨本无，梦本作"这才是了"，其他脂本同于暂本。

［8］"天气"，戚本作"天色"，其他脂本同于暂本。

［9］"到那边"，杨本、梦本无，舒本作"到别处"，其他脂本同于暂本。

［10］"有点事情"，彼本作"也有点事情"（"有"系旁添），杨本作"有点事"，梦本作"有点事情到那边"，其他脂本同于暂本。

［11］"请回去罢"，彼本同，庚辰本、舒本作"请回去"，杨本作"去罢"，蒙本、戚本作"回去"，梦本作"请回"。

［12］"我"，蒙本、戚本、梦本无，其他脂本同于暂本。

［13］"求"，蒙本、戚本作"烦"，其他脂本同于暂本。

［14］"带个"，舒本作"带了"，其他脂本同于暂本。

［＊］"叫他们早些关门睡罢，我不回家去了，倘或有要紧的事"，庚辰本无。

［15］"他们"，蒙本作"舍下"，其他脂本同于暂本（庚辰本除外）。

［16］"早些"，梦本无，其他脂本同于暂本（庚辰本除外）。

［17］"了"，梦本无，其他脂本同于暂本（庚辰本除外）。

［18］"要紧的事"，彼本同，舒本作"什么要紧事"，杨本作

"要紧事儿"，蒙本、戚本作"甚么要紧的事"，梦本作"事"。

[19]"我们"，杨本作"我们"，其他脂本同于暂本。

[20]"明儿"蒙本、戚本无，杨本作"明日"，其他脂本同于暂本。

[21]"来找我"，舒本作"找我"，杨本作"来找"，其他脂本同于暂本。

[22]"一面说"，舒本无，杨本作"说"，其他脂本同于暂本。

[23]"一面"，杨本无，其他脂本同于暂本。

[24]"趔趄"，杨本无，戚本作"趑趄"，其他脂本作"趔趄"。

[25]"脚儿去了"，杨本作"就走了"，其他脂本同于暂本。

[26]"不在话下"，杨本无，其他脂本同于暂本。

　　且说贾芸偶然磞[1]了这件事，心下[2]也十分罕异[3]，想那倪二到[4]果然有些意思，只是还[5]怕他[6]醉中慷慨[7]，到明日加倍的[8]要起来[9]便怎处[10]，心内犹疑不决[11]，忽[12]想道[13]："不妨等那[14]件事成了，也可加倍还他。"想毕[15]，一直走到[16]一个钱铺里[17]，将那[18]银子秤了一秤[19]，十五两三钱四分二厘[20]。贾芸见倪二不撒谎[21]，心下[22]越发欢喜[23]，收了银子[24]，来至自家门首[25]。

[1]"磞"，杨本作"硼"，梦本作"碰"，其他脂本同于暂本。

[2]"心下"，庚辰本作"心中"，其他脂本同于暂本。

[3]"罕异"，彼本、杨本同，庚辰本作"罕希"，其他脂本作"希罕"。

[4]"到"，蒙本、戚本、梦本作"倒"，其他脂本同于暂本。

[5]"还"，梦本无，其他脂本同于暂本。

[6]"他"，杨本同，其他脂本作"他一时"。

[7]"慷慨"，彼本作"怀慨"（"怀"旁改"慷"），其他脂本同于暂本。

［8］"加倍的"，梦本作"加倍"，其他脂本同于暂本。

［9］"要起来"，梦本作"要来"，其他脂本同于暂本。

［10］"便怎处"，杨本、梦本作"怎么处"，戚本作"怎处"，其他脂本同于暂本。

［11］"心内犹疑不决"，彼本、杨本同，梦本无，其他脂本作"心内犹豫不决"。

［12］"忽"，彼本同，庚辰本、舒本、蒙本、梦本作"忽又"，杨本、戚本作"又"。

［13］"想道"，舒本作"想到"，其他脂本同于暂本。

［14］"那"，蒙本、戚本无，其他脂本同于暂本。

［15］"想毕"，杨本作"遂"，梦本作"因"，其他脂本同于暂本。

［16］"一直走到"，舒本作"一直走到了"，梦本作"走到"，其他脂本同于暂本。

［17］"一个钱铺里"，彼本同，庚辰本、蒙本作"个钱铺里"，舒本作"钱钱铺里"（第二个"钱"字点去），杨本作"一钱铺里"，戚本作"个铜钱铺里"，梦本作"一个钱铺内"。

［18］"那"，杨本无，其他脂本同于暂本。

［19］"秤了一秤"，舒本、彼本、杨本、梦本同，其他脂本作"称一称"。

［20］"十五两三钱四分二厘"，梦本无，其他脂本同于暂本。

［21］"贾芸见倪二不撒谎"，梦本无，其他脂本同于暂本。

［22］"心下"，梦本作"心上"，其他脂本同于暂本。

［23］"欢喜"，蒙本、戚本作"喜欢"，其他脂本同于暂本。

［24］"收了银子"，梦本无，其他脂本同于暂本。

［25］"来至自家门首"，彼本、杨本同，梦本作"到家"，其他脂本作"来至家门"。

先到隔壁[1]将倪二的信[2]稍与他娘子[3]，方回家来[4]。见他母亲在[5]炕上坐着[6]拈线，见他进来，便问："那去了[7]一日[8]?"贾芸恐他母亲生气，便不说[9]卜世仁的事[10]，只说："在西府里等琏[11]二叔来着。"问他母亲："吃了饭[12]不曾?"他母亲说[13]："吃过了[14]，给你[15]留的饭在那里。"叫小丫头子[16]拿过来[17]："你吃罢[18]。"那天已是掌灯时分[19]，贾芸吃了饭，收拾[20]安歇[21]，一夜无话[22]。

[1]"先到隔壁"，杨本作"先到隔壁"，舒本作"先到了隔壁"，其他脂本同于暂本。

[2]"的信"，梦本作"的话"，舒本作"带的信"，其他脂本同于暂本。

[3]"稍与他娘子"，庚辰本作"稍了与他娘子知道"，舒本、梦本作"捎与他娘子"，彼本、蒙本、戚本作"稍与他娘子"，舒本作"捎"，杨本作"稍到"。

[4]"方回家来"，庚辰本、蒙本、戚本作"方回来"，其他脂本同于暂本。

[5]"在"，彼本、杨本同，其他脂本作"自在"。

[6]"坐着"，彼本同，其他脂本无。

[7]"那去了"，舒本、彼本、杨本作"那里去了"，梦本作"那里去了的"，其他脂本同于暂本。

[8]"一日"，梦本作"一天"，其他脂本同于暂本。

[9]"不说"，彼本、杨本同，梦本作"不提"，其他脂本作"不说起"。

[10]"事"，彼本、杨本同，其他脂本作"事来"。

[11]"琏"，蒙本、戚本作"连"，其他脂本同于暂本。

[12]"吃了饭"，舒本作"吃了饭的"，其他脂本同于暂本。

[13]"说"，彼本、杨本、梦本同，其他脂本无。

[14]"吃过了"，彼本、杨本同，梦本作"已吃了"，庚辰

本、舒本、蒙本、戚本作"已吃过了"。

　　［15］"给你"，彼本、杨本同，梦本作"还"，其他脂本作"说"。

　　［16］"叫小丫头子"，舒本、彼本、梦本同，杨本作"叫他们"，庚辰本、蒙本、戚本作"小丫头子"。

　　［17］"拿过来"，蒙本作"便拿过来"，其他脂本同于暂本。

　　［18］"你吃罢"，彼本、杨本同，其他脂本作"与他吃"。

　　［19］"时分"，彼本、杨本同，舒本作"的时候"，其他脂本作"时候"。

　　［20］"收拾"，彼本作"收什"，其他脂本同于暂本。

　　［21］"安歇"，舒本、彼本、杨本、梦本同，庚辰本、蒙本、戚本作"歇息"。

　　［22］"一夜无话"，舒本、彼本、梦本同，杨本无，其他脂本作"一宿无语"。

次日一早起来，洗了脸，便出南门大[1]，香铺里[2]买了冰麝[3]，便往荣国府[4]来，打听贾琏[5]出了门，贾芸便往后[6]，来到贾琏院门前。只见几个小厮，拿着大高[7]笤帚，在那里扫院子呢。忽见周瑞家的从门里出[8]来[9]了，贾芸忙上去[10]，笑道[11]："二婶子[12]那去[13]？"周瑞家的[14]："老太太叫，想必是裁什么尺头。"

　　［1］"南门大"，梦本作"南门大街"，其他脂本同于暂本（连下读）。

　　［2］"香铺里"，梦本作"在香铺"，其他脂本同于暂本。

　　［3］"冰麝"，彼本作"冰射"（"射"旁改"麝"），梦本作"香麝"，其他脂本同于暂本。

　　［4］"荣国府"，梦本作"荣府"，其他脂本同于暂本。

　　［5］"贾琏"，梦本作"宝琏"，其他脂本同于暂本。

［6］"后"，其他脂本均作"后面"。

［7］"大高"，梦本作"大高的"，其他脂本同于暂本。

［8］"出"，蒙本作"去"，其他脂本同于暂本。

［9］"来"，其他脂本均作"来，叫小厮们先别扫，奶奶出来"。

［10］"上去"，杨本无，舒本、彼本、梦本同，庚辰本作"上前"，蒙本、戚本作"上来"。

［11］"笑道"，梦本同，彼本作"笑问道"，杨本作"问道"，其他脂本作"笑问"。

［12］"二婶子"，彼本、杨本同，梦本作"二婶娘"，其他脂本作"二婶婶"。

［13］"那去"，杨本作"往那里去"，梦本作"那里去"，其他脂本同于暂本。

［14］"周瑞家的"，其他脂本均作"周瑞家的道"。

正说着，只见一群人撮[1]着凤姐出来了[2]。贾芸深知凤姐是喜[3]奉承的[4]，尚排场[5]的，忙把手逼着，恭恭敬敬的[6]抢上来[7]请安。凤姐连正眼也不睸[8]，仍往前走着，只[9]问他母亲好："怎么不来我们这里[10]旷旷[11]？"贾芸道："只是身上不大好[12]，到[13]时常记挂着婶子[14]，要来睸睸[15]，又[16]不能来。"凤姐[17]笑道[18]："可是你[19]会撒慌[20]，不是[21]我提起他来[22]，你就不说他[23]想我了。"

［1］"撮"，庚辰本、舒本、彼本同，蒙本作"拥"，杨本、戚本作"簇"，梦本作"簇拥"。

［2］"了"，舒本无，其他脂本同于暂本。

［3］"是喜"，梦本作"素喜"，其他脂本同于暂本。

［4］"的"，其他脂本均无。

［5］"尚排场"，舒本作"尚场"，梦本作"当排场"，其他脂本同于暂本。

〔6〕"恭恭敬敬的"，其他脂本均作"恭恭敬敬"（庚辰本第二个"恭"字系旁添）。

〔7〕"抢上来"，梦本作"抢来"，其他脂本同于暂本。

〔8〕"睄"，彼本同，杨本作"瞧"，其他脂本作"看"。

〔9〕"只"，庚辰本无，其他脂本同于暂本。

〔10〕"我们这里"，杨本无，梦本作"我们家"，其他脂本同于暂本。

〔11〕"旷旷"，彼本、杨本同，庚辰本、戚本作"倥"，舒本作"徍"，蒙本作"旷"，梦本作"逛"。

〔12〕"不大好"，梦本作"不好"，其他脂本同于暂本。

〔13〕"到"，庚辰本、舒本、杨本同，其他脂本作"倒"。

〔14〕"婶子"，彼本、杨本同，蒙本、戚本无，庚辰本、舒本作"婶婶"（庚辰本"婶婶"旁改"婶子"），梦本作"婶娘"。

〔15〕"睄睄"，彼本同，其他脂本作"瞧瞧"。

〔16〕"又"，庚辰本、彼本、杨本同，舒本、戚本作"都"，蒙本作"却"，梦本作"总"。

〔17〕"凤姐"，舒本作"凤姐儿"，其他脂本同于暂本。

〔18〕"笑道"，杨本作"道"，其他脂本同于暂本。

〔19〕"你"，庚辰本无，其他脂本同于暂本。

〔20〕"撒慌"，其他脂本均作"撒谎"。

〔21〕"不是"，梦本作"若不是"，其他脂本同于暂本。

〔22〕"来"，舒本、蒙本、戚本、梦本无，其他脂本同于暂本。

〔23〕"就不说他"，梦本作"就不"，其他脂本同于暂本。

贾芸笑道[1]："侄儿不怕雷打了[2]，就敢在长辈前[3]撒慌[4]。昨儿[5]晚上还提起[*]婶子[6]来，说婶娘[7]一则[8]生的[9]单弱，事情又多亏婶子[10]好大精神，竟料理的[11]用全[12]。要是差一个的[13]，早[14]累的[15]不知怎么样呢[16]。"凤姐[17]听了，满面[18]是笑，不由的[19]便[20]止了步[21]，问道："怎么好好的你娘儿两个[22]在背地里嚼说[23]起我来?"

　　[1]"笑道",杨本作"道",其他脂本同于暂本。

　　[2]"了",梦本无,其他脂本同于暂本。

　　[3]"前",梦本作"跟前",其他脂本同于暂本。

　　[4]"撒慌",其他脂本均作"撒谎"。

　　[5]"昨儿",梦本作"昨日",其他脂本同于暂本。

　　[*]"还提起",舒本作"还提起婶婶,婶子好大精神"。

　　[6]"婶子",庚辰本、彼本、杨本同,蒙本、戚本作"婶婶",梦本作"婶娘"。

　　[7]"婶娘",彼本、梦本同,庚辰本、杨本作"婶子",蒙本、戚本作"婶婶"。

　　[8]"一则",其他脂本均作"身子"。

　　[9]"生的",庚辰本、彼本、蒙本同,杨本、戚本、梦本作"生得"。

　　[10]"婶子",庚辰本、彼本、杨本同,蒙本、戚本作"婶婶",梦本作"婶娘"。

　　[11]"料理的",舒本作"料理",杨本作"料理得",其他脂本同于暂本。

　　[12]"周全",舒本、彼本、杨本同,庚辰本、蒙本、戚本、梦本作"周周全全"。

　　[13]"差一个的",彼本同,庚辰本、舒本、蒙本、戚本作"差一个儿的",杨本作"差一点的",梦本作"差一点儿的"。

　　[14]"早",庚辰本、蒙本、戚本无,其他脂本同于暂本。

　　[15]"累的",杨本作"累得",其他脂本同于暂本。

　　[16]"怎么样呢",梦本作"怎么样子了",其他脂本同于暂本。

　　[17]"凤姐",梦本作"凤姐儿",其他脂本同于暂本。

[18]"满面"，彼本、杨本同，其他脂本作"满脸"。

[19]"不由的"，舒本作"不由己的"（"己"点去），其他脂本同于暂本。

[20]"便"，杨本无，其他脂本同于暂本。

[21]"止了步"，舒本、蒙本、戚本作"止住了步"，其他脂本同于暂本。

[22]"娘儿两个"，庚辰本作"娘儿们"，其他脂本同于暂本。

[23]"嚼说"，彼本、杨本作"说"，其他脂本作"嚼"。

贾芸道："有个缘故[1]，只因我个极好的[2]朋友，家里有几个钱，现开香铺[3]。只因他身上捐了个[4]通判，前儿[5]选了云南不知那一处[6]，连家眷一齐去。他便[7]收了香铺不开了[8]，把[9]账物攒了一[10]攒，该人的[11]给人，该贱发的都[12]贱发了[13]。像[14]这个[15]贵的[16]货[17]，都[18]分着送了[19]亲朋[20]。他就送我[21]四两[22]冰片，四两[23]麝[24]香。

[1]"缘故"，庚辰本、舒本、彼本作"原故"，其他脂本同于暂本。

[2]"极好的"，庚辰本无，其他脂本同于暂本。

[3]"香铺"，杨本作"钱铺"，其他脂本同于暂本。

[4]"捐了个"，梦本同，彼本、杨本作"蠲了个"，庚辰本作"蠲着个"，舒本、蒙本、戚本作"捐着个"。

[5]"前儿"，梦本作"前日"，杨本作"前程"（连上读），其他脂本同于暂本。

[6]"那一处"，梦本作"那一府"，其他脂本同于暂本。

[7]"他便"，彼本、杨本同，庚辰本、蒙本、戚本无，舒本、梦本作"他"。

[8]"收了香铺不开了"，彼本、杨本同，庚辰本、蒙本、戚

本作"把这香铺也不在这里开了",舒本作"这香铺也不在这里开了",梦本作"这香铺也不开了"。

[9] "把",彼本、杨本同,其他脂本作"便把"。

[10] "一",杨本无,其他脂本同于暂本。

[11] "该人的",彼本、杨本同,其他脂本作"该给人的"。

[12] "都",彼本同,杨本作"多",其他脂本无。

[13] "了",梦本无,其他脂本同于暂本。

[14] "像",杨本无,其他脂本同于暂本。

[15] "这个",彼本同,杨本无,其他脂本作"这"。

[16] "贵的",彼本、杨本同,梦本作"贵重的",其他脂本作"细贵的"。

[17] "货",舒本作"货物",杨本、梦本无,其他脂本同于暂本。

[18] "都",舒本无,杨本作"多",其他脂本同于暂本。

[19] "分着送了",彼本同,杨本作"分送了",梦本作"送与",其他脂本作"分着送与"。

[20] "亲朋",彼本作"亲朋友",蒙本、戚本、梦本作"亲友",庚辰本、舒本、杨本同于暂本。

[21] "他就送我",庚辰本、舒本、蒙本、戚本作"他就一共送了我些",彼本作"他就送了我",杨本作"他就送了",梦本作"所以我得了些"。

[22] "四两",彼本、杨本同,其他脂本无。

[23] "四两",彼本、杨本同,其他脂本无。

[24] "麝",杨本作"射",其他脂本同于暂本。

我就和我[1]母亲商量[*],若要转卖,不但[2]卖不出原价来[3],而且[4]谁家拿这些银子买这个作[5]什么,便是狠[6]有钱的大家子[7],也不过使[8]几分几钱[9]就挺折腰了[10];若说送人[11],也没个人[12]配使这些，到叫他们一文不值半文的转卖了，因此我就想起婶子来[13]。

　　［1］"我"，舒本无，其他脂本同于暂本。

　　［＊］"商量，若要转卖，不但卖不出原价来，而且谁家拿这些银子买这个作什么，便是狠有钱的大家子，也不过使几分几钱就挺折腰了"，梦本作"商量，贱卖了"。

　　［2］"不但"，舒本无，庚辰本、彼本、杨本、蒙本、戚本同于暂本。

　　［3］"来"，舒本、杨本无，庚辰本、彼本、蒙本、戚本同于暂本。

　　［4］"而且"，杨本作"而"，庚辰本、舒本、彼本、蒙本、戚本同于暂本。

　　［5］"作"，杨本作"做"，庚辰本、舒本、彼本、蒙本、戚本同于暂本。

　　［6］"狠"，杨本无，庚辰本、舒本、彼本、蒙本、戚本同于暂本。

　　［7］"大家子"，庚辰本、彼本、杨本同（庚辰本"子"系旁添），舒本、蒙本、戚本同于暂本。

　　［8］"使"，彼本同，杨本无，舒本作"使了"，庚辰本、蒙本、戚本作"使个"。

　　［9］"几钱"，蒙本、戚本无，庚辰本、舒本、彼本、杨本同于暂本。

　　［10］"就挺折腰了"，杨本作"的买"，庚辰本、舒本、彼本、蒙本、戚本同于暂本。

　　［11］"若说送人"，梦本作"可惜，若说送人"，其他脂本同于暂本。

　　［12］"也没个人"，梦本作"也没有人家"，其他脂本同于暂本。

[13] "到叫他们一文不值半文的转卖了，因此我就想起婶子来"，庚辰本作"到叫他一文不值半文转卖了，因此我就想起婶子来"，舒本作"倒叫他一文不值半文转卖了，因此我就想起婶婶来"，彼本作"到叫他一文不值半文的转卖了，因此我就想起婶子来"，杨本作"因此我就想起婶子来"，蒙本、戚本作"倒叫他一文不值半文转卖了，因此我就想起婶子来"，梦本作"配使这些香料，因我想婶娘"。

"往年间，我[1]还见婶子[2]大包的银子买这些[3]东西呢[4]。别说今年贵妃进了宫[5]，明儿[6]这个[7]端阳节[8]，不用说[9]，这些香料自然是[10]比往常加上[11]十几倍的用呢[12]。因此[13]，想来想去[14]，只有[15]孝敬[16]婶娘[17]一个人[18]才合式，方不算遭塌这东西[19]。"一边说，一边将那冰麝[20]举起来[21]。

[1] "我"，梦本无，其他脂本同于暂本。

[2] "见婶子"，彼本、杨本同，庚辰本同（"子"系旁改，原作"婶"），舒本、蒙本、戚本作"婶婶"，梦本作"拿"。

[3] "这些"，梦本作"这"，其他脂本同于暂本。

[4] "呢"，舒本、杨本无，其他脂本同于暂本。

[5] "进了宫"，彼本、杨本同，其他脂本作"宫中"。

[6] "明儿"，彼本同，杨本作"明儿"，其他脂本无。

[7] "这个"，彼本、杨本同，其他脂本作"就是这个"

[8] "端阳节"，彼本、杨本、梦本同，其他脂本作"端阳节下"。

[9] "不用说"，梦本无，其他脂本同于暂本。

[10] "这些香料自然是"，戚本作"这些香料自然"，梦本作"所用也一定"，其他脂本同于暂本。

[11] "加上"，梦本作"要加上"，其他脂本同于暂本。

[12]"十几倍的用呢"，彼本、杨本同，梦本作"十几倍"，舒本作"十几倍去的"，庚辰本、蒙本、戚本作"十倍去的"（庚辰本"去"旁改"要用"）。

[13]"因此"，梦本作"故此"，其他脂本同于暂本。

[14]"想来想去"，梦本无，其他脂本同于暂本。

[15]"只有"，梦本无，庚辰本作"只"，其他脂本同于暂本。

[16]"孝敬"，庚辰本、舒本、蒙本、戚本作"孝顺"，其他脂本同于暂本。

[17]"婶娘"，彼本、杨本、梦本同，庚辰本作"婶子"，舒本、蒙本、戚本作"婶婶"。

[18]"一个人"，杨本、梦本无，其他脂本同于暂本。

[19]"方不算遭塌这东西"，杨本、梦本无，其他脂本同于暂本。

[20]"一边说，一边将那冰麝"，彼本同，杨本无，庚辰本、舒本、蒙本、戚本作"一边说，一边将一个锦匣"，梦本作"一边将一个锦匣"。

[21]"举起来"，梦本作"递过去"，其他脂本同于暂本。

凤姐正是[1]要办[2]端阳节礼[3]，采买[4]香料[*]药饵的时节，忽见贾芸如此一来，听这一篇话[5]，心下又是[6]得意，又是喜欢[7]，便命丰儿接过来[8]，送了家去，交给平儿。因又说道[9]："看着你狠知好歹[10]，怪道你叔叔常提你[11]，说话儿[12]也[13]明白，心里也有见识[14]。"

[1]"正是"，舒本无，其他脂本同于暂本。

[2]"要办"，梦本作"办的"，其他脂本同于暂本。

[3]"端阳节礼"，彼本同，梦本作"端节的礼"，其他脂本作"端阳的节礼"。

[4]"采买"，梦本作"须用"，其他脂本同于暂本。

［＊］"香料"，梦本作"香料，便命丰儿接过"。

［5］"这一篇话"，彼本作"这一片话"，杨本作"他一篇话"，戚本作"这篇话"，其他脂本同于暂本。

［6］"又是"，舒本作"又自"，其他脂本同于暂本。

［7］"喜欢"，彼本、杨本同，庚辰本、舒本、蒙本、戚本作"欢喜"。

［8］"接过来"，彼本、杨本同，其他脂本作"接过芸哥儿的来"。

［9］"因又说道"，杨本作"又道"，其他脂本同于暂本。

［10］"狠知好歹"，彼本、杨本同，庚辰本、舒本、蒙本作"这样好知好歹"（庚辰本"好"旁改"到很"），戚本作"这样知好知歹的"，梦本作"这样知道好歹"。

［11］"常提你"，戚本作"常提起你说"，梦本作"常提起你来，说"，其他脂本作"常提你说"。

［12］"说话儿"，杨本作"你说话"，梦本作"你好说话儿"，其他脂本作"你说话儿"。

［13］"也"，彼本、杨本同，其他脂本无。

［14］"见识"，彼本无，杨本作"识见"（勾乙为"见识"），其他脂本同于暂本。

贾芸听了[1]这话入了港[2]，便打进一步来，故意问道："原来[3]叔叔也曾[4]提我来[5]。"凤姐见问，才要[6]告诉[＊]他与他事情管的话[7]，把那话又忙止住[8]，心下想道："我如今要告诉他那话，到[10]叫他看着我见不得东西是的[11]，因为[12]得了这点子[13]香，就叫他[14]管事了。今儿[15]先别提这事[16]。"

［1］"听了"，彼本、杨本同，其他脂本作"听"。

［2］"入了港"，杨本无，其他脂本同于暂本。

［3］“原来”，杨本作“元来”，其他脂本同于暂本。

［4］“也曾”，梦本作“也常”，其他脂本同于暂本。

［5］“提我来”，彼本、杨本同，其他脂本作“提我的”。

［6］“才要”，梦本作“便要”，其他脂本同于暂本。

［＊］“告诉”，梦本作“告诉给他事情管的话，一想，又恐被他到叫他看轻了，只说”；舒本作“告诉那话”。

［7］“与他事情管的话”，庚辰本作“与他管的事情的那话”（“的”系旁添），舒本作“那话”，彼本、杨本、蒙本、戚本作“与他事情管的那话”。

［8］“把那话又忙止住”，彼本同，庚辰本、蒙本、戚本作“便忙又止住”，杨本作“又忙止住”。

［9］“想道”，庚辰本作“想到”，其他脂本同于暂本。

［10］“到”，蒙本、戚本作“倒”，其他脂本同于暂本。

［11］“是的”，彼本、杨本同，其他脂本作“似的”。

［12］“因为”，梦本无，舒本、彼本、杨本同，其他脂本作“为”。

［13］“这点子”，蒙本作“这个”，舒本、戚本作“这点”，梦本作“这点儿”，其他脂本同于暂本。

［14］“就叫他”，彼本、杨本同，梦本作“便混许他”。

［15］“今儿”，梦本无，杨本作“今日”，其他脂本同于暂本。

［16］“先别提这事”，彼本、杨本同，梦本无，其他脂本作“先别提起这事”。

想毕，便把派他监种花木工程的事，都隐瞒的一字不提[1]，随口说了两句[2]闲话[3]，便往贾母那里[4]去了。贾芸也不好提得[5]，只得回来。因昨日[6]见了宝玉，叫他到[7]外书房等着[8]，贾芸吃了饭，便又进来，到贾母那边仪门外绮霰斋[9]三间[10]书房里来。

［1］“想毕，便把派他监种花木工程的事，都隐瞒的一字不

提",杨本作"又",梦本作"因又止住,把派他种花木工程的事都一字不提",其他脂本同于暂本。

[2]"两句",梦本作"几句",其他脂本同于暂本。

[3]"闲话",舒本、梦本作"淡话",庚辰本作"没话"("没"下旁添"要紧的"),其他脂本同于暂本。

[4]"那里",梦本作"房里",其他脂本同于暂本。

[5]"提得",彼本、杨本同,其他脂本作"提的"。

[6]"昨日",舒本、彼本作"昨儿",其他脂本同于暂本。

[7]"叫他到",舒本作"教他在",其他脂本同于暂本。

[8]"等着",杨本作"等着的话",梦本作"故此",其他脂本同于暂本。

[9]"绮霞斋",庚辰本、彼本、梦本同,蒙本作"绮霞",舒本、杨本、戚本作"绮霞斋"。

[10]"三间",彼本同,其他脂本无。

只见焙茗[1]、锄药两个小厮厮[2]下象棋,为夺车正搬嘴[3];还有引泉[4]、扫花、挑云[5]、伴鹤[6]四五个人[7],在房檐上[8]掏小雀儿顽。贾芸进入院内,把脚一跺,说道:"小猴[9]们淘气,我来了[10]。"众小厮[11]看见[12]贾芸[13]进来,都[14]才散了[15]。贾芸进入房[16]内,便坐在椅子上,问:"宝二爷没下来[17]?"焙茗[18]道:"今儿[19]总没下来。二爷说什么,我替[20]哨探哨探去。"说着,便出去了。

[1]"焙茗",彼本、杨本、蒙本、梦本作"茗烟",其他脂本同于暂本。

[2]"厮",其他脂本均无。

[3]"搬嘴",庚辰本、杨本作"办嘴",蒙本作"搬口",舒本、戚本作"拌嘴",彼本作"辩嘴",梦本作"绊嘴"。

[4]"引泉",彼本、杨本无,其他脂本同于暂本。

[5]"挑云"，舒本作"桃云"，其他脂本同于暂本。

[6]"伴鹤"，舒本作"拌鹤"，其他脂本同于暂本。

[7]"四五个人"，杨本作"三四个人"，彼本作"三个人"（"三"系旁添），其他脂本同于暂本。

[8]"房檐上"，梦本作"房檐下"，其他脂本同于暂本。

[9]"小猴"，彼本同，杨本作"小猴儿"，其他脂本作"猴头"。

[10]"我来了"，杨本无，其他脂本同于暂本。

[11]"众小厮"，蒙本、戚本作"引泉"，其他脂本同于暂本。

[12]"看见"，梦本作"看见了"，其他脂本同于暂本。

[13]"贾芸"，梦本作"他"，其他脂本同于暂本。

[14]"都"，杨本作"多"，其他脂本同于暂本。

[15]"散了"，梦本作"散去"，其他脂本同于暂本。

[16]"房"，梦本作"书房"，其他脂本同于暂本。

[17]"没下来"，梦本作"下来没有"，其他脂本同于暂本。

[18]"焙茗"，彼本、杨本、蒙本、梦本作"茗烟"，其他脂本同于暂本。

[19]"今儿"，杨本、梦本作"今日"，其他脂本同于暂本。

[20]"我替"，庚辰本、蒙本、戚本作"替你"，其他脂本作"我替你"。

这里贾芸便看字画古玩，有[1]一顿饭工夫，还不见来。再看看别的小厮，却都[2]顽[3]去了。正自[4]烦闷，只听门前[5]娇声嫩语[6]叫[7]"焙茗[8]哥[9]"。贾芸往外瞧[10]时，见是[11]十六七岁[12]的丫头，到也[13]细巧干净[14]。那丫头一见了[15]贾芸，便[16]抽身躲[17]过去。恰好[18]焙茗[19]走来，见那[20]丫头在门前[21]，便说道："好，好[22]，正抓不着[23]信儿呢[24]。"

[1]"有"，梦本作"有了"，其他脂本同于暂本。

［2］"却都"，彼本同，杨本作"却多"，其他脂本作"都"。

［3］"顽"，梦本作"顽儿"，庚辰本作"躲"（此系旁改，原作"憨"），其他脂本同于暂本。

［4］"正自"，彼本、杨本同，梦本作"正在"，其他脂本作"正是"。

［5］"门前"，舒本作"门上"，其他脂本同于暂本。

［6］"娇声嫩语"，彼本、杨本作"姣声嫩语的"，梦本作"娇音嫩语的"，其他脂本作"娇声嫩语的"。

［7］"叫"，彼本、杨本作"叫了两声"，其他脂本作"叫了一声"。

［8］"焙茗"，其他脂本均无。

［9］"哥"，其他脂本均作"哥哥"。

［10］"睄"，舒本、彼本同，其他脂本作"瞧"。

［11］"见是"，彼本同，庚辰本作"看是一个"，舒本、杨本作"见是一个"，蒙本、戚本作"却是一个"，梦本作"只见是一个"。

［12］"十六七岁"，梦本作"十五六岁"，其他脂本同于暂本。

［13］"到也"，庚辰本、杨本作"生的到也"，舒本作"生得倒也"，彼本作"生得到也"，蒙本、戚本、梦本作"生的倒也"。

［14］"细巧干净"，梦本作"十分精细"，其他脂本同于暂本。

［15］"一见了"，彼本、杨本同，其他脂本作"见了"。

［16］"便"，杨本作"便去便"（"便去"点去），其他脂本同于暂本。

［17］"躲"，其他脂本均作"躲了"。

［18］"恰好"，庚辰本作"恰至"，舒本、彼本、杨本、戚本作"恰好"，蒙本、梦本作"恰值"。

［19］"焙茗"，庚辰本、舒本、戚本同，彼本、杨本、蒙本、梦本作"茗烟"。

[20]"那"，杨本无，其他脂本同于暂本。

[21]"门前"，梦本作"门外"，其他脂本同于暂本。

[22]"好，好"，杨本作"好，好，好"，其他脂本同于暂本。

[23]"正抓不着"，舒本同，其他脂本作"正抓不着个"。

[24]"呢"，彼本、杨本同，其他脂本无。

贾芸见了焙茗[1]，也就赶了[2]出来，问："怎么样[3]？"焙茗[4]道："等了这一日[5]，也没个人[6]出来[7]。这就是宝二爷房里[8]的。好姑娘[9]，你进去带个[10]信儿，就说廊下住的[11]二爷来了。"那丫头听说[12]，方知是本家的爷们，便不似[13]先前[14]那等回避了[15]，下死眼把贾芸钉了两眼。那[16]贾芸道[17]："什么[18]廊上廊下[19]的，你自说[20]芸儿就是[21]。"

[1]"焙茗"，彼本、杨本、蒙本、梦本作"茗烟"，其他脂本同于暂本。

[2]"赶了"，梦本作"赶"，其他脂本同于暂本。

[3]"怎么样"，舒本作"怎样"，其他脂本同于暂本。

[4]"焙茗"，彼本、杨本、蒙本、梦本作"茗烟"，其他脂本同于暂本。

[5]"一日"，舒本作"半日"，其他脂本同于暂本。

[6]"人"，彼本、杨本同，其他脂本作"人儿"。

[7]"出来"，彼本、杨本同，其他脂本作"过来"。

[8]"房里"，杨本作"屋里"，其他脂本同于暂本。

[9]"好姑娘"，梦本作"红姑娘"，其他脂本同于暂本。

[10]"带个"，舒本作"带了"，其他脂本同于暂本。

[11]"廊下住的"，彼本、杨本作"廊上住的"，庚辰本、舒本作"廊上的"（庚辰本"上"旁改"下"），蒙本、戚本、梦本作"廊上"。

［12］"听说"，梦本作"听见"，其他脂本同于暂本。

［13］"不似"，杨本作"不是"，其他脂本同于暂本。

［14］"先前"，梦本作"从前"，其他脂本同于暂本。

［15］"回避了"，彼本、杨本同，其他脂本作"回避"。

［16］"那"，彼本同，杨本无，其他脂本作"听那"。

［17］"道"，杨本同，蒙本、戚本作"说"，其他脂本作"说道"。

［18］"什么"，庚辰本、蒙本、戚本作"什么是"，其他脂本同于暂本。

［19］"廊上廊下"，蒙本作"廊下廊上"，其他脂本同于暂本。

［20］"自说"，杨本作"就说"，彼本、梦本作"只说"，其他脂本作"只说是"。

［21］"就是"，其他脂本均作"就是了"。

半晌，那丫头冷笑了一笑[1]："依你[2]说，二爷竟[3]请回[4]去罢[5]，有什么话[6]，明儿[7]再说[8]。今日[9]晚上，得空儿[10]我回回[11]我们爷[12]。"焙茗[13]道："这是怎么说[14]？"那丫头道："他今儿[15]也没睡中觉，自然吃的晚饭早[16]，晚上[17]又[18]不下来，难道只是叫[19]二爷在这里等着挨饿[20]不成？家去[21]，明儿[22]来是正经[23]。就便[24]回来有人带信儿[25]，那都是不中用的[26]。他不过是口里答应着[27]，那么大工夫给你带信儿[28]去呢[29]。"

［1］"冷笑了一笑"，蒙本作"冷笑了一笑，说道"，梦本作"冷笑道"，其他脂本同于暂本。

［2］"你"，彼本同，其他脂本作"我"。

［3］"竟"，杨本作"更"，梦本作"且"，其他脂本同于暂本。

［4］"回"，庚辰本作"回家"，其他脂本同于暂本。

［5］"罢"，庚辰本、蒙本、戚本无，其他脂本同于暂本。

［6］"有什么话"，梦本无，其他脂本同于暂本。

［7］"明儿"，杨本、梦本作"明日"，其他脂本同于暂本。

［8］"再说"，其他脂本作"再来"（庚辰本"再"系旁改，原作"在"）。

［9］"今日"，杨本同，其他脂本作"今儿"。

［10］"得空儿"，杨本作"得空"，其他脂本同于暂本。

［11］"回回"，彼本、杨本同，庚辰本作"回了"，蒙本、戚本作"回"，舒本作"先回回了"（"先"系旁添，第二个"回"字点去），梦本作"回一声"。

［12］"我们爷"，彼本、杨本同，梦本无，庚辰本、舒本、蒙本、戚本作"他"。

［13］"焙茗"，彼本、杨本、蒙本、梦本作"茗烟"，其他脂本同于暂本。

［14］"这是怎么说"，庚辰本、舒本、戚本同，彼本作"这是怎么着"，杨本、梦本作"这怎么说"，蒙本说"这是什么话"。

［15］"今儿"，杨本作"今日"，其他脂本同于暂本。

［16］"晚饭早"，蒙本作"晚，早饭后"，其他脂本同于暂本。

［17］"晚上"，蒙本无，其他脂本同于暂本。

［18］"又"，庚辰本作"他又"，其他脂本同于暂本。

［19］"叫"，彼本、杨本、梦本同，舒本作"要"，庚辰本、蒙本、戚本作"要的"。

［20］"挨饿"，杨本无，其他脂本同于暂本。

［21］"家去"，彼本作"不如家里去"，杨本作"不如"，其他脂本作"不如家去"。

［22］"明儿"，杨本作"明日"，其他脂本同于暂本。

［23］"正经"，庚辰本、蒙本作"正紧"（庚辰本"紧"旁改"经"），其他脂本同于暂本。

［24］"就便"，杨本作"即便"，庚辰本作"便是"，其他脂

本同于暂本。

[25]"带信儿",彼本、杨本同,梦本作"带信",庚辰本、舒本、蒙本作"代信"(庚辰本"代"旁改"带")。

[26]"那都是不中用的",彼本同,梦本无,杨本作"那多是不中用的",庚辰本、舒本、蒙本、戚本作"那都是不中用"。

[27]"他不过是口里答应着",彼本、杨本同,庚辰本、舒本、蒙本、戚本作"他不过口里应着",梦本作"不过口里答应着"。

[28]"那么大工夫给你带信儿",其他脂本均无。

[29]"去呢",彼本、杨本作"他那么大工夫给你带信儿去",庚辰本、舒本作"他到给带呢"("带"系旁改,原作"代"),蒙本作"他倒给代信呢",戚本作"他倒给带信呢",梦本作"他肯给带到呢"。

贾芸听这丫头说话[1]简便俏丽[2],待要问他[3]名字[4],因是宝玉房里[5],又不便问,只得说道:"这话到是[6],我明儿[7]再来。"说着,便往外走[8]。焙茗[9]道:"我倒茶去[10],二爷吃了[11]茶再去。"一面走,一面回头说[12]:"不吃茶,我还有事呢。"口里说着,眼睛瞧那丫头还站在那里呢[13]。

[1]"听这丫头说话",舒本作"听了这丫头说话",彼本作"听了丫头的话"("丫""的"系旁添),梦本作"听这丫头的话",其他脂本同于暂本。

[2]"俏丽",杨本无,其他脂本同于暂本。

[3]"他",彼本、杨本、梦本同,其他脂本作"他的"。

[4]"名字",庚辰本、蒙本作"名子",其他脂本同于暂本。

[5]"房里",其他脂本均作"房里的"。

[6]"到是",蒙本、戚本、梦本作"倒是",其他脂本同于

暂本。

　　[7]“明儿”，杨本、梦本作“明日”，其他脂本同于暂本。

　　[8]“走”，梦本作“去了”，其他脂本同于暂本。

　　[9]“焙茗”，彼本、杨本、蒙本、梦本作“茗烟”，其他脂本同于暂本。

　　[10]“我倒茶去”，彼本、蒙本、梦本同，杨本无，庚辰本、舒本作“我到茶去”，戚本作“我涮茶去”。

　　[11]“吃了”，其他脂本均作“吃”。

　　[12]“一面走，一面回头说”，杨本作“贾芸便说”，其他脂本作“贾芸一面走，一面回头说”（庚辰本“回”系旁添）。

　　[13]“口里说着，眼睛瞧那丫头还站在那里呢”，杨本无，彼本作“口里说着，眼睛睄那丫头还站在那里呢”，庚辰本、蒙本、戚本、梦本作“口里说话，眼睛瞧那丫头还站在那里呢”，舒本作“口说说话，眼睛睄那丫头还站在那里呢”（前一“说”字旁改“里”）。

　　那[1]贾芸一径[2]回来[3]，至次日果然又[4]来了[5]。至大门前，可巧[6]遇见[7]凤姐往那[8]边去请安，才上了车，见贾芸来，便叫[9]人唤住，隔窗子笑道[10]：“芸儿，你竟有胆子在我[11]跟前弄鬼。怪道你这东西给我[12]，原来[13]你有事求我。昨儿[14]你叔叔才告诉我，说你求他。”贾芸笑道[15]：“求叔叔这事[16]，婶娘[17]休提，我这里[18]正后悔呢。早知这样，我一起头儿[19]求婶娘[20]，这会子也早完了。谁承望[21]叔叔竟不能的。”

　　[1]“那”，杨本无，其他脂本同于暂本。

　　[2]“一径”，庚辰本作“巳径”（“巳”旁改“一”），其他脂本同于暂本。

　　[3]“回来”，梦本同，其他脂本均作“回家”。

［4］"果然又"，彼本、杨本同，其他脂本无。

［5］"来了"，彼本、杨本同，其他脂本作"来"。

［6］"可巧"，杨本作"巧"，其他脂本同于晳本。

［7］"遇见"，杨本作"遇"，其他脂本同于晳本。

［8］"那"，庚辰本此字系旁添，其他脂本同于晳本。

［9］"叫"，彼本、杨本同，其他脂本作"命"。

［10］"笑道"，杨本作"道"，其他脂本同于晳本。

［11］"我"，庚辰本作"我的"，其他脂本同于晳本。

［12］"这东西给我"，彼本、杨本、蒙本、戚本作"送东西给我"，庚辰本、舒本、梦本作"你东西给我"（庚辰本"东西给我"，勾乙为"给我东西"）。

［13］"原来"，杨本作"元来"，其他脂本同于晳本。

［14］"昨儿"，杨本、梦本作"昨日"，其他脂本同于晳本。

［15］"笑道"，杨本作"道"，其他脂本同于晳本。

［16］"这事"，梦本作"的事"，其他脂本同于晳本。

［17］"婶娘"，彼本、杨本、梦本同，庚辰本作"婶子"，舒本、蒙本、戚本作"婶婶"。

［18］"这里"，杨本无，庚辰本作"昨儿"，其他脂本同于晳本。

［19］"一起头儿"，庚辰本、舒本、蒙本、戚本作"竟一起头"，彼本、杨本作"竟一起头儿"，梦本作"一起头"。

［20］"婶娘"，彼本、杨本、梦本同，庚辰本作"婶子"，舒本、蒙本、戚本作"婶婶"。

［21］"承望"，庚辰本、蒙本、戚本作"成望"，其他脂本同于晳本。

凤姐笑道[1]："怪道[2]你那里没成儿，又[3]来找[4]我。"贾芸道："婶娘[5]辜负了我的孝心，我并没有这个意思[6]。昨儿[7]还不[8]求婶娘[9]，如今婶娘既知道了，我到把叔叔丢下，少不得求[10]婶娘了[11]。好歹疼我一点儿罢[12]。"

[1] "笑道"，杨本作"道"，其他脂本同于暂本。

[2] "怪道"，彼本作"怪"，其他脂本同于暂本。

[3] "又"，杨本、梦本作"昨日又"，其他脂本作"昨儿又"。

[4] "找"，彼本、杨本同，其他脂本作"寻"。

[5] "婶娘"，彼本、杨本、梦本同（彼本"婶"系旁添），庚辰本、舒本、蒙本、戚本作"婶婶"（庚辰本后一"婶"字旁改"子"）。

[6] "我并没有这个意思"，庚辰本、舒本、彼本作"我并没有这个意思，若有这个意思"，杨本、蒙本、戚本作"我并没有这个意思，若有这意思"，梦本作"我并没有这个意思，若有这意"。

[7] "昨儿"，杨本作"昨日"，其他脂本同于暂本。

[8] "还不"，庚辰本、蒙本、戚本作"还"（庚辰本旁添"不"），其他脂本同于暂本。

[9] "婶娘"，彼本、杨本、梦本同，庚辰本作"婶子"，舒本、蒙本、戚本作"婶婶"。

[10] "如今婶娘既知道了，我到把叔叔丢下，少不得求"，彼本无，庚辰本作"如今婶子既知道了，我到要把叔叔丢下，少不得求"，蒙本、戚本作"如今婶婶既知道了，我倒要把叔叔丢下，少不得求"，舒本作"如今婶婶既知道了，我到要把叔叔丢下，少不得求"，杨本作"如今婶娘既知道了，我到要把叔叔丢下，少不得求"，梦本作"如今婶娘既知道了，我倒要把叔叔丢下，少不得求"。

[11] "婶娘了"，彼本、杨本同（彼本"了"点去），梦本作"婶娘"，庚辰本作"婶子"，舒本、蒙本、戚本作"婶婶"。

[12] "罢"，彼本、杨本同，其他脂本无。

凤姐冷笑道[1]："你们要[2]拣远路儿[3]走，叫我也难了[4]，早告诉我一声儿，有[5]什么不成的[6]？多大点子事[7]耽误了[8]，这会子[9]那园子里还要种树种花[10]呢[11]。我思想[12]不出一个人[13]来，你[14]早来[15]不早完了？"贾芸笑道[16]："既是[17]这样，婶娘明儿[18]就派[19]我罢。"

[1]"冷笑道"，杨本作"道"，其他脂本同于暂本。

[2]"要"，舒本作"若"，其他脂本同于暂本。

[3]"儿"，杨本作"而"，其他脂本同于暂本。

[4]"难了"，彼本、杨本、蒙本同，庚辰本作"难说"，舒本、戚本、梦本作"难"。

[5]"有"，彼本、杨本同，其他脂本同于暂本。

[6]"的"，舒本、蒙本、戚本、梦本作"了"，其他脂本同于暂本。

[7]"多大点子事"，舒本作"多大点子事情"，梦本作"多大点儿事"，其他脂本同于暂本。

[8]"耽误了"，蒙本作"耽误倒"，其他脂本作"耽误到"。

[9]"这会子"，舒本作"这回子"（"子"系旁添），其他脂本同于暂本。

[10]"种树种花"，舒本、彼本、杨本、梦本同，庚辰本、蒙本、戚本作"种花"。

[11]"呢"，彼本、杨本同，其他脂本无。

[12]"思想"，其他脂本均作"只想"。

[13]"一个人"，庚辰本、彼本、杨本同，舒本、蒙本、戚本、梦本作"个人"。

[14]"你"，彼本、杨本同，其他脂本无。

[15]"早来"，梦本作"早说"，其他脂本同于暂本。

[16]"笑道"，杨本作"道"，其他脂本同于暂本。

［17］"既是"，彼本、杨本同，梦本无，其他脂本作"既"。

［18］"婶娘明儿"，彼本同，庚辰本、舒本、蒙本、戚本作"婶婶明儿"（庚辰本后一"婶"字旁改"子"），杨本、梦本作"明日婶娘"。

［19］"派"，庚辰本、蒙本作"派了"（庚辰本"了"系旁添），其他脂本同于暂本。

凤姐半晌说道[1]："这个我[2]看着不大好，等明年正月里的[3]烟火灯爆[4]那个大宗儿[5]下来[6]，再派你罢。"贾芸道："好婶娘[7]，先把这个派了我罢。果然这个[8]办的好，再派我那个[9]。"凤姐笑道："你到[10]会拉长杆儿[11]。罢了[12]，若不是[13]你叔叔说，我不管你的事。我[14]不过吃了饭就过来，你到午初的时候[15]来领银子，后儿[16]就进去种树[17]。"说毕[18]，命人[19]驾了[20]香车，一径去了。

［1］"说道"，彼本、杨本同，其他脂本作"道"。

［2］"我"，舒本无，其他脂本同于暂本。

［3］"正月里的"，庚辰本、蒙本、戚本作"正月里"，其他脂本同于暂本。

［4］"灯爆"，彼本、杨本作"灯炮"，其他脂本同于暂本。

［5］"大宗儿"，彼本作"大京儿"（"京"旁改"住"），其他脂本同于暂本。

［6］"下来"，舒本作"不来"（"不"旁改"下"），其他脂本同于暂本。

［7］"婶娘"，彼本、杨本、梦本同，庚辰本、舒本、蒙本、戚本作"婶婶"（庚辰本后一"婶"字旁改"子"）。

［8］"这个"，梦本作"这件"，其他脂本同于暂本。

［9］"那个"，梦本作"那件"，其他脂本同于暂本。

［10］"到"，梦本作"倒"，其他脂本同于暂本。

[11]"长杆儿",彼本、杨本同,其他脂本作"长线儿"(庚辰本"线"旁改"干")。

[12]"罢了",彼本、杨本作"罢",其他脂本同于暂本(庚辰本"罢了"点去)。

[13]"若不是",庚辰本作"要不是",其他脂本同于暂本。

[14]"我",庚辰本作"我也",其他脂本同于暂本。

[15]"午初的时候",梦本作"午初时候",庚辰本作"晌午错的时候"("晌"系旁添),其他脂本同于暂本。

[16]"后儿",杨本、梦本作"后日",其他脂本同于暂本。

[17]"种树",蒙本、戚本、梦本作"种花",其他脂本同于暂本。

[18]"说毕",梦本作"说着",其他脂本同于暂本。

[19]"命人",庚辰本、蒙本、戚本作"令人",其他脂本同于暂本。

[20]"驾了",彼本、杨本同,庚辰本、舒本、蒙本、戚本、梦本作"驾起"。

贾芸喜不自禁,来至绮霰斋[1]打听宝玉,谁知宝玉一早便往北静王府里去了。贾芸便呆呆的坐到半晌[2],打听凤姐回来,便写了[3]领票[4]来领对牌,至院外,命人通报了。彩明[5]走出来[6],单要了[7]领票[8]过去[9],批了银数年月,一并连[10]对牌交与[11],贾芸接了,看那批上[12]银数[13],批了二百两[14]。心中喜不自禁[15],番身[16]走到银钱库[17]上,交与收牌票的[18],领了[19]银子,回家告诉他母亲[20]。自是母子俱各欢喜[21]。

[1]"绮霰斋",舒本、蒙本、戚本作"绮霞斋",其他脂本同于暂本。

[2]"半晌",其他脂本均作"晌午"。

[3]“写了”，舒本、彼本、杨本同，其他脂本作“写个”。

[4]“领票”，彼本作“领子”（“领”旁改“帖”），杨本作“领纸”，其他脂本同于暂本。

[5]“彩明”，蒙本作“彩云”（原作“云”，旁改“明”），其他脂本同于暂本。

[6]“走出来”，彼本、杨本同，庚辰本、舒本、蒙本、戚本、梦本作“走了出来”（蒙本“了”点去）。

[7]“要了”，舒本、蒙本、戚本作“要”，其他脂本同于暂本。

[8]“领票”，彼本作“领子”（“领”旁改“帖”），杨本作“领纸”，其他脂本同于暂本。

[9]“过去”，其他脂本均作“进去”。

[10]“连”，杨本无，其他脂本同于暂本。

[11]“交与”，舒本、杨本、蒙本、戚本同，庚辰本作“交与了”，彼本、梦本作“交与贾芸”。

[12]“批上”，彼本作“上批”，其他脂本同于暂本。

[13]“银数”，梦本无，其他脂本同于暂本。

[14]“批了二百两”，梦本作“批着二百两银子”，其他脂本同于暂本。

[15]“喜不自禁”，梦本作“喜悦”，其他脂本同于暂本。

[16]“番身”，庚辰本、彼本、蒙本、梦本同，杨本无，舒本、戚本作“翻身”。

[17]“银钱库”，彼本、杨本同，其他脂本作“银库”。

[18]“交与收牌票的”，梦本无，其他脂本同于暂本。

[19]“领了”，蒙本、戚本作“领”，其他脂本同于暂本。

[20]“他母亲”，彼本、杨本同，其他脂本作“母亲”。

[21]“俱各欢喜”，庚辰本、梦本作“俱个欢喜”，其他脂本同于暂本。

次日一个[1]五更[2]，贾芸先找了倪二，将前银按数还他。那倪二见贾芸有了银子，他便按数收回[3]，不在话下[4]。这里[5]，贾芸又拿了五十两，出西门找到花儿匠方春家[6]去买树[7]。

[1]"一个"，杨本、梦本无，其他脂本同于暂本。

[2]"五更"，彼本、杨本、梦本同，其他脂本作"五鼓"。

[3]"将前银按数还他。那倪二见贾芸有了银子，他便按数收回"，庚辰本、彼本、杨本同，舒本、蒙本、戚本作"将前银按数还他。那倪二见贾芸有了银子，也便按数收回"，梦本作"还了银子"。

[4]"不在话下"，杨本无，其他脂本同于暂本。

[5]"这里"，杨本作"这"，其他脂本同于暂本。

[6]"拿了五十两，出西门找到花儿匠方春家"，彼本、杨本无，庚辰本、舒本、蒙本、戚本作"拿了五十两，出西门找到花儿匠方椿家里"，梦本作"拿了五十两银子，出西门找到花儿匠方春家里"。

[7]"买树"，杨本同，彼本作"买树，亦不在话下"，其他脂本作"买树，不在话下"。

如今[1]且说宝玉自那日[2]见了[3]贾芸，曾说明日着他[4]进来说话儿[5]，如此说了之后[6]，他原是[7]富贵公子的口角，那里还把这个放在心上[8]，因而便忘了[9]。这日晚上，从[10]北静王府中回来，见过贾母、王夫人等，回至园内，换了衣服，正要洗澡。袭人因被薛宝钗烦了打结子[11]，秋雯[12]、碧痕[13]两个去找水桶[14]，红檀[15]呢[16]，又因他母亲[17]的生日[18]，接了出去[19]。麝月又[20]现在家中[21]养病[22]。

[1]"如今"，杨本无，其他脂本同于暂本。
[2]"那日"，梦本作"这日"，其他脂本同于暂本。
[3]"见了"，其他脂本均作"见"。

［4］"明日着他"，杨本作"着他明日"，其他脂本同于暂本。

［5］"说话儿"，杨本、梦本作"说话"，其他脂本同于暂本。

［6］"如此说了之后"，庚辰本、蒙本、戚本、舒本、彼本同，杨本作"这"，梦本作"似此"。

［7］"他原是"，杨本作"元是"，梦本作"原是"，其他脂本同于暂本。

［8］"把这个放在心上"，彼本作"放过"[＊]（"过"，旁改"在心里"），梦本作"记着心上"，其他脂本同于暂本。

［＊］"放过"，彼本"放过"二字之后，无"因而便忘了。这日晚上，从北静王府中回来，见过"等文字。

［9］"便忘了"，杨本作"就忘了"，庚辰本、舒本、蒙本、戚本作"便忘怀了"（庚辰本"怀"点去），梦本作"便忘坏了"。

［10］"从"，梦本作"却从"，其他脂本同于暂本（彼本除外）。

［11］"打结子"，彼本、杨本作"打结子去"，庚辰本、舒本、蒙本、戚本、梦本作"去打结子"。

［12］"秋雯"，其他脂本均作"秋纹"。

［13］"碧痕"，梦本作"碧浪"，其他脂本同于暂本。

［14］"找水桶"，彼本作"找"，庚辰本、舒本、蒙本、戚本、梦本作"催水"，杨本作"取水"。

［15］"红檀"，彼本同，庚辰本、舒本、蒙本、戚本、梦本作"檀云"，杨本作"晴雯"。

［16］"呢"，彼本同，其他脂本无。

［17］"母亲"，戚本作"母"，其他脂本同于暂本。

［18］"的生日"，梦本作"病了"，其他脂本同于暂本。

［19］"接了出去"，庚辰本、舒本、蒙本同，彼本作"接出去了"，杨本作"接了出去了"，戚本作"接了回去"。

［20］"又"，舒本无，其他脂本同于暂本。

[21]"家中",彼本作"房中"("房"系旁添),其他脂本同于暂本。

[22]"养病",梦本作"病着",其他脂本同于暂本。

虽[1]还有几个作[2]粗话[3]听唤[4]的丫头们[5],谅着[6]叫不着[7],他们[8]都去[9]寻伙觅伴的[10]顽去了[11]。不想这一刻的[12]工夫,只剩了宝玉在房内[13],偏生的[14]宝玉[15]要吃茶,一连[16]叫了两三声,方见两三个老婆子[17]走进来。宝玉见了他们[18],连忙摇手儿[19]说:"罢,罢,不用你们了[20]。"老婆子去了[21],只得[22]自己下来,拿了碗向茶壶去倒[23]茶。

[1]"虽",梦本无,其他脂本同于暂本。

[2]"作",舒本、杨本、梦本作"做",其他脂本同于暂本。

[3]"粗话",其他脂本均作"粗活"。

[4]"听唤",杨本无,梦本作"听使唤",其他脂本同于暂本。

[5]"丫头们",其他脂本均作"丫头"。

[6]"谅着",庚辰本、舒本作"估着",彼本、杨本作"估谅着",蒙本、戚本作"估量着",梦本作"料是"。

[7]"叫不着",梦本作"叫他不着",其他脂本同于暂本。

[8]"他们",梦本无,其他脂本同于暂本。

[9]"都去",杨本作"多出去",其他脂本作"都出去"。

[10]"寻伙觅伴的",彼本无,其他脂本同于暂本。

[11]"顽去了",舒本作"顽去",梦本作"去了",其他脂本同于暂本。

[12]"的",杨本无,其他脂本同于暂本。

[13]"房内",杨本作"房里",其他脂本同于暂本。

[14]"偏生的",杨本作"偏生",其他脂本同于暂本。

[15]"宝玉",杨本无,其他脂本同于暂本。

　　［16］"一连"，彼本无，其他脂本同于暂本。

　　［17］"老婆子"，彼本、杨本同，庚辰本、舒本、蒙本、梦本作"老嬷嬷"，戚本作"老嬷嬷"。

　　［18］"他们"，杨本、梦本无，其他脂本同于暂本。

　　［19］"摇手儿"，舒本作"摆手儿"，杨本、梦本作"摇手"，其他脂本同于暂本。

　　［20］"不用你们了"，彼本作"不用你们了，去罢"（"罢"系旁添），梦本作"不用你了"，其他脂本同于暂本（庚辰本"了"圈去）。

　　［21］"老婆子去了"，庚辰本、舒本、蒙本、戚本、梦本作"老婆子们只得退出，宝玉见没丫头们"，彼本作"婆子去了"，杨本作"老婆子只得出来"。

　　［22］"只得"，杨本作"遂"，其他脂本同于暂本。

　　［23］"倒"，庚辰本作"到"，戚本作"洌"，其他脂本同于暂本。

只听背后说道[1]："二爷仔细盪[2]了手拿[3]，让我[4]来倒[5]。"一面[6]走[7]上来，早[8]接了碗[9]过去[10]。宝玉到[11]唬[12]了一跳，问他[13]："在那里的[14]？忽然来了，唬我一跳。"那丫头一面递茶，一面回说[15]："我在后院子[16]里，才从里间的后门进来。难道二爷就没听见[17]脚步响？"

　　［1］"说道"，梦本作"有人说道"，其他脂本同于暂本。

　　［2］"盪"，舒本、彼本、杨本同，其他脂本作"烫"。

　　［3］"拿"，其他脂本均无。

　　［4］"我"，戚本同，其他脂本作"我们"。

　　［5］"倒"，彼本、杨本、蒙本、梦本同，庚辰本、舒本作"到"，戚本作"洌"。

［6］"一面"，其他脂本均作"一面说，一面"。

［7］"走"，舒本无，其他脂本同于暂本。

［8］"早"，梦本无，其他脂本同于暂本。

［9］"碗"，庚辰本无，其他脂本同于暂本。

［10］"过去"，舒本作"过来"，其他脂本同于暂本。

［11］"到"，庚辰本、舒本、彼本同，杨本、蒙本、戚本、梦本作"倒"。

［12］"唬"，舒本作"吓"，其他脂本同于暂本。

［13］"他"，其他脂本均作"你"（连下读）。

［14］"的"，蒙本、戚本无，其他脂本同于暂本。

［15］"回说"，梦本作"回说道"，其他脂本同于暂本。

［16］"后院子"，梦本作"后院"，其他脂本同于暂本。

［17］"听见"，梦本作"见"，其他脂本同于暂本。

宝玉一面[1]吃茶，一面仔细[2]打量那丫头，穿着几件半新不旧[3]的衣裳，到是[4]一头黑鬒鬒[5]的好[6]头发，挽着个鬐[7]，容长[8]脸面，细巧身材，却十分俏丽甜净[9]。宝玉看了[10]，便笑问道[11]："你[12]也是我这[13]屋里的人么？"那丫头[14]听说，便冷笑[15]一声道："爷[16]不认得的[17]也多[18]，岂止[19]我一个。我姓林，原名唤红玉，改名唤小红[20]。平日[21]又不递茶递水，拿东拿西，眼面前[22]的事一点儿不作[23]。爷[24]那里认得[25]呢？"

［1］"一面"，庚辰本无，其他脂本同于暂本。

［2］"仔细"，杨本无，其他脂本同于暂本。

［3］"半新不旧"，杨本作"不新不旧"，其他脂本同于暂本。

［4］"到是"，蒙本、戚本、梦本作"倒是"，其他脂本同于暂本。

［5］"黑鬒鬒"，庚辰本作"黑真真"，梦本作"黑鸦鸦"，其

他脂本作"黑鬓鬓"。

　　［6］"好"，庚辰本无，其他脂本同于暂本。

　　［7］"挽着个鬓"，杨本无，庚辰本、舒本、彼本、戚本、梦本作"挽着个鬓"，蒙本作"鬓"。

　　［8］"容长"，庚辰本作"容常"，戚本作"茏长"，其他脂本同于暂本。

　　［9］"甜净"，彼本无，庚辰本、蒙本作"干净"，其他脂本同于暂本。

　　［10］"看了"，梦本无，其他脂本同于暂本。

　　［11］"笑问道"，杨本作"笑道"，其他脂本同于暂本。

　　［12］"你"，庚辰本原作"他"，旁改"你"。

　　［13］"这"，舒本、杨本无，其他脂本同于暂本。

　　［14］"那丫头"，庚辰本、蒙本、戚本、梦本作"那丫头道，是的。宝玉道，既是这屋里的，我怎么不认得，那丫头"；舒本作"那丫头道，是的。宝玉道，既是这屋里的，我怎么不认的你，那丫头"；彼本、杨本作"那丫头道，是。宝玉道，既是这屋里的，我怎么不认得，那丫头"。

　　［15］"冷笑"，庚辰本、蒙本、戚本作"冷笑了"，其他脂本同于暂本。

　　［16］"爷"，舒本、杨本同，庚辰本、蒙本、戚本、梦本无，彼本作"宝爷"。

　　［17］"不认得的"，彼本、杨本同，庚辰本、梦本作"认不得的"，舒本作"认不的"，蒙本、戚本作"认不得"。

　　［18］"也多"，梦本作"也多呢"，其他脂本同于暂本。

　　［19］"岂止"，庚辰本、舒本、戚本作"岂只"，其他脂本同于暂本。

　　［20］"我姓林，原名唤红玉，改名唤小红"，其他脂本均无。

　　[21]"平日"，杨本无，庚辰本、舒本、彼本、蒙本、戚本、梦本作"从来"。

　　[22]"眼面前"，彼本、杨本同，庚辰本、舒本、戚本作"眼见"（庚辰本"见"旁改"面前"），蒙本、梦本作"眼前"。

　　[23]"一点儿不作"，舒本作"一点不作"，杨本、梦本作"一点儿不做"，梦本作"一件也不做"，其他脂本同于暂本（蒙本"点"系旁改，原作"照"）。

　　[24]"爷"，杨本同，庚辰本、蒙本、戚本、梦本无，舒本作"你"，彼本作"宝爷"

　　[25]"认得"，舒本作"认的"，其他脂本同于暂本。

　　宝玉道："你为什么不作[1]眼面前的事[2]？"丫头[3]道："这也难说[4]。只是有一句话回二爷，昨儿[5]有个[6]什么芸儿来找二爷，我想二爷不得空儿[7]，便叫焙茗[8]回他，叫他[9]今儿[10]早起来。不想二爷又往[11]北府[12]去了。"刚说到[13]这句话，只见[14]秋雯[15]、碧痕[16]希希哈哈的[17]说[18]笑着，进入院子来[19]。

　　[1]"作"，杨本、梦本作"做"，其他脂本同于暂本。

　　[2]"眼面前的事"，杨本同，庚辰本、蒙本、戚本作"眼见的事"（庚辰本"见"旁改"面前"，蒙本此五字点去），舒本作"眼面前的事儿"，彼本作"眼面前的事呢"，梦本作"眼前的事"。

　　[3]"丫头"，其他脂本均作"那丫头"。

　　[4]"这也难说"，其他脂本均作"这话我也难说"。

　　[5]"昨儿"，杨本、梦本作"昨日"，其他脂本同于暂本。

　　[6]"有个"，杨本作"有一个"，其他脂本同于暂本。

　　[7]"不得空儿"，杨本作"不得空"，其他脂本同于暂本。

　　[8]"焙茗"，彼本、杨本、蒙本、梦本作"茗烟"，其他脂本同于暂本。

[9]"叫他"，梦本无，其他脂本同于暂本。

[10]"今儿"，彼本作"今晚"，其他脂本作"今日"。

[11]"往"，杨本作"上"，其他脂本同于暂本。

[12]"北府"，彼本、杨本同，其他脂本作"北府里"。

[13]"说到"，庚辰本、蒙本作"说道"，其他脂本同于暂本。

[14]"只见"，舒本无，其他脂本同于暂本。

[15]"秋雯"，其他脂本均作"秋雯"。

[16]"碧痕"，梦本作"碧浪"，其他脂本同于暂本。

[17]"希希哈哈的"，杨本作"唏唏哈哈"，戚本作"嘻嘻哈哈"，其他脂本作"唏唏哈哈的"。

[18]"说"，梦本无，其他脂本同于暂本。

[19]"进入院子来"，庚辰本、舒本、蒙本、戚本、梦本作"进来"，彼本、杨本作"进入院来"。

　　两个人[1]共提着[2]一桶水，一手撩着[3]衣裳，翘翘趄趄[4]、泼泼撒撒的。那丫头便[5]忙[6]迎出去[7]来接[8]。那秋雯[9]、碧痕[10]正[11]对[12]抱怨[13]"你湿了我的裙子"，那个又[14]说"踩[15]了我的鞋"，忽见走出[16]一个人来接水[17]，二人看时，不是别人[18]，原来[19]是小红。二人便都岔意[20]，将水放下，忙进房来[21]，东瞧西房[22]，并没别个人[23]，只有宝玉。

[1]"两个人"，杨本作"两人"，其他脂本同于暂本。

[2]"共提着"，杨本作"提着"，其他脂本同于暂本。

[3]"撩着"，梦本作"撩"，其他脂本同于暂本。

[4]"翘翘趄趄"，杨本无，戚本作"趫趫趄趄"，其他脂本同于暂本。

[5]"便"，杨本无，其他脂本同于暂本。

[6]"忙"，舒本无，其他脂本同于暂本。

［7］"出去"，彼本、杨本同，庚辰本、舒本、蒙本、戚本、梦本作"去"。

［8］"来接"，彼本同，其他脂本作"接"。

［9］"秋雯"，其他脂本均作"秋纹"。

［10］"碧痕"，梦本作"碧浪"，其他脂本同于暂本。

［11］"正"，庚辰本无，其他脂本同于暂本。

［12］"对"，杨本作"对着"，其他脂本同于暂本。

［13］"抱怨"，舒本作"报怨"，其他脂本同于暂本。

［14］"又"，杨本无，其他脂本同于暂本。

［15］"踩"，彼本同，杨本作"又踩"，其他脂本作"踹"。

［16］"走出"，舒本、彼本、杨本、梦本同，其他脂本作"走"。

［17］"接水"，杨本无，其他脂本同于暂本。

［18］"不是别人"，杨本无，其他脂本同于暂本。

［19］"原来"，杨本作"元来"，其他脂本同于暂本。

［20］"岔意"，彼本、杨本同，庚辰本、舒本、蒙本、梦本作"咤异"，戚本作"诧异"。

［21］"忙进房来"，梦本作"忙进房看时"，其他脂本同于暂本。

［22］"东晔西房"，梦本无，庚辰本、杨本、蒙本、戚本作"东瞧西望"，舒本、彼本作"东晔西望"。

［23］"没别个人"，彼本同，庚辰本、蒙本、戚本作"没个别人"，舒本作"没有个别人"，杨本、梦本作"没别人"。

二人[1]便心中[2]大不自在[3]，只得预备下[4]洗澡之物。待宝玉脱了衣裳，二人[5]便带上了[6]门出来，走到[7]那边房内[8]，便[9]找[10]小红，问他："你[11]方才在屋里说[12]什么？"小红道："我何曾在屋里[13]。只因我的手帕子不见了，往后头找手帕[14]去，不想二爷要茶[15]，姐姐们[16]一个没有[17]，是[18]我进去了[19]，才倒[20]了茶，姐姐们便[21]来了。"

[1]"二人"，彼本同，其他脂本无。

[2]"便心中"，杨本作"心中便"，其他脂本同于暂本。

[3]"大不自在"，梦本作"俱不自在"，其他脂本同于暂本。

[4]"预备下"，梦本作"且预备下"，其他脂本同于暂本。

[5]"二人"，杨本无，其他脂本同于暂本。

[6]"了"，其他脂本均无。

[7]"走到"，蒙本作"走道"，其他脂本同于暂本。

[8]"房内"，蒙本、戚本作"门内"，其他脂本同于暂本。

[9]"便"，梦本无，其他脂本同于暂本。

[10]"找"，梦本作"找着"，其他脂本同于暂本。

[11]"你"，彼本、杨本同，其他脂本无。

[12]"说"，梦本作"做"，其他脂本同于暂本。

[13]"在屋里"，彼本同，其他脂本作"在屋里的"。

[14]"手帕"，杨本、梦本无，其他脂本作"手帕子"。

[15]"要茶"，彼本、杨本同，其他脂本作"要茶吃"。

[16]"姐姐们"，彼本、杨本同，其他脂本作"叫姐姐们"。

[17]"没有"，梦本作"也没有"，其他脂本同于暂本。

[18]"是"，杨本无，舒本作"着"，其他脂本同于暂本。

[19]"进去了"，杨本无，梦本作"进去"，其他脂本同于暂本。

[20]"倒"，杨本、梦本同，庚辰本、舒本、彼本、蒙本作"到"，戚本作"浏"。

[21]"便"，杨本作"就"。

秋雯[1]听了[2]，兜脸[3]便[4]啐了一口[5]，骂道[6]："没脸面[7]的下流东西，正经[8]叫你[9]提水[10]，你不去[11]，到[12]叫我们去。你[13]等着[14]作个[15]巧宗儿，一里头就要你好了[16]。虽到[17]我们到[18]跟不上你了[19]。你也拿镜子照照[20]，配递茶递水的[21]不配?"碧痕[22]说道[23]："明儿我[24]说给他们，要茶要水[25]，递东递西的[26]，咱们都到动[27]，只叫他便是了[28]。"秋雯[29]道[30]："这么说还不好[31]，我们散了，单让他[32]在这屋里呢。"

[1]"秋雯"，其他脂本均作"秋纹"。

[2]"听了"，梦本无，其他脂本同于暂本。

[3]"兜脸"，彼本、杨本、梦本同，其他脂本作"抖脸"。

[4]"便"，庚辰本、杨本无，其他脂本同于暂本。

[5]"啐了一口"，杨本作"啐"，其他脂本同于暂本。

[6]"骂道"，梦本无，舒本作"骂"，杨本作"道"，其他脂本同于暂本。

[7]"没脸面"，庚辰本、蒙本、戚本作"没脸"，其他脂本同于暂本。

[8]"正经"，庚辰本、蒙本作"正紧"（庚辰本"紧"旁改"经"），其他脂本同于暂本。

[9]"你"，舒本作"我们"，其他脂本同于暂本。

[10]"提水"，彼本、杨本同，庚辰本作"摧谁去"，舒本、蒙本、戚本、梦本作"催水去"。

[11]"你不去"，彼本同，庚辰本、蒙本、戚本作"你说有事故"，舒本、梦本作"你说有事"，杨本作"不去"。

[12]"到"，舒本作"故意"，蒙本、戚本作"倒"，其他脂本同于暂本。

[13]"你"，彼本、杨本作"你不"，其他脂本作"你可"。

[14]"等着"，梦本无，其他脂本同于暂本。

[15]"作个"，彼本、杨本同，庚辰本、舒本、蒙本、戚本、梦本作"做这个"。

［16］"一里头就要你好了"，庚辰本、舒本、蒙本、戚本、梦本作"一里一里的这不上来了"，彼本作"一里头就你好了"，杨本作"里头就是你好了"。

［17］"虽到"，蒙本作"难倒"，其他脂本作"难道"。

［18］"到"，彼本、蒙本、戚本、梦本作"倒"，其他脂本同于暂本。

［19］"了"，杨本无，梦本作"么"，其他脂本同于暂本。

［20］"拿镜子照照"，舒本作"找镜子瞧瞧"，梦本作"拿那镜子照照"，其他脂本同于暂本。

［21］"的"，彼本同，其他脂本无。

［22］"碧痕"，梦本作"碧浪"，其他脂本同于暂本。

［23］"说道"，彼本同，其他脂本作"道"。

［24］"明儿我"，杨本作"我明日"，舒本作"等明儿"，其他脂本同于暂本。

［25］"要茶要水"，彼本、杨本同，其他脂本作"凡要茶要水"。

［26］"递东递西的"，庚辰本作"送东送西的事"，舒本、梦本作"拿东送西的事"，彼本、杨本作"递东拿西的"，蒙本、戚本作"送东拿西的事"。

［27］"都到动"，杨本作"多别动"，梦本作"别要动"，其他脂本作"都别动"。

［28］"只叫他便是了"，杨本作"只叫他便了"，其他脂本作"只叫他去便是了"。

［29］"秋雯"，其他脂本均作"秋纹"。

［30］"道"，梦本作"说道"，其他脂本同于暂本。

［31］"这么说还不好"，彼本同，庚辰本作"这么说不如"，舒本、蒙本、戚本、梦本作"这么说还不如"，杨本作"这还不好"。

［32］"单让他"，杨本作"单让他罢"，梦本作"单让了他"，

其他脂本同于暂本。

二人[1]你一句我一句正闹着，只见有个[2]老嬷嬷[3]进来传凤姐的话说[4]："明儿[5]有人带匠人[6]进来[7]种树，叫你们[8]严紧些[9]，衣服裙子别混晒混晾的[10]，那土山[11]一溜[12]都[13]拦着帏幙[14]呢[15]，可别混跑。"秋雯[16]便问[17]："明儿[18]不知[19]是谁带进匠人来[20]监工?"那婆子[21]道："是[22]什么后廊上[23]的芸二爷[24]。"秋雯[25]、碧痕[26]听了，那[27]不知道，只管混问[28]别的话。那小红听见了[29]，心内[30]却[31]明白，就[32]知是昨儿[33]那外书房见的[34]那个人了[35]。

[1]"二人"，杨本无，其他脂本同于暂本。

[2]"有个"，杨本作"个"，其他脂本同于暂本。

[3]"老嬷嬷"，戚本作"老嬤嬤"，杨本作"老姆姆"，其他脂本同于暂本。

[4]"说"，杨本无，其他脂本同于暂本。

[5]"明儿"，彼本、蒙本、戚本同，庚辰本、杨本、梦本作"明日"，舒本作"明儿个"。

[6]"匠人"，庚辰本、蒙本、戚本作"花儿匠"，彼本、蒙本作"花儿匠人"，其他脂本同于暂本。

[7]"进来"，彼本、杨本、蒙本、戚本同，舒本无，庚辰本、梦本作"来"。

[8]"你们"，戚本作"你"，其他脂本同于暂本。

[9]"严紧些"，彼本、杨本作"严紧着些"，庚辰本、蒙本、戚本、舒本、梦本作"严禁些"。

[10]"混晒混晾的"，蒙本同，庚辰本、彼本、戚本、梦本作"混晒晾的"，舒本作"混晾的"，杨本作"混晒混晾"。

[11]"土山"，彼本、杨本、梦本同，庚辰本、舒本、蒙本、戚本作"土山上"。

［12］"一溜"，梦本作"一带"，其他脂本同于暂本。

［13］"都"，杨本无，其他脂本同于暂本。

［14］"帏幔"，梦本作"帷幔"，其他脂本同于暂本。

［15］"呢"，梦本无，其他脂本同于暂本。

［16］"秋雯"，其他脂本均作"秋纹"。

［17］"便问"，杨本作"道"，其他脂本同于暂本。

［18］"明儿"，杨本、梦本作"明日"，其他脂本同于暂本。

［19］"不知"，杨本无，其他脂本同于暂本。

［20］"带进匠人来"，杨本无，其他脂本同于暂本。

［21］"婆子"，舒本、梦本作"老婆子"，其他脂本同于暂本。

［22］"是"，彼本、杨本同，蒙本无，其他脂本作"说"。

［23］"上"，其他脂本均同（庚辰本原作"上"，旁改"下"）。

［24］"芸二爷"，彼本、杨本同，庚辰本、舒本、梦本作"芸哥儿"，蒙本、戚本作"芸哥"。

［25］"秋雯"，其他脂本均作"秋纹"。

［26］"碧痕"，梦本作"碧浪"，其他脂本同于暂本。

［27］"那"，杨本作"多"，梦本作"俱"，其他脂本作"都"。

［28］"混问"，杨本作"问"，其他脂本同于暂本。

［29］"听见了"，庚辰本、彼本、戚本同，梦本无，蒙本、戚本作"听见"，杨本作"听了"。

［30］"心内"，杨本无，蒙本作"心中"，其他脂本同于暂本。

［31］"却"，梦本无，其他脂本同于暂本。

［32］"就"，梦本无，其他脂本同于暂本。

［33］"昨儿"，舒本、彼本、蒙本、戚本同，杨本、梦本作"昨日"，庚辰本作"时儿"（"时"点去，旁改昨）。

［34］"那外书房见的"，庚辰本、蒙本、戚本作"外书房所见"，舒本、梦本作"外书房见的"，彼本、杨本作"见的"。

[35] "那个人了"，彼本同，杨本作"那个人来"，庚辰本、舒本、蒙本、戚本、梦本作"那人了"。

按：自"原来"二字开始，直至回末"下回分解"四字，各脂本文字分歧较大，为了便于做清晰的比较，兹分别列举各脂本相应文字于下，供读者参考。

【暂本】

原来这小红方才被秋雯、碧痕两人说的羞羞惭惭，粉面通红，闷闷的去了。回到房中，无精打彩，把向上要强的心灰了一半。矇眬睡去，梦见贾芸隔窗叫他说："小红，你的手帕子我拾在这里。"小红忙走出来问："二爷那里拾着的？"贾芸就上来拉他。小红梦中羞回身一跑，却被门坎绊倒。惊醒时，却是一梦。细寻手帕，不见踪迹，不知何处失落，心内又惊又疑。下回分解。

【庚辰本】

原来这小红，本姓林，小名红玉，只因"玉"字犯了林黛玉、宝玉，便都把这个字隐起来，便都叫他小红。原是荣国府中世代的旧仆，他父母现在收管各处房田事务。这红玉年方十六岁，因分人在大观园的时节，把他便分在怡红院中，到也清幽雅静。不想后来命人进来居住，偏生这一所儿又被宝玉占了。

这红玉虽然是个不谙事的丫头，却因他原有三分容貌，心内着实妄想痴心的向上攀高，每每的要在宝玉面前现弄现弄，只是宝玉身边一干人都是能（旁改"伶"）牙俐爪的，那里又（旁改"插"）的下手去。

不想今儿才有些消息，又遭秋纹等一场恶意，心内早灰了一半。正闷闷的，忽然听见老嬷嬷说起贾芸来，不觉心中一动，便闷闷的回至房中，睡在床上，黯黯盘算，番来掉（旁改"复"）去，正没个抓寻。

忽听窗外低低的叫道："红玉，你的手帕子，我拾在这里呢。"红玉听了，忙走出来看，不是别人，正是贾芸。红玉不觉的粉面含羞，问道："二爷在那里拾着的？"贾芸笑道："你过来，我告诉你。"一面说，一面就上未拉他。那红玉急回身一跑，却被门槛伴倒。

要知端的，下回分解。

【蒙本】

原来这小红，本姓林，小名红玉，只因"玉"字犯了林黛玉、宝玉，把这个字隐起未，便叫他小红。原是荣国府中世代的旧仆，他父母现在收管各处房田事务。

这红玉年方十六岁，因分人在大观园的时节，把他便分在怡红院中，倒也清幽雅静。不想后未命人进来居住，偏生这一所儿又被宝玉占（此系旁改，原作"站"）了。

这红玉虽然是个不谙事理的丫头，却因他原有三分容貌，心内着实妄想痴心的向上攀高，每每的要在宝玉面前显弄显弄，只是宝玉身边一干人都是灵牙利瓜的，那里能还下的手去。

不想今儿才有些消息，又遭秋纹等一场恶语，心内早灰了一半。正闷闷的，忽然听见老嬷嬷说起贾芸未，不觉心内一动，便闷闷的回至房中，睡在床上。暗暗盘算，番来复去，没个抓寻。

忽听窗外低低的叫道："红玉，你的手帕子我拾在这里呢。"红玉听了，忙走出来看，不是别人，正是贾芸。红玉不觉的粉面含羞，问道："二爷在那里拾着的？"贾芸笑道："你过来，我告诉你。"一面说，一面就上来拉他。那红玉急回身一跑，却被门坎拌倒。唬醒方知是梦。

要知端的，下回分解。

【戚本】

原来这小红本姓林，小名红玉，只因"玉"字犯了林黛玉、宝玉，便都把这个字隐起来，便叫他小红，原是荣国府中世代的旧仆，他父母现在收管各处房田事务。

这红玉年方十六岁，因分人在大观园的时节，把他便分在怡红院中，倒也清幽雅静。不想后来命人进来居住，偏生这一所儿又被宝玉占了。

这红玉虽然是个不谙事理的丫头，却因他原有三分容貌，心内着实妄想痴心的向上攀高，每每的要在宝玉面前显弄显弄，只是宝玉身边一干人都是灵牙利爪的，那里还能下的手去。不想今儿才有些消息，又遭秋纹等一场恶意，心内早灰了一半。正闷闷的，忽然听见老嬷嬷说起贾芸来，不觉心中一动，便闷闷的回至房中，睡在床上，暗暗盘算，翻来复去，没个抓寻。忽听窗外低低的叫道："红玉，你的手帕子我拾在这里呢。"红玉听了，忙走出来看，不是别人，正是贾芸。红玉不觉的粉面含羞，问道："二爷在那里拾着的？"贾芸笑道："你过来，我告诉你。"一面说，一面就上来拉他。那红玉急回身一跑，却被门坎绊倒，唬醒方知是梦。

要知端的，下回分解。

【彼本】

原来这小红本姓林，小名红玉，只因"玉"字犯了林黛玉、宝玉的名字，便把这个字隐起来，便都叫他小红。原是荣国府中世代旧仆，他父母现在收管各处房田事务。

且听下回（"回"系原文，旁改"册"）分解。

【杨本】

原来这小红，本姓林，小名红玉，因"玉"字犯了宝、黛二人的名字，便改叫他小红。元是府中世仆，他父母现在收管各处田房事务。

且听下回分解。

【梦本】

原来这小红本姓林，小名红玉，因"玉"字犯了宝玉、黛玉的名，便单唤他作小红。原来是府中世仆，他父亲现在收管各处田房事务。

这红玉年十六，进府当差，把他派在怡红院中，倒也清幽雅静。不想后来命姊妹及宝玉等进大观园居住，偏生这一所儿又被宝玉站了。

这红玉虽然是个不谙事体的丫头，因他原有三分容貌，心内妄想向上攀高，每每要在宝玉面前现弄现弄，只是宝玉身边一干人都是伶牙利爪的，那里插得下手去。不想今日才有些消息，又遭秋纹等一场恶语，心内早灰了一半。正闷闷的，忽然听见老嬷嬷说起贾芸来，不觉心中一动，便闷闷的回房，睡在床上，暗暗的思量，番来掉去，正没个抓寻，忽听窗外低低的叫道："红玉，你的手帕子我拾在这里呢。"红玉听了，忙走出来看，不是别人，正是贾芸。红玉不觉粉面含羞，问道："二爷在那里拾着的？"贾芸笑道："你过来，我告诉你。"一面说，一面就上来拉他。那红玉转身一跑，却被门槛拌倒。

要知端的，且听下回分解。

【舒本】

原来这小红，本姓林，小名红玉，只因"玉"字犯了林黛玉、宝玉，便都把这个字隐起来，便都叫他小红。原是荣国府世代的旧仆，他父亲现在收管各处房田事务。这红玉年方十六岁，因分入在大观园的时节，把他便分在怡红院中，到也清幽雅静。不想后来命人进来居住，偏生这一所儿又被宝玉占了。

这红玉虽然是个不谙事理的丫头，却因他原有三分容貌，心内着实妄想痴心的向上攀高，每每要在宝玉面前显弄显弄，只是宝玉身边一干人都是能牙利齿的，那里又下的手来。

不想今儿才有些消息，又遭秋纹等一场恶气，心内早灰了一半。正闷闷得，忽然听见老嬷嬷说起贾芸来，不觉心中一动，便闷闷的回至房中，睡在床上，暗暗盘算，翻来掉去，正没个抓寻。

忽然窗外低低的叫道："红玉，你的手帕子，我拾在这里呢。"红玉听了，忙走出来看，不是别人，正是贾芸。红玉不觉的粉面含羞，问道："二爷在那里拾着的？"贾芸笑道："你过来，我告诉你。"一面说，一面就上来拉他。那红玉急回身一跑，却被门槛绊倒。

要知端的，且听下回分解。

第十九章　哪个脂本与皙本关系
最亲近？（上）

"哪个脂本与皙本关系最亲近？"这句话说得更准确些，应该是："哪个或哪些脂本与皙本的关系最亲近或比较亲近？"

"哪个或哪些脂本与皙本的关系最亲近或比较亲近？"这个问题用两章来展开讨论：

第十九章　哪个脂本与皙本关系最亲近？（上）
第二十章　哪个脂本与皙本关系最亲近？（下）

第十九章以皙本第 24 回为例，来讨论皙本与彼本、杨本的亲近关系。第二十章则以皙本第 23 回为例，来讨论皙本与彼本、杨本之间的亲近关系。

读者或许会问：从章回的先后顺序来说，第 23 回明明排在第 24 回之前，应该先谈第 23 回，后谈第 24 回，为什么要反其道而行之？

我这样做，是本着先易后难的原则。

因为皙本第 24 回的文字最接近彼本，这是我细读该回之后所获得的最深刻的印象。

本章分为五节：

第一节　"同文统计法"与切入口

本节标题所说的"同文"，即"独同文字"的简称。

"独同文字"是指晢本与某个脂本独同的文字。

而所谓"独同"，在这里，有广、狭二义。狭义的"独同文字"是指，晢本的文字同于某一个脂本而异于其他脂本；广义的"独同文字"则是指，晢本的文字与某一个或两三个特定的脂本相同而与其他脂本相异。也就是说，"独同"的"独"字在这里有着另一层含义。

为什么要统计晢本与其他脂本"独同"的文字？

这是为了寻找究竟是哪个脂本和晢本的关系最亲近，以便进一步厘定《红楼梦》脂本派系比较精细而准确的划分。

怎么寻找那个和晢本关系最亲近的脂本呢？

我把我所使用的方法叫作"同文统计法"。

细读晢本后，我发现，若要研究哪个脂本和晢本的关系最为亲近，当以第 24 回为切入点，其表现最为显豁。

那么，这个所谓的"显豁"又表现在什么地方呢？

无须预先列举例证，仅仅指出一个特殊的切入口即可。

这个特殊的切入口就是"红檀"问题①。

———————————

① 参阅第三章"她叫红檀，还是叫檀云、香云？——一人三名考之一"。

红檀是怡红院一个丫环。皙本第 24 回提到了怡红院几个丫环的去向：

> 袭人因被薛宝钗烦了去打结子，秋雯、碧痕两个去找水桶，红檀呢，又因他母亲的生日接了出去，麝月又现在家中养病。

其中几个人名，以"红檀"最为特殊。试和其他脂本做比较，仅有彼本也作"红檀"，与皙本完全相同。其他脂本均有异文：杨本作"晴雯"，梦本作"擅云"，其他脂本作"檀云"。

梦本的"擅云"系因形讹而误，其实可以归入"檀云"一类。

杨本则为不了解"红檀"的由来而故意改易人名。我认为，杨本的"晴雯"应是"红檀"的替身。

唯有彼本与皙本独同的"红檀"最引人注目。

这就使我们产生了一个想法：莫非皙本与彼本有着特殊的关系？

下文试图从"直接的证据"和"间接的证据"两个方面，援引"皙本与彼本独同的文字"之例，以及"皙本与彼本、杨本'独同'的文字"之例，看看它究竟有多少，能不能得出明确的结论。

第二节　直接的证据：皙本与彼本独同的文字

直接的证据，可以举出皙本第 24 回文字与彼本独同的三十九例。

例 1，皙本：

> 靠他们有何正事谈讲，不过说些这个绣的好，那一个扎的精。

"靠"，彼本同，庚辰本、梦本作"况"，舒本作"料"，杨本作"说笑"，蒙本作"说话"（连上读），戚本作"试问"。

"这个"，彼本同，庚辰本、舒本、蒙本、戚本、梦本作"这一个"，杨本无此二字。

"扎"，彼本同，庚辰本、舒本、蒙本、戚本、梦本作"刺"，杨本无此字。

按：暂本、彼本"靠"疑系"况"字的音讹。

例2，暂本：

> 宝玉便把脸凑在他<u>脖子</u>上闻那粉香油气，<u>禁不住</u>摩挲，其白腻不在袭人之下。

"脖子"，彼本同，其他脂本作"脖项"。

"禁不住"，彼本同，杨本无，其他脂本作"不住"。

例3，暂本：

> 一边说，一边催他穿了衣服，<u>同了</u>鸳鸯往前面来。

"同了"，彼本同，其他脂本作"同"。

例4，暂本：

> 原来这贾芸<u>最伶俐乖巧不过</u>，听宝玉这样说，便笑道……

"最伶俐乖巧不过"，彼本同，庚辰本、舒本、杨本、蒙本、戚本作"最伶俐乖觉"，梦本作"最伶俐乖巧的"。

例5，暂本：

> 前儿到有一件事情出来，偏你婶子再三的<u>求</u>我给了贾芹了……

"求"，彼本同，其他脂本作"求了"。

例 6,暂本:

你先去等着,后日起更以后,你来讨信。<u>来早了</u>,我不得闲。

"来早了",彼本同,其他脂本作"早了"。

例 7,暂本:

忽见贾芸进来,彼此见过了,因问他:"这早晚什么事跑了来?"贾芸<u>笑道</u>……

"笑道",彼本同,其他脂本作"道"。

例 8,暂本:

谁要错了<u>这个</u>,就罚他二十两银子的东道。

"这个",彼本同,其他脂本无。

例 9,暂本:

巧媳妇做不出<u>没米粥</u>来。

"没米粥",彼本同,杨本作"无米粥",梦本作"无米的饭",其他脂本作"没米的粥"。

例 10,暂本:

还亏是我呢,要是别个死皮赖脸的,三日两头来缠舅舅,要三升米<u>两升豆子</u>的……

"两升豆子",彼本同,其他脂本作"二升豆子"。

例 11,暂本:

你但凡要立的起来,到<u>你们</u>那大房里……

"你们"，彼本同，其他脂本作"你"。

例 12，晢本：

> 倪二听见是**熟人语音**，将醉眼睁开看时，见是贾芸。

"熟人语音"，彼本同，舒本作"熟人的话"，梦本作"他的语音"，其他脂本作"熟人的语音"。

例 13，晢本：

> 这三街六巷，凭他是谁人，得罪了我醉金刚倪二的<u>人</u>，管叫他人离家散！

"人"，彼本、杨本同，梦本作"街邻"，其他脂本作"街坊"①。

例 14，晢本：

> 若今日不领他<u>之</u>情，怕他燥②了到恐生事。

"之"，彼本、杨本同，其他脂本作"这"。

例 15，晢本：

> 只是还怕他醉中慷慨，到明日加倍的要起来便怎处，心内犹疑不决，<u>忽想道</u>："不妨……"

"忽想道"，彼本同，庚辰本、舒本、蒙本、梦本作"忽又想道"，杨本、戚本作"又想道"。

例 16，晢本：

> 方回家来，见他母亲在炕上<u>坐</u>着拈线。

---

① 蒙本原作"街坊"，"坊"旁改"邻"。
② "燥"乃"臊"字之误。

"坐着"，彼本同，其他脂本无。

例 17，皙本：

> 贾芸吃了饭，收拾安歇，<u>一夜无话</u>。

"一夜无话"，彼本同，杨本无，其他脂本作"一宿无语"。

例 18，皙本：

> 凤姐脸正眼也不<u>睄</u>，仍往前走着，只问他母亲好……

"睄"，彼本同，杨本作"瞧"，其他脂本作"看"。

例 19，皙本：

> 贾芸道："只是身上不大好，到时常记挂着婶子，要来<u>睄睄</u>，又不能来。"

"睄睄"，彼本同，其他脂本作"瞧瞧"。

例 20，皙本：

> 昨儿晚上还提起婶子来，说婶娘一则生的单弱，事情又多，亏婶子好大精神，竟料理的周全，要是<u>差一个的</u>，早累的不知怎么样呢。

"差一个的"，彼本同，杨本作"差一点的"，庚辰本、舒本、蒙本、戚本作"差一个儿的"，梦本作"差一点儿的"。

例 21，皙本：

> 该贱发的<u>都</u>贱发了，像<u>这个</u>贵的货……

"都"，彼本同，杨本作"多"，其他脂本无。

"这个"，彼本同，其他脂本作"这"。

例22，晢本：

便是狠有钱的大家子，也不过使几分几钱，就挺折腰了。

"使"，彼本同，杨本无，舒本作"使了"，其他脂本作"使个"。

例23，晢本：

若说送人，也没个人配使这些，到叫他们一文不值半文的专卖了。

"的"，彼本同，其他脂本无（杨本无此句）。

例24，晢本：

一边说，一边将那冰、麝举起来。

"那冰、麝"，彼本同，杨本作"那冰、射"，其他脂本作"一个锦匣"。

例25，晢本：

凤姐正是要办端阳节礼、采买香料药饵的时节。

"端阳节礼"，彼本同，梦本作"端阳节的礼"，其他脂本作"端阳的节礼"。

例26，晢本：

凤姐见问，才要告诉他与他事情管的话，把那话又忙止住……

"把那话又忙"，彼本同，庚辰本、蒙本、戚本作"便忙又止住"，杨本作"又忙止住"，舒本、梦本无此前后数句文字。

例27，晢本：

贾芸进入院内，把脚一跺，说道："小猴们淘气，我来了。"

"小猴"，彼本同，杨本作"小猴儿"，其他脂本作"猴头"。

例 28，皙本：

贾芸往外瞧时，<u>见是</u>十六七岁的丫头，到也细巧干净。

"见是"，彼本同，庚辰本作"看是一个"，舒本、杨本作"见是一个"，蒙本、戚本作"却是一个"，梦本作"只见是一个"。

例 29，皙本：

那丫头冷笑了一笑："<u>依你说</u>，二爷竟请回家去……"

"依你说"，彼本同，其他脂本作"依我说"。

例 30，皙本：

贾芸一面走，一面回头说："不吃茶，我还有事呢。"口里<u>说着</u>，眼睛瞧那丫头还站在那里呢。

"说着"，彼本同，其他脂本作"说话"（杨本无此两句）。

例 31，皙本：

<u>红檀</u>呢，又因他母亲的生日接了出去。

"红檀"，彼本同，杨本作"晴雯"，梦本作"擅云"，其他脂本作"檀云"。

例 32，皙本：

老婆子<u>去了</u>，只得自己下来，拿了碗，向茶壶去倒茶。

"去了"，彼本同，杨本作"只得出来"，其他脂本作"只得退出，宝玉见没丫头们"。

例 33，皙本：

那丫头便忙迎出去来<u>接</u>。

"来"，彼本同，其他脂本无。

例34，晳本：

> 二人便都岔意，将水放下，忙进房来，东睄西房①，并<u>没别个</u><u>人</u>，只有宝玉。<u>二人</u>便心中大不自在……

"没别个人"，彼本同，庚辰本、蒙本、戚本作"没个别人"，舒本作"没有个别人"，杨本、梦本作"没别人"。

"二人"，彼本同，其他脂本无。

例35，晳本：

> 小红道："我何曾<u>在屋里</u>，只因我的手帕子不见了，往后头找手帕去……"

"在屋里"，彼本同，其他脂本作"在屋里的"。

例36，晳本：

> 秋雯听了，兜脸便啐了一口，骂道："没脸面的下流东西！正<u>经叫你提水你不去</u>，到叫我们去……"

"叫你提水你不去"，彼本同，庚辰本作"叫你摧水去，你说有事故"，杨本作"叫你提水，不去"，舒本作"叫我们催水去，你说有事，故意"，蒙本、戚本作"叫你催水去，你说有事故"，梦本作"叫你催水去，你说有事"。

例37，晳本：

> 你等着<u>作个</u>巧宗儿。

"作个"，彼本同，杨本作"做个"，其他脂本作"做这个"。

---

① "房"乃"望"字之误。

例 38，晳本：

你也拿镜子照照，配递茶递水的不配。

"的"，彼本同，其他脂本无。

例 39，晳本：

碧痕说道："明儿我说给他们……"

"说道"，彼本同，其他脂本作"道"。

以上共举出三十九个晳本第 24 回文字与彼本独同的例子。

请问读者诸君，不知这三十九例有没有足够的说服力？

"三十九"毕竟只是一个孤立的数字，如果不和其他相关的数字做比较，就显示不出它的含金量。

下面不妨再从另外两个方面做进一步的比较。

第三节　数字比较之一

第一个比较，就是举出晳本第 24 回文字和彼本、杨本两个脂本独同（晳本文字同于彼本、杨本而异于其他脂本）的众多例子。

为什么要再举出晳、彼、杨三本文字相同而与其他脂本相异的例子呢？

这是因为我们在细读晳本第 24 回文字的时候，发现竟存在晳、彼、杨三本文字"独同"的众多例子。

为了证明这一点，让我们把晳、彼、杨三本文字"独同"的例子详列于下。这类例子有一百零七个之多。

例 1，暂本：

> 香菱嘻嘻笑道："我来寻我们姑娘的，<u>我姑娘总不见</u>，你们紫鹃也找你呢，说琏二奶奶送了什么茶叶来给你的。走罢，回家去坐着。"

"我姑娘总不见"，彼本、杨本同，庚辰本作"找他总找不着"，舒本作"找他总不着"，蒙本、戚本、梦本作"总找他不着"。

按：彼本、杨本"我"乃"找"字的形讹。

例 2，暂本：

> 一面说着，一面<u>拉了</u>黛玉的手，回潇湘馆来。

"拉了"，彼本、杨本作"拉了"，庚辰本、蒙本、戚本、梦本作"拉着"，舒本作"拉"。

例 3，暂本：

> <u>黛玉</u>和香菱坐了。

"黛玉"，彼本、杨本同，其他脂本作"林黛玉"。

例 4，暂本：

> 又下一回棋，看两句书，香菱便<u>去</u>了。

"去"，彼本、杨本同，其他脂本作"走"。

例 5，暂本：

> 如今且说宝玉因被袭人找回房去，<u>只见</u>鸳鸯歪在床上看袭人的针线呢。

"只见"，彼本、杨本同，庚辰本、蒙本、戚本、梦本作"果见"，舒本作"见"。

例 6，皙本：

回头见鸳鸯穿着桃红绫子袄儿，青缎子背心，束着白绉绸汗巾儿。

"桃红"，彼本、杨本同，其他脂本作"水红"。

例 7，皙本：

宝玉便猴上身去涎脸笑道："好姐姐，把你嘴上的胭脂赏我吃了罢。"

"宝玉"，彼本、杨本同，其他脂本无。

例 8，皙本：

袭人抱了衣服出来，向宝玉道："左劝着不改，右劝着不改，你到底是怎么样？再这么着，这个地方可就难住了。"

"左劝着"，彼本、杨本同，其他脂本作"左劝"。
"右劝着"，彼本、杨本同，其他脂本作"右劝"。

例 9，皙本：

宝玉看时，只见这个人容长脸儿，长挑身材，年纪只好十八九岁，生的着实斯文清秀，到也十分面善，只是想不起是那一房的、叫什么名字。

"这个人"，彼本、杨本同，其他脂本作"这人"。
"脸儿"，彼本、杨本同，其他脂本作"脸"。

例 10，皙本：

宝玉笑道："你到比先越发出息了，到像是我的儿子。"

"出息"，彼本、杨本同，庚辰本、蒙本、戚本作"出条"，舒本、梦本作"出跳"。

"是"，彼本、杨本同，其他脂本无。

例11，暂本：

> 俗语说的，摇车里的爷爷，拄<u>拐杖</u>的孙子。

"拐杖"，彼本、杨本同，其他脂本作"拐"①。

例12，暂本：

> 只从我父亲没了，这几年也无人<u>照看</u>教导。

"照看"，彼本、杨本同，其他脂本作"照管"。

例13，暂本：

> 宝玉<u>领命</u>退出，来至后面，进入上房。

"领命"，彼本、杨本同，其他脂本无。

例14，暂本：

> 邢夫人向他两个道："你们回去，各人替我问你<u>各人</u>的母亲好……"

"各人的"，彼本、杨本同，其他脂本作"各人"。

例15，暂本：

> 娘儿两个说话<u>时</u>，不觉早有②晚饭时节。

"时"，彼本、杨本同，其他脂本无。

例16，暂本：

> 母女姊妹们吃<u>毕</u>饭，宝玉出去<u>辞</u>了贾赦，同姊妹们一同回家。

---

① 庚辰本"拐"下，旁添"杖"。
② "有"乃"又"字之误。

"吃毕"，彼本、杨本同，其他脂本作"吃毕了"。

"辞了"，彼本、杨本同，梦本作"辞"，其他脂本作"辞别了"。

例 17，皙本：

> 贾琏向他说道："前儿到有一件事情出来，偏你婶子再三的求我给了贾芹了……"

"向他说道"，彼本、杨本同，庚辰本、蒙本、戚本作"告诉他"，舒本、梦本作"告诉他说"。

例 18，皙本：

> 贾芸出了荣国府回家，一路思量，想出一个主意来，便往他母舅卜世仁家来。

"便往"，彼本、杨本同，其他脂本作"便一径往"。

例 19，皙本：

> 我现今一件要紧的事，用些冰片、麝香使用。

"现"，彼本、杨本同，其他脂本无。

"要紧"，彼本、杨本同，其他脂本无。

例 20，皙本：

> 因此我们大家赔上，立了合同，再不许替亲友赊欠，谁要错了这个，就罚他二十两银子的东道，还赶出铺子去。

"还赶出铺子去"，彼本、杨本同，其他脂本无。

例 21，皙本：

> 你就拿现银子道我们这里不三不四小铺子来买，也还没有这些，只好到扁儿去买。

"买"，彼本、杨本同，其他脂本无。

例 22，暂本：

> 后来听见我母亲说，都还亏舅舅们在我们家<u>出主意</u>料理的丧事。

"出主意"，彼本、杨本同，庚辰本作"去做主意"①，舒本作"去主意"，蒙本作"去作主意"，戚本作"中作主意"，梦本作"作主意"。

例 23，暂本：

> 难道舅舅不知道的，还是有一亩田哦，有两间房呢，<u>是我不成器</u>花了不成？

"呢"，彼本、杨本同，其他脂本无。

"是我不成器"，彼本、杨本同，梦本作"在我手里"，其他脂本作"如今我手里"（庚辰本"如今"旁添"在"）。

例 24，暂本：

> 要是别个死皮赖脸的，三日两头，来缠舅舅，要三升米两升豆子的，舅舅就<u>没法儿</u>呢。

"没法儿"，彼本、杨本同，其他脂本作"没有法"。

例 25，暂本：

> 我天天和你舅母说，愁你没个计算儿，你但凡<u>要</u>立的起来……

"要"，彼本、杨本同，其他脂本无。

---

① 庚辰本"做"系旁添。

例26，晳本：

你但凡要立的起来，到你们大房里，就是他们爷儿们见不着，便下个气，和他们的管家<u>管事的人们</u>嬉和嘻和，也弄个事儿管管。

"管事的人们"，彼本、杨本同，其他脂本作"或者管事的人们"。

例27，晳本：

前儿我出城去遇见了你们三房里的老四骑着<u>大黑叫驴</u>……

"遇见"，彼本、杨本同，其他脂本作"撞见"。

"大黑叫驴"，彼本、杨本同，其他脂本作"大叫驴"。

例28，晳本：

他那不亏能干，<u>这样的好事儿到他手里</u>了？

"这样的好事儿"，彼本、杨本同，庚辰本作"这事"①，蒙本、戚本作"此事"，舒本、梦本作"这样的事"。

"到他手里"，彼本、杨本同，庚辰本、舒本、梦本作"就到他"②，蒙本、戚本作"轮到他"。

例29，晳本：

只见他娘子说道："你又胡涂了。说着<u>没了</u>米，这里买了半觔面来下给你吃，这会子还装胖呢，留下外甥挨饿不成？"

"没了"，彼本、杨本同，其他脂本作"没有"。

例30，晳本：

他娘子便叫女儿银姐儿往对门<u>王奶奶家</u>，有钱借二三十个，

---

① 庚辰本"这"系旁添。
② 庚辰本"就"系旁添。

你说明儿就还。

"银姐儿"，彼本、杨本同，其他脂本作"银姐"。
"王奶奶家"，彼本、杨本同，其他脂本作"王奶奶家去问"。
"你说明儿就还"，彼本同，杨本作"你说，明日就还"，梦本作
"明日就送来还的"，其他脂本作"明儿就送过来"。
例31，晢本：

且说贾芸赌气离了母舅家，一径回归旧路。

"家"，彼本、杨本同，其他脂本作"家门"。
例32，晢本：

听那醉汉骂道："侴你妈的。瞎了眼睛了，碰起我来了！"

"侴你妈的"，彼本、杨本同，梦本无，庚辰本、蒙本、戚本作
"臊你娘的"，舒本作"臊你妈的"。
"了"，彼本、杨本同，其他脂本无。
例33，晢本：

贾芸忙要躲，早被那醉汉一把抓住。

"躲"，彼本、杨本同，庚辰本、舒本作"躲身"，蒙本、戚本作
"躲了"；梦本此句有异。
例34，晢本：

倪二是个泼皮，专放重利。

"重利"，彼本、杨本同，其他脂本作"重利债"。
例35，晢本：

如今正从欠主人家取了利钱，吃醉回来。

"取"，彼本、杨本同，其他脂本作"索"。

例 36，暂本：

> 只听那人<u>说道</u>："老二住手！是我冲撞了你。"

"说道"，彼本、杨本同，其他脂本作"叫道"。

例 37，暂本：

> 倪二听了，大怒道："要不是令舅，我便骂出好话来。真真气死<u>我</u>。"

"我"，彼本、杨本同，其他脂本作"我倪二"。

例 38，暂本：

> 我在外头有名<u>放账的人</u>，你却也从没有和我张过口。

"放账的人"，彼本、杨本同，其他脂本作"放账"（梦本无此前后数句文字）。

例 39，暂本：

> 也不知你厌恶我是个泼皮，怕低了你的身分，也<u>不知</u>你怕我难缠，利钱重。

"不知"，彼本、杨本同，其他脂本作"不知是"（梦本无此前后数句文字）。

例 40，暂本：

> 若说怕利钱重，这银子我是不要利钱的，也不用<u>立约</u>。

"立约"，彼本、杨本同，其他脂本作"写文约"（梦本无此前后数句文字）。

例41，晢本：

若说怕低了你的身分，我就不敢供给你了。

"供给"，彼本、杨本同，其他脂本作"借给"（梦本无此前数句文字）。
按："供"乃"借"字的形讹。此系晢、彼、杨三本同误之例。

例42，晢本：

贾芸心下自思，素习倪二虽然泼皮无赖，却因而使①，颇颇有
义侠之名。

"虽然"，彼本、杨本同，其他脂本作"虽然是"。

例43，晢本：

老二，你果然自②个好汉，我何曾不想着来和你张口，但只是
我见你所交结的都是些有胆量、有作为的人，像我们这等无能为
的，你通不理。

"来"，彼本、杨本同，其他脂本无。

"交结"，彼本、杨本同，其他脂本作"相遇交结"（梦本无此前
后数句文字）。

"有胆量"，彼本、杨本同，其他脂本作"有胆量的"（梦本无此
前后数句文字）。

"像"，彼本、杨本同，其他脂本作"似"（梦本无此前后数句
文字）。

例44，晢本：

闲话也不必讲，既承你不弃，这是十五两三钱有零的银

---

① "因而使"乃"因人而使"之误。
② "自"乃"是"字之误。

子……

"既承你不弃"，彼本、杨本同，庚辰本作"既肯青目"，舒本、蒙本、戚本作"既你肯青目"（梦本无此前后数句文字）。

例45，晢本：

> 我还到那边有点事情去，你竟请回去罢。

"罢"，彼本、杨本同，其他脂本无。

例46，晢本：

> 且说贾芸偶然碰了这件事，心下也十分罕异。

"罕异"，彼本、杨本同，庚辰本、舒本作"罕希"，蒙本、戚本、梦本作"希罕"。

例47，晢本：

> 只是还怕他醉中慷慨，到明日加倍的要起来便怎处，心内犹疑不决。

"犹疑"，彼本、杨本同，其他脂本作"犹豫"（梦本无此句）。

例48，晢本：

> 贾芸见倪二不撒谎，心下越发欢喜，收了银子，来至自家门首……

"来至自家门首"，彼本、杨本同，梦本作"到家"，其他脂本作"来至家门"。

例49，晢本：

> 方回家来，见他母亲在炕上坐着拈线。

"在炕上"，彼本、杨本同，其他脂本作"自在炕上"。

例50，晢本：

> 贾芸恐他母亲生气，便<u>不说</u>卜世仁的<u>事</u>，只说在西府里等琏二叔<u>来着</u>。

"不说"，彼本、杨本同，梦本作"不提"，其他脂本作"不说起"。

"事"，彼本、杨本同，其他脂本作"事来"。

"来着"，彼本、杨本同，梦本作"来者"，其他脂本作"的"。

例51，晢本：

> 问他母亲吃了饭不曾，他母亲说："吃过了，<u>给你</u>留的饭在那里。"

"给你"，彼本、杨本同，其他脂本无，

例52，晢本：

> 叫小丫头子拿过来："<u>你吃罢</u>。"

"你吃罢"，彼本、杨本同，其他脂本作"与他吃"。

例53，晢本：

> 那天已是掌灯<u>时分</u>，贾芸吃了饭，收拾安歇。

"时分"，彼本、杨本同，其他脂本作"时候"。

例54，晢本：

> 贾芸忙上去笑道："<u>二婶子</u>那去?"

"二婶子"，彼本、杨本同，梦本作"二婶娘"，其他脂本作"二婶婶"。

例 55，皙本：

　　凤姐听了，满面是笑，不由的便止了步。

"满面"，彼本、杨本同，其他脂本作"满脸"。

例 56，皙本：

　　只因我有个朋友，家里有几个钱，现开香铺，只因他身上捐了个通判，前儿选了云南不知那一处，连家眷一齐去，他便收了香铺不开了，把账物攒了一攒，该人的给人。

"他便收了香铺不开了"，彼本、杨本同，梦本作"把这香铺也不开了"，其他脂本作"把这香铺也不在这里开了"。
"把"，彼本、杨本同，其他脂本作"便把"。
"该人的"，彼本、杨本同，其他脂本作"该给人的"。

例 57，皙本：

　　像这个贵的货都分着送了亲朋。

"送了"，彼本、杨本同，其他脂本作"送与"。

例 58，皙本：

　　他就送我四两冰片，四两麝香。

"四两冰片，四两麝香"，彼本、杨本同，其他脂本作"些冰片、麝香"。

例 59，皙本：

　　别说今年贵妃进了宫，明儿这个端阳节，不用说这些香料自然是比往常加上十几倍去的用呢。

"进了宫"，彼本、杨本同，其他脂本作"宫中"。

"端阳节"，彼本、杨本同，其他脂本作"端阳节下"。

"去"，彼本、杨本同，其他脂本无①。

"用呢"，彼本、杨本同，其他脂本无。

例60，暂本：

> 忽见贾芸如此一来，听这一篇话，心下又是得意，又是<u>喜欢</u>，便命丰儿<u>接过来</u>，送了家去交给平儿。

"喜欢"，彼本、杨本同②，其他脂本作"欢喜"（梦本无此数句）。

"接过来"，彼本、杨本同，其他脂本作"接过芸哥儿的来"。

例61，暂本：

> 因又说道："看着你<u>狠知好歹</u>，怪道你叔叔常提你说话儿也明白，心里<u>也有</u>见识。"

"狠知好歹"，彼本、杨本同，庚辰本、舒本、蒙本作"到很知好歹"③，戚本作"知好知歹的"，梦本作"知道好歹"。

"也有"，彼本、杨本同，其他脂本作"有"。

例62，暂本：

> 贾芸<u>听了</u>这话入了港，便打进一步来，故意问道："原来叔叔也曾<u>提我来</u>。"

"听了"，彼本、杨本同，其他脂本作"听"。

"提我来"，彼本、杨本同，其他脂本作"提我的"。

---

① 庚辰本原作"去"，旁改"要用"。

② 彼本原作"劝"，旁改"欢"。

③ 庚辰本"到很"系旁改，原作"好"。

例63，皙本：

　　心下想道："我如今要告诉他那话，到叫他看着我见不得东西<u>是的</u>，因为得了这点子香，就<u>叫</u>他管事了……"

"是的"，彼本、杨本同，其他脂本作"似的"（梦本此处歧异）。
"叫"，彼本、杨本同，其他脂本作"混许"（梦本此处歧异）。
例64，皙本：

　　今儿先别<u>提</u>这事。

"提"，彼本、杨本同，其他脂本作"提起"。
例65，皙本：

　　贾芸也不好<u>提得</u>，只得回来。

"提得"，彼本、杨本同，其他脂本作"提的"。
例66，皙本：

　　贾芸吃了饭，便又进来，到贾母那边仪门外绮霰斋<u>三间</u>书房里来。

"三间"，彼本、杨本同，其他脂本无。
例67，皙本：

　　再看看别的小厮却都顽去了，<u>正自</u>烦闷，只听门前娇声嫩语叫焙茗哥。

"正自"，彼本、杨本同，梦本作"正在"，其他脂本作"正是"。
例68，皙本：

　　那丫头<u>一见了</u>贾芸，便抽身躲了过去。

"一见了",彼本、杨本同,其他脂本作"见了"。

例69,暂本:

> 恰好焙茗走来,见那丫头在门前,便说道:"好,好,正抓不着个信儿呢。"

"呢",彼本、杨本同,其他脂本无。

例70,暂本:

> 焙茗道:"等了这一日,也没个人儿出来……"

"出来",彼本、杨本同,其他脂本作"过来"。

例71,暂本:

> 你进去带个信儿,就说廊下住的二爷来了。

"住的",彼本、杨本同,庚辰本作"的",其他脂本无。

例72,暂本:

> 那丫头听说,方知是本家的爷们,便不似先前那等回避了,下死眼把贾芸钉了两眼。那贾芸说道:"什么廊上廊下的,你自说芸儿就是。"

"了",彼本、杨本同,其他脂本无。

"那",彼本、杨本同,其他脂本作"听那"。

例73,暂本:

> 今日晚上得空儿我回回我们爷。

"回回我们爷",彼本、杨本同,庚辰本作"回了他",舒本作"先回了他",蒙本、戚本作"回他",梦本作"回他一声"。

例 74，畸本：

难道只是叫二爷在这里等着挨饿不成？家去，明儿来是正经。便回来有人带信儿，那都是不中用的。

"带信儿"，彼本、杨本同，梦本无，庚辰本、蒙本作"代信"①，舒本、戚本作"带信"。

"不中用的"，彼本、杨本同，其他脂本作"不中用"。

例 75，畸本：

他不过是口里答应着，那么大工夫给你带信儿去呢。

"他不过是口里答应着"，彼本、杨本同，梦本作"不过口里答应着"，其他脂本作"他不过口里应着"。

"那么大工夫给你带信儿去呢"，彼本、杨本同，庚辰本、舒本作"他到给代②呢"，蒙本作"他倒给代信呢"，戚本作"他倒给带信呢"，梦本作"他肯给带到呢"。

例 76，畸本：

那贾芸一径回来，至次日果然又来了。

"果然又来了"，彼本、杨本同，其他脂本作"来"。

例 77，畸本：

可巧遇见凤姐往那边去请安，才上了车，见贾芸来，便叫人唤住，隔窗子笑道……

"叫人"，彼本、杨本同，其他脂本作"命人"。

---

① 庚辰本原作"代信"，"代"旁改"带"。
② 庚辰本原作"代"，旁改"带"。

0

00

例 78，晢本：

> 早知这样，我竟一起头儿求婶娘，这会子也早完了。

"一起头儿"，彼本、杨本同，其他脂本作"一起头"。

例 79，晢本：

> 凤姐笑道："怪道你那里没成儿，昨儿又来找我。"

"找我"，彼本、杨本同，其他脂本作"寻我"。

例 80，晢本：

> 如今婶娘既知道了，我到把叔叔丢下，少不得求婶娘了，好歹疼我一点儿罢。

"了"，彼本、杨本同①，其他脂本无。
"罢"，彼本、杨本同，其他脂本无。

例 81，晢本：

> 凤姐冷笑道："你们要拣远路儿走，叫我也难了。早告诉我一声儿，有什么不成的……"

"有"，彼本、杨本同，其他脂本无。

例 82，晢本：

> 那园子里还要种树种花呢。

"呢"，彼本、杨本同，其他脂本无。

---

① 彼本原作"了"，后点去。

例 83，皙本：

我思想不出一个人来，<u>你</u>早来不早完了？

"你"，彼本、杨本同，其他脂本无。

例 84，皙本：

贾芸笑道："<u>既是</u>这样，婶娘明儿就派了我罢。"

"既是"，彼本、杨本同，梦本无，其他脂本作"既"。

例 85，皙本：

凤姐半晌<u>说道</u>："这个我看着不大好，等明年正月里烟火灯烛那个大宗儿下来再派你罢。"

"说道"，彼本、杨本同，其他脂本作"道"。

例 86，皙本：

凤姐笑道："你到会拉<u>长杆</u>儿罢了，要不是你叔叔说，我不管你的事……"

"长杆儿"，彼本、杨本同，其他脂本作"长线儿"①。

例 87，皙本：

说毕，命人<u>驾了</u>香车一径去了。

"驾了"，彼本、杨本同，其他脂本作"驾起"。

例 88，皙本：

至院外，命人通报了，彩明<u>走出来</u>。

---

① 庚辰本"线"旁改"干"（幹）。

"走出来"，彼本、杨本同，其他脂本作"走了出来"①。

例89，晢本：

> 心中喜不自禁，番身走到<u>银钱库</u>上交与收牌票的，领了银子。

"银钱库"，彼本、杨本同，其他脂本作"银库"。

例90，晢本：

> 回家告诉<u>他</u>母亲，自是母子俱各欢喜。

"他"，彼本、杨本同，其他脂本无。

例91，晢本：

> 袭人因被薛宝钗<u>烦了</u>打结子。

"烦了"，彼本、杨本同，其他脂本作"烦了去"。

例92，晢本：

> 虽还有几个作粗话②听唤的丫头<u>们</u>③，<u>谅着</u>叫不着他们，都去
> 寻伙觅伴的顽去了。

"们，谅着"，彼本、杨本同，庚辰本、舒本作"估着"，蒙本、戚
本作"估量着"，梦本作"料是"。

例93，晢本：

> 宝玉要吃茶，一连叫了两三声，方见两三个<u>老婆子</u>走进来。

"老婆子"，彼本、杨本同，戚本作"老嬷嬷"，其他脂本作"老
嬷嬷"。

---

① 蒙本"了"点去。
② "话"乃"活"字的形讹。
③ "们"乃"估"字之误，连下读。

例94，皙本：

> 平日又不递茶递水、拿东拿西，眼面前的事一点儿不作，爷那里认得呢。

"眼面前的事"，彼本、杨本同，庚辰本、舒本、戚本作"眼见的事"①，蒙本、梦本作"眼前的事"。

"爷"，杨本同，彼本作"宝爷"，舒本作"你"，其他脂本无。

例95，皙本：

> 宝玉道："你为什么不作眼面前的事？"

"眼面前的事"，彼本、杨本同，庚辰本、舒本、蒙本、戚本作"那眼见的事"②，梦本作"那眼前的事"。

例96，皙本：

> 不想二爷又往北府去了。

"北府"，彼本、杨本同，其他脂本作"北府里"。

例97，皙本：

> 只见秋雯、碧痕希希哈哈的说笑着进入院子来。

"进入院子来"，彼本、杨本作"进入院来"，其他脂本作"进来"。

例98，皙本：

> 那丫头便忙迎出去来接。

"迎出去"，彼本、杨本同，其他脂本作"迎去"。

---

① 庚辰本"见"旁改"面前"。
② 庚辰本"见"旁改"面前"，蒙本此五字已点去。

例 99，晢本：

那个又说，踠了我的鞋。

"踠了"，彼本、杨本同，其他脂本作"踹了"。
例 100，晢本：

二人便都岔意，将水放下，忙进房来……

"岔意"，彼本、杨本同，蒙本作"咤意"，其他脂本作"咤异"。
例 101，晢本：

二人便带上了门出来，走到那边房内，便找小红问他："你方才在屋里说什么？"

"你"，彼本、杨本同，其他脂本无。
例 102，晢本：

不想二爷要茶，叫姐姐们，一个没有，是我进去了，才倒了茶。

"要茶"，彼本、杨本同，其他脂本作"要茶吃"。
"姐姐们"，彼本、杨本同，其他脂本作"叫姐姐们"。
例 103，晢本：

明儿我说给他们，要茶要水、递东递西的，咱们都到①动。

"要茶要水"，彼本、杨本同，其他脂本作"凡要茶要水"。
"的"，彼本、杨本同，其他脂本作"的事"。

---

① "到"乃"别"字的形讹。

例 104，皙本：

　　秋雯道："这么说还<u>不好</u>，我们散了，单让他在这屋里呢。"

"还不好"，彼本、杨本同，庚辰本作"不如"，其他脂本作"还不如"。

按：皙、彼、杨三本的"好"乃"如"字的形讹（连下读）。

例 105，皙本：

　　只见有个老嬷嬷进来传凤姐的话说，明儿有人带<u>匠人</u>进来种树，叫你们<u>严紧</u>些……

"匠人"，彼本、杨本同，其他脂本作"花儿匠"。
"严紧"，彼本、杨本同，其他脂本作"严禁"。

例 106，皙本：

　　那婆子道："<u>是</u>什么后廊下的<u>芸二爷</u>。"

"是"，彼本、杨本同，梦本无，其他脂本作"说"。
"芸二爷"，彼本、杨本同，其他脂本作"芸哥儿"。

例 107，皙本：

　　那小红听见了，心内却明白，就知是昨儿那外书房<u>见</u>的那个人了。

"见的"，彼本、杨本同，庚辰本、蒙本、戚本作"所见"，舒本、梦本作"所见的"。

以上详细列举了一百零七个例子。

再加上第二节所列举的例子，皙本与彼本文字相同的例子达到一百四十六个。

这个数字可谓大矣。不言而喻，它有力地证明了皙本第 24 回文字与彼本独同这一结论的正确性。

第四节　数字比较之二

第二个比较是晳本独同于彼本之外的其他脂本的文字。

只有庚辰本、舒本、杨本、梦本四本有与晳本独同的文字，其他两种（蒙本、戚本）则无。

晳本与庚辰本、舒本、杨本、梦本独同的文字，列举于下。

【晳本与庚辰本独同的文字】

晳本与庚辰本独同的文字，仅有一例。

晳本：

> 贾芸指贾琏道："我二叔说句话。"

"我"，庚辰本同①，舒本作"和"，其他脂本作"找"。

【晳本与舒本独同的文字】

晳本与舒本独同的文字亦仅有一例。

晳本：

> 恰至焙茗走来，见那丫头在门前，便说道："好，好，正抓不着信儿呢。"

"抓不着"，舒本同，其他脂本作"抓不着个"。

---

① 庚辰本"我"下旁添"合"字。

【暂本与梦本独同的文字】

暂本与梦本独同的文字，不出意外，同样仅有一例。

暂本：

> 那贾芸一径<u>回来</u>。

"回来"，梦本同，其他脂本作"回家"。

【暂本与杨本独同的文字】

暂本与杨本独同的文字，则有十四例，如下所述。

例1，暂本：

> 宝玉坐在床沿上<u>脱</u>了鞋，等靴子穿的工夫，回头见鸳鸯……

"脱"，杨本同，舒本作"退"，其他脂本作"褪"①。

例2，暂本：

> 涎脸笑道："好姐姐，把你<u>嘴上</u>胭脂赏我吃了罢。"

"嘴上"，杨本同，其他脂本作"嘴上的"。

例3，暂本：

> 宝玉<u>道</u>："可是姐姐们都过来了，怎么不见?"

"道"，杨本同，其他脂本作"笑道"。

例4，暂本：

> 难道舅舅就不知道的，还是有一亩田<u>哦</u>有两间房子呢。

"哦"，杨本同，其他脂本无。

---

① 庚辰本原作"褪"，旁改"脱"。

"有"，杨本同，其他脂本无。

例5，晳本：

> 我天天喝你舅母说，愁你没个算计儿。

"愁"，杨本同，舒本作"只恐"，其他脂本作"只愁"。

例6，晳本：

> 贾芸道："你且别气，听我告诉你这缘故。"

"你"，杨本同，其他脂本作"老二，你"。

例7，晳本：

> 想那倪二到果然有些意思，只是还怕他醉中慷慨，到明日加倍的要起来便怎处。

"醉中慷慨"，杨本同，其他脂本作"一时醉中慷慨"。

例8，晳本：

> 他就送我四两冰片、四两麝香。

"他就送我"，杨本同，梦本作"所以我得了些"，彼本作"他就送了我"，其他脂本作"他就一共送了我些"。

例9，晳本：

> 焙茗道："今儿总没下来，二爷说什么，我替哨探哨探去。"

"我替"，杨本同，其他脂本作"我替你"。

例10，晳本：

> 听那贾芸道："什么廊上廊下的，你自说芸儿就是。"

"道"，杨本同，其他脂本作"说道"。

例 11，皙本：

> 二爷竟请回去罢，有什么话明儿再说，<u>今日</u>晚上得空儿我回回我们爷。

"今日"，杨本同，其他脂本作"今儿"。

例 12，皙本：

> 这里贾芸又拿了五十两，出西门，找到花儿匠方春家里去<u>买树</u>。

"买树"，杨本同，彼本作"买树，亦不在话下"，其他脂本作"买树，不在话下"。

例 13，皙本：

> 这日晚上从北静王<u>府</u>中回来，见过贾母、王夫人等……

"府中"，杨本同，其他脂本作"府里"（彼本无此二句）。

例 14，皙本：

> 那丫头听说，便冷笑了一声道："<u>爷</u>不认得的也多，岂止我一个……"

"爷"，杨本同，彼本作"宝爷"，舒本作"你"，其他脂本无。

这十四例，再加上第三节所介绍的皙本与杨本"独同"的一百零七个例子，总计一百二十一例，仅次于彼本的一百四十六例。

第五节　数字比较之三

从皙本与其他脂本第 24 回文字的比较来看，自然就可以得出准确的结论：

彼本	146
杨本	121
庚辰本	1
舒本	1
梦本	1
蒙本	0
戚本	0

第一，与晢本文字关系最亲近的脂本是彼本和杨本。

第二，与晢本文字关系最疏远的脂本是蒙本和戚本，庚辰本、舒本、梦本次之。

第二十章　哪个脂本与暂本关系最亲近？（下）

上一章（第十九章）是从第 24 回来考察哪个或哪些脂本与暂本的关系最亲近或比较亲近，这一章则是从第 23 回来考察哪个或哪些脂本与暂本的关系最亲近或比较亲近。

本章共分九节：

第一节　暂本第 23 回与梦本独同的文字

暂本第 23 回与梦本独同的文字有八例。

例 1，晢本：

不想后街上住的贾芹之母周氏正<u>盘算</u>要到贾政这边谋一个大小事务与儿子管管，也好弄些银钱使用。

"盘算"，梦本作"打算"，其他脂本作"盘算着也"。

例 2，晢本：

贾琏笑着去了，到了前面，见了贾政，果然是为小和尚<u>的</u>一事。

"的"，梦本同，其他脂本无。

例 3，晢本：

贾芹便来见贾琏<u>夫妻</u>，感谢不尽。

"夫妻"，梦本同，彼本、杨本作"母子二人"（连下读），其他脂本作"夫妻两个"。

例 4，晢本：

娘娘分咐说，你日日外头嘻游，渐次疏懒，如今叫禁管<u>你同</u>姊妹在园内读书写字。

"你同"，梦本同，其他脂本作"同你"。

例 5，晢本：

宝玉携了一套《会真记》，走到沁芳闸桥那边桃花底下一块石上坐着，展开《会真记》，从头<u>细看</u>。

"细看"，梦本同，其他脂本作"细玩"。

例 6，晢本：

你看，这里水干净，只一流到有人家的地方，<u>赃的臭的</u>，仍旧把花遭塌了。

"赃的臭的"，梦本同，杨本作"脏的混倒"，舒本作"脏的臭的混着①倒"，其他脂本作"脏的臭的混倒"。

例 7，皙本：

> 不上顿饭工夫，将十六出俱已看完，自觉词藻警人，余香满口，<u>虽看完了</u>，却只管出神，心内还默默记诵。

"虽看完了"，梦本同，其他脂本作"虽看完了书"。

例 8，皙本：

> 那边大老爷身上不好，姑娘们都过去请安，老太太叫打发你去呢，快回去换<u>衣服</u>罢。

"衣服"，梦本同，其他脂本作"衣裳"。

第二节　皙本第 23 回与舒本独同的文字

皙本第 23 回与舒本独同的文字有五例。

例 1，皙本：

> 命探春依次抄录妥协，<u>自己编次序，定优劣</u>。

"自己编次序，定优劣"，舒本作"自己编次，序其优劣"，彼本、杨本作"自己较阅其优劣"，其他脂本作"自己编次，叙其优劣"。

---

① 舒本"着"系旁添。

例 2，晳本：

可巧听见有这件事，便坐轿子<u>来求</u>，凤姐因他素日不大拿班做势，便依允了。

"来求"，舒本同，其他脂本作"来求凤姐"。

例 3，晳本：

贾琏批票画了押，当时发了对牌，出<u>来</u>去银库上按数发出三个月的，给他白花花二三百两。

"来"，舒本同，其他脂本无。

例 4，晳本：

王夫人<u>忙道</u>："去罢，去罢，只怕老太太等你吃饭。"

"忙道"，舒本同，其他脂本作"也忙道"。

例 5，晳本：

好妹妹，<u>论</u>你我是不怕的。你看了，好歹别告诉别人。

"论"，舒本同，其他脂本作"若论"。

第三节　晳本第 23 回与彼本独同的文字

晳本第 23 回与彼本独同的文字有四例。

例 1，晳本：

当下贾琏正同凤姐吃饭，一问呼唤，不知何事，放下饭<u>就</u>走。

"就"，彼本同，其他脂本作"便"。

例 2，畜本：

　　惜春住了<u>蓼凤轩</u>。

"蓼凤轩"，彼本同，其他脂本作"蓼风轩"。

例 3，畜本：

　　宝玉回头，却是林黛玉来了，肩上担着花锄，上挂着纱囊，手内拿着<u>花扫</u>。

"花扫"，彼本同，其他脂本作"花帚"。

例 4，畜本：

　　等你<u>作了</u>一品夫人病老归西的时候，我往你坟上替我^①驼一辈子的碑。

"作了"，彼本同，其他脂本作"做了"。

第四节　畜本第 23 回与杨本独同的文字

畜本第 23 回与杨本独同的文字有五例。

例 1，畜本：

　　且说宝玉自进园来，心满意足，再无别项可生贪求之心，每日自和姊妹、丫头们一处，或读书<u>写字</u>，或弹琴下棋，或画画吟诗……

"写字"，杨本同，其他脂本作"或写字"。

---

① "我"乃"你"字之误。

例2，晢本：

因这几首诗，当时有一等<u>势力人</u>，见是荣国府十二三岁的公子作的，抄录出来，各处称颂。

"势力人"，杨本同，其他脂本作"势利人"。

例3，晢本：

宝玉那里<u>舍得</u>不拿进去。

"舍得"，杨本同，梦本作"肯"，其他脂本作"舍的"。

例4，晢本：

只见袭人走来说道："那里没寻到，却在这里。<u>那边</u>大老爷身上不好，姑娘们都过去请安，老太太叫打发你去呢，快回去换衣服罢。"

"那边"，杨本同，其他脂本作"来，那边"。

例5，晢本：

忽想起前日古人诗中有"水流花谢两无情"之句，<u>又</u>词中有"流水落花春去也，天上人间"之句，又兼方才所见《西厢记》中"花落水流红，闲愁万种"之句，都一时想起来，凑聚在一处，仔细忖度，不觉神驰心痛，眼中落泪。

"又"，杨本同，其他脂本作"再又有"。

第五节　晢本第 23 回与蒙本独同的文字

晢本第 23 回与蒙本独同的文字有三例。

例 1，靖本：

> 只见袭人傍门立在那里，一见平安回来，堆下笑来问道："叫你作什么？"宝玉告诉他："没有作什么，不过怕我进园中去淘气，分付分付。"

"作"，蒙本同，其他脂本无。

例 2，靖本：

> 宝玉道："好妹妹，论你我是不怕的。你看了，好歹别告诉别人，真真是好文章！你看了，连饭也不想吃了。"

"是"，蒙本同，其他脂本作"这是"。

例 3，靖本：

> 登时竖起两道似蹙非蹙①的眉，瞪了两只似睁非睁的眼，香腮带怒，娇面含嗔……

"香腮"，蒙本同，舒本、梦本作"桃腮"，其他脂本作"微腮"。

第六节 靖本第 23 回与其他脂本独同的文字

所谓"其他脂本"，在这里指的是庚辰本和戚本。
靖本与庚辰本、戚本独同的文字，则一例也没有。

---

① 靖本两个"蹙"字系旁改，原作"戏"（戲）。

第七节　小结之一

从第一节到第六节，共列举了晢本与梦本、舒本、彼本、杨本、蒙本、庚辰本、戚本等七种脂本文字独同之例，共二十五例，列统计表（甲）① 如下：

梦本	8
舒本	5
杨本	5
彼本	4
蒙本	3
庚辰本	0
戚本	0

从统计表（甲）得出的结论有以下两点。

第一，和晢本第 23 回文字最亲近的是梦本，其次是舒、杨两本。

第二，和晢本第 23 回文字最疏远的是庚辰本、戚本。

这个结论和第 24 回的结论截然不同。一是独同文字的数量竟然如此之低，最亲近的才八例而已。二是和第 24 回的统计表所得出的结论不同，不要忘记，与晢本第 24 回文字最亲近的是彼本，有一百四十六例之多，而在本节统计表（甲）中，晢本与彼本独同的文字仅仅四例。

莫非这个统计表（甲）遗漏了什么必要的环节？

---

① 此表是"统计表（甲）"，此外尚有"统计表（乙）"（见于下文第八节）、"统计表（丙）"（见于下文第九节）。

是的，有一个比较重要的环节没有列入统计表（甲）。

第八节　补充：晢本第23回与彼本、杨本
"独同"的文字

上一节所说的这个缺少的环节就是：晢本第23节与彼本、杨本"独同"的文字之例。

现在列举第23回晢本与彼本、杨本"独同"的文字之例于下。

晢本第23回与彼本、杨本"独同"的文字有十一例。

例1，晢本：

> 凤姐因他素日不大拿班做势的便依允了。

"因他"，彼本、杨本同，其他脂本作"因见他"。

例2，晢本：

> 他分咐你几句话，不过不许你在里头淘气，他说什么，你好好答应就是了。

"好好"，杨本同，彼本作"好好的"，其他脂本作"好生"。

例3，晢本：

> 二人正计较，就有贾政遣人来回贾母说："二月二十的日子，哥儿姑娘们好搬进去，这几日内遣人进去分派收拾。"

"好搬进去"，彼本、杨本同，其他脂本作"好搬进去的"。

例4，晢本：

> 想毕，就到书坊内，把古今小说并那飞燕、合德、武则天、

杨贵妃外①传奇角本买了许多，来引宝玉看。

"古今小说"，彼本、杨本同，其他脂本作"那古今小说"。
例5，晢本：

> 宝玉听了，<u>喜不自胜</u>，笑道："待我放下书，帮你来收拾。"

"喜不自胜"，彼本、杨本同，其他脂本作"喜不自禁"。
例6，晢本：

> <u>黛玉</u>笑道："果然有趣。"

"黛玉"，彼本、杨本同，其他脂本作"林黛玉"。
例7，晢本：

> <u>黛玉</u>听了，不觉带腮连耳通红……

"黛玉"，彼本、杨本同，其他脂本作"林黛玉"。
例8，晢本：

> 若有心欺负你，我明日吊在池子里，叫一个癞头鼋吞了去，变一个<u>大王八</u>……

"大王八"，彼本、杨本同，其他脂本作"大忘八"。
例9，晢本：

> 说的<u>黛玉</u>嗤的一声笑了，一面揉着眼睛，一面笑道……

"黛玉"，彼本、杨本同，其他脂本作"林黛玉"。

---

① 晢本"外"下夺"传"字。

例10，皙本：

黛玉笑道："我说你会过目成诵，难道我就不能一目十行么？"

"黛玉"，彼本、杨本同，其他脂本作"林黛玉"。

例11，皙本：

黛玉见宝玉去了，又听见众姊妹也不在房，自己闷闷的。

"黛玉"，彼本、杨本同，其他脂本作"林黛玉"。

以上共十一例，理应被列入统计表。

这就是统计表（乙）：

皙本第 23 回与彼本、杨本"独同"文字例数统计表（乙）

彼本	4
彼本＋杨本	11
杨本	5

第九节　小结之二

这样，彼本与皙本第 23 回"独同"文字就有十五例之多了。这显然超过了梦本。

于是，如统计表（丙）所示，我们得出了更准确的结论：

皙本第 23 回与其他脂本文字独同例数统计表（丙）

杨本	16
彼本	15

梦本	8
舒本	5
蒙本	3
庚辰本	0
戚本	0

第一，和晢本第 23 回文字最亲近的脂本是杨本、彼本。

第二，和晢本第 23 回文字最疏远的是庚辰本、戚本，梦本、舒本、蒙本次之。

第二十一章　暂本文字讹误举隅

暂本虽然仅存两回，但其文字讹误之例却多达八十例，如下所示。

例1，暂本第23回：

　　因此贾政命人四处选拔精工名匠，大观园<u>摩</u>石镌字。

"摩"乃"磨"字之误。

例2，暂本第23回：

　　因贾<u>义</u>管理着文官等十二个女戏并行头等事，不大得便。

"义"乃"又"字的形讹①。

例3，暂本第23回：

　　因此贾<u>义</u>又将贾菖、贾菱唤来监工。

"义"乃"又"字的形讹②。

---

①　参阅第二章"贾义·袁氏·方春——暂本独异人名考"第一节"他为什么叫'贾义'？"
②　参阅第二章"贾义·袁氏·方春——暂本独异人名考"第一节"他为什么叫'贾义'？"

例 4，瞀本第 23 回：

> 一日盪蜡钉珠动起手来，这也不在话下。

"盪"乃"烫"字的形讹。

"珠"乃"硃"字音形两误。

例 5，瞀本第 23 回：

> 不想后街上住的贾芹之母袁氏正盘算要到贾政这边谋一个大小事务与儿子管管，也好弄些银钱使用。

"袁"乃"周"字的形讹①。

例 6，瞀本第 23 回：

> 可巧听见这件事，便坐轿子来求凤姐，因他素日不大拿班作势的，便依允了。

"凤姐"乃"凤姐，凤姐"之误。

按：此是同词脱文之例。脱文原因："凤姐"二字前后相同。

例 7，瞀本第 23 回：

> 凤姐……想了几句话，便回王夫人说："些小和尚、道士，万不可打发他到别处去，一时娘娘出来，就要承应，倘或散了，若要用时，可又费事……"

"些"字之前，夺"这"字。

例 8，瞀本第 23 回：

> 贾政听了，笑道："到是提醒了我，也想是这样。"

---

① 参阅第二章"贾义·袁氏·方春——瞀本独异人名考"第三节"'周氏'为何一变而为'袁氏'，再变而为'杨氏'？"

"也"字之前，夺"我"字。

此系同词脱文之例，脱文原因："我"字前后相同。

例9，皙本第23回：

当下贾琏正同凤姐吃饭，一闻呼唤，不知何事，放下饭就走。

"问"乃"闻"字的形讹。

例10，皙本第23回：

贾琏便依了凤姐主意，说道："如今看来，芹儿大大出息了。这件事交与他去管办，横竖昭着里头的规例，每月叫芹儿支领就是了。"

"昭"乃"照"字的音形两误。

例11，皙本第23回：

凤姐即令人告诉袁氏。

"袁"乃"周"字的形讹[1]。

例12，皙本第23回：

凤姐又作情央贾琏先支三个月的，叫他写了领子。

在"写"字之前，夺"填"字。

按：在"写"字右下侧，后人墨笔添"填"字。

例13，皙本第23回：

当时雇了个大轿驴，自己骑上。

---

[1] 参阅第二章"贾义·袁氏·方春——皙本独异人名考"第三节"'周氏'为何一变而为'袁氏'，再变而为'杨氏'？"

"大轿驴"乃"大叫驴"之误。

按:"叫驴"即公驴之谓。

例14,晳本第23回:

况家中现有几个能诗会赋姊妹,何不命他们进去居住,也不使人落魄,花柳无颜。

"人"字之前,夺"佳"字。

按:在"人"字上侧,后人墨笔补写"佳"字。

例15,晳本第23回:

却又想到,宝玉自姊妹们中长大,不比别的兄弟们,若不命他进去,只怕他冷清了,一时不大畅快,未免贾母、王夫人愁虑。

在"自"字之后,夺"幼在"二字。

例16,晳本第23回:

别人听了还自由可,惟有宝玉听了这谕,喜的无可不可。

"由"字乃"犹"字的音讹。

"无可不可"乃"无可无不可"之误。

例17,晳本第23回:

宝玉只得前去,一步挪了三寸,到这边来。

"挪了"乃"挪不了"之误。

例18,晳本第23回:

金钏一把拉住宝玉,睄睄笑道:"我这嘴上是才擦的香侵胭脂。这会子你可擦不擦了。"

"睄睄",乃"悄悄"之误。

"侵"，乃"浸"字的形讹。

"擦"乃"吃"字之误。

按：在"擦"字右侧，后人墨笔改写"吃"字。

例 19，晳本第 23 回：

　　赵姨打起帘子，宝玉恭身挨入。

在"赵姨"二字之后，夺"娘"字。

例 20，晳本第 23 回：

　　地下一溜椅子，迎春、探春、惜春、贾环四个人都坐在那里，一见他①进来，都站了起来。

"都"字谬误。

按：按照贾府的礼仪，迎春乃宝玉之姐，见宝玉进来，不必站起，而探春、惜春、贾环三人乃宝玉之妹与弟，见宝玉进来，则必须站起。晳本的描写大误。

其他脂本以及程甲本、程乙本均不误，如下：

　　惟有探春和惜春、贾环站了起来。（庚辰本）

　　惟有探春、惜春、贾环站了起来。（舒本、彼本、蒙本、戚本、梦本、程甲本）

　　探春、惜春和贾环都站起来。（程乙本）

　　惟有迎、探二人及贾环站起来。（杨本②）

在这一点上，杨本的谬误甚至超过了晳本。它不仅让姐姐迎春站了起来，而且让妹妹惜春端坐着。

---

① "他"，指宝玉。

② 杨本经过后人（如杨继振）的改动，此据杨本原文引录。

例21，晳本第23回：

贾政……半晌说道："娘娘分咐说，你日日外头嘻游，渐次疏懒，如今叫禁管你，同姊妹在园内读书写字，好生用心习学。若再不守分安常，你可仔细。"

"嘻"乃"嬉"字之误。

例22，晳本第23回：

贾政……说毕，断一声："作业的畜生，还不出去！"

在"断"字之后，夺一"喝"字。

例23，晳本第23回：

每日自和姊妹、丫头们一处，或读书写字，或弹琴下棋，或画画吟诗，以至描鸾刺凤，斗草簪花，低吟悄唱，打字猜枚，无所不为，到也十分快乐。

"打"字乃"拆"字的形讹。

例24，晳本第23回：

因这几首诗，当时有一等势力人，见是荣国府十二三岁的公子作的，抄录出来各处称颂。

"势力人"乃"势利人"之误。

例25，晳本第23回：

谁想静中生烦恼，忽一日不自在起来，这也不好，那也不好，出来进去，坐卧不安，嘻笑无心，那里知宝玉此时的心事。

晳本此处文字，在"出来进去"之后、"坐卧不安"之前，有脱漏。脱漏的文字，引其他脂本于下：

宝玉……忽一日不自在起来，这也不好，那也不好，出来进去，只是闷闷的。园中那些人多半是女孩儿，正在混沌世界、天真烂漫之时，坐卧不避，嘻笑无心，那里知宝玉此时的心事。（庚辰本、彼本、杨本）

宝玉……忽一日不自在起来，这也不好，那也不好，出来进去，只是闷闷的。园中那些人多半是女孩儿，正在混沌世界、天真烂漫，至坐卧不避，嘻笑无心，那里知宝玉此时的心事。（舒本）

宝玉……忽一日不自在起来，发闷闷的。园中的那些人多半是女孩儿，正在混沌世界、天真烂漫之时，坐卧不避，嘻笑无心，那里知宝玉此时的心事。（蒙本、戚本）

宝玉……忽一日不自在起来，这也不好，那也不好，出来进去，只是闷闷的。园中那些女孩子，正是混沌世界、天真烂漫之时，坐卧不避，嘻笑无心，那里知宝玉此时的心事。（梦本）

晳本脱漏的原因是前后四字（"只是""之时"）音似。

例 26，晳本第 23 回：

焙茗……想毕，就到书坊内，把古今小说并那飞燕、合德、武则天、杨贵妃外传奇角本买了许多，来引宝玉看。

其中，"杨贵妃外传奇角本"等字读来费解。查其他脂本，这几个字作：

杨贵妃的外传与那传奇角本（庚辰本、舒本、梦本）
杨贵妃的外传与那传奇脚本（蒙本①、戚本）
杨贵妃的外传与那传奇的角本（彼本）

---

① 蒙本原作"角本"，"角"旁改"脚"。

与那传奇的脚本（杨本）

可知原来是晢本此处脱漏了"与那传"三字。

这和例25一样，仍属于同词脱文现象。脱文原因："传"字前后相同。

例27，晢本第23回：

宝玉那里舍得不拿进去，踟蹰再三，单把这<u>文理细密</u>拿了几套进去，放在床顶上，无人时自己密看，那粗俗过露的都藏在外书房里。

"文理细密"四字之后，脱漏一个"的"字，观下文"粗俗过露的"可知。

例28，晢本第23回：

那日正当三月中浣，<u>早晚后</u>，宝玉携了一套《会真记》，走到沁芳闸桥那边，桃花底下，一块石上坐着，展开《会真记》从头细看。

"早晚"乃"早饭"之误。

例29，晢本第23回：

只见一阵风过，把树上桃花吹下一大半来，落了满身满书满地皆是，宝玉要抖将下来，恐怕脚步践踏了，<u>只得兜了那花瓣</u>，<u>浮在水面</u>，飘飘荡荡，流出沁芳闸去了。

在"只得兜了那花瓣"和"浮在水面"两句之间，文字有脱漏。据庚辰本，此处脱漏了十一个字：

来至池边，抖在池内，那花瓣

这依然是同词脱文的例子，脱文原因是"那花瓣"三字前后相同。

例 30，晳本第 23 回：

> 宝玉回头，却是林黛玉来了，肩上担着花锄，<u>上</u>挂着纱囊，手内拿着花<u>扫</u>。

这里有两个错误：一是"上"字之前脱漏"花锄"二字（同词脱文）；二是"扫"（掃）字乃"帚"字之误。

例 31，晳本第 23 回：

> 黛玉道："撂在水里不好。你看这里水干净，只一流到有人家的地方，<u>赃的臭的</u>，仍旧把花遭塌了。那畸角上我有一个花冢，如今把他扫了，装在这绢袋里，拿土埋上，日久不过随土化了，岂不干净。"

在"赃的臭的"四字之后，据其他脂本，此处脱落"混倒"二字。

例 32，晳本第 23 回：

> 黛玉道："什么书？"宝玉见问，<u>慌之不迭</u>，便说道："不过是《中庸》、《大学》。"

"慌之不迭"，据其他脂本，应作"慌的藏之不迭"，此处夺"的藏"二字。

例 33，晳本第 23 回：

> 宝玉道："好妹妹，论你我是不怕的。你看了，好歹别告诉别人，真真是好文章。你看了，连饭也不想吃了。"<u>一面递了过去</u>。

"一面递了过去"，庚辰、舒、彼、杨、梦等本均作"一面说，一面递了过去"。

这是同词脱文的例子。脱文原因："一面"二字前后相同。

例 34，暂本第 23 回：

　　黛玉听了，不觉带腮连耳通红，登时直竖起两道似戏非戏^①的眉，瞪了两只似睁非睁的眼，香腮带怒，娇面含嗔。

两个"戏"字均是"蹙"字的形讹。
按："似蹙非蹙"与"似睁非睁"的句式，乃曹雪芹所习用。
例 35，暂本第 23 回：

　　正是：妆晨绣夜心无矣，对月吟风恨有云。

"云"乃"之"字的形讹。
例 36，暂本第 24 回：

　　香菱嘻嘻笑道："我来寻我们姑娘的，我姑娘总不见，你们紫鹃也找你呢，说琏二奶奶送了什么茶叶来给你的。走罢，回家去坐着。"

"我"乃"找"字的形讹。其他脂本此字均作"找"。
例 37，暂本第 24 回：

　　鸳鸯……见宝玉来了，便说道："你往那里去了？老太太等着你呢，叫你过那边请大爷的安。还不快去换了衣服走呢。"

"大爷"乃"大老爷"之误。
按：在鸳鸯口中，"那边"的"大爷"是指贾珍，"大老爷"则是指贾赦。暂本在这里脱漏了一个"老"字，以致混淆了二人的辈分。
　　例 38，暂本第 24 回：

　　贾芸指贾琏道："我二叔说句话。"

---

① 两个"戏"字，均旁改"蹙"。

"我"乃"找"字的形讹。

例39，暂本第24回：

贾琏笑道："好不害<u>燥</u>，人家比你大四五岁呢，就替你作儿子了。"

"燥"乃"臊"字之误。

例40，暂本第24回：

贾芸……便笑道："俗语说的，摇车里的爷爷，拄拐杖的孙子，虽然岁数大，山高遮不住太阳。<u>只从</u>我父亲没了，这几年也无人照看教导，若宝叔不嫌侄儿蠢笨，认作儿子，就是我的造化了。"

"只从"乃"自从"之误。

例41，暂本第24回：

宝玉……往贾赦这边来，见了贾赦，不过是偶感些风寒，先<u>迷</u>了贾母问的话，然后自己请安。

"迷"乃"述"字的形讹。

例42，暂本第24回：

贾环见宝玉同邢夫人坐在一个坐褥上，邢夫人又百般摸娑抚弄他，早已心中不自在了，坐不多时，和贾兰<u>使眼色儿</u>，贾兰只得依他，一同起身告辞。

在"使眼色儿"之后，脱漏"要走"二字。其他脂本均有此二字。

例43，暂本第24回：

娘儿两个①说话时，不觉<u>早</u>有晚饭时节，调开桌椅，摆列杯盘。

---

① "娘儿两个"指邢夫人和宝玉。

"早有"乃"早又"之误。

例44，晢本第24回：

> 贾琏向他①说道："前儿到有一件事情出来，偏你婶子再三求我给了贾芹了。他许了我说，明儿团子里还有几处要栽花木的地方，等这个工程出来，一定给你就是了。"

"团"（團）乃"园"（園）字的形讹。

例45，晢本第24回：

> 贾琏道："提他作什么，我那里有这些工夫说闲话呢。明儿一个五更还有到兴邑去走一淌②，须得当日赶回来才好。你先去等着，后日起更以后你来讨信，来早了我不得闲。"

"还有"乃"还要"之误。

例46，晢本第24回：

> 你③但凡要立起来，到你们大房里，就是他们爷儿们见不着，便下个气和他们的管家、管事的人们嘻和嘻和，也弄个事儿管管。

"嘻和嘻和"乃"嬉和嬉和"之误。

例47，晢本第24回：

> 贾芸忙要躲，早被那醉汉一把抓住，对面一看，不是别人，却是紧邻倪二，是个泼皮，专放重利，在赌赙场吃闲钱，专爱吃酒打降。

"倪二，是个"，庚辰本、舒本、彼本、蒙本、戚本作"倪二，原

---

① "他"指贾芸。
② "淌"即"趟"。
③ "你"指贾芸。

来这倪二是个"，杨本作"倪二，元来这倪二是个"，梦本作"倪二，这倪二是个"。

此乃同词脱文。脱文原因："倪二"二字前后相同。

"赌赙场"乃"赌博场"之误，"赙"是"博"字的形讹。

例48，庚本第24回：

倪二听见熟人语音，将醉眼睁开看时，见是贾芸，忙把手松了，<u>趔趄</u>着笑："原来是贾二爷，我该死，我该死……"

"趔趄"乃"趔趄"之误。

"笑"字之后，夺"道"字。

例49，庚本第24回：

若说怕低了你^①的身分，我就不敢<u>供给</u>你了。

"供给"乃"借给"之误。"供"字是"借"字的形讹。

例50，庚本第24回：

一面说，一面从<u>答包</u>里掏出一卷银子来。

"答包"乃"搭包"之误。

例51，庚本第24回：

贾芸心下自思：素习倪二虽然泼皮无赖，却<u>因而使</u>，颇颇有义侠之名。若今日不领他之情，怕他<u>燥</u>了，到恐生事。

"因而使"乃"因人而使"之误，夺"人"字。

按：此处有脂评曰："四字^②是评，难得，难得，非豪杰不可当。"

---

① "你"指贾芸。
② "四字"指"因人而使"。

"燥"字是"臊"字的形讹。

例 52，晢本第 24 回：

老二，你果然<u>自</u>个好汉。我何曾不想着<u>看</u>来和你张口。

"自"字乃"是"字之误。

"看"字因与"着"字相连、相似而误衍。

例 53，晢本第 24 回：

倪二……一面说，一面<u>趔趄</u>着脚儿去了。不在话下。

"趔趄"二字乃"趔趄"二字之误。

例 54，晢本第 24 回：

打听贾琏出了门，贾芸便往<u>后</u>来到贾琏院门前。

"后"字之后夺"面"字。

例 55，晢本第 24 回：

<u>周瑞家的</u>："老太太叫，想必是裁什么尺头。"

"周瑞家的"之后，夺"道"字。其他脂本均有此"道"字。

例 56，晢本第 24 回：

正说着，只见一群人<u>撮</u>着凤姐出来了。

"撮"字乃"簇"字之误。

例 57，晢本第 24 回：

凤姐笑道："可是你会<u>撒慌</u>，不是我提起他来，你就不说他想我了。"

"撒慌"乃"撒谎"之误。

例 58，晢本第 24 回：

> 贾芸笑道："侄儿不怕雷打了，就敢在长辈前撒慌……"

"撒慌"乃"撒谎"之误。

例 59，晢本第 24 回：

> 有个缘故。只因我个极好的朋友，家里有几个钱，现开香铺。

"我个"乃"我有个"之误。

例 60，晢本第 24 回：

> 他便收了香铺，不开了，把账物攒了一攒，该人的给人，该贱发的都贱发了。

此处四、五两句是排比句，故知"该人的"应作"该给人的"，遗漏了那个"给"字。

例 61，晢本第 24 回：

> 只见焙茗、锄药两个小厮厮下象棋，为夺车正搬嘴。

"厮"字误衍。

"搬嘴"乃"拌嘴"之误。

例 62，晢本第 24 回：

> 那贾芸道："什么廊上廊下的，你自说芸儿就是。"

在"那贾芸道"四字之前，夺"听"字。

"自"字乃"只"字之误。

例63，晢本第24回：

半晌，那丫头冷笑了一笑："依你说，二爷竟请回去罢。有什么话，明儿再说。今日晚上得空儿我回回我们爷。"

"你"字乃"我"字之误。
例64，晢本第24回：

贾芸听这丫头说话简便俏丽，待要问他名字，因是宝玉房里，又不便问。

"宝玉房里"四字有两解：一是"在宝玉房里"；二是"宝玉房里的"。自以后者为胜。
例65，晢本第24回：

一面走，一面回头说："不吃茶，我还有事呢。"

在"一面走"三字之前，夺"贾芸"二字。
按："一面走"的主语应是贾芸。如不出"贾芸"二字，则此句的主语便变成前两句的主语"焙茗"了。
例66，晢本第24回：

凤姐……笑道："芸儿，你竟有胆子在我跟前弄鬼，怪道你这东西给我，原来你有事求我，昨儿你叔叔才告诉我，说你求他。"

在"你"字和"这东西"三字之间，夺"送"字。
例67，晢本第24回：

贾芸道："婶娘辜负了我的孝心。我并没有这个意思，昨儿还不求婶娘。如今婶娘既知道了，我到把叔叔丢下，少不得求婶娘了，好歹疼我一点儿罢。"

在"我并没有这个意思"和"昨儿还不求婶娘"之间，其他脂本作：

　　若有这个意思（庚辰本、舒本、彼本）
　　若有这意思（杨本、蒙本、戚本、梦本）

此乃同词脱文之例。脱文原因："有这个意思"五字（或"有这意思"四字）前后相同。

例68，晳本第24回：

　　谁知宝玉一早便往北静王府里去了，贾芸便呆呆的坐到半晌。

"半晌"乃"晌午"之误。

例69，晳本第24回：

　　彩明走出来，单要了领票，过去批了银数、年月，一并连对牌交与贾芸，接了，看那批上银数，批了二百两……

"过"字乃"进"字的形讹。

在"接了"二字之前，夺"贾芸"二字。

此亦同词脱文之例。脱文原因："贾芸"二字前后相同。

例70，晳本第24回：

　　这里贾芸又拿了五十两，出西门找到花儿匠方春家去买树。

"春"乃"椿"字之误①。

按：此花儿匠之名，其他脂本均作"方椿"。

---

① 参阅第二章"贾义·袁氏·方春——晳本独异人名考"第七节"他叫'方春'，还是叫'方椿'？"

例 71，皙本第 24 回：

> 虽还有几个作粗话听唤的丫头们，谅着叫不着他们，都去寻伙觅伴的顽去了。

"话"字乃"活"字的形讹。

例 72，皙本第 24 回：

> 宝玉见了他们，连忙摇手儿说："罢，罢，不用你们了。"老婆子去了，只得自己下来，拿了碗，向茶壶去倒茶。

"老婆子去了，只得"，彼本同，其他脂本作：

> 老婆子们只得退出，宝玉见没丫头们，只得（庚辰本、舒本、蒙本、戚本、梦本）
> 老婆子只得出来（杨本）

此亦同词脱文之例。脱文原因："只得"二字前后相同。

例 73，皙本第 24 回：

> 只听背后说道："二爷仔细盪了手拿，让我来倒。"

"盪"字乃"烫"字之误。

例 74，皙本第 24 回：

> 宝玉看了，便笑问道："你也是我这屋里的人么？"那丫头听说，便冷笑一声道："爷不认得的也多，岂止我一个。我姓林，原名唤红玉，改名唤小红，平日又不递茶递水，拿东拿西，眼面前的事一点儿不作，爷那里认得呢？"

此亦同词脱文之例。

引庚辰本（其他脂本基本上同于庚辰本）以校之。"那丫头听说"，庚辰本作：

> 那丫头道："是的。"宝玉道："既是这屋里的，我怎么不认得？"那丫头听说……

脱文原因："那丫头"三字前后相同。

例 75，晳本第 24 回：

> 刚说到这句话，只见秋雯①、碧痕希希哈哈的说笑着进入院子来。

"希希哈哈"乃"嘻嘻哈哈"之误。

例 76，晳本第 24 回：

> 忽见走出一个人来接水。二人看时，不是别人，原来是小红。二人便都岔意，将水放下，忙进房来，东睄西房，并没别个人，只有宝玉。

"岔意"乃"诧异"之误。

"东睄②西房"乃"东瞧西望"之误。

例 77，晳本第 24 回：

> 秋雯听了，兜脸便啐了一口，骂道："没脸面的下流东西，正经叫你提水，你不去，到叫我们去，你等着作个巧宗儿，一里头就要你好了，虽到我们到跟不上你了？你也拿镜子照照，配递茶递水的不配？"

"虽到"乃"难道"之误。

---

① "秋雯"问题，参阅第四章"她叫秋雯，还是叫秋纹、秋文？——一人三名考之二"。
② "睄"即"瞧"。

例 78，晢本第 24 回：

> 碧痕说道："明儿我说给他们，要茶要水，递东递西的，咱们都到动，只叫他便是了。"

"到"字乃"别"字的形讹。

例 79，晢本第 24 回：

> 秋雯道："这么说还不好，我们散了，单让他在这屋里呢。"

"好"字乃"如"字的形讹（连下读）。

例 80，晢本第 24 回：

> 秋雯、碧痕听了，那不知道，只管混问别的话。

"那"字乃"都"字的形讹。

【小结】

晢本仅存短短的两回，有讹误的文字却多达八十例。

这在现存的各脂本传抄本中，算是比较突出的。

其实，从纸面的洁净、字迹的清晰和工整等方面来说，晢本还应列于上乘。

关于本书所使用《红楼梦》
各版本的简称

甲戌本，即"脂砚斋甲戌（乾隆十九年，1754）抄阅再评本"。卷首题
"脂砚斋重评石头记"，抄本，残存十六回（1~8，13~16，25~28）。

己卯本，即"己卯（乾隆二十四年，1759）冬月定本"。卷首题
"脂砚斋重评石头记"，抄本，残存四十三回（含两个半回）。

庚辰本，即"庚辰（乾隆二十五年，1760）秋月定本"。卷首题
"脂砚斋重评石头记"，抄本，残存七十八回（1~63，65，66，68~80）。

舒本，即舒元炜序本（乾隆五十四年，1789）。卷首题"红楼梦"，
抄本，残存四十回（1~40）。也有人称之为"己酉本"。

彼本，即俄罗斯圣彼得堡藏本。卷首题"石头记"或"红楼梦"，
抄本，残存七十八回（1~4，7~80）。也有人称之为"列藏本"（圣彼
得堡旧名列宁格勒）。

杨本，即杨继振旧藏本。卷首题"红楼梦"，抄本，一百二十回。

蒙本，即蒙古王府旧藏本，抄本，一百二十回。

戚本，即戚蓼生序本。戚本现存三种：有正本、张本、泽存本。
（1）有正本，即上海有正书局石印本，八十回，有大字本、小字本之
分。a. 大字本：民国元年（1912）石印本，扉页题"原本红楼梦"。

b. 小字本：民国九年（1920）石印本。（2）张本，即张开模旧藏本，抄本，残存四十回（1～40）。（3）泽存本，即泽存书库旧藏本，抄本，八十回。

眉本，即眉盦旧藏本。卷首题"红楼梦"，抄本，残存十回（1～10）。也有人称之为"卞藏本"。

梦本，即梦觉主人序本。也有人称之为"甲辰本"。

晢本，即晢庵旧藏本。卷首题"石头记"，抄本，残存两回（23，24）。也有人称之为"郑藏本"。

程甲本，乾隆五十六年（1791）萃文书屋木活字印本，一百二十回，封面题"绣像红楼梦"。

程乙本，乾隆五十七年（1792）萃文书屋木活字印本，一百二十回，封面题"绣像红楼梦"。

书影（十幅）

（1）第 23 回首页。

到叫他看着我见不济事而是的因为济了这点子看就叫他
管事了令兄先别提这事想单便把派他监种花木工程的事
都隐瞒的一字不提随口说了两句闲话便往贾母那里去了
贾芸也不好提说以济四来因昨日见了宝玉叫他到外书房
等着贾芸吃了饭便又进来到贾母那边仪门外绮霰斋三间
书房里来只见焙茗锄药两个小厮厮下象棋为拿车正撕
还有引泉扫花桃云伴鹤四五个人在房檐上掏小雀兒顽耍
芸进入院内把脚一跺说道小猴們淘气找来了象小厮看见

（2）第 23 回第 2 页。

萬賈薈唤来監工一上邊蠟釘珠動起手来這也不在話下且

說那个玉皇廟並達摩庵兩處的十二个小沙弥並十二个小

道士挪出大觀園来賈政正思想叢到寺中分住不想後街上

住的賈芹之母袁氏正盤算要到賈政這邊謀一个大小事務

與兒子管管也好差些銀錢使用可巧听見這件事便坐轎子

来求鳳姐因他素日不大拿班作勢的便依允了想了幾句話

便回王夫人說與小和尚道士萬不可打發他到別處去一時

娘娘出来就要承應偏或散了若要用時可又費事依我的主

（3）第23回第8页。

委曲了你况且你又作了那篇好文章想是娘娘叫你進去住
他分咐你幾句不過不許你在裏頭淘氣他說什麼你好好答
應就是了一面安慰一面喚了兩个老媽媽来分咐好生帶了
寶玉去別叫他老子碰着他老媽媽答應了寶玉只得前去一
步挪了三寸到這邊来可巧在王夫人房中商議事情金釧彩
霞繡鸞綉鳳等衆丫頭都在廊簷下站着呢一見寶玉来都抵
着嘴兒咲金釧一把拉住寶玉睄睄咲道我這嘴上是纔擦的
香侵胭脂這會子你可擦不擦了繡鳳一把推開金釧咲道人

（4）第 23 回第 15 页。

慣攤衾不耐喚聲煩

夏夜即事云

倦繡佳人幽夢長金籠鸚鵡喚茶湯窗明麝月開宮鏡室霭篆檀

雲品御香琥珀杯傾荷露滑玻璃檻納柳風香水亭凌凌菱絲

動簾捲朱樓罷晚粧

秋夜即事云

絳芸軒裏絕喧譁桂魄流光浸茜紗苔鎖石紋容睡鶴井飄桐

露濕栖鴉抱琴婢至舒金鳳倚檻人歸落翠泡靜夜不眠门酒

（5）第 23 回第 23 页。

至梨香院墙下忽想起前日古人詩中有水流花謝兩無情之

句又詞中有流水落花春去也天上人間之句又無芳十所見

西廂記中花落水流紅閒愁萬種之句都一時想起来湊聚在

一處仔細忖度不覺神馳心痛眼中落泪正没個開交忽聽山

上擊了一下回頭看時原来是何人且看下回便知端的

粒晨繡夜心無矣　對月吟風恨有云

（6）第 24 回第 1 页。

石頭記第二十四回

醉金剛輕財尚義俠

痴女兒遺帕惹相思

話說林黛玉正自情思縈逗纏綿固結之時忽有人從背後擊

了他一掌說道你作什麼一個人在這裡林黛玉到唬了一跳

回頭看時不是別人却是香菱林黛玉道你這傻丫頭唬我們

一跳你這會子打那裡来香菱嘻嘻笑道我来尋我們姑娘的

我姑娘穏不見你們紫鵑也找你呢說璉二奶奶送了什麼茶

（7）第 24 回第 24 页。

到叫他看着我見不消乘兩是的因為浮了這點子香就叫他

管事了令兒先别提這事想單便把派他監種花木工程的事

都隱瞞的一字不提隨口説了兩句閒話便往賈母那裡去了

賈芸也不好提浮只浮回來因昨日見了寶玉叫他到外書房

等着賈芸吃了飯便又進來到賈母那邊儀門外綺霰齋三間

書房裡來只見焙茗鋤藥兩個小厮厮下象棋為拿車正搬嘴

還有引泉掃花挑雲伴鶴四五個人在房簷上掏小雀兒頑賈

芸進入院内把脚一跺説道小猴們淘氣我來了衆小厮看見

（8）第 24 回第 31 页。

话兑如此说了之後他原是富貴公子的口角邪裡還把這個
放在心上因而便忘了這日晚上從北静王府中回来見過賈
母王夫人等回至園内換了衣服正要洗澡襲人因被薛寶釵
煩了打結子秋紋碧痕兩個去找水桶紅橙呢又因他母親的
生日接了出去麝月又現在家中養病離還有几個作粗話聽
唤的了頭們涼着呌不着他們都去尋覓伴的預去了不想
這一刻的工夫只剩了寶玉在房内偏生的寶玉要吃茶一連
呌了兩三聲方見兩三個老婆子走進来寶玉見了他們連忙

（9）第 24 回第 36 页。

秋雯便問明兒不知是誰帶進這人來監工那婆子道是什庅後廊上的芸二爺秋雯碧痕聽了那不知道只管混問別的話那小紅聽見了心內却明白就如是昨兒那外書房見的那個人了原來這小紅方才被秋雯碧痕兩人説的羞羞慚慚粉面通紅悶悶的去了回到房中無精打彩把向上要强的心灰了一半矇矓睡去梦見賈芸隔窓呼他説小紅你的手帕子我拾在這裡小紅忙走出來問二爺那裡拾着的賈芸就上來拉他小紅梦中羞迴身一跑却被門檻絆倒驚醒時却是一梦細尋

（10）第 24 回第 37 页。

手帕不见踪跡不知何處失落心内又惊又疑下回分解

附录一　曹雪芹和《千家诗》

刘世德

相声《关公战秦琼》曾经引用了两句旧诗，"大将南征胆气豪，腰横秋水雁翎刀"，并说是明人的手笔。可惜它没有指出作者是谁以及出自何书。那么，这究竟是谁的作品呢？原来这是明世宗，即嘉靖皇帝的一首七律。诗题叫《送毛伯温》，这是其中的头两句。

在京剧《文昭关》里，也有四句上场诗，"云淡风轻近午天，傍花随柳过前川。时人不识余心乐，将谓偷闲学少年"。这不是剧作者代剧中人立言的创作，而是引用了前人现成的诗句。那么，这又是谁的作品呢？原来是宋代著名哲学家程颢的一首叫作《春日偶成》的七绝。

明世宗和程颢二人都不以诗闻名。他们的诗有没有结集？如果结了集，则书名叫作什么？这些问题，对一些研究诗史的专家来说，恐怕也是不甚了了的。既然如此，他们的这两首诗为什么会这样流行，以致连相声和京剧都加以称述？

这要归功于《千家诗》。旧日书坊刊印的《千家诗》，最流行的有两种。一种叫《增补重订千家诗注解》，所收全是七绝和七律；另一种叫《新镌五言千家诗笺注》，所收全是五绝和五律。也有将这两种合刻在一起，简称为《千家诗》的。前面提到的两首诗就属于《增补重订千家诗注解》所收录的作品。而且巧得很，两首诗都被安排在特殊的位置。程颢的《春日偶成》是开卷头一首，明世宗的《送毛伯温》则是压卷的最后一首。一头一尾，分外引人注目。

《千家诗》是旧日的童蒙读物，一般的读书人都读过它，并能背诵其中大部分名篇。它和《唐诗三百首》一样流行，尽管名气没有后者那么大。

伟大作家曹雪芹对《千家诗》是相当熟悉的。这一点过去也许没有引起人们的注意。大家都记得，《红楼梦》里引用过许多唐人的诗句。人们可能会有这样的印象：曹雪芹的祖父主持刊印过《全唐诗》，他总会熟读这部书吧；《唐诗三百首》大概是他援引唐诗的一个来源。殊不知这个印象并不符合实际情况。《全唐诗》是一部卷帙浩繁的总集，很少被人当作教科书和读本使用。至于《唐诗三百首》，其编选者孙洙和曹雪芹同时而稍晚，在曹雪芹生前，它还没有开始流行。《红楼梦》里引用的许多前人的诗句其实主要来自《千家诗》一书。

试以《红楼梦》第六十三回"寿怡红群芳开夜宴"为例。这一回行酒令用的花名签子上都写有一句旧诗。一共出现了八首：

（一）"任是无情也动人"

（二）"日边红杏倚云栽"

（三）"竹篱茅舍自甘心"

（四）"只恐夜深花睡去"

（五）"开到荼蘼花事了"

（六）"连理枝头花正开"

（七）"莫怨东风当自嗟"

（八）"桃红又是一年春"

这八句诗分别出自：

（一）罗隐《牡丹》

（二）高蟾《上高侍郎》

（三）王淇《梅》

（四）苏轼《海棠》

（五）王淇《春暮游小园》

（六）朱淑贞《落花》

（七）欧阳修《再和明妃曲》

（八）谢枋得《庆全庵桃花》

除罗、高二人外，其他的都是宋代的诗人。其中有六首见于《千家诗》，即（二）、（三）、（四）、（五）、（六）、（八）。

《千家诗》主要选录唐宋诗人的作品。《增补重订千家诗注解》题谢枋得选、王相注。谢枋得是宋末人，而书内却收有明人的作品，这有两个可能：或为谢枋得的原本，而经过了王相的"增补重订"；或为王相编选，而托名谢枋得。《新镌五言千家诗笺注》就直接题有王相选注。

王相是清初人，他还编有一部书，叫《女四书》。曹雪芹在《红楼梦》第四回介绍李纨出身时曾提到了这个书名。可见，王相的著作对曹雪芹来说是毫不陌生的。

平心而论，作为一部通俗选本，《千家诗》是选得还算不错的。一些名篇在社会上久经传诵，功劳簿上也应记它一笔，有人讥刺它"编选庸陋，注解肤浅"，我看是失之过苛的。

附录二 在《文学遗产》创刊六十周年纪念大会上的发言

刘世德

尊敬的李院长、陆所长、刘书记，各位专家学者，各位来宾，各位同志：

大家好！

前一阵，原文学所党总支书记王平凡同志找我了解几件事，如王伯祥是怎样进入文学所的，俞平伯进入文学所以后，组织上给他安排的研究工作项目是什么等。王平凡同志已经九十二岁高龄了，还念念不忘地要写回忆录，要为人民、为社会多做贡献。我比王平凡同志小十岁，我觉得，受到他的鼓舞，我也有必要整理我所知道的一些事情，以回忆录的形式把我经历的这些事情（尤其是尚不为人所知的事情）记录下来，告诉大家。我有义务做这样的事。

下面我讲五点。

第一，《文学遗产》的刊名是怎么来的？为什么叫"文学遗产"？那么我告诉大家，"文学遗产"这个名称是从苏联国家文学出版社一个刊物的名字中来的，那个刊物就叫《文学遗产》。所以《文学遗产》创刊之初，没有叫"古代文学研究"，也没有叫"古代文学评论"，就是这么一个来历，当时有向苏联学习的风气。

第二，《文学遗产》创刊以后，受到了广大读者的欢迎，当时是作为《光明日报》的副刊。我们知道，《光明日报》当时有六七个副刊，《文学遗产》只是其中之一，但其受欢迎的程度大大超过了其他副刊。它创刊的第一期在星期一出版，后来变了。为什么改变？有读者提出，不订《光明日报》，怎么看到《文学遗产》呢？于是《文学遗产》决定改于星期日出版。而且《光明日报》决定，加印星期日单页的《文学遗产》供读者购买。这说明了当时《文学遗产》受欢迎的程度。同时，《文学遗产》受到了国家领导人的高度重视。据我所知，毛主席、陈毅副总理都看《文学遗产》。管宣传工作的胡乔木、周扬等，也都是如此。所以《文学遗产》当时从上到下都是很受欢迎的，是办得还不错的一个学术刊物。

第三，1959 年，我参加《文学遗产》的编辑工作，这是为什么呢？那是因为在 1957 年底，文学研究所当时还属于中国科学院，中国社会科学院还没有成立。当时，中国科学院组织植物研究所、文学研究所的工作人员下乡劳动锻炼，为期一年，和贫下中农同吃同住同劳动。我参加了，就在河北省平山县，当时叫作建屏县，也就是 20 世纪 40 年代党中央的所在地西柏坡。

年底回到所里，正好从 1959 年开始，我们全所集中搞一个大项目，叫作"开国十年文学总结"。我回所以后，向所长何其芳同志报到，我说："我该继续做工作，还是怎么着？"其芳同志说："古代室现在集中投入到'开国十年文学总结'的工作，集体工作，你无法插手。你先到《文学遗产》工作，一年之后你再回到古代室。"

这样，我就在《文学遗产》工作了大概一年。我在《文学遗产》做什么工作呢？陈翔鹤同志安排我做两件事：第一，看二审的稿件；第二，应我的请求，做划版面的工作。不知道"划版面"这三个字我说得准确不准确，当时在报纸上，每篇文章怎么布局、怎么衔接，就做这个工作，这个工作我干了一年。这原来是《光明日报》派给《文学遗产》编辑部的一个同志做的，他是专业人员。我一点儿都不懂，但很有兴趣。关于怎么划版面，我向他虚心求教，他就详细地告诉我，我就试着划。1959 年这一年，《文学遗产》划版面这个工作就是由我完成的。这是我做的一件事情。

还有两件事情值得在这里跟大家汇报，也让世上很多人了解内情。

第一件事情，何其芳同志替钱锺书先生平反。钱锺书先生出版了《宋诗选注》，在当时受到了批评。有人要"拔白旗"，要拔钱锺书这面"白旗"，认为《宋诗选注》是"大毒草"。何其芳同志看了之后，觉得很不公平，他认为《宋诗选注》是一部好书，怎么可以这么粗暴地对待？他就策划如何给钱锺书先生平反。由于出版日期的关系，当时不便在《文学评论》上发文章，他就把我找去，跟我商量，怎样去做这件事情。他觉得要找一位学者，重新评价《宋诗选注》，但是这位学者不要找北京的，要找外地的，找谁呢？他跟我商量了很久，最后确定找杭州大学的夏承焘。最后，就由我回到编辑部向翔老（陈翔鹤同志）汇报。我就亲笔写了一封信给夏承焘教授，希望他承担这个任务。夏承焘教授很高兴，也很愿意做这件事情。没多久，文章寄来了。文章题目原来叫《×把金针度与人——怎样评价〈宋诗选注〉》。文章来了以后，我马上拿给何其芳同志看，何其芳同志觉得文章标题不醒目，标题要开门见山，于是把标题修改为《如何评价〈宋诗选注〉?》，这样就可以引起人的注意，可以达到给钱锺书先生《宋诗选注》平反的目的。

最近，夏承焘先生的日记出版了，我没有看到。我看到了一篇报道，说夏承焘教授接到了陈翔鹤同志的来信，要求写这篇文章，他就寄出了。我今天之所以要讲这件事情，就是因为夏承焘教授在日记中的说法是不准确的，是错误的。信是我写的，落款是"《文学遗产》编辑部"，我是奉何其芳同志之命写了这封信，这件事的经过我是知情人，所以很有必要在这个场合向大家报告。

1959 年我在《文学遗产》编辑部，还有一件事情，说来也许现在大多数同志不知道，当时的康生曾经给《文学遗产》化名写过两篇文章，都发表了。两篇文章都是谈《聊斋志异》的版本。第一篇文章没有引起我们的注意，就作为普通的文章发表。第二篇文章引起了我们的注意。那时候《文学遗产》经常要出"选集"，把已经公开发表的《文学遗产》中比较优秀的文章出成一本书。当时计划出《文学遗产选集》第三辑。在一次讨论选题的会上，我就提出要选入康生写的第二篇文章。当然我并不知道这篇文章是康生写的，当时康生用"叶余"这个笔名。出版以后，要给作者寄稿费。康生的稿子上留了一个电话号码，第一次打过去，对方说没有这个人。但稿费总是要给人家的，怎么能没有这个人呢？于是白鸿同志负责第二次打电话，这次是一个女同志接的，告诉我们有这个人，但叶余因公出差，不在北京。对方就告诉白鸿同志一个邮箱，没有具体地址。我们就把稿费寄到这个邮箱。

第四，1963 年《文学遗产》为什么停刊？《文学遗产四十周年纪念文集》里说得很含糊，这和当时中国的政治环境气氛有关。当时正在"反修"，因此认为《文学遗产》这个刊物不合时宜，就是这样停刊的。

可以作为参考的是，1963 年办了一个"曹雪芹逝世二百周年纪念展览会"，迟迟不能开幕，拖了好几个月。为什么？就是因为不适合当时的政治气氛。《红楼梦》这么一部书，曹雪芹这么一个作者，怎么能在"反修"的大环境下大搞特搞？没有一个领导拍板，这个展览会就一拖再拖。原来计划第二年开全国性的"曹雪芹逝世二百周年纪念大会"，主持人、报告人都已经确定。报告人确定的是何其芳同志，论文是《曹雪芹的贡献》，但是这个会一直开不了。我们筹备组的人非常着急，总不能劳而无功。我们就想尽办法。筹备组有人认识邓颖超大姐，他说:"我们找邓大姐,通过邓大姐请周总理来参观展览会,相信他参观以后一定会拍板,同意我们开幕。"结果我们这个工作做得比较成功,周总理说:"我很想来,但是我忙,来不了。我委托陈副总理来看,由他来拍板。"结果陈副总理看了以后,说:"没有问题,可以开幕。"于是这个展览会就开幕了。《文学遗产》停刊的原因,就和这件事情的起因完全一样。

第五,1964年,停刊一年以后,《文学遗产》突然复刊了。这次复刊之后,跟以往有所不同,以往是在《光明日报》,但是编辑部的编制和领导工作都在文学研究所。这次复刊发生了变化,由《光明日报》自己来干,具体负责的是文艺部。文艺部只派了一个同志来负责这件事情,这个同志叫章正续。他是一个豪爽的上海人,但是不懂古典文学。他跟我很熟悉,于是就找到我,请我帮忙,每期审稿、定稿、定选目。我因为朋友的关系就答应了,这就在事实上成立了一个编辑部。一个是有编制的章正续,一个是没有编制的我,我们两个人就这样编了一年,一直编到"文化大革命"前夕。在这一年里,我很尽责任,看稿很仔细,没有稿子我就写补白文章。正好我的老伴当时参加了山东海阳的"四清",我就一个人和章正续非正式地编辑、出版了《文学遗产》一年。这是很多同志不知道的。

"文化大革命"以后,还有一件事情。那时《光明日报》准备插进来,让《文学遗产》复刊之后继续留在《光明日报》。其实那时候文学研究所已经准备把《文学遗产》复刊为一个独立刊物,但《光明日报》坚持要将《文学遗产》作为报纸的副刊,于是在北京召开了一场首都学术界的座谈会。《光明日报》一位姓张的文艺部主任在会上宣布《光明日报》要复刊《文学遗产》,请北京学者赐稿支持。我也参加了这个会,满心以为这次会后,《文学遗产》可以在《光明日报》和读者见面了,谁知这个会开完以后却没了下文。文学所一看《光明日报》想搞又不搞了,于是就接着干,以杂志的形式让《文学遗产》复刊了。

　　我跟《文学遗产》有六十年的情谊，我的第一篇文章发表在《文学遗产》第 8 期，到现在也已经有六十年了。我现在已经八十二岁了，但我还是有责任把我所知道的有关《文学遗产》的一些情况，尽量地告诉大家，作为将来修史的参考。有不对的地方，还请大家批评、指正。

　　谢谢！

后 记

这是我的红学研究系列专著中的第八本，在此之前的七本是：

《曹雪芹祖籍辨证》（中国大百科全书出版社，1998）

《红楼梦版本探微》（华东师范大学出版社，2003）

《红学探索——刘世德论红楼梦》（文化艺术出版社，2006）

《红楼梦之谜——刘世德学术演讲录》（线装书局，2007）

《三国与红楼论集》（中国社会科学出版社，2013）

《红楼梦眉本研究》（社会科学文献出版社，2013）

《红楼梦舒本研究》（社会科学文献出版社，2018）

接下来，献给读者的是计划中的第九本书。

有一位读者指出，你已出版的《红楼梦》脂本研究专著，如"眉本"残存十回，"舒本"残存四十回，现在这个"暂本"又是残存两回；他因而问，你为什么专挑残本来研究？

我感到惭愧。诚如这位读者所言，事实的确如此。但我想，有两句俗语说得好，一是"饭要一口一口吃"，二是"路要一步一步走"。写书和做事一样，总逃不脱这两个规律。我的初步计划是，根据先易后难的原则，先研究这些残缺的脂本，如果天假我以年，再来研究那些章回、文字比较完整，内容更加复杂的脂本与程本。在研究中，我的步骤是：先分析，后综合。我是在踏踏实实地做学问，绝非偷巧耍滑、哗众取宠之辈，请不要误会和见怪。

本书共分二十一章。

第二章"贾义·袁氏·方春——畚本独异人名考"曾刊载于《红楼梦学刊》2017 年第 3 辑。

第三章"他叫红檀，还是叫檀云、香云？——一人三名考之一"曾刊载于《红楼梦学刊》2017 年第 5 辑。

第十一、十二章"'黛玉听艳曲'：畚本保留着曹雪芹初稿文字痕迹"（上）、（下）曾以《初探》为题，将"上""下"合为一篇，刊载于《曹雪芹研究》2017 年第 4 辑。

其余大部分章节，在公开出版之前，未曾在报刊上发表过。

拙文《曹雪芹和〈千家诗〉》是昔年应《随笔》编辑部之约而写的一篇旧稿，曾以笔名"寒操"发表。发表于何年何期，已记不清了。日前偶然在藏书中发现此文的剪存单页，遂趁便收入此书的"附录"。

我的长女刘葳，退休之后，学习绘画，专攻工笔花鸟；女婿江琪是位业余的书法家，勤于临池，拙著的书名大多出自他的题签；我用电脑写作，也得力于他们二人不少。我的次女刘蕤、女婿牛志宏远居海外，时刻关心着我们夫妻的生活和健康，和我们保持着频繁的联系。

此书撰写过程中，还曾得到夏薇和陈才智、张云、于鹏、张胜利等友人的帮助。此书在出版过程中，曾得到周丽女士的悉心关照。在此，再一次向她表示衷心的感谢；对本书的编辑王玉山、韩宜儒同志细心、认真的工作态度表示钦佩和感谢。

2018 年 3 月 5 日凌晨五时

时年八十有六

永定河畔孔雀城，荣园

图书在版编目（CIP）数据

红楼梦晰本研究 / 刘世德著. —— 北京：社会科学
文献出版社，2019.11（2023.4 重印）
（中国社会科学院老年学者文库）
ISBN 978 - 7 - 5201 - 5404 - 8

Ⅰ.①红…　Ⅱ.①刘…　Ⅲ.①《红楼梦》研究　Ⅳ.
①I207.411

中国版本图书馆 CIP 数据核字（2019）第 180181 号

中国社会科学院老年学者文库

红楼梦晰本研究

著　　者／刘世德

出 版 人／王利民
组稿编辑／周　丽　王玉山
责任编辑／王玉山
文稿编辑／韩宜儒
责任印制／王京美

出　　版／社会科学文献出版社　（010）59367143
　　　　　　地址：北京市北三环中路甲 29 号院华龙大厦　邮编：100029
　　　　　　网址：www.ssap.com.cn
发　　行／社会科学文献出版社　（010）59367028
印　　装／三河市东方印刷有限公司

规　　格／开本：787mm×1092mm　1/16
　　　　　　印张：33.5　字数：450 千字
版　　次／2019 年 11 月第 1 版　2023 年 4 月第 2 次印刷
书　　号／ISBN 978 - 7 - 5201 - 5404 - 8
定　　价／198.00 元

读者服务电话：4008918866